75 YEARS आपसे हैं हम

रुई लपेटी आग

[उपन्यास]

रुई लपेटी आग

अवधेश प्रीत

राजकमल प्रकाशन

यह उपन्यास आधी हक़ीक़त और आधा फ़साना है। घटना, स्थान और तथ्यों से कोई भी साम्य सम्भव हो सकता है। लेकिन यह मानवीय संवेदना और सम्बन्धों की कहानी है जिसमें लेखकीय कल्पना का अपना रंग है। इसे एक गल्प के रूप में पढ़ा जाए।

ISBN : 978-93-93768-84-1

मूल्य : ₹795

पहला संस्करण : 2022

प्रकाशक : राजकमल प्रकाशन प्रा. लि.
1-बी, नेताजी सुभाष मार्ग, दरियागंज
नई दिल्ली-110 002

शाखाएँ : अशोक राजपथ, साइंस कॉलेज के सामने, पटना-800 006
पहली मंजिल, दरबारी बिल्डिंग, महात्मा गांधी मार्ग, प्रयागराज-211 001
36 ए, शेक्सपियर सरणी, कोलकाता-700 017

वेबसाइट : www.rajkamalprakashan.com
ई-मेल : info@rajkamalprakashan.com

मुद्रक : बी.के. ऑफसेट
नवीन शाहदरा, दिल्ली-110 032

RUI LAPETI AAG
Novel by Avadhesh Preet

खेतोलाई एवं निकटवर्ती गाँवों के
भुक्तभोगी ग्रामीणों को

मैं-मैं बड़ी बलाइ है, सकै तो निकसो भाजि,
कब लग राखौ हे सखि, रुई लपेटी आगि।

—कबीर

पूर्वकथा

मैंने ज़िन्दगी से जो कुछ सीखा है,
उसका सार तीन शब्दों में दे सकता हूँ,
ज़िन्दगी चलती जाएगी।

—रॉबर्ट फ्रॉस्ट

卐

जैसा कि आप जानते हैं, कबीलों से शुरू हुआ मानव-संघर्ष अब तक कई युद्धों, महायुद्धों और विश्वयुद्धों का रूप ले चुका है। रेड इंडियन-नीग्रो से लेकर यहूदियों तक के जनसंहारों की क्रूर कथाओं से भी आप भली-भाँति परिचित हैं। पत्थर से परमाणु तक अस्त्र-शस्त्र का विकास हमारी श्रुतियों-स्मृतियों में मौजूद है और हमें यह भी पता है कि विश्व-विजय के उन्मादी सपनों ने जब-जब अँगड़ाई ली है, मनुष्यता का माथा शर्म से झुका है। आप इस सचाई से भी वाक़िफ़ हैं कि हिटलर, मुसोलिनी से चाउसेस्कू तक ज़िन्दगी की ख़ैर मनाते मानव ने अपनी जिजीविषा को कभी मरने नहीं दिया। यही वजह है कि वह हर बार अपनी ही राख से फिनिक्स की तरह ज़िन्दा होता रहा है।

इस मानव-कथा के क्लाइमेक्स पर आप हिरोशिमा और नागासाकी से रू-ब-रू होते हैं और देखते हैं कि हँसती-बोलती औरतें, जब अपने पतियों से ठिठोली कर रही थीं, या कि अपने बच्चों के लिए खाना पका रही थीं, बच्चे जो घुटनों के बल चलना सीख रहे थे और जो चलना सीख चुके थे, धमाचौकड़ी मचाते घर से बाहर तक गुलज़ार किए हुए थे, अपने पिताओं के काम पर जाने और लौटने के दरमियान खिलौनों, टॉफियों, चॉकलेटों और पप्पियों की प्रतीक्षा में पल-पल गिन रहे थे, पिता जो कारख़ानों, दफ़्तरों, खेतों और दुकानों में ख़ून-पसीना एक कर रहे थे, जोड़-घटाव, गुणा-भाग और हासिल-जमा के जुगाड़ में जुटे थे, वे जो सुख-दुःख, समस्याओं और संघर्षों के तमाम कच्चे-पक्के रंगों से अपनी दुनिया रच रहे थे, नहीं जानते थे कि उन्मादी शासकों ने उनकी नियति में विध्वंस रच दिया है।

अचानक हम देखते हैं कि आसमान में गर्वोन्नत गर्जना के साथ एक विमान आता है और पलक झपकते ही धरती से आसमान तक ध्वंस और धुएँ का महाकाय मंज़र मौत के अट्टहास में तब्दील हो जाता है। चारों ओर लाशें ही लाशें नज़र आती हैं। बच्चे, बुज़ुर्ग, नौजवान, मर्द-औरत सबके सब लाशों में तब्दील हो जाते

हैं। माँओं की गोद में दूध पीते बच्चे उनकी छातियों से चिपके हुए दम तोड़ देते हैं। माँएँ अपने बच्चों को सीने से चिपकाए ज़मींदोज़ हो जाती हैं, बुज़ुर्ग अपनी उम्रदराज़ यादों की थाती लिये अचानक काल-कवलित हो जाते हैं। कारख़ानों में मशीनों के साथ मज़दूरों की धड़कनें भी ख़ामोश हो जाती हैं, खेतों में फ़सलों के बीच किसान भस्म हो जाते हैं। घर-मकान माचिस की डिब्बियों की मानिन्द चिन्दी-चिन्दी बिखर जाते हैं। बिल्डिंगें ज़मींदोज़ हो जाती हैं। प्रेमी-युगल अपनी आँखों में बेशुमार प्रेम लिये ज़िन्दगी से रुख़सत हो जाते हैं। मौत के मुँह से वापस लौट आया एक पति अपनी पत्नी के संग अस्पताल से घर आते हुए मौत के आगोश में समा जाता है। चारों ओर चीख़-पुकार, आर्तनाद, क्रन्दन, विलाप। पृथ्वी पर ऐसा रुदन पहले कभी नहीं सुना गया था।

रही-सही कसर 'ब्लैक रेन' ने पूरी कर दी। आसमान से रह-रहकर हुई काली बारिश ने लोगों की ज़िन्दगी मौत से भी बदतर कर दी। लोगों को अपना ही चेहरा पहचानना मुश्किल हो गया। अपने पैरों पर टिके रहना मुहाल हो गया। ज़िन्दा जलती लाशों का शहर हो गया था हिरोशिमा। मनुष्यता को शर्मसार कर देनेवाले इस तांडव के बाद भी यही कुकृत्य दुहराया गया नागासाकी में। दो दिनों बाद हिरोशिमा और नागासाकी महज़ दो शहर नहीं थे, बेकसूर मनुष्यों की मुर्दघट्टी हो गए थे। उसके बाद हमने अपंग, अपाहिज और अनेक जानलेवा बीमारियों से ग्रस्त एक ऐसे मनुष्य-समाज को देखा है, जिसकी कल्पना मानव-सभ्यता में कभी किसी ने नहीं की थी। लेकिन हम इस बात से भी हैरान होते रहे हैं कि अपनी ही राख से ज़िन्दा हो उठने का यह चमत्कार कैसे सम्भव होता है?

अब आगे...

अन्तर्कथा

अनुभव बताता है कि लोगों और सरकारों ने इतिहास से न कभी कुछ सीखा और न इतिहास से निकले नियमों के अनुसार किया।

—हेगेल

卐

विस्फोट इतना भीषण था कि अरुंधती के जिस्म के परखच्चे उड़ गए।

रक्त के सैलाब में लथपथ मांस के लोथड़े। फ़र्श, सीलिंग, दीवार, दरवाज़े, खिड़कियाँ, जिधर देखो मांस ही मांस...रक्त ही रक्त...अस्थि-मज्जा...कौन-सा टुकड़ा किस अंग का हिस्सा है, पहचानना मुश्किल। हाथ...पैर...पेट...पीठ...सिर.. खोपड़ी कुछ भी सलामत नहीं।

ऐसा कुछ भी शेष नहीं था, जिसके होने से एक व्यक्ति की देह-धजा का अनुमान लगाया जा सके या इस सच को साबित किया जा सके कि यह ख़ून और मांस अभी-अभी, ठीक इस विस्फोट से पहले, एक भाव-प्रवण महिला अरुंधती के साबुत जिस्म के रूप में यहाँ मौजूद था।

अपने ही जिस्म के टुकड़ों को न पहचान पाने की यह अजीब विवशता थी। अरुंधती के लिए यह स्वीकार कर पाना कठिन हो रहा था, वह ऐसी थी? महज़ मांस का लोथड़ा? गाढ़े लाल ख़ून का थक्का भर? तो फिर वह क्या था, जो उसके अन्दर धड़कता था...ख़ुशी के पलों में...दुःख के वक़्त में? कहाँ से उमड़ आती थी बेपनाह ख़ुशी और बेइंतहा उदासी? वह क्या था, जो उसके सीने के भीतर धड़कता था और जिसके धड़कने के हज़ार-हज़ार अर्थ हुआ करते थे? गहन-गह्वर रात की चुप्पी से घंटों बतियाता, वो बातूनी दिल क्या सिर्फ़ मांस का एक लोथड़ा भर था?

"नहीं अरु, मैं नहीं मानता!" कल्लू उसकी आँखों में आँखें डालकर बोलता, "दिल महज़ मांस का लोथड़ा नहीं, क़ुदरत की नेमत है। किसी भी दलील से परे।" बात करते-करते कल्लू एकबारगी शायराना हो जाता—

अच्छा है दिल के साथ रहे पासबान ए अक्ल,
लेकिन कभी-कभी इसे तन्हा भी छोड़ दे।

साइंस का दिमाग़, शायर का दिल! हर बात में दलील और सबूत की बात करने वाला कल्लू, हर घटना में कार्य-कारण ढूँढ़ने वाला कल्लू, दिल के मुक़ाम

पर इस क़दर जज़्बाती हो जाता कि इस मामले में किसी दलील को मानने से ही इनकार कर देता। ऐसे में अरुंधती के लिए कल्लू को समझना मुश्किल होता। यही वजह है, उसे छूने-पाने और पकड़ने की कोशिश में बार-बार चूक जाती और स्वयं को हर बार किसी अजनबी वीराने में एक परछाईं के पीछे भागती हुई पाती।

इस बात का ज़िक्र पहली बार कल्लू से किया था तो उसने अपनी गहरी आवाज़ में कहा था, "ऐसा बियाबान तो अक्सर मेरे सपने में आता है, अरु।"

"सपने में बियाबान! ऐसे सपने का क्या फलितार्थ होता है?" वह अपनी स्मृति पर ज़ोर देती है, मनोवैज्ञानिक कहते हैं, हमारी दमित इच्छाओं का रूपान्तरण होते हैं सपने। "तो कल्लू, तुम्हारे सपनों का मनोविज्ञान यह था...तुम्हारी इच्छाओं का अर्थात यही था?"

वह गहरी साँस भरती है, इसमें अफ़सोस और अवसाद का भारी बोझ था। इस ख़ौफ़नाक मंज़र से घबराकर उसने मांस के लोथड़ों...ख़ून के थक्कों और अस्थि-मज्जा से बचकर निकलने की कोशिश की, तो अचानक अपने दिल को तेज़ी से धड़कता पाकर ठिठक गई। आश्चर्य हुआ कि इस भीषण विस्फोट के बावजूद ये दिल कैसे बचा रह गया? तो क्या दिल महज़ मांस का लोथड़ा नहीं?

टीवी स्क्रीन के दूरदर्शन चैनल पर अभी-अभी मुस्कराता प्रधानमंत्री का चेहरा किसी जादुई करिश्मे की तरह तिरोहित हो गया था। अब पर्दे पर विज्ञापनों का शोर था और दृश्यों की आवाजाही थी। 'महाभारत' सीरियल का प्रचार, मानो शोर और दृश्य एक-दूसरे में गड्डमड्ड हो रहे थे। बैकग्राउंड से एक आवाज़ उभर रही थी—मैं समय हूँ...।

अरुंधती के धड़कते दिल में कवि-हृदय प्रधानमंत्री की वह मुलायम मुस्कराहट अब तक धँसी हुई थी।

उफ़! एक ही आदमी कितनी तरह से मुस्करा सकता है? एक ही आदमी की मुस्कराहटों के कितने अर्थ हो सकते हैं? कविता की भाषा में विनाश का गान... कवि की वाणी में ध्वंस की ध्वनि...बुद्ध फिर मुस्कराए! करुणा के नाम पर हिंस्र इच्छाएँ? क्षत-विक्षत मांस के लोथड़ों और ख़ून के थक्कों के बीच सलामत रह गए अपने दिल पर काबू पाने की कोशिश करती अरुंधती को अपनी चेतना डूबती-उतराती लग रही थी। अभी-अभी घट चुकी एक सचाई को आँख मूँदकर नकारने का सारा उपक्रम नाकाम हो गया था।

"मुश्किल वक़्त में आँख मूँदकर किसी प्रियजन को याद करो, तो बहुत सुकून मिलता है।" कल्लू की यह नसीहत अरुंधती के बहुत काम आती रही है, लेकिन आज यह कोशिश भी कारगर नहीं हो रही थी।

"कल्लू, तुम्हें याद करते हुए यह वक़्त कहीं ज़्यादा मुश्किल क्यों लग रहा है?"

अरुंधती ने आँखों की कोरों पर ठहरा धुँधलका साफ़ किया और टी.वी. स्क्रीन पर समाचार पढ़ रही लड़की को देखने लगी। उस सुन्दर-सी न्यूज़ रीडर के होंठों पर एक रिझाती हुई हँसी थी गोया कहीं कुछ अघटित घटा ही न हो। इतनी बेफ़िक्र कि दुनिया का कोई संताप उसे व्याप न गया हो। उसकी मुस्कराहट तब और मोहक हो आई, जब उसने कहा, "बाक़ी की ख़बरें इस कॉमर्शियल ब्रेक के बाद।"

युद्ध...युद्ध...हर ओर युद्ध
समय समर के बीच खड़ा
अट्टहास करता, क्रुद्ध!
यह कौन?
मनुष्यता हतप्रभ, मौन!
मौन मन को स्वर दो,
सुर, गति, ताल, छंद
लय दो
बन्धु!
विश्व को प्रेम
अभय दो!!

ऋषिवत आँखें मूँदे, शिशुवत सौम्यता में आपाद डूबे प्रधानमंत्री का वह कवि रूप उस दिन अरुंधती के हृदय पर अंकित हो गया था...उनकी मुस्कराहट के जादू ने मन-प्राण बाँध लिए थे जैसे तपिश भरे मौसम में खिल आया हो पलाश वन। मंत्रविद्ध अरुंधती ने उस दिन मन-ही-मन निर्णय लिया था, वह इस कविता को संगीतबद्ध करेगी...कि वह इस कविता को अपनी आवाज़ देगी। वह कई दिनों तक इस कविता की सांगीतिक गहनता के असर में रही। उठते-बैठते, सोते-जागते कविता की गिरफ़्त कसती गई थी...यह किसी रचना के सम्भव होने की प्रक्रिया

थी...यह एक बड़ी चुनौती से मुक़ाबिल होने का रोमांच था...यह कविता और संगीत के योग का संयोग-काल था।

इस कविता की धुन बनाने की कोशिश करते हुए उसे पहली बार महसूस हुआ था कि किसी रचना के अमूर्त प्रभाव का रूपान्तरण एक तरह से कायान्तरण है और इसे सम्भव करना अत्यन्त दुरूह। फिर किसी की महानता के प्रभामंडल में प्रवेश तो और भी दुष्कर! संगीत विशारद, संगीत प्रवीण, तालमणि, साहित्य-रत्न, पीएच.डी अरुंधती का संगीत ज्ञान उस कविता के आगे बौना पड़ गया था। उँगलियाँ हारमोनियम के रीड्स पर जमी रह गई थीं और विमूढ़-सी वह प्रधानमंत्री की भाव-व्यंजना के भँवर-जाल में गोते खाती रही थी।

"तबीयत ठीक नहीं क्या, दी...परेशान लग रही हैं।"

बया की इस खनकती आवाज़ से अरुंधती चौंकी। कमरे में उसके आने की आहट तक नहीं हुई या वह स्वयं ही अपने आप में खोई थी? मन की ऊहापोह को छुपाना आसान नहीं हुआ, थके स्वर में बोली, "बया, तबीयत को तो कुछ नहीं हुआ रे, लेकिन मन कहीं गहरे उलझा हुआ है।"

"थैंक गॉड!" बया ने पलकें मूँदकर ऊपरवाले के प्रति आभार जताने का नाटक किया। भेद-भरे स्वर में पूछा, "बाई द वे, आपका मन कहाँ उलझा हुआ है?"

अरुंधती मुस्कराकर रह गई। बया की शैतानी का जान-बूझकर जवाब नहीं दिया। इस चुप्पी ने काम किया, बया का उतावलापन सामने रखे हारमोनियम की रीड्स पर उतरा। उसकी उँगलियों की हरकत से उठी एक अनगढ़ संगीत-लहर से कमरा भर गया। मन में जमा अवसाद छँटता जान पड़ा। बया को प्यार से निहारा। यह लड़की नाम से ही बया नहीं, इसे बनाते हुए जैसे क़ुदरत ने भी इसके अन्दर बया की-सी फ़ितरत डाल दी थी! अपने नाम की तरह ही नाज़ुक, नफ़ीस, ख़ूबसूरत, चहकती, बेफ़िक्र यह लड़की, धीमी आँच की तासीर की तरह कब उसकी इतनी आत्मीय हो गई, उसे ख़ुद ही पता न चला। शिष्या भी, सखी भी। कुछ भी तो गोपन नहीं इससे।

अरुंधती ने ठंडी आह भरी, "बया, अब इस जीवन में मन कहाँ उलझने वाला... मेरो मन अनत कहाँ सुख पावे?"

"फिर यह उलझन?"

"एक धुन मेरे मन में उमड़ तो रही है, लेकिन साज़ पर उतर नहीं रही।" अरुंधती का स्वर खोया-खोया था।

संगीत की गुत्थियों को सुलझाने में माहिर अरुंधती की इस बेबसी पर बया के लिए विश्वास करना मुश्किल था, हकला-सी पड़ी, "ये आप...आप कह रही हैं?"

"हाँ बया, जीवन में कभी-कभी ऐसे कठिन क्षण आते हैं, जब सामने खड़ी कोई चुनौती आपके ज्ञान, आपके आत्मविश्वास पर भारी पड़ती है। तब लगता है हमारी जानकारी कितनी सीमित है, कि हम कितने कमज़ोर हैं।" अरुंधती ने मन की गिरह खोल दी, "सृजन की पीड़ा श्रेयस्कर हो सकती है, लेकिन पीड़ा का सृजन दुष्कर होता है।"

कुछ ऐसा तो था, जिसे लेकर वह इतनी परेशान और लगभग हताश जान पड़ रही थीं। उन्हें इस मन:स्थिति से बाहर लाने के ख़याल से बया ने सायास बात का रुख़ मोड़ दिया, "लगता है, आज बिना चाय-कॉफ़ी के ही टरकाने का इरादा है।"

"ओहो!" अरुंधती ने चिहुँककर बया को देखा और झेंपी मुस्कराहट के साथ उठने का उपक्रम किया, "गुनी मार्केट गई है...रुको, मैं ही बनाती हूँ।"

"नहीं, मैं बनाती हूँ।" बया बरजते हुए उठ खड़ी हुई, "आप बैठिए, मैं बनाकर लाती हूँ। क्या लेंगी, चाय या कॉफ़ी?"

"जो तुम्हारी इच्छा!" अरुंधती मुस्कराई।

बया तुनक गई, "जब देखो दूसरों का ही ख़याल...क्या कभी आपकी अपनी कोई इच्छा नहीं होती?"

अरुंधती पूर्ववत् मुस्कराती रही। बया सिर झटककर किचन में जा घुसी। उसके पीछे अरुंधती भी किचन तक चली आई। वहीं चौखट की ओट लेकर खड़ी हो गई गोया यही उसकी सीमा हो। बया ने मुड़कर देखा, मुस्कराई और पैन में चाय का पानी डालकर गैस जलाने लगी।

"कभी-कभी मेरी एक इच्छा होती है, बया।"

खौलते पानी में चाय-पत्ती डालती बया की आँखों में जिज्ञासा उभरी, पलटकर देखा, उसकी भौंहें चढ़ी हुई थीं।

"काश! इस दुनिया में सिर्फ़ बयाएँ होतीं।" अरुंधती मुस्करा रही थी।

"दीदी!" बया गुदगुदी से भर गई, "आप जाकर बैठिए तो, मैं चाय लेकर आती हूँ।"

अरुंधती उलटे पाँव वापस हो गई।

चाय के दो कप लिए बया कमरे में लौटी। अरुंधती टेपरिकॉर्डर में कोई कैसेट लगा

रही थी। कैसेट चलता, थोड़ी देर घर्र-घर्र की आवाज़ करता और ठहर जाता। अरुंधती बार-बार बटन दबाती और हर बार कैसेट घिसटता हुआ घर्र-घर्र करके ठहर जाता। चाय के कप टेबल पर रखकर बया ने टेपरिकॉर्डर से कैसेट निकाला और उसे इस तरह ग़ौर से उलट-पलटकर देखने लगी जैसे इस समस्या की वजह जानने की कोशिश कर रही हो। बारीकी से मुआयने के बाद हँसी, "दीदी, आपकी नूरजहाँ तो गई!"

अरुंधती ने मनाही के अन्दाज़ में सिर हिलाया और अपने कानों पर दोनों हाथ लगाकर तौबा किया, "क्या कहती हो, बया? जो मन में आया बोल दिया? अरे भई, हज़ारों साल नरगिस अपनी बेनूरी पे रोती है, बड़ी मुश्किल से होता है चमन में दीदावर पैदा।"

अरुंधती सचमुच गम्भीर थी मलिका-ए-तरन्नुम के बारे में यह सुनना उसे नागवार गुज़रा था। उसने चाय का लम्बा घूँट भरा और कप से उठती भाप के दूसरी ओर बैठी बया को टोका।

"दीदावर जो पैदा हुई हिन्दुस्तान में जा बसी पाकिस्तान में?" बया ने तंज़ किया।

"उससे नूरजहाँ की गायकी, क़ाबिलियत और मक़बूलियत कम नहीं हो जाती, बया। सरहद मुल्कों की होती है, मौसीकी की नहीं।" इस बार अरुंधती ने रोष भरे स्वर में दलील दी।

"ये बातें सुनने में बहुत अच्छी लगती हैं, दी। लेकिन हक़ीक़त तो हक़ीक़त है।" बया ने उसी उपेक्षा भाव से कन्धे उचकाए।

पता नहीं इस पीढ़ी को क्या हुआ है कि अचानक पाकिस्तान को लेकर इतनी ज़्यादा आक्रामक होने लगी है? बात-बात में उलाहने और तंज़। इस बाबत अरुंधती की बया से कई बार बहस हो चुकी है। उसने बया को समझाया है, ये मसला सियासी है और हुकूमतें अपने फ़ायदे के लिए "बाँटो और राज करो" का खेल खेलती हैं। हमें, ख़ासतौर पर हम कलाकारों को ऐसे ज़हरीले ख़यालों और सियासी बँटवारे से बचना चाहिए। कला का धर्म मोहब्बत है। हमारा काम भी मोहब्बत फैलाना है।" अरुंधती ने जिगर मुरादाबादी का शेर दुहराया—

उनका जो फ़र्ज़ है, वो अहल-ए-सियासत जानें,
मेरा पैग़ाम मोहब्बत है, जहाँ तक पहुँचे।

"दीदी, अफ़सोस। न मोहब्बत इकतरफ़ा होती है, न नफ़रत।" बया की ज़िद क़ायम थी।

अरुंधती जानती है, उसकी समझाइश का बया पर कोई असर नहीं होने वाला, उलटे ऐसी बातें करते हुए वह और ज़्यादा उत्तेजित हो जाती है। उसकी बातें भावुकतापूर्ण, राष्ट्रप्रेम और राष्ट्रभक्ति के आवेग से ओतप्रोत होती हैं। ऐसे में उसे समझाना ततैये के छत्ते को छेड़ना है। अक्सर ऐसी बेमानी बहस पर अरुंधती जान-बूझकर विराम लगा देती है। उसे पता है, बया अपने जज़्बाती उफान के बरक्स किसी दलील से सहमत नहीं होगी। बया ही क्या, उसकी पीढ़ी के अधिकांश लड़के-लड़कियों के साथ बहस के दौरान अक्सर ऐसे ही असहमतियों के तल्ख स्वर उभरते हुए पाए हैं। इधर, विश्वविद्यालय कैंपस में बहस के मुद्दे भी भूख, ग़रीबी, मज़दूर, किसान, रोज़गार आदि की जगह देशभक्ति, देशप्रेम, मन्दिर, मस्जिद, हिन्दू और मुस्लिम पर केन्द्रित हो गए थे। इन मुद्दों पर बातें करते हुए युवाओं में गर्वोक्ति होती है...अतिरेकी उत्साह होता है। उनकी बहसों में तथ्य कम, भावना ज़्यादा रहती है। वह स्वयं को असहज ज़रूर पाती है, लेकिन मन-ही-मन ख़ुद को समझा लिया है कि ये पीढ़ी सीखेगी तो अपने अनुभवों से ही सीखेगी। उन पर अपने विचार थोपना ठीक नहीं। वैसे भी अपने विचार थोपना उसकी फ़ितरत नहीं रही। उसकी मन:स्थिति से अनजान बया कैसेट ठीक करने की जुगत में लगी हुई थी। बया का यह उपक्रम देख वह मुस्कराई। जी में आया कि पूछे, "बया, तुम नूरजहाँ को क्यों बचाना चाह रही हो?"

लेकिन उसके प्रयास में व्यवधान डालने के बजाय चुप रहना बेहतर जान पड़ा। कैसेट को न ठीक होना था, न हुआ।

卐

ख़ामोशी खिंचे कमरे में ढेर सारे सामान से लदी-फँदी गुनी बदहवास दाख़िल हुई और बिना किसी की ओर ध्यान दिए, बिफर पड़ी, "आग लागी हौ, आग...!"

"कहाँ आग लगी है गुनी, तन में या मन में?" बया ने जैसे आग में घी डाल दिया।

अगिया बैताल हो उठी गुनी, "हाँ बया रानी, अब तुमहू मजाक कर लौ। हमका तो लागत हौ, कि तुमका बनावे बखत भगवान जी की बुद्धी भरस्ट हुई गवा रहा।" उसी झोंके में अरुंधती को भी आड़े हाथों ले लिया, "अउर ई...इनका तो बड़ा-छोटा

मा कउनो फरक ना बुझात हौ। सबका कपारे पर चढ़ाए रहिहें।"

गुनी का यह उलाहना नया नहीं है। बया से जब भी उसकी नोक-झोंक होती है, वह सारा ठीकरा अरुंधती के सिर फोड़ती है। इस वक़्त भी वह बया से जली-भुनी थी। दरअसल, गुनी अरुंधती की तवज्जो चाहती है। उसके इस उलाहने की एक वजह यह भी थी। अरुंधती गुनी के मन-मिज़ाज को समझती है। उसके उलाहने को दरकिनार कर पूछा, "अच्छा, ये बताओ, सब्ज़ी में क्या-क्या लाई हो?"

"ईहे तो कहत रहे हम, कि हर चीज मा आग लागी है...आग! का सब्जी खरीदे कोई? अब देखौ, आलू डेढ़ सौ रुपया पसेरी, तो प्याज तीन सौ हो गवा है। भिंडी, करेला, परवल, टमाटर की तो पूछो मत! दाम आसमान चढ़ा हौ। अब तुमही बताओ, कोई का खाई सब्जी? मुदा ई बात, तुमरी बयारानी का समझ मा ना आई!"

जैसी गुनी वैसी बया, कोई किसी से कम नहीं। बया ने गुनी के ताने को लपक लिया, "तो सब्ज़ी खाने की क्या ज़रूरत है? मुर्ग़ा खाओ...मछली खाओ...अंडा खाओ। कोई मना किया है क्या?"

"राम, राम, राम! कौन लगे ई मलेच्छन के मुँह?" भुनभुनाती गुनी पैर पटकती हुई किचन में चली गई।

गुनी की हालत पर अरुंधती को तरस आ गया। बया की पीठ पर धौल जमाया, "जाओ, उसे मनाओ, वरना चाय भी नहीं मिलेगी।"

रात में खाने की टेबल पर अनमनी-सी रोटियाँ निगलती अरुंधती को गुनी ने टोका, "का बात हौ, आज मन ठीक ना हौ का?"

"न...न...नहीं गुनी!" सहज दिखने की कोशिश में अरुंधती जबरन मुस्कराई, "वो क्या है कि मन में एक धुन चल रही है, उसी को पकड़ने की कोशिश कर रही हूँ।"

अरुंधती की तबीयत को कुछ नहीं हुआ है, यह जानकर गुनी ने सन्तोष की साँस ली। उसकी उलझन का अन्दाज़ा लगाते हुए पूछा, "बया बतावत रहिन कि तू परधानमंतरी का कवित्त पर धुन बनावा चाहत हौ...मुदा ऊहे बात तो ना हौ?"

अपने प्रति गुनी की यह चिन्ता अक्सर अरुंधती को अभिभूत कर देती है। कभी-कभी वह सोचती है, गुनी का उससे क्या रिश्ता है? महज़ एक सेविका का या एक ऐसी स्त्री का, जो उसकी आश्रिता है? नहीं, माँ-सी चिन्ता, बहन-सा स्नेह और दोस्त-सी सुख-दुःख की साझीदार, इस गुनी से उसका रिश्ता अपरिभाषेय है।

सच तो यह है कि अरुंधती लाख चाहे गुनी की नज़र से उसका सुख, दुःख, भाव, विभाव, राग, विराग कुछ नहीं छुपता।

ख़ाली प्लेट एक ओर सरकाती हुई अरुंधती ऊहापोह की मन:स्थिति में बोली, "हाँ गुनी, है तो वही बात।"

गुनी भड़क उठी जैसे पलीते को चिंगारी छू गई हो,"कवित्त करे से का कोऊ का पेट भरी? परधानमंतरी के पास अउर कउनो काम न है, जो कवित्त करत फिरत हैं? सुनौ, जादा हलकान होवे की जरूरत ना है। माटी डारौ ई परधानमंतरी पर अउर उनका कवित्त पर।"

गुनी प्रधानमंत्री से ही नहीं, पूरी व्यवस्था से नाराज़ है। उसके अन्दर इतना क्रोध, इतनी तल्ख़ी क्यों है, अरुंधती जानती है, इसीलिए कभी उसकी बात का प्रतिवाद नहीं किया। भरी जवानी में पति, बेटा, घर-द्वार, सर्वस्व खो चुकी, एक बेसहारा औरत ने कितने झंझावात झेले हैं, याद करो तो सिहरन हो आती है। गुनी जैसी दर्द की जाई औरतें इस व्यवस्था के कठिन सवाल हैं। ज़ाहिरन, जब तक जवाब नहीं मिलता, उनकी नाराज़गी से आँख नहीं चुराई जा सकती।

वह चुपचाप उठी और अपने बेडरूम में चली गई। बेड पर आँखें मूँदकर लेटी मन-ही-मन प्रधानमंत्री की वह कविता दुहराने लगी। कविता की तासीर ऐसी थी कि नींद उसकी आँखों से दूर जा चुकी थी।

रोज़ की तरह गुनी ने बेडरूम में झाँककर देखा। अरुंधती टकटकी बाँधे छत की सीलिंग निहार रही थी। दबे पाँव अन्दर आई और सिरहाने खड़ी होकर बोली, "अभी सोय जाव! तड़के उठिहो तो बाबा को इयाद करिके बाजा उठइहो। देखिहो धुन काहे ना बनी।"

बिना उसका जवाब सुने गुनी ने स्विच ऑफ़ कर दिया था। बेडरूम झीने अँधेरे में डूब गया।

पिता, पाठशाला, गुरु सब कुछ थे बाबा!

बाबा ने गुरुभाव से शुरू की थी अरुंधती की संगीत-शिक्षा।

"ताल के साथ जुड़ी हुई है लय की अवधारणा।"

ध्यानमग्न बाबा अरुंधती को संगीत का मर्म समझा रहे थे, "संगीत एक अन्विति है, जिसमें गीत, वाद्य और नृत्य तीनों का समावेश होता है। संगीत 'गीत' में 'सम' उपसर्ग के योग से बना है। 'सम' अर्थात सहित और 'गीत' अर्थात् गान। इस "गान

सहित" में निहित है वादन, गायन और नृत्य। विश्व के सभी प्रकार के संगीत में लय तो विद्यमान है परन्तु ताल नहीं। ताल केवल भारतीय संगीत की ही विशेषता है। गायन हो, वादन या कि नृत्य, इस ताल की विशेषता सभी संगीत-रूपों में बनी रहती है। हाँ, यह ताल वैदिक संगीत में नहीं था। वैदिक संगीत जब शास्त्रीय संगीत में विकसित हुआ, तब ताल का प्रयोग प्रारम्भ हुआ।"

अरुंधती का ध्यान बाबा की मुखमुद्रा पर केन्द्रित था। वह उन्हें मंत्रविद्ध सुन रही थी। बाबा किसी अलौकिक आनन्द में निमग्न थे। अरुंधती को अपनी ओर देखते पाकर उन्होंने टोका, "कुछ समझ में आया?"

अरुंधती अपने आप में लौटी। झेंपकर 'हाँ' में सिर हिला दिया।

बाबा ने उसका मन कुरेदा, "कुछ पूछना है?"

वह अपनी जिज्ञासा और साँसों पर काबू नहीं रख पाई, "और लय?"

बाबा प्रसन्न हुए। उसका हौसला बढ़ाते हुए बोले, "यह जिज्ञासा ही सीखने की बुनियाद है, अरु। प्रश्न पूछना कभी मत भूलना। तुम्हारी यह जिज्ञासा ही मेरे ज्ञान, मेरे सामर्थ्य की कसौटी होगी। याद रखो, कोई भी परीक्षा मात्र शिष्य की ही नहीं होती, गुरु की भी होती है। अपने शिष्य के साथ-साथ गुरु भी स्वयं को आविष्कृत करता है।"

अरुंधती चमत्कृत थी बाबा के इस गुरु रूप पर। उनकी इस नसीहत ने उसके मन में व्याप्त भय को दूर कर दिया था। बाबा गूढ़ बातों को भी सहज भाव से समझा रहे थे, "बहुत आवश्यक प्रश्न किया तुमने। लय का अर्थ होता है लीन हो जाना।" बाबा की आँखें शून्य में जा टिकी थीं मानो किसी अदृश्य शक्ति से जुड़ रहे हों। प्रार्थना के एकाग्र स्वर में बोले, "गति और विश्रांति के समन्वय से बनती है लय। जब एक अधिष्ठान के आधार पर गति उठती है और बराबर-बराबर विश्रांति के अनन्तर उसी में लीन हो जाती है, तब लय की महिमा प्रकट होती है।"

बाबा जब बोलते उनकी वाणी में सरस्वती विराजती। उन्हें सुनना संगीत की गूढ़ताओं से परिचित होने जैसा था। बाबा को सुनते हुए गहन तिमिर में भोर की नरम उजास फूटती। मन का कोना-कोना आलोकित हो उठता। वह बाबा के प्रति श्रद्धानत हो, अनथक साधना में जुट जाती।

पखावज के दक्ष वादक और रामचरितमानस के सुकंठी गायक के रूप में ख्यात बाबा पं. रामरतन रामायणी हर संगीत-सम्मेलन की शान होते। उनके साथ संगत की इच्छा हर कलाकार की होती। उनकी संगत में बड़े से बड़े कलाकार की

प्रस्तुति सान पर चढ़ती। उन्होंने भी एक से एक दिग्गजों के साथ संगत करके अपना लोहा मनवाया था। लेकिन बाबा अपने मिज़ाज के मालिक थे। धुन के पक्के। इतनी ख्याति के बावजूद कभी अपना क़स्बा छोड़ने का नहीं सोचा। अपनी मिट्टी-पानी का ऐसा मोह कि बनारस, प्रयाग कहीं भी जा बसने के अवसरों को ठुकराते रहे। उनके प्राण तो बस अपने रसिक मित्रों और क़स्बे के दशहरे और रामलीला में ही बसते थे। क़स्बे के मित्र उनके सुख-दुःख के सहचर थे। बचपन के कई मित्रों को तो वह आज भी 'संघतिया' कहकर ही बुलाया करते थे।

ऐसे ही अभिन्न संघतिया थे, बाबा के बचपन के लँगोटिया दोस्त फ़ैज़ुल अंसारी।

दोनों की दोस्ती ऐसी कि एक की आँख में बसती दूसरे की नींद। एक की नींद में होते दूसरे के सपने। कितने मौसम आए और गए। कितने पतझड़-बसंत छूकर गुज़र गए, लेकिन उन पर किसी मौसम का कोई असर नहीं हुआ। न सावन सूखे, न भादों हरे। वे अलग मिट्टी के बने थे। थोड़े अल्हड़, थोड़े अलमस्त। थोड़े फ़िक्रमंद, थोड़े दुनियादार। दोनों एक-दूसरे के पूरक थे।

बाबा की अंसारी चा' के साथ रोज़ शाम बैठकी लगती। बूटी छनती। दोनों जब पूरी तरह मौज में आ जाते, तब उनकी ऊँची उड़ान देखते बनती। कब, कौन, किसकी ख़बर लेने लगेगा, यह तो शायद ऊपरवाले को भी पता नहीं होता। देश के प्रधानमंत्री से लेकर क़स्बे के छन्नू हलवाई तक उनके सामने पानी भरते। भंग की इसी तरंग में एक दिन अंसारी चा' जब मुँह में बनारसी बीड़ा जमाकर बाबा से मुख़ातिब हुए, तो वह सातवें आसमान पर थे। उसी मौज में उन्होंने बाबा की कमज़ोर नस छेड़ दी, "ए पंडित, ई तुमरा रमायन गावे और पखावज बजावे से कुछ होये-जाये का ना है। लरिकाईं से देखि रहे हैं, आज तक कवनो कमाल ना हुआ। हमरा तो कहना है कि तुम अब कुछ बड़ा सोचो, बड़ा!"

"जमीन पर ना हौ का, बे? लागे बेफजूल बात करे!" बाबा ने अंसारी चा' की उड़ान की डोर खींची।

"सुनौ, पंडित, तुम हमार संघतिया हो, इसीलिए तुमका एक ठो मुफत का सलाह देइ रहे हैं। सोचिहो, शायद अकल मा समाय। हो सकत हौ कब्बो तुमका सद्बुद्धि आए और हमार बात का मरम समझ में आए।"

बाबा पर भी बूटी चढ़नी शुरू हो गई थी। वह भी रंग में आ चुके थे। अंसारी चा' को खा जाने वाली नज़रों से घूरने लगे। अंसारी चा' अपनी ही रौ में बोले, "पंडित, हमरा मशविरा मानो, काहे ना एक ठो गावे-बजावे का इस्कूल खोल लेत

हौ? तुमार इतना नाम-शोहरत हौ, सीखेवाले सब दौड़ के अइहें। शौक का शौक अउर धंधा का धंधा।"

बूटी के नशे में ज़ोर का झटका लगा। बाबा हत्थे से उखड़ गए, "रहि गयो जोलहा के जोलहा। जब ऊपरवाला बुद्धी बाँटत रहा, तुम का घास चरे गए रहे? संघतिया, संगीत साधना हौ, साधना। सीखे मा जिनगी होम करे के पड़त हौ, होम! ई सबके बस की बात ना हौ। बूझौ कि ना?"

बाबा रुके, अंसारी चा' के होंठों पर तिर्यक मुस्कान देख सँभले और संयत हो बोले, "और सुनो, रही सिखावे की बात तो संगीत सुपात्र क़ो सिखावा जात है...ई पँजीरी ना है, जो सबको बाँटा जाए।"

"तो मरिहो भुक्खे!" अंसारी चा' आजिज़ी में बोले।

"तुमरा रहते भुक्खे मरिहें तुमार दुश्मन।" बाबा ने उसी तपाके से अंसारी चा' को चेताया, "कवन दिना काम अइबो तू?"

इस नोक-झोंक के दौरान इस मुक़ाम पर अप्रत्याशित ही अंसारी चा' के स्वर में अवरोह आ गया था। आलाप के उत्कर्ष पर ही उखड़ गई थी उनकी साँस। भर्रा आया था उनका गला, "पंडित, दुश्मन तो बाद में मरिहें, बस ई बूझ जाव कि तुमरा संघतिया के भी भुक्खों मरे की नौबत आइ गवा है।"

अंसारी चा' की मायूसी को नज़रअन्दाज़ कर पाना बाबा के लिए सम्भव न हुआ। वह अंसारी चा' की बात को हँसी-ठट्ठे में नहीं उड़ा सके, "का कहत हौ, संघतिया?"

"ई नेहरू जी जो न करें, सो कम। जब से देश मा पावरलूम आवा है, करघा का दिन खराब हुई रहा है। अब आलम ई हौ कि कच्चा माल की किल्लत और बजार की बेमुरौवती के बीच बड़ी मुश्किल से खिंचाय रही है गाड़ी। बूझि जाव कि करघा का कबर खुदि गवा है, मुदा माटिये डाले की देरी हौ।" अपनी बात पूरी करने के साथ ही हँस पड़े अंसारी चा।

यह हँसी इतनी करुण थी कि बाबा सन्न रह गए। दोनों के बीच अनकही चुप्पी तिर गई थी। बाबा शून्य में ताक रहे थे और अंसारी चा' अपने जज़्बात समेट रहे थे। दोनों के लिए यह कठिन क्षण था। आख़िरकार अंसारी चा' ने स्थिति सँभाली, "देखौ पंडित, हमहूँ बूझत हैं तुमरे मन की बात। हमसे बेहतर तुमार इलम का मोल कउन जानी? आज तक तो हम कभी अइसा नहीं बोले, लेकिन आज हमरी एक बात गाँठ बाँध लौ। जमाना ऊ आय रहा है कि जौन बिकी, उहे टिकी, इलम होवे चाहे इनसान।"

कोई दूसरा मौक़ा होता तो बाबा अंसारी चा' की लानत-मलामत करने से नहीं चूकते, लेकिन बात हँसी-मज़ाक़ की नहीं थी। यह वक़्त बहस-मुबाहिसे का नहीं था। अभी तो जैसे गुम चोट ने उनके होश उड़ा रखे थे। ऐसे वक़्त में अक्सर यही होता है कि बाबा चुप्पी साध लेते हैं। इस वक़्त भी यही हुआ। अंसारी चा' उठे और बाबा से बग़ैर कुछ बोले चल दिए। बाबा ख़ामोश आँखों से अंसारी चा' को जाते देखते रहे। यह वाक़या न हस्बेमामूल था, न ग़ैरमामूली। बाबा कई दिनों तक ख़ुद में खोये-खोये रहे। गुमसुम, ग़मज़दा।

卐

शाम घिर आई थी और बाबा नहीं लौटे थे। ऐसे में अरुंधती की मौज होती। आज भी वो दबे पाँव बाबा के संगीत-कक्ष में घुसकर, पखावज पर हाथ साफ़ करने लगी। दायाँ-बायाँ दोनों को बारी-बारी चेक किया। दाहिने हाथ की हथेली से दोनों सिरों को सहलाया और आश्वस्त होकर जैसे ही एक थाप मारा कि अम्मा के कान खड़े हो गए। वह आँगन में बैठी रात में खाने के लिए सब्ज़ी काट रही थीं। थाप सुनकर वहीं से चिल्ला पड़ीं, "अरे बिटिया, जौन गाँव जाना नाहीं, उसका कोस गिने में काहे हलकान होत हौ? केतनी बार कहा कि ई मरद लोगन का बाजा हौ, लड़की के बजावे की चीज नाहीं। बाकी तुम हौ कि कान पर जूँ ना रेंगत हौ।"

"अम्मा, तुम्हारी यही आदत बहुत ख़राब है। जब देखो एक ही रट लगाए रहती हो, ये काम लड़की का नहीं है, ये काम लड़की को शोभा नहीं देता, ये काम लड़की को नहीं करना चाहिए। ज़माना बदल गया है। हम पूछते हैं, काहे तुम हमको कमतर बनाना चाहती हो?" अरुंधती अम्मा पर बरस पड़ी।

"हम काहे कमतर बनाएँगे...ई फरक तो ऊपरवाला ही किया है...इसमें कोई का कर सकत हौ?" अम्मा थोड़ा नरम पड़ीं, "लड़की हो तो लड़की वाला काम करो। ई पखावज-मिरदंग बजावे का काम लड़की लोग का ना है।"

जाने कब बाबा आँगन में आ खड़े हुए थे। एक भव्य व्यक्तित्व का रौब और उस पर किसी गहरे कुएँ से उठती उनकी गुरु-गम्भीर आवाज़ से अचानक आँगन गूँज गया था। वह अम्मा से पूछ रहे थे, "क्यों भाई, लड़की क्यों नहीं बजा सकती,

पखावज? किस शास्त्र में लिखा है, पखावज सिर्फ़ पुरुषों का वाद्य है? मेरी सलाह मानो, जिस बात की जानकारी ना हो न, वह किसी पर जबर्दस्ती नहीं थोपना चाहिए।"

पति धर्म से बँधी अम्मा बाबा की किसी बात का कभी जवाब नहीं देतीं। सिर पर साड़ी का पल्ला सँभालती उठीं और सीधे रसोईघर में जा घुसीं। यह अजीब था कि बाबा जब भी बाहर से आते अम्मा लोटा-भर पानी लाकर आँगन में ओटे पर रख देतीं। बाबा उसी पानी से हाथ-मुँह धोकर अपने संगीत-कक्ष में दाख़िल होते। यही उन दोनों के प्रेम का तरीक़ा था। उनका प्रेम तरल नहीं था, इसलिए बहता-छलकता दिखता नहीं था। वे एक-दूसरे की ज़रूरतें समझते थे और उसके निर्वाह में तत्पर रहते। वे एक-दूसरे की इज़्ज़त करते थे जैसे वे एक साथ रखे अलग-अलग दो वाद्य हों, जिनकी जुगलबन्दी से ही उनके जीवन में लय हो।

बाबा आँगन में बैठकर हाथ-मुँह धोते हुए बोले, "लगन हो न, तो कोई कुछ भी कर सकता है। चाहे वह स्त्री हो या पुरुष।"

उस दिन बाबा की बातों से उसका आत्मविश्वास बढ़ा था। बचपन से जिस पखावज की गूँज उसके मन-प्राण में बसी थी, उसे विधिवत सीखने का उत्साह अँखुआने लगा था। भय और संकोच के वशीभूत कभी बाबा पर अपनी यह इच्छा प्रकट नहीं कर पाई थी। मन बार-बार पखावज पर थाप देने को मचलता। बाबा की अनुपस्थिति में वह अपने इस शौक़ को अंजाम भी देती। गाहे-बगाहे हाथ आज़माने की यह कोशिश अब तक शौक़िया ही थी। लेकिन आज बाबा की हौसला-अफ़ज़ाई ने उसकी इच्छा को पंख दे दिए थे।

बाबा की ही प्रेरणा से उसने पखावज सीखने की शुरुआत की थी। यह शुरुआत उसके लिए किसी पवित्र अनुष्ठान का हिस्सा बनने की तरह थी। सुबह-सुबह नहा-धोकर तैयार होती और एकाग्र मन संगीत-कक्ष में जा पहुँचती। बाबा इस वक़्त ध्यान-साधना में होते। उनकी आँखें मुँदी होतीं और मुख पर अलौकिक आभा फूट रही होती। अरुंधती उनके चरणों में प्रणाम निवेदित कर उनके सामने बैठ जाती। एक अन्तराल के बाद बाबा आँखें खोलते और शान्त-प्रशान्त स्वर में पूछते, "तैयार हो?"

वह 'हाँ' में सिर हिलाती। पालथी मारकर बैठे बाबा अपने दाहिने घुटने पर दाहिने हाथ से थाप देते हुए अभ्यास आरम्भ करने का संकेत करते और फिर शुरू हो जाता संगीत-शिक्षा का सिलसिला। अरुंधती को आज भी याद है, बाबा की लय में लहराती देहयष्टि और वह स्वर-लहरी, जो अगरबत्ती के धुएँ की मानिंद शनैः-शनैः उठती हुई उसके मन-प्राण में उतरती चली गई थी, "दक्षिण भारत में जिसे

मृदंग कहते हैं, उत्तर भारत में उसे ही पखावज कहा जाता है। यह पखावज सम्पूर्ण ताल वाद्यों का पूर्वज है। आचार्य बृहस्पति ने 'संगीत चिंतामणि' में इसका उल्लेख किया है। संगीत में ताल और छंद का बड़ा महत्त्व है। छंदों में जहाँ मात्राओं का मुख्य स्थान है, संगीत में वही स्थान ताल का है। आशय यह है कि काव्य-रचना में छंद-विधान से जो उपलब्धि होती है, संगीत में वही ताल व लय के समावेश से होती है। काव्य को यदि छंद अनुशासित करता है, तो संगीत को ताल अनुशासित करता है। ध्रुपद, धमार और नृत्य के साथ पखावज का प्रयोग विशेष रूप से होता है। पखावज है तो बहुत पुराना वाद्य, परन्तु अकबर के नवरत्नों में शामिल तानसेन ने जब भगवान दास जी के साथ पखावज की संगत में अपना गायन शुरू किया, तब इस वाद्य को बड़ी पहचान मिली और इसकी प्रतिष्ठा बढ़ी। इन्हीं भगवान दास जी ने अपने शिष्यों को पखावजवादन का हुनर सिखाया और उन्हें दक्ष किया। इनके शिष्यों ने इस वाद्य की शास्त्रीयता को समृद्ध किया। भगवान दास जी की शिष्य परम्परा में ही पखावज का निरन्तर विकास हुआ। बाद के आचार्यों ने अपने विविध प्रयोगों से इसका विस्तार किया। इसी विस्तार और प्रक्रिया में विभिन्न पखावज घरानों की नींव पड़ी।"

बाबा रुके, अरुंधती को चमत्कृत देखकर टोका, "बात समझ में आ रही है?"

उसके 'हाँ' में सिर हिलाने से आश्वस्त हो पूछा, "संगीत में घराना क्या होता है?"

इस बार अरुंधती के माथे पर बल पड़े। बाबा उसकी कठिनाई समझ गए। बिना रुके बोले, "प्राचीन काल में संगीत की शिक्षा गुरु अपने घर के सदस्यों को ही देता था, ताकि यह विद्या उसके परिवार से बाहर न जाए। चूँकि उस समय लिखकर ज्ञान देने या संरक्षित करने की व्यवस्था नहीं थी, इसलिए उनका संगीत-ज्ञान श्रुत परम्परा से ही पीढ़ी-दर-पीढ़ी चलता रहा। कालान्तर में इन्हीं घरानों की संगीत परम्परा के आधार पर इनके नामकरण हुए। गायन और वादन दोनों में घरानों का प्रचलन है। हर घराने की अपनी विशिष्टता है, शैली है, कुछ समानताएँ भी हैं, तो कुछ भिन्नताएँ भी हैं। अब समझ में आया कि घराना किसे कहते हैं?"

अरुंधती ने फिर 'हाँ' में सिर हिलाया। वत्सल-स्नेह से अभिभूत बाबा बोले, "मेरी एक बात याद रखो, प्रश्नाकुलता सीखने-जानने की बुनियादी शर्त है। और हाँ, मेरी एक बात गाँठ बाँध लो। लड़की होने के नाते तो कभी किसी के सामने सिर झुकाकर मत रहना। यह एक पिता की इच्छा नहीं, मेरा गुरु-मंत्र है तुमको।"

अरुंधती बड़ी देर तक अँधेरे में आँखें फाड़े कोई जुगनू पकड़ने का प्रयास करती रही। एक चकमक जिससे रगड़ खाकर कोई कौंध उठे और प्रज्ञा जाग जाए। लेकिन नहीं...उसकी हालत तो उस तैराक-सी हो गई थी, जो समंदर में आए चक्रवात के बीच फँसकर रह गया हो। नींद और जाग की इस जंग में, जब पलकों पर रात का बोझ बढ़ने लगा और फिर भी कविता की चुनौती मन को मथती रही, ठीक तभी बाबा की छवि सिरहाने आ खड़ी हुई। वह विस्फारित नेत्रों से बाबा को देखती रही, बाबा के होंठ हिल रहे थे, "अरु, यह दुविधा तुम्हारे संगीत की नहीं, उस कविता की है, जिसका मर्म तुम नहीं समझ पाई हो। एक कविता के कई अन्तर्पाठ होते हैं, सिर्फ़ मन को अच्छा लगना ही किसी कविता का होना नहीं होता है।"

उसने महसूस किया कि बाबा ने अपना हाथ बढ़ाकर उसके माथे पर रखा है। धीरे-धीरे आँखें मुँदती गईं।

सुबह जागी तो नर्म उजाले का स्पर्श आँखों में सुकून भर गया। खिड़की पर हवा प्रभाती गा रही थी। सामने की दीवार पर बाबा की ऑयल पेंटिंग यथावत मुस्करा रही थी। यह पेंटिंग फ़ाइन आर्ट की मित्र जया घोष ने भेंट की थी। मन-ही-मन बाबा को प्रणाम निवेदित कर उठी, तो लगा जैसे अन्दर छाई धुंध छँट गई हो, निरभ्र आकाश-सा निर्द्वंद्व मन! कविता...धुन...व्यक्तित्व....प्रभामंडल...दुविधा, कुछ भी शेष नहीं। साइड टेबल पर रखे टेप रिकॉर्डर को ऑन किया। बेगम अख़्तर की पुरकशिश आवाज़ गूँज गई—

कोयलिया मत कर पुकार, करेजवा लागे कटार।

बेगम अख़्तर की आवाज़ में गाया यह दादरा उसे बहुत पसन्द है। बार-बार सुनो पर जी न भरे। आँखें मूँदकर सुनो तो अलौकिक आनन्द की अनुभूति होती है।

"कहो तो हरमुनिया हियें लाय दें?" गुनी चाय लेकर हाज़िर थी।

आँखें खोलकर देखा, हल्के प्रिंटवाली सफ़ेद साड़ी, माथे पर चंदन का टीका गले में तुलसी दानों की माला पहने गुनी नहा-धोकर चाक-चौबन्द थी। यह उसकी दिनचर्या की शुरुआत थी। अपने इर्द-गिर्द गुनी की स्नेहमयी उपस्थिति अरुंधती का संबल रहा है। उसके हाथ से चाय का कप लेते हुए बोली, "नहीं गुनी, अब कोई ज़रूरत नहीं है।"

"काहे...का भवा?" गुनी की आँखें फैलीं।

नुक्ता-चीं है ग़म-ए-दिल उसको सुनाए न बने,
क्या बने बात जहाँ बात बनाए न बने।

शेर गुनी के सिर से गुज़र गया। अर्थ उसने अपनी तरह से निकाला, "बुझात हौ बाबा का आशीर्वाद मिल गवा?"

अरुंधती चाय पीते हुए अभी स्वयं में ही खोयी थी। कोई जवाब न पाकर गुनी कमरे से बाहर निकल गई। ये मौन-मुखर संवाद उनके बीच अक्सर चलता रहता है। गुनी कभी समझती है, कभी नहीं समझती। गुनी के लिए अरुंधती हमेशा अधकपारी ही रही है।

अरुंधती रियाज़ के लिए बैठती तो घंटों बीत जाते। तन-मन की सुध नहीं रहती। प्रस्तार, परन, ठेका की बारीकियाँ समझाते बाबा, उसकी एक-एक त्रुटि पर टोकते। कई बार इतनी बुरी तरह डाँटते कि वह सुबक पड़ती। ऐसे समय में बाबा भूल जाते कि अरुंधती उनकी बेटी है। उनका मानना था, संगीत-साधना में रिश्ते बेमानी हैं। शिष्य बस शिष्य है और उसे अपने गुरु की सीख का मान रखना है। इसमें कोई छूट नहीं, कोई ढिलाई नहीं। बाबा का यह व्यवहार अम्मा को नागवार गुज़रता। वह दबी जुबान से आपत्ति जतातीं, "जौन विद्या लड़की सीख नाहीं सकत, ओह बदे उनका जान काहे हलकान करत हौ?"

रुक्मिणी, अरु तुम्हारे लिए सिर्फ़ लड़की होगी, मेरे लिए तो यह आस भी है, औलाद भी है। यह हुनर जितनी बारीकी से सीखेगी अन्ततः इसी के काम आएगा।"

उस दिन बाबा के स्वर में व्याप्त नमी, कथन का निहितार्थ और उस पर बाबा का भरोसा देख, उसका संकल्प और दृढ़ हो गया था। उस दिन के बाद वह जो रियाज़ में जुटी तो माथे पर कभी एक शिकन नहीं आई। देह पसीने में तर-ब-तर हो जाती, उँगलियाँ अकड़-अकड़ जातीं, लेकिन रियाज़ अनवरत जारी रहा। आख़िरकार अम्मा ने भी हथियार डाल दिए थे।

बाबा उसकी लगन और समर्पण से आश्वस्त हुए थे। वह भी दुगुने उत्साह से उसे पखावजवादन की एक-एक बारीकी विस्तार से समझाने लगे थे। "ठेका माने ताल के तयशुदा बोल। ठेके से ही विलंबित लय में ध्रुपद और ख़याल गायन सम्भव हुआ। ध्रुपद, धमार की गायकी में पखावज है तो संगत का वाद्य, परन्तु मेरा दृढ़ विश्वास है, इसमें एकल वादन की पूर्ण क्षमता है।"

बाबा की आँखों में हज़ारों सूर्यों की रोशनी कौंध रही थी। वह अरुंधती को बहुत उम्मीद से देख रहे थे जैसे उनके भीतर कोई सपना मचल रहा हो। इस तेज में उसकी आत्मा भी आलोकित हो उठी थी।

हुलसकर बाबा ने उस पर अपनी आकांक्षा ज़ाहिर की थी, "अरु, तुम चाहो तो पखावज को एकल वादन की प्रतिष्ठा दिला सकती हो। जिस दिन मेरी यह इच्छा पूरी होगी, मैं समझूँगा मुझे गुरु दक्षिणा मिल गई।"

अरुंधती बाबा के उस सपने को पूरा करने के लिए प्राणप्रण से जुट गई थी। अब वह हमेशा बाबा के सपने को जी रही होती। बाबा की एक-एक बात याद करते हुए वह आज भी उनके प्रति कृतज्ञता से भर जाती है। उस दिन ताल के महत्त्व को समझाते हुए जब बाबा ने बताया था, कि ताल के अभाव में संगीत सार्थक नहीं होता, तो वह विस्मय से भर गई थी। उसके सामने संगीत के अनेक गूढ़ रहस्य खुल रहे थे और वह धन्य-धन्य हो रही थी। बाबा ने उसकी जिज्ञासा का शमन करते हुए विस्तार से बताया था, "सारे ग्रह-नक्षत्र अपनी निश्चित गति या लय में गतिमान होते हैं, इसी प्रकार संगीत में भी एक समान गति को लय कहते हैं। गायन, वादन या नृत्य का एक लय में होना अनिवार्य है। लय और ताल का परस्पर गहरा सम्बन्ध है। यदि ताल देह है तो लय उसकी आत्मा। यह कहना अतिशयोक्ति नहीं होगी कि ताल के बिना संगीत नीरस हो जाएगा।"

बाबा के लिए जीवन और संगीत एक-दूसरे के पर्याय थे। सहज, सरल। नेकु सयानप बाँक नहीं। अरुंधती मंत्रमुग्ध हो बाबा को सुनती और बेझिझक अपनी जिज्ञासा व्यक्त करती। ताल के भेद-प्रभेद और लय पर जब प्रश्न करती तो बाबा बेहद धैर्य से समझाते, "ताल संगीत की समय-सीमा का मापक है, जिसमें किसी रचना का विस्तार सम्भव होता है, ताकि सम की महत्ता क़ायम रह सके। आवश्यकता अनुसार तालों का प्रयोग किया जाता है। ध्रुपद, ख़याल के लिए सूल ताल, धमार के लिए तीन ताल, भजन, ग़ज़ल के लिए दादरा, कहरवा, दीपचंदी आदि तालों का प्रयोग होता है।"

बेगम अख़्तर की आवाज़ में जादू है। इस जादू से उबरना उसके लिए कभी आसान नहीं रहा। इस वक़्त भी वह उसी जादुई गिरफ़्त में थी।

कोयलिया मत कर पुकार, करेजवा लागे कटार।

卐

कमर्शियल ब्रेक समाप्त हो चुका था। स्क्रीन पर पहले वाली न्यूज़ रीडर नहीं थी, उसकी जगह अपेक्षाकृत एक अन्य युवा एंकर ने ले ली थी। नेपथ्य का यह खेल दिलचस्प था। देखते-देखते पहली एंकर अदृश्य हो गई थी। सामने बैठा एंकर दर्शकों से मुख़ातिब था, "भारत अब परमाणु शक्ति सम्पन्न देशों में शामिल हो गया है। हमारे वैज्ञानिकों ने पोखरण फायर रेंज में सफल परमाणु परीक्षण करके भारत का सिर ऊँचा कर दिया है। इस शानदार कामयाबी से पूरे देश में, ख़ुशी का माहौल है। इसी शानदार उपलब्धि पर बातचीत करने के लिए हमारे साथ स्टूडियो में मौजूद हैं, भाभा परमाणु अनुसंधान केन्द्र के पूर्व न्यूक्लियर साइंटिस्ट एस.के. रामास्वामी, सेवानिवृत्त मेजर जनरल वी.के. प्रसाद, राजनीतिक विश्लेषक शिवशंकर तिवारी और राघव आनन्द। इससे पहले कि हम अपने पैनल से बातचीत शुरू करें, देखिए हमारी यह विशेष रिपोर्ट।

यह एक डॉक्यूमेंट्री थी। दृश्यों के साथ नेपथ्य से कमेंट्री भी चल रही थी—

"राजस्थान के जैसलमेर ज़िले का एक छोटा-सा क़स्बा पोखरण। यह गुमनाम क़स्बा पहली बार तब चर्चा में आया, जब भारत ने 18 मई, 1974 को यहाँ से लगभग चालीस किलोमीटर दूर थार के रेगिस्तान में परमाणु विस्फोट किया। यह स्थल भारतीय सेना का फायरिंग रेंज है और सुरक्षा की दृष्टि से बेहद संवेदनशील क्षेत्र है। तत्कालीन प्रधानमंत्री इंदिरा गांधी की राजनीतिक इच्छाशक्ति के साथ ही भारतीय वैज्ञानिकों और हमारी सेना के संयुक्त उद्यम से हुए उस सफल भूमिगत परमाणु परीक्षण से दुनिया हैरान हो गई थी और आज चौबीस साल बाद, एक बार फिर भारत ने दुनिया को हैरानी में डाल दिया है। इस बार के परीक्षण का दिलचस्प पहलू यह है कि अमरीकी सेटेलाइट की निगरानी और दुनिया-भर की ख़ुफ़िया एजेंसियों को चकमा देकर भारत ने इस परीक्षण को अंजाम दिया है। प्रधानमंत्री ने इस परीक्षण की सफलता की घोषणा करते हुए मिशन से जुड़े वैज्ञानिकों और सेना के जवानों को बधाई दी है।"

स्क्रीन पर प्रधानमंत्री का चेहरा उभरा। इस विज़ुअल में वह प्रेस को सम्बोधित कर रहे थे। उनकी घोषणा एक बार फिर सुनाई दी, "पोखरण फायरिंग रेंज में भारतीय वैज्ञानिकों और सेना ने आज अपराह्न तीन बजकर पैंतालीस मिनट पर तीन सफल परमाणु परीक्षण किए हैं, जिनमें एक फ़्यूजन और दो फिजन बम शामिल थे। इस

परीक्षण की सफलता से आज हर भारतीय गर्व महसूस कर रहा है।"

डॉक्यूमेंट्री के ख़त्म होते ही एंकर पर्दे पर नज़र आया। वह बोल रहा था, "ये थी हमारी एक्सक्लूसिव रिपोर्ट। आइए, अब मुख़ातिब होते हैं अपने पैनल से। सबसे पहले न्यूक्लियर साइंटिस्ट रामास्वामी जी से जानना चाहूँगा, सर, भारत की इस उपलब्धि पर आपकी पहली प्रतिक्रिया क्या है?"

क्लीन शेव्ड रामास्वामी ज़बरदस्त उत्साह से भरे हुए थे, "मेरी समझ से यह देश के लिए एक बहुत बड़ी उपलब्धि है। अब हम दुनिया के न्यूक्लियर क्लब में शामिल हो चुके हैं। यह सब हमारी एक लम्बी तैयारी का नतीजा है। हमारे साइंटिस्ट काफ़ी समय से इस टेस्ट की तैयारी में जुटे थे। इन फैक्ट, उन्हें इस टेस्ट के लिए सरकार के आदेश की प्रतीक्षा भर थी। राजनीतिक नेतृत्व की मज़बूत इच्छाशक्ति से ही यह सम्भव हो पाया है। पहले परमाणु परीक्षण के बाद अगर इस परीक्षण को चौबीस साल लग गए, तो इसकी वजह थी राजनीतिक नेतृत्व का निर्णय न ले पाना। बहरहाल, देर आयद दुरुस्त आयद। यह प्रोजेक्ट डीआरडीओ और बार्क का ज्वाइंट एफ़र्ट था। इस परीक्षण के बाद भारत परमाणु शक्ति सम्पन्न देशों की श्रेणी में आ खड़ा हुआ है। आज का दिन हम सबके लिए गर्व का दिन है। लेट अस सेलिब्रेट।"

"मेजर साहब, इस बाबत आप क्या कहना चाहेंगे? इस कामयाबी में सेना की भूमिका को आप कैसे देखते हैं?"

"देखिए, यह कामयाबी हमारे लिए कई मायने में बहुत महत्त्वपूर्ण है। यह हमारे वैज्ञानिकों की गौरवपूर्ण कामयाबी तो है ही, सामरिक लिहाज़ से भी यह हमारे लिए बहुत अहम उपलब्धि है। जैसा कि हम सब जानते हैं, चाइना ऑलरेडी एक न्यूक्लियर पावर है और हमारी सीमाओं पर उसका दबाव हमेशा बना रहता है। वह हमारे लिए एक बड़ा और परमानेंट थ्रेट है। लेकिन ख़ुफ़िया ख़बरें बताती हैं कि पाकिस्तान भी अमरीका के सहयोग से न्यूक्लियर टेस्ट की तैयारी में जुटा है। वह कभी भी ऐसे धमाके कर सकता है, बस यह केवल समय की बात है। ऐसी भू-राजनीतिक परिस्थितियों के मद्देनज़र हम किसी भी ख़तरे से आँखें मूँदे नहीं रह सकते।

"आज की हमारी यह कामयाबी उसी दिशा में उठाया गया एक ज़रूरी क़दम है। हमें हर ख़तरे से मुक़ाबले के लिए तैयार रहना है। अब जबकि हम न्यूक्लियर पावर बन चुके हैं, यक़ीनन हमारी सामरिक क्षमता बढ़ी है। अब कोई भी हमें आँख दिखाने से पहले दस बार सोचेगा। मैं एक बात और स्पष्ट कर दूँ, हमारे

इस परीक्षण की ख़ास बात यह थी कि अमरीकी सेटेलाइट हम पर नज़र रखे हुए था, अमरीकी ख़ुफ़िया एजेंसी, सीआईए लगातार हमारी रेकी कर रही थी। पाकिस्तान की ख़ुफ़िया एजेंसी आईएसआई भी हमारी गतिविधियों को सूँघती फिर रही थी। ऐसे में सबकी नज़र बचाकर इस परीक्षण को अंजाम दे पाना आसान नहीं था। परन्तु हमने यह कर दिखाया, तो इसका श्रेय पोखरण फायरिंग रेंज में तैनात हमारी सेना को जाता है। सेना ने दुनिया को इस तैयारी की भनक तक न लगने दी और यह करिश्मा हो गया। आज का दिन भारतीय सेना और साइंटिस्टों को सैल्यूट करने का है।"

मेजर जनरल की जोशपूर्ण टिप्पणी के बाद एंकर ने राजनीतिक विश्लेषक राघव आनन्द से भी उनकी राय जाननी चाही।

राघव आनन्द ने सीधे सरकार पर निशाना साधते हुए अपनी बात शुरू की, "इस उपलब्धि का श्रेय सरकार को नहीं, हमारे काबिल वैज्ञानिकों और बहादुर सेना को जाता है। सच तो यह है कि नेहरू जी के नेतृत्व में हमारी सरकार ने सन् 1954 में भाभा एटॉमिक रिसर्च सेंटर (बार्क) की स्थापना के साथ ही इस कार्यक्रम की नींव डाल दी थी। सन् 1974 में पहले परमाणु परीक्षण के साथ ही तत्कालीन प्रधानमंत्री इंदिरा गांधी ने भारत को परमाणु सम्पन्न देशों की श्रेणी में ला खड़ा किया था। बाद के दिनों में भी हमारी सरकार इस कार्यक्रम को आगे बढ़ाती रही, जिसके फलस्वरूप आज यह परीक्षण सम्भव हो पाया है। इसका श्रेय मैं अपने वैज्ञानिकों को देना चाहूँगा। साथ ही सरकार को आगाह करना चाहूँगा कि इसका राजनीतिकरण करने से बचे।"

शिवशंकर तिवारी सत्तारूढ़ दल के प्रवक्ता थे। अपनी प्रतिक्रिया देने से पहले वह कुछ इस अन्दाज़ में मुस्कराए मानो राघव आनन्द का मखौल उड़ाने का संकेत दे रहे हों। वैज्ञानिकों, सेना और देश की जनता को बधाई देने के बाद उन्होंने अपनी बात शुरू की, "आज का दिन हम सबके लिए राष्ट्रीय गर्व का दिन है। आज भारत माता का सिर ऊँचा हो गया है। हमारे मित्र राघव आनन्द जी ने कहा कि परमाणु कार्यक्रम की नींव उनकी सरकार ने डाली थी। बेशक डाली थी, लेकिन उसका हासिल क्या था? सन् 1974 का परीक्षण भारतीय न्यूक्लियर ऊर्जा प्रोग्राम से सम्बन्धित महज़ एक सामान्य प्रयोग का हिस्सा था। लेकिन आज हमने हाइड्रोजन बम जैसे उच्च स्तरीय डिटोनेटर का परीक्षण करके दुनिया को एटॉमिक शक्ति सम्पन्न देश होने का अहसास कराया है। मैं अपने विद्वान मित्र से जानना चाहूँगा

कि जब उनकी सरकार केन्द्र में थी, तो उन्हें यह परीक्षण करने से किसने रोका था? दरअसल, आप यह काम नहीं कर पाए तो इसकी बड़ी वजह थी राजनीतिक नेतृत्व में इच्छाशक्ति की कमी। हमारी सरकार ने प्राथमिकता के आधार पर इस परीक्षण को कर दिखाया है। निश्चित ही यह नेतृत्व की दृढ़ इच्छाशक्ति से ही सम्भव हुआ है। इसके लिए प्रधानमंत्री जी कोटिश: बधाई के पात्र हैं।"

एंकर ने जोश भरी आवाज़ में हस्तक्षेप किया, "इस परमाणु परीक्षण मिशन का नेतृत्व कर रहे वरिष्ठ वैज्ञानिक डॉ. कलीमुद्दीन अंसारी ने कुछ देर पहले एक बयान दिया था। आइए सुनते हैं, क्या कहा उन्होंने।"

स्क्रीन पर सपनीली आँखों वाले वैज्ञानिक डॉ. कलीमुद्दीन अंसारी की छवि नज़र आई और फिर उनका बेहद गम्भीर स्वर उभरा, "यस, वी हैव डिड इट। हमने कर दिखाया!"

卐

क्या कर दिखाया कल्लू? विनाश का यह साजो-सामान बनाकर तुमने क्या कर दिखाया? इससे क्या हासिल होगा? किसके ख़िलाफ़ इस्तेमाल होगा यह? क्या इस बम को पता है, दोस्त कौन है और दुश्मन कौन? क्या सत्ताओं के हितों से तय होगा, हमारा दुश्मन और दोस्त? सियासतों की बिसात पर ही होगी मनुष्यता की शह-मात? सवाल ही सवाल थे और जवाब नदारद।

गहरे उच्छ्वास के साथ अरुंधती ने टी.वी. ऑफ़ कर दिया। कमरे में रहस्यमय नीरवता छा गई। एकबारगी किसी डरावने अहसास ने गिरफ़्त में ले लिया था। इससे पहले कि यह भय उस पर हावी हो, उसने ख़ुद को संयत कर तेज़ आवाज़ में गुनी को पुकारा। पुकार में व्यग्रता थी। गुनी भागती हुई आई और चिन्तातुर हो पूछा, "का हुआ? एतना परेशान काहे हो? कुछ चाही का?"

एक साथ इतने सवाल? उसे तुरन्त महसूस हुआ कि उसने बेवजह गुनी को आवाज़ लगाई है। मन की हालत छुपाने की कोशिश में बोली, "कॉफ़ी पिला सकती हो?"

"बस, एही बदे एतना छटपटात रहौ? हमरा तो माथा खराब हुई गा, कि पता नाहीं कउन आफत आय गवा!" गुनी बड़बड़ाती हुई किचन में जा घुसी।

कॉफ़ी की प्रतीक्षा करते हुए वह मन के थिराने का यत्न करती रही। पर मन था कि अतीत की साँकलें खटखटाए जा रहा था। स्मृति-पटल पर आती-जाती कल्लू की छवि मन को बेसाख़्ता पीछे खींचे लिए जा रही थी। पिछले पन्ने फड़फड़ा रहे थे और सपनीली आँखों वाला एक लड़का वरक़-वरक़ झाँक रहा था।

अंसारी चा' जब अपने साथ कल्लू को लेकर आए थे, उस वक़्त अरुंधती संगीत-कक्ष में बैठी रियाज़ कर रही थी। बाबा रामलीला की तैयारी में अग्रवाल धर्मशाला गए थे। उनकी पूरी टीम वहीं रिहर्सल करती थी। अम्मा रसोई में थी। अपने आगमन की सूचना देने के लिए अंसारी चा' ने हमेशा की तरह ओसारे से ही आवाज़ लगाई थी, "अरे संघतिया, कहाँ हो भाई, देखो कउन आवा है?"

अंसारी चा' की आवाज़ सुनकर अरुंधती बाहर आई थी। उन्हें प्रणाम करके उनके पीछे खड़े कल्लू को कौतूहल से देखा था।

"ई कल्लू है, अरु, हमार बिटवा। ममहर में रहत है। इस बार दशहरा की छुट्टी मनावे आवा है।" सपनीली आँखों वाले उस लड़के कल्लू का अंसारी चा' ने जब परिचय कराया था तो उसे देखकर अरुंधती बड़ी मुश्किल से अपनी हँसी रोक पाई थी। किसी नमूने से कम न था वह। निहायत कार्टून जैसा। चारखाने की लुंगी, घुटनों तक आता भूरे रंग का कुर्ता और सिर पर जालीदार गोल टोपी। दुबला-पतला, साँवला-सा वह लड़का लड़कियों की तरह शरमा रहा था। अंसारी चा' के पीछे उनका कुर्ता कसकर पकड़े हुए था। कुल जमा उसकी शक्लो-सूरत देखते हुए अरुंधती को अपने पेट में उठ रही गुदगुदी को रोके रखना मुश्किल हो रहा था।

"संघतिया अभी लउटा नहीं क्या, अरु?" अंसारी चा' ने पूछा।

"नहीं चा, बाबा तो अभी नहीं लौटे हैं। आप बैठिए न!"

अंसारी चा' ओसारे में पड़ी एक कुर्सी पर बैठ गए। कल्लू उनके पीछे कुर्सी की ओट में खड़ा हो गया था। अरुंधती मुतवातिर उसे देखे जा रही थी।

इस बीच अम्मा भी दरवाज़े से आ लगी थीं। वहीं से खड़े-खड़े बोलीं, "देखा तो कितना बड़ा होय गए हैं कल्लू। का बिटवा, कब्बो आपन घर इयाद ना आवा?"

"सलामवालैकुम!" कुर्सी की ओट से निकलकर कल्लू ने अम्मा को सलाम किया और उसी तेज़ी से कुर्सी की ओट में जा छुपा। उसकी मिमियाती आवाज़ सुनकर अरुंधती बड़ी देर से ज़ब्त अपनी हँसी नहीं रोक पाई। उसकी इस हरकत पर अम्मा ने आँखें तरेरीं।

अंसारी चा' अम्मा को बता रहे थे, "भाभी, आप तो जानत हौ, कल्लू के

मामा-मामी को कोई औलाद ना है। बेचारू लोगन का जीव कल्लुए में बसत हौ। बहुत दिन हुई गा रहा तो हमरे ज़िद पर एही छुट्टी-भर भेजे को राजी हुए।"

"कवन क्लास मा पढ़त हौ बिटवा?" अम्मा ने पूछा।

"आठवीं में।"

"आपन घर तो हियें है, बिटवा। घरे तो आवे का चाही न!"

कल्लू कुर्सी की ओट से बाहर आया और अरुंधती को एकटक अपनी ओर देखते पाकर शरमा गया। अंसारी चा' ने उसका हाथ पकड़कर अपने पास खींचा और उसके माथे पर प्यार से हाथ फिराते हुए बोले, "भाभी, कल्लू को रामलीला देखे का बड़ा शौक है। हम कहे, कि पहिले रमायण के जानो, फिर रामलीला देखे का असल लुत्फ आए। सोचा, इनका पंडित के हवाले कर दें। संघतिया से बेहतर भला और कउन रमायन का मरम समझा सकत हौ?"

"अबेर हुई रही है, अब तक तो आ जाए के चाहत रहा।" अम्मा के स्वर में बाबा के आगमन में हो रहे विलम्ब की चिन्ता थी।

अंसारी चा' कल्लू के बारे में बातें करते हुए उल्लास से भरे थे। लम्बे अन्तराल के बाद मिले बेटे के प्रति उनका वात्सल्य उमड़ रहा था। अम्मा भी अंसारी चा' को ध्यान से सुन रही थीं। उन दोनों की बतकही से ग़ाफ़िल अरुंधती लगातार कल्लू को देखे जा रही थी और होंठों में ही मुस्की छाँट रही थी। अरुंधती की इस हरकत से झेंपा कल्लू अपने आप में सिमटा जा रहा था। इस पहली मुलाक़ात के दौरान अरुंधती और कल्लू के बीच जारी यह चकल्लस तब तक चलता रहा, जब तक बाबा आ नहीं गए। बाबा को देखते ही अरुंधती ने अपने चेहरे पर मासूमियत ओढ़ ली थी।

"गवनिया-बजनिया सबसे बड़ी जल्दी छूट गा?" अंसारी चा' ने आदतन बाबा को छेड़ा।

"लग रहा कि जैसे-जैसे उमिर बढ़ रही, वैसे-वैसे सठिया रहे हो?" बाबा ने भी उसी अन्दाज़ में चुहल की। फिर कल्लू की ओर देखकर हहाये,"अरे भाई, ई अपना कल्लू कब आवा?"

"कल रात आवा है, एकर मामा पहुँचा गए।"

"कौन क्लास में हो, बेटा?"

"आठवीं में।" इस बार कल्लू की मिमियाती आवाज़ निकली, "हमको रामायण पढ़ाइएगा?"

"तुम रमायण पढ़ोगे? किसने कहा तुमको रमायण पढ़ने को?" बाबा ने पूछा।

जवाब में कल्लू ने अंसारी चा' की ओर तर्जनी उठा दी।

"कसमे, बिटवा को काफ़िर बनावे का इरादा हौ का?" बाबा मौज में आ गए थे। अंसारी चा' बस मुस्कराकर रह गए थे।

कल्लू बाबा के साथ रोज़ रामलीला के रिहर्सल में जाने लगा था। वही कुर्ता, लुंगी और गोल टोपी। अरुंधती उसे विनोद भाव से देखती और वह शरमा जाता। इसी मनोविनोद में उसने एक दिन टोका था, "ढंग से पोशाक पहनते तो आदमी भी लगते। ये क्या कार्टून बने रहते हो?"

"कोई पोशाक से नहीं, विचार से आदमी बनता है।" तपाक से जवाब दिया था कल्लू ने।

अरुंधती जिसे कार्टून समझकर हमेशा हँसी का पात्र समझती रही, आज उसी का जवाब सुन उसके होश उड़ गए। उसे लाजवाब कर कल्लू बाबा के साथ रामलीला के रिहर्सल में चला गया था। वह हारमोनियम लेकर रियाज़ में जुट गई थी। लेकिन आँखों में बार-बार कल्लू की छवि मचलती और उसकी एकाग्रता भंग हो जाती।

देर शाम लौटे बाबा। कल्लू भी उनके साथ था। अरुंधती का साहस न हुआ कि कल्लू का मज़ाक़ बना सके। ग्लानि से भरी मौन साधे रही। अम्मा ने लोटा-भर पानी आँगन की ओट पर रखकर कल्लू से पूछा, "ए बिटवा, इतना दिन से रामलीला देखत हो, रमायन से का सीखे?"

इहाँ कुम्हड़बतिया कोउ नाहीं,
जे तरजनी देखि मरि जाहीं।

कल्लू ने रामायण की चौपाई का सस्वर पाठ शुरू कर दिया।

"इसका अर्थ भी बूझे कि ऐसे ही रटंत विद्या?" बाबा हँसे।

"अर्थ बताएँ?"

"बताओ!"

"ये परशुराम-लक्ष्मण संवाद का प्रसंग है। परशुराम जी को चेताते हुए लक्ष्मण जी कहते हैं कि—आप इस सभा में किसी को कमज़ोर समझने की भूल न करें। यहाँ कोई भी कुम्हड़े की बतिया नहीं है, जो आपके बार-बार तर्जनी दिखाने से मर (कुम्हला) जाएगा।"

कल्लू ने किसी विजेता की तरह बाबा की ओर देखा। बाबा ने शाबासी में उसकी पीठ थपथपाई। अरुंधती चिढ़ गई।

अम्मा लाड़ जताते हुए बोलीं, "देखो तो, कितना तेज हौ कल्लू का दिमाग़!"

अम्मा से भी उसकी तारीफ़ सुनकर वह जल-भुन गई। होंठों में ही भुनभुनाई, "बड़ा आए हैं तेजू खाँ।"

बाबा हाथ-मुँह धोकर अरुंधती से मुख़ातिब हुए, "अरु, तुम आज क्या रियाज़ की?"

"तीन ताल बजाए।"

"कितनी मात्रा?"

"सोलह।"

"और बोल?"

"धा धीं धीं धा। धा धीं धीं धा। धा तीं तीं धा। ता धीं धीं धा।"

अरुंधती बोल सुना रही थी और इस बार चकित होने की बारी कल्लू की थी। वह अरुंधती को मुग्ध हो सुन रहा था।

बाबा का स्वर गूँजा, "आगे?"

"धाधा धीं धी धीं धा। धाधा धीं धी धीं धा। धा धा तीं तीतीं ता। ताता धीं धीधी ता।"

दाहिने हाथ की चुटकी के साथ बोल सुनाते अरुंधती की मुखमुद्रा बहुत स्निग्ध हो आई थी। अरुंधती के बोल समाप्त करते ही कल्लू ने बेसाख़्ता ताली बजाई।

बाबा मुस्कराए, "कुछ बुझाया कि झुट्ठे ताली बजा दिए?"

कल्लू घबरा गया। उसका घबराना अरुंधती को अच्छा लगा। अब आया ऊँट पहाड़ के नीचे।

कल्लू का मन रामलीला में रमने लगा था। वह हर दिन कभी राम का स्वाँग करते हुए तीर-धनुष चलाता, तो कभी हनुमान बनकर गदा भाँजने लगता। अरुंधती उसका अभिनय देखकर ख़ूब हँसती। उसके डायलॉग सुनकर तो लोटपोट हो जाती। एक दिन धनुष पर तीर चढ़ाकर कल्लू ने आसमान की ओर निशाना साधकर डायलॉग मारा, "रुक जा दुष्ट रावण, मैं तुझे अग्निबाण का प्रताप दिखाता हूँ। आज तू मेरे हाथों से नहीं बच पाएगा।"

अरुंधती खिलखिलाकर हँस पड़ी। कल्लू का मज़ाक़ उड़ाते हुए बोली, "तुम राम नहीं, रावण के रोल में सही लगोगे।"

कल्लू ने रसोई में जाकर अम्मा से उसकी शिकायत की। "अम्मा, इस ढोलक को समझा लो, जब देखो तब बजती रहती है।"

अम्मा मुस्कराईं, "बिटवा, ढोल का काम ही हौ बजना।"

अरुंधती दबे पाँव कल्लू के पीछे आ खड़ी हुई थी। अम्मा की बात सुनकर उसका चेहरा तमतमा गया।

"अम्मा भूख लगी है।" कल्लू ने मासूमियत से पैंतरा बदला।

"भुक्खड़!" अरुंधती भीतर से भरी हुई फट पड़ी, "तुम्हारा घर नहीं है क्या?"

"मेरे घर में अम्मा नहीं है।"

कल्लू का जवाब सुन अम्मा छछन गईं। पलटकर बोलीं, "काहे बिटवा, अइसा काहे कहत हौ...हम का तुमार अम्मा ना हैं?"

अरुंधती पाँव पटकती, ओसारे में चली गई। नाराज़गी से उसका मुँह बुरी तरह सूज गया था।

बाबा ने पूछा, "क्या हुआ, काहे मुँह फुला के बैठी हो?"

बाबा की आवाज़ सुनकर अम्मा भी ओसारे में आ गईं। अरुंधती की नाराज़गी का कारण अम्मा ने बताया। बाबा ठठाकर हँसे, "ऐसा करो, तुम दोनों अम्मा को आधा-आधा बाँट लो, सारी समस्या हल।"

बाबा इतना खुलकर बहुत कम ही हँसते हैं। उनकी इस ठिठोली में अम्मा भी शामिल हो गईं। अरुंधती का गुस्सा काफ़ूर हो गया था। उसकी भी हँसी छूट गई। कल्लू की हँसी तो रोके नहीं रुक रही थी।

अम्मा थालियों में खाना लगा चुकी थीं। बाबा के साथ अरुंधती और कल्लू भी बैठे। अम्मा ने सबके सामने थाली परोसी। कल्लू के प्राण सेवइयों में बसते थे। वह सेवइयों पर टूट पड़ा।

खाने के दौरान बाबा ने पूछा, "अरु, आज का रियाज़ कैसा रहा?"

अरुंधती चुप। तबीयत ठीक न होने से आज रियाज़ नहीं कर पाई थी। अपराधबोध के मारे सिर झुकाए आँखें थाली में गड़ाए रही। बाबा ने सख़्त स्वर में चेताया, "अरु, लापरवाही ठीक नहीं। याद रखिए, सिद्धि आलस्य से नहीं, कठिन साधना से प्राप्त होती है।"

अम्मा अरुंधती के बचाव में उतर आईं, "एक दिन रियाज़ ना किहिन तो कवन पहाड़ टूट गवा?"

अम्मा के प्रतिवाद का जवाब दिए बग़ैर बाबा आसन से उठ गए। उनके मौन

का अर्थ था, वह कुछ सुनने को तैयार नहीं। आँगन में हाथ-मुँह धोने के बाद वह ओसारे में पड़ी चौकी पर जा लेटे।

अरुंधती का उतरा चेहरा देखकर कल्लू ने पूछा, "रिहर्सल काहे नहीं किया?"

"तुम्हारे राम-रावण युद्ध के चलते नहीं किया।" कुढ़कर जवाब दिया और उठकर आँगन में चली गई।

कल्लू पीछे-पीछे आया, "लक्ष्य से ध्यान भटकना नहीं चाहिए।"

"बड़ा आए ज्ञान बघारने!" वह भुनभुनाई।

卐

कॉफ़ी ठंडी हो चुकी थी। गुनी कब टेबल पर कॉफ़ी रख गई, पता ही न चला। वह कुछ बोली भी थी या नहीं, उसे याद नहीं। याद है, तो बस इतना कि जब टी.वी. पर कल्लू दिखा था, तो उसके चेहरे पर गहरी लकीरें थीं जैसे किसी बुलंद इमारत पर दरारें उभर आई हों। लेकिन उसकी खोई आँखों में वही रहस्यमय चमक थी, जिससे वह हमेशा बचती रही थी। उन आँखों को याद करो तो रोम-रोम रोमांचित हो जाता है। वह ठंडी आह भरती कमरे को निहारती है और हैरान हो उन दीवारों का मुआयना करने लगती है, जिन पर अभी-अभी मांस के लोथड़े और ख़ून के छींटे नज़र आ रहे थे। ताज्जुब कि दीवारें साफ़ थीं। फ़र्श पूर्ववत् बेदाग़ चमक रहा था। तो अभी जो कुछ उसके साथ होकर गुज़रा है, वह क्या था... हैलुसीनेशन? मन का भ्रम?

मन? मन का भ्रम?

"मन के बिना कोई कार्य सम्भव नहीं होता, अरु!" कल्लू ने हल्की स्मिति के साथ समझाया था, "यह बात वेदों में भी कही गई है।"

"तुम वेद पढ़ते हो?" अरुंधती कल्लू के मुँह से वेद का ज़िक्र सुनकर दंग थी।

"ज्ञान कहीं भी हो उसे ग्रहण करना चाहिए, फिर वेद तो हमारे ज्ञान के आदि भंडार हैं।"

"हमको शक है कि तुम एअरोनोटिकल इंजीनियरिंग पढ़ते हो। कहीं गुरुकुल तो नहीं ज्वाइन कर लिया?" छेड़ा था अरुंधती ने।

कल्लू रहस्यमय अन्दाज़ में मुस्कराए जा रहा था। उसकी आँखों में अपनी

छवि देखकर अरुंधती का चेहरा रक्ताभ हो आया। पहली बार ऐसा हुआ था कि उसने अपनी धड़कनों को बेतरतीब होता महसूस किया था।

इस बार भी कल्लू दशहरे की छुट्टियों में घर आया था।

वह कहीं भी रहे, कितना भी व्यस्त हो, दशहरे में आने का अवसर निकाल ही लेता। उसका मन रामलीला में इस क़दर बसता था कि उसने पूरा रामचरितमानस कंठस्थ कर लिया था। एक-एक चौपाई के अद्भुत भाष्य करता। कई दूसरी राम-कथाओं से सन्दर्भ और उद्धरण लेकर उसके अर्थांतरों की व्याख्या करता। उसकी व्याख्याओं को सुनकर बाबा उसका लोहा मान जाते। कल्लू की तर्कपूर्ण स्थापनाओं से अरुंधती भी कम चकित नहीं होती।

जिस कल्लू को बचपन में तीर, धनुष, गदा, चक्र का कौतूहल आकर्षित करता था, उसे अब रामायण का मर्म, राम का आदर्श प्रभावित करने लगा था। अपने इस जुनून के बारे में उसने स्वयं बताया था, "अरु, मानस का जीवन-दर्शन और बाबा का रिद्म मेरे मन-प्राण में बसते हैं। मुझे इन दोनों से बहुत शक्ति मिलती है।"

"तब तो तुम्हें इंजीनियर नहीं, रामायणी बनना चाहिए था।"

अरुंधती उसे छेड़ने का कोई अवसर नहीं छोड़ती। इस छेड़छाड़ में अब बचपन वाली ईर्ष्या नहीं, एक मुलायम क़िस्म का राग शामिल हो गया था।

"हाँ, तब मैं कहलाता पंडित कलीमुद्दीन रामायणी।" कल्लू खुलकर हँसता।

कल्लू की यह हँसी अरुंधती के मन में ठहर गई थी। वह मद्धिम स्वर में बोली थी, "तुम जब खुले मन हँसते हो, किसी शिशु की तरह लगते हो।"

"ये खुला मन क्या होता है, अरु? एक शिशु भाव ही तो। मन निश्छल, निर्विकार न हो तो खुलकर हँसना भी सम्भव नहीं। यजुर्वेद में कहा गया है, 'यस्मान न ऋते किच्चन कर्म क्रियते' अर्थात् मन के बिना कोई कार्य सम्भव नहीं होता।"

कल्लू की गहरी आँखों का रहस्य और गहरा गया था। इस रहस्य के पार जाना अरुंधती के लिए कभी सम्भव नहीं हुआ। इसी वजह से वह कल्लू की आँखों से बचती।

नज़र में बन्द करे है तू एक आलम को,
फ़ुसूँ है सेहर है जादू है क्या है आँखों में।

—शेख जहूरुद्दीन हातिम

डोरबेल लगातार बजे जा रही थी। दरवाज़े पर कोई था, जो बेतरह अधीर लग रहा था। अरुंधती जब तक उठती, गुनी अन्दर से लपकती हुई आई और दरवाज़े के पार खड़े अदृश्य को सम्बोधित हुई, "अरे, धीर धरो, धीर। आइ रहे हैं।"

दस्तक की तेज़ होती आवाज़ और गुनी की बड़बड़ से अरुंधती भी उत्सुकता से दरवाज़े की ओर ताकने लगी। दरवाज़ा खुला। दरवाज़े के बीचोबीच शैतानी मुस्कराहट लिए बया खड़ी थी। पहले से ही खार खाई गुनी भड़क उठी, "धीर ना धरा जात हौ, जो घंटी पेर मारी?"

"अन्दर आने दोगी या यहीं से बाहर कर दोगी?" बया हँसी।

"हमार बस चले न, तो दरवाज़ा से नाहीं, तुमका ई सहरे से बाहर कर दें।"

"गुनी, तुम्हारी यह इच्छा पूरी नहीं होने वाली, क्योंकि अभी शहर के सारे रास्ते जाम हैं।" गुनी के बगल से निकलती बया ड्राइंगरूम में दाख़िल हो गई। सामने अरुंधती को परेशान देख ठिठकी। माथे पर चिन्ता की रेखाएँ उभरीं, "क्या हुआ... तबीयत तो ठीक है?"

"जब से ई बम फूटे वाला समाचार सुनी हैं, तभिए से मन मार के बैठी हैं। कॉफ़ी रखे-रखे ठंडी हुई गई।"

"दी, क्या हुआ? परेशान हैं आप? हुआ क्या?" बया चिन्तातुर दिखी।

"क्या कहूँ, बया, कुछ समझ नहीं आ रहा।" अरुंधती बेहद भारी मन से बोली, "बस यही सोच रही हूँ, विनाश के किसी भी सरंजाम से ख़ुश हुआ जा सकता है क्या?"

बया को अरुंधती का आशय समझते देर न लगी। उसकी उदासी को लक्ष्य कर वह हँसी, "कमऑन दी, आप भी क्या खुरपी के ब्याह में हँसुए का गीत लेकर बैठ गईं। आज तो गर्व का दिन है। लेट अस सेलिब्रेट।"

बया की उपस्थिति से अरुंधती को अपने भीतर की जकड़न ढीली होती लगी। हौले से मुस्कराई। लेकिन यह एक निरीह हँसी थी।

बया ने गुनी से चुहल की, "आंटी जी, गरम-गरम कॉफ़ी पिलाइए न!"

संबोधन में 'आंटी' और 'जी' सुनकर गुनी तमक उठी, "आपन काम निकारे का हो, तो कोई तुमसे सीखे।"

गुनी के किचन में जाते ही बया अरुंधती से मुख़ातिब हुई, "दी प्लीज, ऐसी डिप्रेशन वाली बातें मत सोचिए। आज वाक़ई ख़ुशी का दिन है। आपको पता है, लोग कितने ख़ुश हैं? शहर में जुलूस निकल रहे हैं...लोग नाच-गा रहे हैं। प्रधानमंत्री

को बधाइयाँ दे रहे हैं। टी.वी. देखिए, हर कोई साइंटिस्ट कलीमुद्दीन अंसारी की जय-जयकार कर रहा है।"

अरुंधती कैसे बताए कि जिस कलीमुद्दीन अंसारी की जय हो रही है, उसे वह अपनी परछाईं की तरह पहचानती है। उसे कल्लू से कलीमुद्दीन अंसारी बनते देखा है। वह अंसारी चा' के सपने का सच है। बाबा के विश्वास का बिरवा है। उसके एकान्त का गोपन है।

"बया, तुम कलाकार हो और एक कलाकार मानवता के हित की बात सोचता है, न कि विनाश की। तुम जिसे जश्न समझ रही हो, दरअसल, वह उन्माद है और उन्माद पैदा किया जाता है, कभी भय दिखाकर, कभी असुरक्षा का भूत जगाकर।" अरुंधती ने बया को समझाने की कोशिश की। शायद इसी बहाने वह ख़ुद को भी समझा रही थी, "तुम बताओ, जब कुछ बचेगा ही नहीं, तो कोई क्या रचेगा?"

"सूत न कपास जुलाहे से लट्ठम-लट्ठा। आप तो बेवजह हलकान हुई जा रही हैं।"

गुनी कॉफ़ी ले आई। कप टेबल पर रखकर बोली, "बया रानी, एक बात बताबो कि ई बम फोड़े से गरीब का पेट भर जात का? फिर कौन बात के जसन...?"

बया हक्की-बक्की रह गई। जिस गुनी के साथ हँसी-ठिठोली करते हुए वह हमेशा उसे एक खिलंदड़ी औरत समझती रही, उसके भीतर इतना ग़ुस्सा..इतना आक्रोश...इतना गुबार? कॉफ़ी के झाग के साथ-साथ उसका दिल भी बैठता जा रहा था। उसका उतरा चेहरा देखकर गुनी समझ गई कि उसके कड़वे बोल से माहौल असहज हो गया है। तुरन्त बात बनाने की कोशिश की, "अरे, हमरी बात का कोय बुरा ना मानो। मन का भड़ास रहा, निकस गवा। तू लोग काफी पियो, ठंडाय रही। सुनो बया, हमरी बात दिल से लगावे की जरूरत ना है।"

बया को कॉफ़ी पीने का इशारा कर अरुंधती ने चुस्की ली। सन्नाटा भंग हुआ, फिर भी तनाव नहीं छँटा।

卐

गुनी अम्मा को मन्दिर की सीढ़ियों पर मिली थी। नज़रें मिलते ही वह अपनी गर्दन झुकाकर फ़र्श कुरेदने लगी थी। अम्मा के पाँव ठिठक गए थे। वह

गुनी ही थी। उन्हें कोई ग़लतफ़हमी नहीं हुई थी। उनके मायके की रतन बहू। उन्होंने पलटकर एक पल को गुनी को ग़ौर से देखा था और अपनी स्मृति पर विश्वास होते ही, वहीं सीढ़ियों पर उसके सामने बैठ गई थीं। गुनी भी उन्हें पहचान गई थी। वह अपनी आँखें चुरा रही थी। अम्मा धीमे स्वर में बोलीं, "रतन बहू, हियाँ कइसे आ गई? ई का हाल हुई गवा है तुमार?"

गुनी की आँखें अभी भी ज़मीन में ही गड़ी थीं। संकोच और शर्मिंदगी के मारे वह आँख नहीं मिला पा रही थी। उसका कोई जवाब न पाकर अम्मा ने उसे कन्धे से झकझोरा, "हम रुकमिनी हैं, रामानुज सुकुल की बेटी...तुमरी रुक्का दीदी... चिन्हौ ना का?"

अम्मा के इस अपनापे से गुनी एकबारगी फफक पड़ी। भीतर ठहरा सैलाब, हरहराकर बह निकला। उसकी सूखी आँखों में बाढ़ उमड़ आई थी। कूल-किनारे तोड़ते आँसू बह रहे थे। फटे आँचल का छोर मुँह में ठूँसकर वह अपनी रुलाई पर काबू पाने की कोशिश कर रही थी। अम्मा बग़ैर कोई सवाल-जवाब किए उसका हाथ पकड़कर घर ले आईं...गुनी घर आई तो फिर वह घर की ही होकर रह गई।

अम्मा ने चिट्ठी लिखकर गुनी के बारे में विस्तार से जानकारी दी थी। उसे भाग्य की खोटी, दिल की नेक बताते हुए अम्मा ने उस चिट्ठी में ही उसकी तारीफ़ों के पुल बाँधकर रख दिए थे। फिर उसकी शिनाख़्त का सुराग़ देते हुए लिखा था, "तुमको याद है, जब हम अपने मायके गए थे, तब इसी रतन बहू को जिस दिन बच्चा हुआ था, उसी दिन उसके ससुर रघु कुम्हार चल बसे थे?"

इस विडंबनापूर्ण घटना की चर्चा अम्मा अक्सर करती थीं। बहुत दिनों तक वह वाक़या अम्मा की स्मृति में बना रहा। चिट्ठी के आख़िर में अम्मा ने अपनी इच्छा ज़ाहिर की थी, "अरु, अकेली जनानी कहाँ जाए...कहो तो तुमरी सेवा बदे इसको तुमरे पास भेज दें?"

अरुंधती ने लौटती डाक से अम्मा को जवाब भेजा था, "अम्मा, तुम यहाँ मेरे पास आकर रहोगी नहीं और वहाँ तुम अकेली रहती हो तो मेरा मन हमेशा तुम्हारे में ही लगा रहता है। इस उम्र में सेवा की मुझको नहीं, तुमको ज़रूरत है। इसलिए बेहतर होगा कि गुनी वहीं रहे तुम्हारे साथ। उसके तुम्हारे पास रहने से मैं भी निश्चिंत रहूँगी और तुमको भी एक सहारा रहेगा।"

गुनी के आने से अरुंधती आश्वस्त हुई थी, चलो, अम्मा के मन लायक कोई तो मिला। गुनी उनके मायके की थी। उनकी स्नेह-पात्रा थी और अभी तो ज़रूरतमन्द

भी। अम्मा की भावना को समझना मुश्किल नहीं था। गुनी के साथ रहने से दोनों की ख़ूब जमेगी।

कई बार वह अम्मा को अपने साथ लेकर आई, ताकि वह साथ रहें। लेकिन हफ़्ता-दो हफ़्ता बीतते-बीतते उनका मन उचट जाता। उनका मन हमेशा अपने घर में ही अटका रहता। जितने दिन वह उसके साथ होतीं, या तो सराय में टिके किसी मुसाफ़िर की तरह रहतीं या फिर अपने घर और मुहल्ला-पड़ोस के ज़िक्र-फ़िक्र में घुलती रहतीं। अरुंधती दिन के समय डिपार्टमेंट चली जाती, लेकिन कोशिश करती कि जल्द से जल्द लौट आए, पर कई बार न चाहते हुए भी लौटने में देरी हो जाती। उस दिन अम्मा इस क़दर ऊबी होतीं कि घर पहुँचा देने की ज़िद ही ठान लेतीं, "अरु बेटा, सुनो, हियाँ हमार जीव ना लागत हौ...हमें पहुँचा देव... हुआँ तुमरे बाबा का साज-समान रखा हौ, ऊ सबकी साफ-सफाई न होय तो खराब हुई जाई।"

बाबा के सारे वाद्य-यंत्रों को अम्मा ने बहुत जतन से सहेजकर रखा है। उनके लिए वे महज़ वाद्य नहीं, बल्कि पति की स्मृति का ज़रिया हैं। एक-एक वाद्य में अम्मा के प्राण बसते हैं। अरुंधती के लिए भी वे उसके गुरु और पिता के पुण्य-स्मरण के प्रतीक हैं। ऐसे में अम्मा का यह आग्रह टालना सम्भव न होता। वह छुट्टी लेकर अम्मा को घर पहुँचा आती। लौटते हुए जब वह अम्मा के अकेलेपन और देखभाल को लेकर परेशान दिखती, तो अम्मा झिड़क देतीं, "हमार फिकिर ना करो। जब तक हाथ-पाँव सलामत हौ, तब तक तो परेशान होय की कोय जरूरत ना है। बेफिकिर होके जाओ, पहुँच के चिट्ठी लिखिहो।"

अम्मा ने तो गुनी को सहज ही अपना लिया था। वह उनके मायके की थी, इसलिए उसके प्रति अम्मा का लगाव समझ में आता था, लेकिन अम्मा के साथ उसका रहना कितना उचित होगा, वह कितनी विश्वसनीय होगी, ऐसे कुछ प्रश्न थे, जिनके उत्तर जानना ज़रूरी था। इसी उद्देश्य से वह गुनी से मिलने घर गई थी।

卐

रघु कुम्हार की बहू थी गुनी! मिट्टी के बर्तन-भाँडे बनाने वाले गाँव-भर में अकेले कुम्हार थे रघु। उनकी व्यस्तता ऐसी कि उनको चाक से उठने की फ़ुरसत

नहीं मिलती। उन्हीं रघु कुम्हार का इकलौता बेटा था रतन। छुटपन में वह अपनी माँ के साथ सर पर टोकरी लादे लोगों के घर बर्तन-भाँडे पहुँचाता। माँ की मृत्यु के बाद वह अकेले ही घर-घर बरतन पहुँचाने लगा था। बाप की मदद करते-करते रतन भी दीया, कलश, घड़ा, सुराही, ढकनी-ढकना, पुरवा गढ़ने में माहिर हो गया था। रतन की माँ की मृत्यु के बाद रघु कुम्हार के घर में कोई जनानी नहीं थी। चौका-चूल्हा पर आफ़त थी। रोटी-पानी की दिक़्क़त बढ़ गई थी। आख़िर बहुत सोच-विचार के रघु कुम्हार ने बेटे रतन की शादी कर दी थी। उसी की ब्याहता थी गुनी। उसके आते ही रघु कुम्हार के घर में रौनक़ आ गई थी। आँगन-बाहर पायलों की रुनझुन और चूड़ियों की खनखन से गुंजार रहने लगा था। सवेरे-साँझ नाश्ता-कलेवा मिलने लगा था। भोजन का स्वाद बढ़ गया था। लायक बहू पाकर रघु कुम्हार ऊपरवाले के प्रति आभार जताते। मन का सन्तोष और काम का आनन्द उनके कबीरपंथी मिज़ाज को मगन रखता। अब उन्हें नाम सुमिरन का पर्याप्त समय मिलने लगा था। सुबह-शाम कबीर साहिब की भक्ति में भाव-विभोर होकर गाते—

सोई-सोई नाच नचाइए, जेहिं निबहे गुरु प्रेम।
कहै कबीर गुरु प्रेम बिन, कितहु कुशल नहिं क्षेम॥

घर-गिरस्ती की ज़िम्मेदारी बेटे-बहू को सौंपकर रघु कुम्हार निश्चिंत हो गए थे। वह तो मगहर जाने का भी मन बना चुके थे। लेकिन कबीर साहब ने कहा है न—

कबीर टुक टुक चोंगता, पल पल गई बिहाय।
जिन जंजाले पड़ि रहा, दियरा यमामा आय॥

वही जंजाल उनके गले आ पड़ा था। अप्रत्याशित आई आपदा से उनकी आँखों के सामने अँधेरा छा गया था। लगा था कोई अदृश्य हाथ उनके कुनबे के मुँह से निवाला छीन रहा है।

किसका था यह हाथ?

गाँव के बबुआनों ने अचानक अपने खेतों से मिट्टी काटने पर रोक लगा दी थी। बड़ी चिरौरी-बिनती के बाद कभी कोई एक-दो खाँची मिट्टी निकाल भी लेने देता, तो वह इतनी कम होती कि ख़र्चा-खुराकी चलाना सम्भव नहीं हो रहा था। पहले इतनी मिट्टी मिल जाती थी कि गाँव-भर की ज़रूरतें पूरी करने के अलावा पर्याप्त

बर्तन-भाँडे मिर्ज़ाबाद में लगने वाले मंगला हाट में भी बेच आते थे। परिवार का पेट आराम से पल जाता था। लेकिन चकबन्दी क्या आई, सारे गाँव का वातावरण बदल गया। क्या अपना, क्या पराया, सब में कलह बढ़ गया, भाई-भाई में रार-तकरार मची थी। जो कल तक एक खटिया पर बैठकर दुःख-सुख बतियाते थे, वे भी आपस में दुश्मन हो गए थे। गोतिया-दयाद नहर के आसपास वाली ज़मीन अपने नाम कराने के लिए लेखपाल-अमीन का आगा-पीछा कर रहे थे। कर्मचारियों को रुपया-पैसा, दही, चिउड़ा, कोहँड़ा, भंटा पहुँचाने की होड़ मची थी। जिनकी बात नहीं बनती वे एक-दूसरे को केस-मुक़दमे में फँसा रहे थे। ज़मीनें हड़पने, खूँटा गाड़ने के चलते ख़ूब सिर-फुटौवल हो रहा था। दावे-क़ब्ज़े की इस मारामारी में न रिश्ता-नाता बचा था, न लाज-लिहाज। ग्राम समाज की ज़मीन पर भी कुछ दबंगों ने क़ब्ज़ा जमा लिया था। जिसकी चली, उसी ने हल चला दिया। इस महाभारत में किसकी ज़मीन, कौन मालिक, यही तय नहीं था। ऐसे में कौन दे खेतों से मिट्टी? जब मिट्टी नहीं तो कुम्हार क्या? चाक बन्द, रोज़ी-रोटी बन्द। कुछ दिन तक माँग-चाँगकर काम चलता रहा। लेकिन कब तक?

गुनी पेट से थी। देर रात तक उसका पेट ऐंठता रहा। पता नहीं, यह प्रसव की पीड़ा थी या भूख की मरोड़, दर्द असह्य होता चला गया। बाहर ओसारे में लेटे रघु कुम्हार कलपते रहे और घर के अन्दर दर्द की मारी गुनी को रतन गरम तेल-अजवाइन की मालिश करता, ढाढ़स बँधाता रहा। वह रात राम-राम करते कटी। भोर होते ही रतन देवमनी भाई की मेहरारू सुरसतिया भौजी को बुलाने के लिए बाहर निकला कि सामने से हाँफते-पराते आए लाँगड़ लोहार को देखकर ठिठक गया। लाँगड़ ने उखड़ती साँसों के बीच अस्फुट स्वर में बताया, "रणबीर सिंह का दुनो बेटा तुमरे बाबू को लाठी से मार-मार के थूर दिया है। का तो तुमरे बाबू जी उनका खेत से माटी चुराए हैं। रणबीर सिंह अलगे सबको धिरा रहे हैं कि देखते हैं, कौन बचाता है इस कोंहार को।"

आगे कुछ और सुनने का धैर्य नहीं बचा था रतन में। पत्नी घर के भीतर पीड़ा से तड़प रही है, यह सोचे बग़ैर वह बदहवास काली चउरा की ओर दौड़ पड़ा। रघु कुम्हार रणबीर सिंह के खेत में उसी मिट्टी के ढेर पर औंधे मुँह पड़े थे, जिसे उन्होंने अपने हाथों से खोदकर निकाला था। उनकी देह लस्त-पस्त पड़ी थी। माथे से ख़ून बह रहा था। मुँह से लार रिस रही थी। बाबू रणवीर सिंह और उनके दोनों

बेटे अभी भी घायल रघु कुम्हार को घेरे खड़े थे। आस-पास गाँववालों की भीड़ थी। लेकिन किसी की हिम्मत न हुई, जो बाबू साहब को बरज सके।

बाबू रणवीर सिंह के मुँह से गालियों की बौछार जारी थी। रतन पर नज़र पड़ते ही उनके क्रोध की आग और भड़क गई, "मादरचो, तू लोग का ई मजाल कि हमरे खेत में घुसो? स्साला जब मना कर दिया, तो चोरी पर उतर आए? हड्डी-पसली छटकाकर रख देंगे। ना रहेगा बाँस, ना बजेगी बाँसुरी।"

थर-थर काँपते रतन ने बाप की ग़लती के लिए बाबू साहब से हाथ जोड़कर माफ़ी माँगी। गोड़ पकड़कर बाप को बखस देने की गुहार लगाई। सात पुश्तों के नाम गालियाँ दे लेने और औकात में रहने की धमकी के बाद बाबू रणवीर सिंह से जान की रिहाई मिली। अपने बाप की चोटिल देह लाद-फाँदकर घर ले आया। कसाइयों ने रघु कुम्हार की देह बुरी तरह भूरकर रख दी थी। उनका अंग-अंग बथ रहा था। जोड़-जोड़ चिलक रहा था। सच तो ये था कि उनकी देह ही नहीं, आत्मा भी लहूलुहान हुई थी। अपने ही गाँव में ऐसी बेमुरौवती से रघु कुम्हार टूट गए थे। इस अपमान से मिले गहरे सदमे के बाद वह खाट पर पड़े-पड़े पथराई आँखों से बस शून्य में ताकते रहते।

रतन चार कोस पैदल चलकर मुहम्मदाबाद गल्ला मंडी जाता था। दिन-भर पल्लेदारी करता। देह-तोड़ जाँगर ठठाता। किसी तरह दो जून भोजन का जुगाड़ हो जाता। गुनी के दिन भी पूरे होने वाले थे। जब तक खटना सम्भव हुआ, तब तक वह भी पंडी जी के घरों में कुटाई-पिसाई का काम करती रही। लेकिन जब उठना-बैठना कठिन हो गया, थकान के मारे देह जवाब देने लगी, मजबूरी में घर बैठना पड़ा।

रघु कुम्हार तो दालान में लेटे-लेटे जग का मुजरा देखते रहते। कभी मन-ही-मन मुस्कराते, कभी अपने-आप से बतियाते। कभी-कभी लगता शून्य में कोई है, जिसे वह सम्बोधित कर रहे हों। बतियाते-बतियाते अचानक सस्वर गाने लगते—

माटी कहे कुम्हार से तू क्या रोंदे मोय।
एक दिन ऐसा आएगा मैं रोंदूँगी तोय॥

वह गाते जाते, हँसते जाते, फिर गाते-गाते फफक पड़ते। गुनी ससुर की यह हालत देखती और कलप-कलप जाती। ससुर के लिए माया उमड़ती, लेकिन हाय

रे करम, न स्वयं चल-फिर पाती, न ही रतन अपने बाप की सेवा-टहल कर पाता। वह अपनी बेबसी पर बिसूरती, रतन अपनी मजबूरी पर।

गुनी को जिस दिन दर्द उठा रतन भागा-भागा दक्खिन टोला जा पहुँचा। लौटा तो बसमतिया चाची उसके साथ थी। वह आते ही हाथ-गोड़ धोकर फ़ौरन सौरी में जा घुसी। गुनी दर्द के मारे बुरी तरह तड़प रही थी। उसकी हालत देखकर बसमतिया चाची ने सौरी से ही रतन को झिड़की लगाई, "अउर पहिले ख़बर ना कर सकत रहा? मुदा कनिया का हाल बेहाल हुइगा है।"

सौरी के अन्दर से रह-रहकर गुनी के कराहने का स्वर उभरता और बाहर रतन का कलेजा कुहरता। ओसारे में बीमार बाप के पास न बैठते बने और न अन्दर से आती गुनी की पीड़ा-भरी कराह चैन लेने दे। एक-एक पल भारी गुज़र रहा था। दोपहर होते-होते सौरी घर में किलकारी गूँजी। रतन से रहा न गया। लपककर सौरी की दुआरी पर जा खड़ा हुआ। बेसब्री से पूछा, "चाची, का हुआ?"

बसमतिया की ओर से कोई जवाब नहीं आया। रतन व्यग्रता से सौरी का किवाड़ खटखटाने लगा, "क्या हुआ चाची, सब ठीक तो हौ?"

अपने प्रश्न के साथ ही रतन के मन में आशंका ने सर उठाया, गुनी चुप काहे है? भोरे से कराहती-छटपटाती गुनी की कोई आहट काहे नहीं मिल रही? इसी बीच बच्चे के रोने और बसमतिया चाची के बधाई देने की आवाज़ एक साथ आई, "रतन, थरिया बजाओ...थरिया। बेटा आवा है।"

"अउर गुनी का हाल का हौ...?"

"ठीक हौ...तनी थाकी है, अउर कुछ नाहीं।"

छाती में हिलोर रहा जल आँखों में छलछला आया। नहीं पता ये आँसू ख़ुशी के थे या बेबसी के, लेकिन रतन ने इन ढरकते आँसुओं को नहीं रोका। गमछे से आँखें पोंछता ओसारे में आया। बाबू खटिया पर बेसुध पड़े थे। मन किया, उन्हें पोता होने की ख़बर दे, पर उनकी हालत देख मन मसोसकर रह गया। सुरसतिया भौजी को बुलाने के लिए लपका। वह दुआरी पर गाय-बछरू की नाँद में सानी चला रही थी। ख़बर सुनकर उन्होंने सानी मिलाना छोड़ा और अचरा से हाथ पोंछते हुए बोली, "तुम चलो, हम आय रहे हैं।"

सुरसतिया भौजी अपने साथ एक-दो पड़ोसिनों को लेकर आईं। फिर तो थाली भी बजी और सोहर भी गाये गए। अभाव का यह उत्सव कारुणिक था, लेकिन हृदय का उल्लास कम न था। किर्री साव की दुकान से बताशा लाकर रतन ने सबका

मुँह मीठा कराया। देर शाम तक घर में गहमागहमी बनी रही।

उसी रात रघु कुम्हार ने आख़िरी साँस ली।

卐

अजीब विडंबना थी, घर के अन्दर रतन के पुत्र की किलकारी गूँज रही थी और बाहर उसके बाप का शव पड़ा था।

गाँव में सोउता पड़ चुका था। इतनी रात को किसे आवाज़ दे? संघतिया देवमनि और दीपन पासी ही थे, जिन्हें देर-सबेर गुहार सकता था। दोनों के आने के बाद रघु कुम्हार की लाश खटिया से उतारकर भूमि पर रखी गई। जो चादर रघु ओढ़ते थे, वही उनकी लाश पर डाल दी गई। देवमनि के सुझाव पर रतन ने पलानी में खोंसकर रखा, धूल खाया अगरबत्ती का एक डिब्बा निकाला। बची-खुची चार अगरबत्तियाँ जलाकर रघु कुम्हार की लाश के सिरहाने ज़मीन में गाड़ दीं। बाप की लाश के बग़ल में बैठते ही अब तक सीने में अटकी रुलाई फूट पड़ी। दीपन ने उसकी पीठ सहलाते हुए ढाढ़स बँधाया, "रतन भाई, काका अपना जिनगी जी गए। उनका जाए का सोग ठीक है, बाक़ी घर में बंस का बढ़ोतरी भी हुआ है, ई मत भूलिए। ईहे ऊपरवाला का लीला है, एक हाथ ले, एक हाथ दे।"

रतन गमछे से आँखें पोंछकर बाप का चेहरा निहारने लगा। दीपन से सहमति जताते हुए देवमनि ने भी सांत्वना दी, "दीपन सहिए कह रहा है, संघतिया।" सद्गुरु कबीर कह गए हैं—

आए हैं वो जाएँगे, राजा, रंक, फकीर।
एक सिंहासन चढ़ि चले, एक बँधे जंजीर॥

वह रात रघु कुम्हार की लाश अगोरते कटी। भोर होते ही टोले के लोगों की जुटान शुरू हो गई। कुछ लोग रघु कुम्हार को याद कर भावुक हो रहे थे, तो कुछ बबुआनों की ज़्यादती पर आक्रोश जता रहे थे। जितने लोग थे, उतनी यादें थीं... उतनी बातें थीं। जीतन माँझी रघु कुम्हार के गुरु भाई थे। वह रघु कुम्हार को याद कर भावुक हो गए, "रघु भाय का जौन हालत रही, उसमें ना जिन्दा रहेन, ना मुर्दा। हम तो ईहे कहेब कि सतगुरु बखत से उनका उठा लिहिन।"

अपनी बात पूरी करने के साथ ही उन्होंने अपने दोनों हाथ आसमान की ओर उठाकर कबीर बानी उचारी—

जो उग्या सो अंतबै, फूल्या सो कुम्हलाहीं।
जो चिनिया सो ढहि पड़े, जो आया सो जाहीं॥

ओसारे में दीवार के सहारे चाक से सटी बैठी बड़की मइया का अफ़सोस अलग था, "रघु के भाग मा पोता का मुँह देखना नाहीं बदा रहा! देखौ तो, इधर पोता आवा, उधर बेचारू सरग सिधार गए।"

इस भीड़ में पंडित रामानुज सुकुल के आते ही हलचल मच गई। रतन हड़बड़ाकर उठ खड़ा हुआ। पंडित रामानुज सुकुल की यही विशेषता है। वह अपने उच्चकुलीन ब्राह्मण होने के झूठे अहं में नहीं रहते हैं। एक वही हैं, जो छोटा-बड़ा कुछ नहीं देखते हैं। सबके दुःख-सुख में समान भाव से आ खड़े होते हैं। छोटी जातियों के पूजा-पाठ, धरम-करम भी सम्पन्न करा देते हैं। यही वजह है, सबके मन में उनके लिए गहरा सम्मान भाव है। पंडित रामानुज सुकुल ने रघु कुम्हार की मृत्यु पर दुख जताते हुए रतन का कन्धा थपथपाकर सांत्वना दी, "सुनो रतन, तुमार बाप कहीं ना गए हैं। तुमरे बेटा के रूप में फिर से लौट आए हैं। गीता में कहा है—

वासांसि जीर्णानि यथा विहाय, नवानि गृहाति नरोपराणि।
तथा शरीराणिविहाय जीर्णान्यिन्यानि संयाति नवानि देही।"

रतन के चेहरे पर उलझन के भाव आए। यह श्लोक न समझ पाने की लाचारी थी।

पंडित जी ने श्लोक का अर्थ समझाया, "इस देह का दुःख मनाना, शोक मनाना उचित नहीं है। यह देह तो नश्वर है। मनुष्य जैसे पुराना वस्त्र त्यागकर नया वस्त्र पहनता है, वैसे ही जीव भी पुरानी देह छोड़कर नई देह धारण कर लेता है। यही समझो, रघु कुम्हार अपनी देह त्यागकर तुमरे पुत्र के रूप में लौट आए हैं। इसलिए शोक मत करो। उनकी अन्तिम यात्रा की तैयारी करो। जितनी जल्दी हो, उनकी आत्मा को मुक्ति मिले। वैसे भी नवजात शिशु वाले घर में बहुत देर तक शव रखना उचित नहीं है।"

पंडित जी के इशारे पर देवमनि ने दीपन और सुग्गन को हरिहर राय की बँसवारी से बाँस काट लाने के लिए दौड़ाया। जसुआ ठाकुर भागकर किर्री साव की दुकान गया और कफ़न का मारकीन ले आया। आनन-फानन तैयारी शुरू हो गई। उधर

टिकठी बनी, इधर लाश नहला-धुलाकर अन्तिम विदा के लिए तैयार की गई।

पंडित रामानुज सुकुल ने अपने कन्धे पर लटक रहे थैले से एक रामनामी निकाली और रतन को थमाते हुए कहा, "शव पर डाल दो।"

卐

बाप के साथ जो कुछ हुआ था, उसके बाद रतन का मन बुरी तरह टूट गया था। पिता की मृत्यु जिस तरह हुई, वह उसके सीने में हौल बनकर उठता और वह अपनी बेबसी पर कलपकर रह जाता। यूँ भी गाँव में कोई आस-उम्मीद नहीं बची थी। न पुश्तैनी धंधा और न मजूरी-बनिहारी। देवमनि, दीपन के साथ वह भी रोज़ मुहम्मदाबाद की गल्ला मंडी जाता। पल्लेदारी में जितना जाँगर तोड़ता, उतनी कमाई न होती। घर में बीवी और बच्चा दोनों की ज़रूरतें पूरी करना मुश्किल हो रहा था। वह हर दिन ज़्यादा से ज़्यादा कमाने के जुगाड़ में रहता। लेकिन कुछ ख़ास हासिल नहीं था। इन मुश्किल-भरे दिनों में करीमुद्दीनपुर का रामनगीना ठेकेदार मिल गया। वह मज़दूरी के लिए कुछ लोगों को पंजाब भेजने की बात कर रहा था। जिज्ञासावश उससे विस्तार से सारी जानकारी ली। उसने किसी जादुई क़िस्से की तरह एक ऐसे देश के बारे में बताया, जहाँ पैसे ही पैसे थे। खाने-पीने के अलावा डबल कमाई। मतलब बचत ही बचत। रतन की आँखों में चमक आ गई थी। उसे सरदारों का देश पंजाब बुला रहा था। पंजाब जाने वाले उस जैसे मज़दूरों की कमी न थी। वहाँ जाने की जैसे होड़-सी लगी थी। रतन ने जब गुनी को ये बात बताई, तो वह उदास हो गई। लगी आगा-पीछा समझाने। अनजान देस की मुश्किलों का हवाला दिया। अपने और बच्चे के अकेले होने का डर दिखाया, "हमका तो लागत हौ, एक रोटी कम खाय के भी जिया जा सकत हौ!"

"अब हम दुई परानी नाहीं गुनी, तीन जने हैं। राजन का भविष्य भी तो देखे के हौ। सोचा, अइसे कइसे चलत?"

रतन की बात अपनी जगह थी, गुनी का भय अपनी जगह। वह रतन के दूर जाने की सोचकर परेशान थी। लेकिन जैसे-जैसे दिन गुज़र रहे थे, जीना और कठिन होता जा रहा था। गुनी ने पंडी जी के घरों में कुटनी-पिसनी का काम शुरू कर दिया था। फिर भी ज़रूरतें पूरी न होतीं। कभी बच्चा बीमार, कभी रतन की

बेकारी। कई दिनों तक रतन को बिना काम के घर बैठना पड़ता। इन हालात में वह पंजाब जाने की रट लगाने लगता। गुनी का मन कमज़ोर पड़ने लगा था। उस बार जब टोले के कई जवान पंजाब जा रहे थे, तब वह उनके साथ जाने को तैयार हो गया था। गुनी ने चाँदी के दो थान गहने, गले की हँसुली और पैरों की छागल किर्री साव के पास गिरवी रखकर किराया-भाड़ा जुटाया था। सारा पैसा रतन को सौंपते हुए बोली थी, "पंजाब से पैसा भेजिहो तो छुड़ाय लेबो।"

भावुक रतन गुनी का हाथ थामकर कलप गया था, "हियाँ जिये-खाय का गुंजाइश होत, तो पंजाब हम कब्बो न जात, गुनी।"

"सुनौ, गरीब मनई बदे घर का, बाहर का?" गुनी ने रतन को ढाढ़स बँधाया था, "मोह-माया से पेट ना भरत हौ। निफिकिर हुई के जाव, हियाँ का चिन्ता ना करो।"

रतन को समझाते हुए गुनी का कलेजा बैठा जा रहा था। जैसे-तैसे आँसू थामे रही। उसके जाने के बाद जो हिलक-हिलककर रोयी कि हिचकियाँ बँध गई थीं। छाती से चिपका बेटा भी रोते-रोते सो गया था।

लुधियाना पहुँचने के महीने-भर बाद रतन की पहली चिट्ठी आई थी। अपने सकुशल पहुँचने की सूचना के साथ ही पंजाब के बारे में ख़ूब रस ले-लेकर बताया—"जिधर देखो पग्गड़ वाले सरदार। यहाँ सब पंजाबी में गपियाते हैं। हियाँ का मनई हम पूरबिया लोग को भइया कहता है। मुदा एक बात है कि यहाँ का लोग है बड़ा खुसमिजाज। दही-मक्खन खाये का शौकीन। दारू भी छक के पीता है। पंजाबी लोग मेहनती है। इसी से यहाँ ख़ुशहाली बहुत है। हमारा ठेकेदार यहीं एक सरदार जी के फारम पर काम दिला दिया है। सरदारनी बहुत भली औरत है। खाये-पिये का खूबे खयाल रखती है। हमारा भी मन लगने लगा है। जल्दी ही कुछ पैसा भेजेंगे। राजन कैसा है? हमको याद करता है कि नहीं? तुम अपना खयाल रखना। टोला-मोहल्ला के सब लोग को बंदगी कहना।"

चिट्ठी पढ़कर गुनी का मन उदास हो गया था। बिदागरी के बखत तो कितना दम भरत रहेन कि जाए के मन ना हौ, अउर अब देखौ, कहत है, मन लाग गवा है? ई मरद जात का कउनो भरोसा ना है। आँख से ओझल, दिल से ओझल।

गुनी के अतीत के बारे में जानकर बया भावुक हो गई थी। अनजाने में वह कितनी ही बार गुनी का मज़ाक़ उड़ाती रही? चाहे-अनचाहे उसे छेड़ती रही? लेकिन क्यों नहीं कभी उसके जीवन में झाँक पाई? गुनी को सिर्फ़ एक परिचारिका भर

ही समझा? एकबारगी अपराधबोध ने सिर उठाया और मन में धिक्कार-सी उठी। चेहरा स्याह पड़ गया।

उसकी मन:स्थिति भाँपकर अरुंधती ने झकझोरा, "बया, कहाँ खो गई?"

"दी, बिना कुछ जाने-बूझे गुनी को कितना परेशान करती रही? कितना दु:ख पहुँचाया उसे? रियली फीलिंग गिल्टी।"

अरुंधती के लिए भी गुनी के अतीत को याद करना हमेशा एक ऐसी यंत्रणा से गुज़रने जैसा रहा है, जिसमें पाँव नहीं, आत्मा लहूलुहान होती है।

卐

यूनिवर्सिटी में छात्रसंघ की ओर से 'शौर्य दिवस' का आयोजन किया गया था। शायद इसी वजह से क्लास में छात्रों की उपस्थिति कम थी। इतने कम छात्रों के बावजूद अन्य अध्यापकों की तरह, अरुंधती कभी क्लास सस्पेंड नहीं करती। इस वक़्त भी वह ग्रेजुएशन का क्लास ले रही थी। संगीत के नवतुरिया छात्र सारंग श्रीधर ने जैसे ही 'भारतीय संगीत और पश्चिमी संगीत में बुनियादी अन्तर' के बारे में प्रश्न किया, क्लास रूम में धड़धड़ाकर घुस आए छात्रसंघ के नेताओं ने अफ़रा-तफ़री मचा दी। उनकी इस अराजक हरकत पर अरुंधती क्षुब्ध हो उठी। इससे पहले कि फट पड़ती एक छात्र नेता ने क़रीब आकर अनुरोध किया, "मैडम, सभी स्टूडेंट्स को जुलूस में शामिल होना है। रिक्वेस्ट है क्लास छोड़ दीजिए।"

यह आग्रह नहीं, खुली ढिठाई थी। अरुंधती मन-ही-मन ऐंठकर रह गई। शुष्क स्वर में बोली,"जो जाना चाहे, जाने के लिए स्वतंत्र है।"

सारे छात्र शोर मचाते, सीटियाँ बजाते क्लास रूम से बाहर निकल गए। छात्र नेता क्लास रूम ख़ाली होने तक वहीं बने रहे। इस धृष्टता से आहत अरुंधती का मूड ख़राब हो गया था। किताबें, रजिस्टर आदि समेटकर स्टाफ़ रूम में चली गई। स्टाफ़ रूम ख़ाली था। क्षुब्ध मन एक कुर्सी में धँस गई।

लाइब्रेरी से लौटकर आई बया ने उसे गुमसुम देखकर टोका, "यहाँ अकेले बैठी क्या कर रही हैं आप?"

"छात्रसंघ नेताओं ने क्लास सस्पेंड करा दी।"

बया ने कुछ कहना चाहा, लेकिन लाउडस्पीकर के तेज़ शोर में उसकी आवाज़

गुम हो गई। बढ़ते शोर से कान के पर्दे झनझनाने लगे। अरुंधती ने दोनों हाथों से कान ढँक लिये।

छात्रों का जुलूस बाहर डिपार्टमेंट के पास आ पहुँचा था। उनके नारों का शोर लगातार बढ़ता जा रहा था। छात्रों के हाथों में बैनर, पोस्टर लहरा रहे थे। जुलूस का नेतृत्व कर रहे छात्रसंघ के अध्यक्ष और महामंत्री लगातार छात्रों का उत्साह बढ़ा रहे थे।

यह शोर स्टाफ़ रूम के अन्दर तक दाख़िल हो गया था।

इन नारों और गर्जनाओं के बीच अरुंधती का तनाव बढ़ता जा रहा था। जुलूस आगे बढ़ने के बजाय डिपार्टमेंट के सामने वाले मैदान में जलसे के रूप में जमा हो रहा था। आज पहली बार उसे डिपार्टमेंट के सामने खुला मैदान होने को लेकर ज़बरदस्त कोफ़्त हुई। यह मैदान जिसे वह अब तक डिपार्टमेंट का फेफड़ा कहती थी, आज दमघोंटू लग रहा था। बाहर नारेबाज़ी मुतवातिर जारी थी। 'प्रधानमंत्री ज़िन्दाबाद' की जयकार से धरती-आकाश एक हो रहा था। बया ने डिपार्टमेंट के दरवाज़े से झाँककर देखा। छात्रों की भीड़ डिपार्टमेंट की सीढ़ियों तक आ जमी थी। ये छात्र मैदान की ओर उचक-उचककर देख रहे थे और हुड़दंग मचा रहे थे। मैदान में छात्र नेताओं ने चबूतरे पर खड़े होकर नेतृत्व सँभाल लिया था। मैदान में ठसाठस भीड़ देखकर छात्र नेताओं का उत्साह ठाँठें मार रहा था। जोशीले भाषणों ने समाँ बाँधना शुरू कर दिया था। बीच-बीच में रह-रहकर तालियाँ बजतीं और 'भारत माता की जय' का हहराता शोर उठता।

छात्रसंघ महासचिव मृत्युंजय त्रिपाठी के भाषण के बाद तो जैसे छात्रों में नया जोश भर गया। तालियों की गड़गड़ाहट का साथ सीटियों ने दिया। कार्यक्रम का संचालन कर रहे सांस्कृतिक सचिव सुरुचि कुमार केसरी ने शान्ति बनाए रखने की अपील की। बार-बार यह आग्रह दुहराने पर किसी तरह शोर थमा। अब छात्रसंघ अध्यक्ष ब्रजेश शुक्ला ने माइक सँभाला। 'भारत माता की जय' के साथ उसने संयत स्वर में भाषण शुरू किया, "नौजवान दोस्तो, आप सभी को पता है, भारत परमाणु सम्पन्न राष्ट्रों की श्रेणी में शामिल हो गया है। यह सम्भव हुआ है हमारे माननीय प्रधानमंत्री जी की दूरदर्शिता, साहसी नेतृत्व और राष्ट्र-सुरक्षा-सर्वोपरि के संकल्प से।"

ब्रजेश की बात पूरी होते-होते सभा के बाएँ कोने से छात्रों का एक हुजूम उठा और हवा में मुट्ठियाँ लहराते हुए तेज़ आवाज़ में नारे लगाने लगा—

ये विस्फोट नहीं, विनाश है,
मानवता का अभिशाप है!
देश की जनता करे पुकार,
रोजी, रोटी और रोजगार!!

ये छात्रों का प्रतिद्वंद्वी गुट था। इनमें ज़्यादातर प्रगतिशील विचारों वाले छात्र थे। इनके हाथों में प्लेकार्ड थे। प्लेकार्डों पर परमाणु विस्फोट की निन्दा और इसे देश की छवि ख़राब करने वाला काला कारनामा बताया गया था। इन छात्रों को कुछ अन्य छात्रों ने शान्त कराने की कोशिश की, लेकिन वे लगातार नारेबाज़ी करते रहे। उनकी बेकाबू होती नारेबाज़ी और कार्यक्रम में पड़ी बाधा छात्रसंघ नेताओं को नागवार गुज़री। उनके इशारे पर नारे लगा रहे विरोधी छात्रों को जलसे से बाहर खदेड़ने के लिए धक्का-मुक्की शुरू हो गई। यह धक्का-मुक्की हाथापाई में बदली और तैश में आए कुछ छात्रों ने एक विरोधी छात्र पर बुरी तरह हाथ छोड़ दिया। बस मामला बिगड़ गया। भीड़ में अफ़रा-तफ़री मच गई। देखते-देखते तोड़-फोड़ शुरू हो गई। फूलों के गमले, खिड़कियों के शीशे बेतहाशा पथराव से चकनाचूर हो गए। इस अराजक स्थिति में फँसी लड़कियाँ चीख़ने लगीं। लड़के एक-दूसरे को ललकार रहे थे। पूरा मैदान रणभूमि बन गया था। किसी बड़े अन्देशे से भयभीत अरुंधती का हाथ पकड़कर बया बोली, "दी, चलिए, निकल चलें। माहौल ख़राब हो गया है।"

डिपार्टमेंट के पिछले दरवाज़े की ओर इशारा कर अरुंधती बोली, "इधर से ही निकलते हैं।"

परिसर पार करने तक दोनों एक-दूसरे का हाथ थामे रहीं गोया यह साथ ही उनका संबल हो। लड़कियाँ आड़े-तिरछे भागी जा रही थीं। लड़के झुंड में थे। वे रुकते, एक-दूसरे को धिराते और पत्थर फेंककर भाग छूटते। हर ओर उत्तेजक सनसनी व्याप्त थी। बेतरतीब आवाज़ें दहशत पैदा कर रही थीं।

घर पहुँचकर दोनों ने राहत की साँस ली। तेज़ चलती साँसों पर काबू पाने के लिए अरुंधती सोफ़े में धँस गई।

थोड़ा सामान्य होने पर बया बोली, "दी, नाथद्वारा से जवाब आ गया है। उस घराने के एक पखावजवादक का पता चला है। मैं सोचती हूँ नाथद्वारा हो आऊँ।"

"अरे, ये तो अच्छी ख़बर है। जितनी जल्दी हो चली जाओ। तुम्हारा शोध वैसे भी लेट हो गया है, अब और विलम्ब ठीक नहीं।"

"यही ख़बर आपको देने डिपार्टमेंट आई थी। लेकिन वहाँ तो माहौल ही ख़राब हो गया।"

अरुंधती के होंठों पर एक बेरंग मुस्कान उभरी।

"गुनी, चाय पिलाओ!"

अरुंधती के इस रुख़ से अनुमान लगाना मुश्किल न था कि वह भीतर से बहुत उद्विग्न है। लेकिन यह समझ से परे था कि वह परमाणु विस्फोट से इतनी परेशान क्यों है? इस घटना को लेकर इतनी संवेदनशील क्यों है?

अरुंधती को भी अहसास हुआ, बया के साथ यह बेरुख़ी ठीक नहीं। कम से कम उसकी निजी इच्छा-अनिच्छा का रिश्तों पर असर नहीं पड़ना चाहिए। इस ख़याल के साथ ही उसने बातचीत की पहल की, "बया, चाय लो।"

बया कप उठाकर गुमसुम-सी चाय पीने लगी।

"नाथद्वारा घराना पखावज का प्राचीन घराना है, इसलिए उस पर तुम्हारी शोध सामग्री बहुत महत्त्वपूर्ण होगी।" अरुंधती ने जान-बूझकर बातचीत का सिलसिला जारी रखा।

बया ने सिर्फ़ सर हिलाया। इस बार सीधे सवाल किया, "अकेले जाओगी?"

"वो...वो...दीप साथ चलने को राज़ी हो गया है।" बया हकलाई।

अरुंधती के होंठों पर अर्थपूर्ण मुस्कान तिर आई।

卐

अंसारी चा' उस दिन बहुत ख़ुश थे। चाय-पान के दौरान उन्होंने बाबा को बताया, "ए संघतिया, एक ख़ुशख़बरी हौ...आपन कलुआ मिडिल पास कर गवा है। जमात मा अव्वल आवा है।"

"अरे, ई तो बड़ी अच्छी ख़बर सुनायो!" बाबा ने ख़ुशी ज़ाहिर की, "अब आगे का सोचत हौ?"

"सब हमी सोचबो, तू का फोकट मा बाबा कहइबो?" अंसारी चा' तिनक गए।

"एमा सोचना का हौ?" बाबा हँसे, "कल्लू आगे पढ़िहें। उनका अगली जमात मा नाम लिखाय देव।"

"कहाँ नाम लिखाई? कासिमाबाद मा तो मिडिले तक रहा।"

"यूसुफपुर मा हाईस्कूल हौ। हुएँ लिखाई देव। हुआँ हमारी जान-पहचान भी हौ, कल्लू का कउनो दिक्कत ना होई।"

"फिर ठीक हौ...तुमउ साथ चलिहो, सब इंतजाम-बात देख लिहो।" अंसारी चा' के चेहरे पर ख़ुशी छलकी पड़ रही थी।

यूसुफपुर में एडमिशन के बाद, कल्लू पहली बार सीधे दशहरे की छुट्टियों में लौटा था। उसके आने पर इस बार अरुंधती के अन्दर कुछ अजीब-सी हलचल हुई थी। अरसे बाद मिलने की ख़ुशी से उसकी आँखों में चमक आ गई थी। इस बार दोनों ने एक-दूसरे का गर्मजोशी से हाल पूछा था। इस बार कल्लू न शरमा रहा था, न झिझक रहा था। आते ही अरुंधती को छेड़ बैठा, "इतने दिन में कुछ गाना-बजाना सीखा भी या बस घसीट रही हो?"

अरुंधती का चेहरा तमतमा गया। चिढ़कर बोली, "जो विद्या जानते नहीं, उसमें ज़्यादा टाँग नहीं घुसावो।"

"बाप रे, तुम्हारा ग़ुस्सा तो नाक पर ही रहता है। इतने दिन बाद आए हैं, तब भी काट खाने को तैयार हो। कोई बात नहीं हम चले जाते हैं।"

"चले जाओ...मेरी बला से।" अरुंधती ने मुँह फेर लिया।

कल्लू हँसा, "ठीक है, जाते हैं।"

ऐन इसी वक़्त पड़ोसी के घर से लौट रहीं अम्मा कल्लू पर नज़र पड़ते ही हहा उठीं, "कब आवा बिटवा? पानी-वानी पियो कि नाहीं?"

"अम्मा, ये ढोलक पानी क्या पूछेगी।" कल्लू ने अरुंधती की ओर इशारा किया, "हमको तो भगा रही थी।"

"अब हम आय गए हैं...देखत हैं, कौन भगावत है तुमका?" अम्मा हँसकर बोलीं, "बइठो, लावत हैं पानी।"

अम्मा के अन्दर जाते ही कल्लू अरुंधती के क़रीब आया और अपने बैग से एक बाँसुरी निकालकर बोला, "देखो, हम क्या लाए हैं?"

अरुंधती मुँह टेढ़ा कर बोली, "हम बाँसुरी नहीं, पखावज बजाते हैं, समझे!"

कल्लू का चेहरा उतर गया।

अम्मा एक गिलास में पानी और कटोरी में पेड़ा लेकर लौटीं। कल्लू के हाथ में बाँसुरी देखकर बोलीं, "तुम का बाँसुरी बजावत हौ?"

कल्लू ने रहस्यमय मुस्कराहट के साथ बाँसुरी होंठों से लगाई और फूँक मारी। अम्मा उसे उत्सुकता से देख रही थीं। देखते-देखते उसने तान छेड़ दी—"मन डोले,

मेरा तन डोले...मेरे दिल का गया करार रे, कौन बजाए बाँसुरिया।"

अरुंधती की आँखें फैल गईं। उसकी नाराज़गी काफ़ूर हो गई थी। बाँसुरी बजाते हुए कल्लू की आँखें मुँदी हुई थीं। वह अपनी ही धुन में डूबा था। अरुंधती साँसें रोके उसका बाँसुरी वादन सुन रही थी। गाना समाप्त होने के बाद कल्लू ने जैसे ही आँखें खोलीं, अरुंधती बेछूट तालियाँ बजाने लगी।

अरुंधती को ख़ुश देखकर कल्लू के होंठों पर मुस्कान तिर गई। अम्मा ने कल्लू के सिर पर हाथ फेरकर तारीफ़ की, "बहुत बढ़िया बजावा, बिटवा।"

"पढ़ाई छोड़ के गाना-बजाना शुरू कर दिया?" अरुंधती छेड़ने से बाज न आई।

कल्लू इतराया, "क्लास में फ़र्स्ट आए हैं!"

"देखें तो तुम्हारी बाँसुरी!"

कल्लू ने बाँसुरी अरुंधती की ओर बढ़ाई। इस सौंपने में उसका मन पुलक से भरा हुआ था। अरुंधती ने बाँसुरी लेकर ग़ौर से मुआयना किया। छह छिद्रों वाली यह बाँसुरी मध्यम आकार की थी।

"कल्लू, एक बात सुनो!" अरुंधती ने उतावलेपन से टोका।

"क्या है?"

"मैं भी बाँसुरी बजा सकती हूँ।" दोनों के बीच अचानक हवा सनसनाती हुई गुज़री। अरुंधती के बाल उड़कर उसके गालों पर आ टिके थे। उसके चेहरे से बालों के हटने तक कल्लू अपनी साँसें थामे रहा।

"सुनोगे?"

"बाद में।"

कल्लू उड़न-छू हो गया था। अरुंधती के चेहरे पर मायूसी पसर गई थी।

कल्लू कन्धे पर गमछा और पाजामा टाँगे सुबह-सवेरे गंगा जी जाने को हाज़िर था। अम्मा उसे देखकर हैरान रह गईं। हैरानी का दूसरा नाम ही कल्लू था। वह मंद-मंद मुस्करा रहा था। अम्मा कुनमुनाईं, "एतना ठंड मा गंगा नहाय जरूरी हौ का?"

"अरु जा रही तो हम काहे नहीं?"

कल्लू के इस प्रश्न का उत्तर बाबा ने दिया, "अम्मा को छोड़ो, तुम हमारे साथ चलो।"

कोहरे की वजह से अँधेरे की स्याही कहीं ज़्यादा गाढ़ी हो गई थी। हाथ-भर की दूरी पर भी कुछ साफ़ नज़र नहीं आ रहा था। ऐसे में सड़क के किनारे बिजली

के पोल पर लटक रहे लट्टुओं की पीली रोशनी अँधेरे की चादर पर गोटे के उधड़े तार-सी बिखर रही थी। ठंडी हवा सुइयाँ चुभो रही थी। आसमान से टपक रही ओस पानी की बूँद बनकर टपक रही थी। टप...टप...टप। अरुंधती के दाँत किटकिटाने लगे थे। उसने अम्मा की हथेली अपनी नन्ही हथेली में कसकर जकड़ ली।

"ठंड लागत हौ?" अम्मा ने पूछा।

"अम्मा, कातिक पूर्णिमा ठंड में काहे आता है?" अरुंधती के दाँत किटकिटा रहे थे।

"भगवान जी की इच्छा। हम का कर सकत हैं?" अम्मा ने हँसकर बात टाली, "कातिक पूर्णिमा का बहुत महातिम हौ। आज के दिन गंगा नहान का बड़ा पुण्य मिलत हौ। भगवान विष्णु चार मास बाद निद्रा से आज के दिन जागत हौ, एही बदे आज का दिन बड़ा सुभ माना जात हौ।"

"अम्मा, विष्णु भगवान चार-चार महीना काहे सोते हैं? कोई काम-धाम नहीं करते क्या?"

अम्मा हँस पड़ीं, "चुप रहौ, बहुत सवाल-जवाब करे लाग हौ।" अम्मा ने झिड़की दी।

"क्यों, सवाल-जवाब क्यों न करें?"

"लड़की हो, लड़की का जादा सवाल-जवाब ना करे चाही।"

अरुंधती अम्मा का हाथ झटककर बाबा के पास दौड़ गई। बाबा उसे देखकर बोले, "बस, अब पहुँच ही गए हैं।"

गंगा अपना किनारा छोड़कर बहुत दूर जा चुकी थी। उसके पेटे में बन आई पगडंडियों पर भीड़ का रेला उमड़ा आ रहा था। सर पर गठरी-मुटरी उठाए लोग घाट की ओर बढ़े जा रहे थे। घाट पर भीड़ जमा थी। ये लोग पूरी रात यहीं जमे हुए थे। गाँवों से आए ये लोग जगह-जगह अलाव जलाकर बैठे थे। लपलपाती आँच में उनके चेहरे तांबई नज़र आ रहे थे। गंगा के शान्त जल पर तने कोहरे को चीरकर गुज़रती नावें कैनवस पर ब्लैक एंड व्हाइट तस्वीर का आभास दे रही थीं। गंगा का दूसरा किनारा नज़र नहीं आ रहा था। अब तक काफ़ी लोग ठंडे पानी में उतरकर पूर्व की ओर मुँह किए प्रार्थना की मुद्रा में खड़े थे। उनकी देह के इर्द-गिर्द भाप उठ रही थी मानो पानी धीमी आँच पर चढ़ा हो। ठंडे पानी से उठती भाप का कारण कल्लू को पता था। लेकिन अरुंधती तो इस जादुई दृश्य में अपलक खोई हुई थी।

अचानक कल्लू ने आसमान की ओर इशारा किया, "अरु, वो देखो!"

अरुंधती ने सिर उठाकर देखा। कुछ समझ में ना आने के कारण दाहिने हाथ के इशारे से पूछा, "क्या?"

"सारस के झुंड को देखो, कैसे आसमान में उड़ान भरते हैं!" कल्लू की चमकती आँखें उड़ते सारसों का पीछा कर रही थीं।

"पक्षी तो उड़ते ही हैं, इसमें ख़ास क्या है?"

"अरु, तुम साइंस नहीं पढ़ती इसलिए गति का नियम नहीं जानती हो। मेरा मन सारस की तरह आसमान में उड़ने को चाहता है।" कल्लू उत्साह से भरा अपनी कल्पना में उड़ान भर रहा था।

कल्लू की बात अरुंधती के सिर से गुज़र गई। कन्धे उचकाकर बोली, "हवाई जहाज का ड्राइवर बनोगे?"

"नहीं, इंजीनियर बनूँगा, एअरोनॉटिकल इंजीनियर। देखना तुम मैं आसमान में उड़कर दिखाऊँगा।" उड़ते पक्षियों को देखते हुए कल्लू की आँखें अनंत में टँगी थीं।

"कल्लू, नहाना नहीं क्या?" अरुंधती ने टोका।

कल्लू चुपचाप पानी में उतर गया। अरुंधती को आश्चर्य हुआ, बर्फ़ जैसे ठंडे पानी में कल्लू बग़ैर हील-हुज्जत कैसे घुस गया? चिल्लाकर पूछा, "कल्लू, ठंड नहीं लग रही?"

कल्लू ने पानी में खड़े-खड़े जवाब दिया, "बुद्धूराम, ठंड में पानी के अन्दर गर्मी रहती है।"

कल्लू को पानी में आगे बढ़ते देखकर अम्मा ने ज़ोर से आवाज़ लगाई, "बिटवा, ढेरी आगे जिन जाव। आगे गहिर हौ, हिएँ नहाय लेव!"

कल्लू जहाँ था, वहीं रुक गया। बाबा भी लगातार उसी पर नज़र रखे हुए थे। उसके लिए अम्मा-बाबा को इतना फ़िक्रमंद देख अरुंधती बुरी तरह चिढ़ गई।

पूजा-पाठ, दान-दक्षिणा देते-निबटाते उजाला हो गया था। आसमान स्वर्णाभ हो आया था। घर लौटने तक सूरज के ताप में गीली सुबह सूखने लगी थी।

卐

फोन की घंटी लगातार बजे जा रही थी।

अरुंधती बरामदे में बैठी धूप का धीरे-धीरे उतरना निहार रही थी। अन्दर

जाकर फ़ोन उठाने का मन नहीं हुआ। तभी गुनी फ़ोन उठाकर ले आई। स्वाभाविक जिज्ञासा जागी, किसका फ़ोन हो सकता है! फ़ोन पकड़ाकर गुनी उलटे पाँव लौट गई।

दूसरी ओर इतिहास विभाग के अध्यक्ष डॉ. रविप्रकाश पांडेय बोल रहे थे, "मैडम, भदोही में मेरा एक स्टूडेंट अनुज डीएम तैनात है। उसने क़ालीन कारख़ानों में छापे मारकर कुछ बच्चों को मुक्त कराया है। वो आपकी मेड गुनी है न, जिसके बच्चे के बारे में आपने बताया था...उसे भदोही भेजकर दिखवा लें, कहीं उन बच्चों में उसका बच्चा भी तो नहीं है?"

"धन्यवाद डॉ. पांडेय, आपको मेरी बात याद रही! बड़ी कृपा है आपकी। गुनी को साथ लेकर मैं स्वयं वहाँ जाऊँगी।"

"मैडम, कोई ज़रूरी नहीं कि जो बच्चे मिले हैं, उनमें गुनी का बच्चा हो ही।"

"डॉक्टर साब, उम्मीद पर दुनिया क़ायम है। देखते हैं क्या होता है?" अरुंधती हँसी।

"आप सीधे अनुज से मिलिएगा। आपके वहाँ पहुँचने की सूचना उसे दे दूँगा। अनुज अच्छा लड़का है, आपको कोई दिक़्क़त नहीं होगी।"

"मेहरबानी, डॉक्टर साब। हम कल ही चले जाएँगे।" अरुंधती बोली।

डॉ. पांडेय ने फ़ोन काट दिया था।

डॉ. रविप्रकाश पांडेय इतिहास के अध्येता होने के साथ ही शास्त्रीय संगीत के भी रसिक हैं। इस वजह से अरुंधती का सम्मान करते हैं। कभी बातों-बातों में गुनी के बेटे का ज़िक्र आया था और उसने भदोही के किसी क़ालीन कारख़ाने में क़ैद होने की आशंका जताई थी। तब डॉ. पांडेय ने बताया था, उनके कई स्टूडेंट आईएएस हैं। वह गुनी के बच्चे की तलाश करवाने की कोशिश करेंगे। शायद उनकी इसी कोशिश का नतीजा थी यह जानकारी।

डॉ. पांडेय ने एक बड़ी उम्मीद जगा दी थी। गुनी तो यह ख़बर सुनकर बावरी ही हो जाएगी। उसके दिल-दिमाग़ को झटका भी लग सकता है। सोचा, गुनी को यह ख़बर बाद में देगी।

पंजाब से मनीऑर्डर आता तो गुनी और उसके बच्चे के जीने-खाने का इन्तज़ाम हो जाता। लेकिन ये मनीऑर्डर हर महीने नहीं आता। कई बार तीन-चार महीने का अन्तराल हो जाता। तब गुनी पंडित जी लोगों के घर में सेवा-टहल करके और

उधार-पंइचा लेकर काम चलाती। इन्हीं पंडित परिवारों में एक था अरुंधती के नाना रामानुज सुकुल का परिवार। उस परिवार से गाहे-बगाहे मदद मिल जाती थी। पंडित रामानुज सुकुल बड़े काश्तकार नहीं थे, परन्तु उनका हृदय विशाल था। उनके पास पाँच बीघे की खेती थी, जिससे परिवार का काम चल जाता था। सादे-सरल पंडित रामानुज सुकुल की इकलौती बेटी थी रुक्मिणी। उसके ब्याह को लेकर पंडित जी के गोतिया लोगों ने ख़ूब मज़ाक़ उड़ाया था, "गवनिया-बजनिया ही मिला रहा? कुल-ख़ानदान के नाक कटाय के ही मानयो।"

गुनी सबके यहाँ जाती, अपने काम से काम रखती। ऐसी बातें इस कान सुनती, उस कान निकाल देती।

जेठ की चिलचिलाती गर्मियाँ भी जब आधी बीत गईं, तब गुनी का माथा ठनका। बरसात सर पर सवार थी और खपड़ा छवाने का कोई जतन नहीं हो पा रहा था। रतन होली तक पैसे भेजने वाला था। लेकिन आज दो महीना बीत गया, न रतन का हाल-समाचार मिला, न रुपया-पैसा आया। इसी ऊभ-चूभ में एक दिन डाक बाबू लछमन यादव ने बताया, "पंजाब में माहौल ठीक ना है, भौजी। हो सकत है, रतन को पइसा भेजने में दिक़्क़त हो रही हो।"

"पंजाब में का हुआ है, लछमन जी?" गुनी का दिल धड़का।

"सुनते हैं, उधर बहुते मार-काट मचा है। कुछ लोग खालिस्तान देश बनावे की माँग कर रहा है।" लछमन यादव ने हौसला बढ़ाया, "घबड़ाओ नहीं, तुम्हारा मनीऑर्डर जैसे ही आएगा, हम पहुँचा देंगे।"

लछमन यादव के आश्वासन के बावजूद गुनी का मन डूबने लगा था। आँखों के सामने अँधेरा छा गया था। मन-ही-मन तमाम देवी-देवता गुहरा गई थी। दुहाई हो काली मइया...जय हो भोलेनाथ...बरम बाबा सहाय...सतगुरु रच्छा करिहो। बेचैनी ऐसी कि कोई कल-चैन न पड़े। राजन कब आया और गले से लिपट गया, पता न चला। उसके झकझोरने पर फफककर रो पड़ी। माँ को रोता देख राजन घबरा गया। रुआँसा हो मिमियाया, "माँ...माँ...माँ।"

गुनी का रोना नहीं रुका। राजन भागकर पड़ोस से सुरसतिया काकी को बुलाकर ले आया। सुरसतिया गुनी की हालत देख सन्न रह गई। गुनी से खोद-खोदकर सारा हाल जाना। आँसू, हिचकी और हताशा के मारे गुनी हाल-बेहाल हो रही थी। इस बीच पड़ोस की कुछ और महिलाएँ आ जुटी थीं। सबने मिलकर ढाढ़स बँधाया, सतगुरु सब ठीक करेंगे। पदारथ बहू कह रही थी, "हमरो देवर सुरेन्दर का भी

कई महीना से कउनो खोज-ख़बर ना हौ। फिकिर ना करो, सद्गुरु रच्छा करिहें।"

ये दिलासे थे, आश्वासन थे। इसके अलावा किसी के पास था भी क्या? जितने मुँह उतनी बातें। गुनी सुनती रही, पड़ोसनों के साथ आ जुटने से मन थोड़ा थिराया। सूनी आँखों से सबको निहारा। पदारथ बहू से निहोरा किया, "पदारथ भाई जी से पता कराइए न, कउन हाल में है ऊ लोग?"

महीने-भर बाद रतन की ख़बर मिली।

"इधर का हाल ठीक ना है, गुनी। सरदार जी हिसाब करे को बोले हैं। पइसा मिलते घर लौट आएँगे।"

गुनी का मन जुड़ाया। रोज़ बरम बाबा, काली थान जाती, माथा टेकती। कलप-कलप मनौती भखती, "काली मइया हमार मनई कुसल-कुसल लौट आएँ, तो धोती चढ़ाबो!"

रतन की चिट्ठी मिले हफ़्ता न बीता था, जब थाने से एक सिपाही मनहूस ख़बर लेकर आया, "पंजाब में आतंकवादी सब पन्द्रह लोगों को गाड़ी से उतारकर भून दिया है। रतन कोंहार और सुरेन्दर नोनिया भी वोही में रहे। सरकार दो-दो लाख देवे की घोषणा की है।"

सिपाही के स्वर में न दुःख था, न सहानुभूति। डंडा भाँजता वह उलटे पाँव लौट गया था।

गुनी पर वज्र टूट पड़ा था। खटिया की पाटी पर बदहवास-सी अपना सिर पटक-पटक उसने ख़ुद को लहूलुहान कर लिया था। उसके हृदयविदारक विलाप से लोगों का कलेजा फटा पड़ रहा था। रह-रहकर उसके दाँत लगते और वह बेसुध हो जाती। सुरसतिया भौजी छोलनी से दाँत छुड़ाती उसे सँभालने की कोशिश करती रही। धीरे-धीरे उसकी देह अकड़ती गई और फिर वह लस्त-पस्त हो वहीं ज़मीन पर लुढ़क गई।

महीनों लग गए थे गुनी को सामान्य होने में। बेटे का मुँह देखकर जीने का हौसला जुटाया था। पदारथ नोनिया ने दौड़-धूप कर सरकारी मदद के बारे में जानकारी जुटाई थी।

"सवाँग ना रहा तो रुपिया लेके का करेंगे?" गुनी का गला भर गया था।

बात मुखिया परमेसर सिंह तक पहुँची। वह स्वयं गुनी के दरवाज़े पर आ धमके। लहीम-शहीम क़द-काठी वाले परमेसर मुखिया तीखी मूँछों, रौबदार चेहरे

और झक्क कुरता-पाजामा में अपनी उपस्थिति से ऐसा आतंक पैदा करते हैं कि गाँव के लोग उनके सामने सीधे नहीं खड़े हो पाते हैं। परमेसर मुखिया का गुनी के दरवाज़े पर पहुँचना ही किसी आश्चर्य से कम न था। एक पड़ोसन ने गुनी को मुखिया के आने की ख़बर दी। गुनी सिर पर घूँघट खींचे बाहर निकली और ओसारे में एक खम्भे की ओट लेकर खड़ी हो गई। मुखिया ने उसकी ओर मुख़ातिब हो कहा, "रतन बहू, रतन के मउवत का बड़ा दुःख हुआ। हम भदोही गए थे, इसी से समाचार मिले में देरी हुई। मुदा होनी को कौन टाल सकता है? अब आगे की सोचो। पूरी जिनगी धरी पड़ी है, साथ में बच्चा भी है। बताओ, हम तुमरे लिए क्या कर सकत हैं?"

आसपास के लोग आ जुटे थे। बुज़ुर्ग घुरहू काका ने हाथ जोड़कर विनती की, "मालिक, गुनी बहू का कुछ मदद हुई जाए, तो बेचारी को जिये-खाये का सहारा हुई जाए।"

"फिकिर ना करो, घुरहू। हम हैं न, सब ठीक हो जाएगा। पहले सरकार से मुआवजा का पइसा दिलवा देते हैं। फिर आगे का आगे सोचेंगे।" मूँछें ऐंठते परमेसर मुखिया गुनी की ओर मुड़े, "सुनो रतन बहू, कल हमरे साथ प्रखंड कार्यालय चलो। वहाँ बीडीओ साहब से मुआवजा का पूरा जानकारी ले लेते हैं। फिर वहीं बैंक में तुमरा खाता भी खुलवाय देंगे।"

फ़रमान जारी कर परमेसर मुखिया चले गए। उनकी बात उठा पाना गाँव में किसी के लिए सम्भव न था। गुनी भी उनसे कुछ कह पाने की स्थिति में नहीं थी। घुरहू काका ने समझाया, "रतन बहू, जायवाला तो चल गवा, मुदा जिनगी भी तो जिये का है। बिटवा के भी तुमरे ही पाले-पोसे का हौ। तुम बताव, गरीब-गुरबा के आन-बान का कउनो वकत हौ? हम तो कहेंगे, सरकारी मदद लेवे में कउनो हरज ना है।"

गुनी अब तक पति के शोक की भावुकता से उबर चुकी थी। भूख, ग़रीबी और कठोर यथार्थ सामने था। मुआवज़ा था तो एक तरह से पति की ज़िन्दगी की क़ीमत ही, पर उसके पास कोई और चारा भी कहाँ था?

अकेली औरत जात प्रखंड कार्यालय कैसे जाएगी। काका से अपनी लाचारी जताई, "हम हुआँ अकेले कइसे जाब?"

घुरहू काका टोलें के बुज़ुर्ग थे। हाल-परिस्थिति समझनेवाले। वह तुरन्त ही गुनी के साथ प्रखंड कार्यालय चलने को तैयार हो गए।

अगले दिन परमेसर मुखिया ने बीडीओ से मिलकर गुनी के मुआवज़े की जानकारी ली और फिर बताया, "मुआवजा का चेक तो डीएम ऑफिस से मिलेगा।"

गुनी का दिल बैठ गया। अब ई कउन ऑफ़िस? घुरहू काका ने पूछा, "मालिक, अब का होगा?"

परमेसर मुखिया पाकड़ की छाँव में चबूतरे पर बैठकर बोले, "देखो, सरकारी काम बिना चढ़ावा चढ़ाए तो होत ना हौ...कुछ ले-दे के काम कराएँगे। क्या कहती हो, गुनी? कहो तो किसी बाबू से बात करें?"

गुनी पेड़ के दूसरी ओर घूँघट खींचे खड़ी थी। मुखिया जी की बात समझ में न आई। दुनिया-जहान कभी देखा नहीं, दुनियादारी जानी नहीं...जो भी था, उसके लिए अजगुत था। गुनी को चुप देख घुरहू काका बोले, "मालिक, आपको जो ठीक बुझाय, करें। ई गरीब का कइसहूँ मदद होय जाए। क्या कहती हो गुनी?"

गुनी ने सिर हिलाकर सहमति जताई।

प्रखंड कार्यालय के बाहर सड़क किनारे छोटा-मोटा बाज़ार था। कुछ कच्चे-पक्के मकानों में खाद, सीमेंट और कीटनाशकों की दुकानें थीं। फ़ोटो स्टेट, एसटीडी फ़ोन बूथ और टी-सीरीज़ के कैसेट की दुकानें थीं। कैसेट की दुकानों में तेज़ आवाज़ में गाने बज रहे थे। कुछ झोंपड़ियों में चाय-नाश्ते की दुकानें थीं। ऐसी ही एक झोंपड़ी में दाल-भात और भुजिया की दुकान थी। इसी दुकान के पास आकर परमेसर मुखिया बोले, "घुरहू, कुछ खाय लौ, भूख लगी होगी। भोजन करो, जब तक हम आ रहे हैं।"

परमेसर मुखिया सिगरेट का लम्बा कश खींचते हुए प्रखंड कार्यालय की ओर चले गए। मुखिया जी की यह आत्मीयता घुरहू काका के मन को खटकने लगी थी। उनका मन आशंका से भर गया था। घुरहू काका के मनोभावों से अनजान गुनी भोजन का इन्तज़ार कर रही थी। घुमड़न उसके मन में भी थी।

卐

मुआवज़े का चेक डीएम ऑफ़िस से बीडीओ ऑफ़िस पहुँचने में एक महीना लगा। वहाँ से चेक भिजवाने में भी मोल-भाव के बाद पन्द्रह दिन लगे बीडीओ साहेब को चेक देने में। परमेसर मुखिया जी ने बताया, "सब स्साला

चढ़ावा खोजता है। ऊपर से नीचे तक बिना कमीशन खाये एक्को कागज आगे नहीं बढ़त हौ।"

सरकारी रजिस्टर पर अँगूठा देकर, चेक लेने के बाद गुनी ने काग़ज़ के उस टुकड़े को इस तरह सहलाया मानो रतन की हथेली को सहला रही हो। उसकी आँखें भर आई थीं। प्रखंड कार्यालय से बाहर आकर परमेसर मुखिया ने बताया, "पचास हजार खरच हुई गवा है।"

डीएम ऑफ़िस, बीडीओ ऑफ़िस आते-जाते, बैंक में खाता खुलवाने से लेकर ऊँच-नीच समझाते परमेसर मुखिया गुनी से पूरी तरह खुल गए थे। गुनी एक-दो बार घुरहू काका के साथ निकली, लेकिन बार-बार उनका साथ आना सम्भव न होता। उसका संकोच देखकर मुखिया ने समझाया था, "रतन बहू, जुग-जमाना के साथ चलो। किस-किसको साथ लिए फिरोगी? हम हैं न तुम्हारे साथ, किसी का अहसान लेवे की जरूरत ना है।"

हिचकी तो थी गुनी, लेकिन परमेसर मुखिया की बात भी सही थी। कब तक कोई साथ देगा? धीरे-धीरे अकेले आने-जाने लगी थी। आते-जाते भटक भी खुल गया था। मन मसोसकर ही सही, मुखिया जी की बात मानने लगी थी। मुआवज़े का चेक गुनी के बैंक खाते में जमा करवाकर मुखिया जी ने खरचे का पचास हज़ार अगले ही दिन निकलवा लिया था।

गाँव लौटते हुए रास्ते में मुखिया जी ने प्रस्ताव दिया, "गुनी, हमरी औरत मायके जा रही है। तुम अगर सुबह-शाम का भोजन बना देती तो बड़ी मदद हो जाती।"

गुनी तत्काल हाँ, ना कुछ नहीं कह पाई। उसे चुप देख परमेसर मुखिया बोले, "देखो, सबको घर-गिरस्ती सँभालने का काम नहीं दिया जा सकता। आदमी को विश्वासी भी तो होना चाहिए न? बहुत बिचारे के बाद हमको तुम जँची हो। बोलो, क्या कहती हो?"

परमेसर मुखिया के अहसान से दबी थी वह। उनके आग्रह और वक़्त पर काम आने के कारण उसके लिए इनकार करना सम्भव न हुआ।

"मालिक, आप हमरा एतना काम आवा हैं, आपका बात कइसे ना मानेंगे?"

परमेसर मुखिया मुस्कराए, "तुमरे जवाब से बड़ी राहत मिली, गुनी। ऐसा करो, भोरे आके मलकिनी से बात कर लो।"

मलकिनी को मायके गए दो दिन बीते थे। गुनी ने मुखिया जी के घर का काम बख़ूबी सँभाल लिया था। एक भरी दुपहरिया भोजन के बाद डकार लेते परमेसर

मुखिया ने गुनी के खाने की खुलकर तारीफ़ की, "रतन बहू, तुमरे बनाए भोजन में बहुते स्वाद है।"

इस स्वाद-वर्णन के साथ ही परमेसर मुखिया ने होंठों पर जीभ फेरते हुए कसकर चटखारा लिया और झपट्टा मारकर गुनी का हाथ पकड़ लिया। जब तक गुनी कुछ समझती, परमेसर मुखिया ने उसे अपनी बाँहों में बाँध लिया। वह भयभीत हिरनी-सी छटपटाई, गिड़गिड़ाई। विधवा होने का हवाला दिया। लेकिन परमेसर मुखिया के बल, आतंक और अहसान के आगे उसकी एक न चली। वह सिसकती रही...परमेसर मुखिया भूखे भेड़िए की तरह उसकी देह नोचता रहा। बेसुधी और बेकसी के बीच ज़ख़्मी परिंदे-सी फड़फड़ाती रही वह। जिस वक़्त मुखिया ने उसे अपने चंगुल से मुक्त किया, उस वक़्त उसकी मूँछों के नीचे निहायत अश्लील हँसी फँसी हुई थी। गुनी के भीतर हौल उठी। वह बेतहाशा अपने घर की ओर भागी।

क्या करे इस अपवित्र देह का? पोखरा में कूदकर जान दे दे? ज़हर खाकर चुपचाप सुत जाए? साड़ी का फंदा लगाकर फाँसी लगा ले? तब राजन का क्या होगा? कौन पोसेगा अभागे को? बेटे का मुँह निहारती फफक पड़ी गुनी। सारे बंध तोड़कर आँसू बहे जा रहे थे। आँखें सूजकर बाहर निकल आई थीं। रतन की मौत पर भी वह इतना नहीं रोई थी, जितना अपनी आत्मा की मौत पर रोई। मन धिक्कार रहा था। बार-बार जान दे देने को उकसाता। लेकिन हिम्मत साथ नहीं दे रही थी। ज़िन्दा लाश-सी देह निढाल हो गई थी।

परमेसर मुखिया का चरवाहा जोधन बुलावा लेकर आया। लेकिन गुनी की सुगबुगाहट न पाकर, बेखटके वह घर के अन्दर घुस आया। उसे देखकर राजन सुबकने लगा। खटिया पर गुनी बेसुध पड़ी थी। कौन आया, उसे कुछ ख़बर न हुई। गुनी को इस हाल में देखकर जोधन भी बिना कुछ पूछे-ताछे उलटे पाँव लौट गया।

दूसरे दिन गुनी ने जैसे-तैसे ख़ुद को सँभाला। देह में जान नहीं थी, लेकिन सोचने-समझने की शक्ति लौट आई थी। इस बीच परमेसर मुखिया की ओर से कोई हरकत नहीं हुई। यह शान्ति तूफ़ान पूर्व की सूचना थी या कि परमेसर मुखिया का काया-कल्प, वह नहीं समझ पा रही यी। एक मन कर रहा था कि किसी से नहीं तो सुरसतिया बहिन से अपनी व्यथा कहकर मन हल्का कर ले। लेकिन दूसरे मन ने बरज दिया, 'मुखिया के आगे किसी का हिम्मत नहीं कि मुँह खोले, फिर कहे

से का फायदा? अपना ही जखम नोचे से का होगा? कोई सहाय होय ना होय, गाँव भर मा बदनामी जरूर हुई जाई। यह अपनी ही मिट्टी माटी में मिलाने की बेबसी थी।' वह उदास आँखों से पास बैठे राजन को निहारती रही। राजन उसका हाथ पकड़कर पूछ रहा था, "माँ...माँ, का हुआ तुमको?"

तड़पकर राजन को सीने से भींच लिया। उसका माथा चूमते हुए बोली, "बिटवा, जीव ठीक ना रहा। कुछ खायो कि नाहीं ?"

"काकी दाल-भात खिलाये रहीं।"

"अब हम ठीक हुईगा हैं...चिन्ता नाहीं करो।"

गुनी न मन से ठीक थी, न तन से। लेकिन जीना है हर हाल में, यह सोचकर जी को कड़ा किया। घिसटती देह और लिथड़े मन से फिर परमेसर मुखिया के दुआरी जा पहुँची। बैठक में गाँव के बड़कवा लोगों का जमावड़ा लगा था। वह घूँघट खींचकर दबे पाँव वहीं चौखट से लगकर खड़ी हो गई। उसकी उपस्थिति से वहाँ जारी बतकही में व्यतिक्रम आया। परमेसर मुखिया ने मुलायम स्वर में टोका, "क्या बात है गुनी? सुना तुमरी तबीयत खराब रही? अब का हाल हौ?"

परमेसर मुखिया की बातें सुनकर गुनी घिन से भर गई। जी में आया कि भरी सभा में सबके सामने अपना हाल और परमेसर मुखिया की करतूत बता दे। लेकिन सारे मर्दों के सामने उसकी आँखें ज़मीन में जा धँसीं। मन मसोसकर बोली, "मालिक, हमरा पइसा मिल जाए तो हम ई गाँव से चला जात।"

"पइसा...कइसा पइसा?" मुखिया ने तुरन्त पैंतरा बदला। अभी-अभी जिस प्रेम से उसका कुशल-क्षेम पूछ रहा था, अब वह उतना ही आक्रामक हो गया था।

"जौन सरकार से मिला रहा...बैंक मा जमा कराए रहे!" गुनी ने याद दिलाने की गरज से ज़ोर देकर कहा, "बैंक वाली किताबो आपै के पास हौ, मालिक।"

"उस किताब में फूटी कौड़ी ना है।" मुखिया कुटिल हँसी के साथ हिंस्र स्वर में बोला, "हमरा जो पचास हजार खरचा हुआ, वो कौन देगा?"

बैठक में मौजूद लोगों ने चुप्पी साध रखी थी। गुनी को साहस नहीं हुआ कि वह मुखिया से तुर्की-ब-तुर्की बहस कर सके। हाथ जोड़कर गिड़गिड़ाई, "मालिक, आप कह रहे हैं तो ठीके हुईगा। मुदा पचास काट के डेढ़ लाख तो बचा रहा, वही दिलाय देव।"

परमेसर मुखिया के पाँव की लहर कपार पर जा चढ़ी। बेछूट गालियाँ देता वह घर के अन्दर गया और उसी तेवर के साथ वापस लौटा। उसके हाथ में बैंक

की पासबुक थी। बैठक में मौजूद एक बुज़ुर्ग की ओर पासबुक बढ़ाते हुए बोला, "माटसाब, आप तो पढ़ा-लिखा हैं। ई पासबुक देखकर बताइए, कितना पइसा हौ खाता में? हम बताएँगे तो इस नमकहराम को बिसवास ना होगा।"

माटसाब ने पासबुक उलट-पुलटकर देखा। एक-एक पन्ना खोलकर जाँचा। इस बीच गुनी का दिल धाड़-धाड़ बजता रहा। टकटकी बाँधे माटसाब की ओर ताकती रही। इत्मीनान हो लेने के अन्दाज़ में माटसाब ने मुंडी हिलाई। गुनी आस भरी नज़रों से उनकी ओर देखे जा रही थी। वह गला खखारकर बोले, "रतन बहू, खाता में तो कोई रकम जमा नहीं है। खाता खाली है।"

ऐसा कैसे हो सकता है? डेढ़ लाख ग़ायब कैसे हो गया? इतना अनर्थ? गुनी की आँखों के आगे अँधेरा छा गया। किस भँवरजाल में फँस गई वह? जानते-बूझते हुए भी कसाई के हाथों में गर्दन दे दी थी। वह कसाई अब अपनी असलियत पर उतर आया था। किसी का क्या कसूर?

गुनी की चेतना डूबने लगी। किसी कटे पेड़ की तरह वह वहीं खड़े-खड़े ढेर हो गई।

परमेसर मुखिया चीख़ा, "अरे जोधना, देखो, ई हरामजादी को क्या नखरा पसार रही है? स्साली का झोंटा पकड़ के घर का रास्ता दिखाओ।"

बथान पर भैंसों को सानी चला रहा जोधन तब से सारा तमाशा देख रहा था। मुखिया की आवाज़ पर दौड़ा आया और ज़मीन पर पड़ी गुनी की देह को हिलाने-डुलाने लगा। कोई प्रतिक्रिया न देख, वह मुखिया की ओर गर्दन घुमाकर बोला, "मालिक, ई तो बेहोस हुइ गई है।"

मुखिया चीख़ा, "पनही सुँघाव ससुरी को पनही। लात का भूत बात से ना उतरेगा।"

जोधन बुदबुदाया, "रतन भउजी, कसाई तुमको न जिये देगा, न मरे देगा। सँभारो अपने आप को।"

मुखिया अपनी बैठक में उपस्थित लोगों से कह रहा था, "साला एक झंझट हो तब न! एक तो अफसर, किरानी सबका चिरौरी-बिनती करके मदद दिलाओ, ऊपर से बदनामी मोल लो। देख रहे हैं न आप लोग?"

कई लोगों ने सिर हिलाए।

"माटसाब, कल आइए! ठंडा दिमाग़ से स्कूल भवन निर्माण पर डिटेल में डिसकस करेंगे।" मुखिया ने झुँझलाते हुए महफ़िल बर्खास्त कर दी। एक-एक कर लोगों के निकल जाने के बाद जोधन को कुछ हिदायत देकर वह भी प्रखंड

कार्यालय के लिए निकल गया। उसके ओझल होते ही जोधन ने अपने दाएँ-बाएँ देखकर भद्दी-सी गाली उछाली, "स्साला एक नम्बर का हरामी है। पक्का अपना बाप का असल ना होगा।"

वहाँ उसकी गालियाँ सुनने वाला कोई न था। लेकिन वह खुलकर भड़ास निकालता रहा। भरपेट गाली दे चुकने के बाद गुनी की देह को झकझोरते हुए आवाज़ लगाई, "ए भउजी...उठो! होस में आवो। राच्छस के आवे से पहिले हियाँ से चली जाव।"

गुनी का सर्वस्व लुट चुका था। पति, पैसा, इज़्ज़त-आबरू सब कुछ। जीने की इच्छा ख़त्म हो चुकी थी लेकिन जीना था। राजन के लिए जीना था, उस अबोध को किसके भरोसे छोड़ दे? इच्छा के विरुद्ध जीना आसान न था। इस कशमकश में दो दिन गुज़र गए। तीसरी सुबह जोधन आया, "मुखिया बुलाय रहे हैं, भउजी। का कहती हो?"

अब क्यों बुला रहा वह? कौन करम बाक़ी रखा उसने? क्या करे? मना कर दे? लेकिन मना करके कितना दिन टिकेगी गाँव में? तो क्या गाँव छोड़कर भाग जाए? लेकिन कहाँ? कौन है, जो शरण देगा? मायका में न माई-बाप, न भाई-भतीजा। कौन देगा सहारा?

मन मारकर उठी। जो हो, देखा जाएगा। राजन को साथ लेकर जोधन के पीछे-पीछे चल पड़ी।

वही मुखिया, वही देह और वही शोषण। गुनी ने नियति से समझौता कर लिया। मुखिया की घरवाली मायके से लौट आई थी। वह अपने पति के सामने भीगी बिल्ली बनी रहती। हर वक़्त सहमी-सहमी। गाहे-बगाहे मुखिया के पीछे अपना दुख व्यक्त कर बैठती, "कई बिसखोपड़ा मरा हुइगा, तब ई मरदवा पैदा लिया होई।" उसे अपने पति के लिए इतना ज़हर उगलते सुन गुनी अवाक् रह जाती। बावजूद इसके उससे कभी कुछ पूछने-जानने की हिम्मत न हुई। बड़े घरों की औरतों का कोई भरोसा नहीं, कब किस बात पर पिनक जाएँ और उसकी औकात बता दें?

दिन गुज़र रहे थे। वह अब मुखिया की रखैल होकर रह गई थी।

राजन स्कूल जाने लगा था। सुबह्-शाम वह मुखिया के घर चौका-बर्तन, रसोई-पानी करती। देर रात आराम के लिए खटिया पर जाते ही मुखिया घर में घुस आता। रात-भर उसकी देह नोचता। रात-भर वह रौंदी जाती।

मुसीबत अकल हर लेती है, मति मारी जाती है। यही हो रहा था गुनी के साथ।

परमेसर मुखिया ने एक दिन प्रस्ताव रखा, "गुनी, गाँव में स्वास्थ्य केन्द्र खोलना है। सोचते हैं, तुमरे घर में खुलवाय दें।"

गुनी कुछ समझ नहीं पाई। आँखों में कुछ असमंजस के भाव थे। मुखिया ने समझाया, "भाड़ा मिलेगा। सरकार हर महीना अच्छा पइसा देगी।"

थूक निगल गई गुनी। गला फिर भी ख़ुश्क रहा। परमेसर मुखिया मुस्कराए, "नर्स आएगी। गाँव-भर का इलाज होगा। सबको दवाई भी मुफत मिलेगी। भलाई का काम है, गुनी, भलाई का। हर महीना कमाई का कमाई और पुन्य का पुन्य।"

थोड़ी मान-मनौवल के बाद, पुण्य के इस काम के लिए गुनी मना नहीं कर पाई।

महीने-भर बाद ही गुनी के घर में स्वास्थ्य केन्द्र खुल गया।

नर्स भानुमति के साथ आए प्रखंड अस्पताल के सीनियर डॉक्टर की उपस्थिति में स्वास्थ्य केन्द्र का उद्घाटन किया ख़ुद परमेसर मुखिया ने। गाँववालों की भारी भीड़ के बीच नर्स भानुमति की देखरेख में बाहरवाली कोठरी में एक कुर्सी और एक मेज़ लगा दी गई। मेज़ पर कुछ दवाइयों के पैकेट और एक नए-नकोर रजिस्टर ने जगह बनाई। मेज़ के बग़ल में मरीज़ के बैठने के लिए स्टील का एक स्टूल रखा गया। ओसारे में जहाँ रघु कुम्हार का चाक खड़ा था, वहाँ अपनी बारी के इन्तज़ार में बैठनेवाले मरीज़ों के लिए बेंच लगा दी गई। सारी व्यवस्था जमा लेने के बाद भानुमति ने एक सरकारी काग़ज़ पर गुनी के अँगूठे का सही लेकर समझाया, "सरकार हर महीना पचास रुपया भाड़ा देगी।"

गुनी ने दबी जुबान में निवेदन किया, "दीदी, भाड़ा का ई पइसा हरहाल हमरे हाथ मा मिलै चाही।"

भानुमति ने उसके हाथ में भाड़ा दिलाने का भरोसा दिया। इस आश्वासन के साथ ही जैसे गुनी का भानुमति से बहनापे का रिश्ता बन गया था।

भानुमति के स्वास्थ्य केन्द्र आते ही, गुनी उसके पास आकर बैठ जाती। जब तक कोई मरीज़ न आता, तब तक भानुमति और गुनी दुःख-सुख बतिया लेतीं। गुनी पर बीती विपत्ति का जैसे-जैसे खुलासा होता गया था, भानुमति की उसके प्रति सहानुभूति भी बढ़ती गई थी। एक दिन भानुमति ने पूछा था, "इतना सह के भी उस कसाई के साथ कैसे सो पाती हो?"

गुनी का चेहरा राख हो गया था। आँखों में ख़ौफ़ झाँकने लगा था। सूखे होंठों

पर जीभ फेरती कसमसाई थी, "दीदी, जब सब सह के भी उसकी मेहरारू उसके साथ सोती है, तो हमरा का औकात?"

गुनी का प्रतिप्रश्न कहीं ज़्यादा कठिन था। भानुमति ख़ाली दवाई की शीशी फेंककर बोली, "अइसा लोग की कोई दवाई ना बनी है, गुनी। जानत हो काहे?"

गुनी ने जिज्ञासु आँखें भानुमति के चेहरे पर गड़ा दी थीं।

"काहे कि सब दवाई बनावे वाला मरदे है।"

गुनी के होंठों पर हँसी की रेख फूटी थी। अरसे से पाँव जमाये मनहूसियत तार-तार हो गई थी। ज़िन्दगी अपनी गति से चल रही थी। समय अपनी गति से। इसी दौरे-दौरां में गुनी ने हालात से समझौता कर लिया था। लेकिन दुर्भाग्य था कि उसका पीछा छोड़ने का नाम नहीं ले रहा था।

मुखिया के साले ने भदोही में क़ालीन का कारख़ाना खोला था। बहन-बहनोई को उद्घाटन पर आने का नेवता देने आया, तो लगे हाथ उनसे कारख़ाने में काम करने के लिए कुछ बच्चे भेजने का अनुरोध कर गया। कारख़ाना शुरू होने के हफ़्ता बाद मुखिया ने गाँव के आठ-दस बच्चों के साथ गुनी के बेटे राजन को भी भदोही भेज दिया था।

उस दिन गुनी रणचंडी बन गई थी। संगी-साथियों के साथ अपनी बैठक में दरबार लगाए बैठे मुखिया का उसने एक झटके में पानी उतारकर रख दिया था, "मुखिया जी, लाचार औरत से एतना अनेत ठीक ना हौ। रावन का भी घमंड ना रहा, आपका औकात का हौ? डरौ, ऊपरवाला से डरौ, मालिक!"

गाँव ने सुना, लोगों ने देखा। अब तक जो ना हुआ था, वो आज हो गया था। एक औरत, जिसके मुँह में ज़बान न थी, वह मुखिया पर गरज-बरस रही थी। एक दबंग जिसके ख़िलाफ़ किसी की आवाज़ न निकलती थी, वह सरेआम अपनी बेइज़्ज़ती देख रहा था। उसका ख़ून खौला और अगले ही पल वह किसी हिंस्र जानवर-सा गुनी पर टूट पड़ा था। पटकनी देकर उसकी देह पर चढ़ बैठा था और उसका टेटुआ दबाकर पगलाये भैंसे-सा चीख़ा था, "स्साली रंडी, तोरा मजाल कि हमसे जबान लड़ाये...अँगुरी पकड़ाये तो लगी माथा पर चढ़के मूते। अब देखते हैं, कौन बचाता है तुमको!"

कोई आगे नहीं आया। न औरत, न मरद। न बड़का, न छोटका।

卐

देह पर गुम्म चोट, आत्मा पर लिसलिसा ज़ख़्म लिए गुनी रात-भर अपने घर के ओसारे में पड़ी रही। सुबह जब नर्स भानुमति स्वास्थ्य केन्द्र पहुँची तो गुनी को बेसुध देख कलप उठी। बिखरे बाल, सूजी आँखें, दाहिनी कलाई पर जमा गाढ़ा ख़ून, आँखों के बग़ल में पड़ा नीला निशान, गर्दन पर खरोंचें। गुनी पर हुए ज़ुल्म की कहानी समझते उसे देर न लगी। गुनी की लस्त-पस्त देह को कन्धे से पकड़कर सीधा किया। कराहते हुए गुनी ने आँखें खोलीं। सामने भानुमति को देखकर उसकी आँखों की कोरों में अटके आँसू झर-झर बहने लगे। गुनी को दीवार के सहारे टिकाकर भानुमति घर के अन्दर गई और एक लोटा पानी लेकर लौटी। अपने हाथ से गुनी के मुँह पर छींटे मारे। रुई निकालकर घाव साफ़ किए, टिंचर लगाया। रह-रह कर वह दर्द से चिलक उठती। भानुमति ने सहारा देकर उसे उठाया और अन्दर ले जाकर खटिया पर बिठा दिया।

"टिफिन में रोटी लाई हूँ, खा लो, फिर दवाई देंगे।"

गुनी पत्थर की मूरत-सी बेहिस थी। भानुमति उसकी स्थिति सुधरने की प्रतीक्षा करने की सोचकर बाहर ओसारे में आ गई। बाहर आसपास के घरों की औरतें अपनी दुआरी पर बैठी चुपचाप अपना काम कर रही थीं। भानुमति को आश्चर्य हुआ कि रोज़ बिना काम भी उसके पास आकर बैठने वाली औरतें, आज उससे बात करना तो दूर, आँखें भी चुरा रही थीं। अचानक ऐसा क्या हुआ कि पूरे गाँव को साँप सूँघ गया है? थोड़ी देर बाद किसी तरह चुप्पी की बर्फ़ पिघली। किसी से कुछ भी न बताने के वादे पर सुरसतिया भौजी ने गुनी की दुर्गति का सारा हाल कह सुनाया। अपनी बात पूरी करके अन्त में उन्होंने अपने मन की बात कह डाली, "मेम साहेब, दुखियारी का एक ही सहारा रहा उसका बिटवा। ओही का मुँह देखके ई बेचारी जीअत रही। मुदा मुखिया उहो छीने तो इनके सबर का बाँध टूट गवा। जइसे दुर्गा-काली सवार हुई गई माथे पर। बस, खड़े-खड़े उतार दिहिन मुखिया का पानी।"

सुरसतिया भौजी की साँस फूल गई थी। उनके चेहरे पर क्षोभ और घृणा के भाव उभर आए थे।

भानुमति अन्दर तक हिल गई थी। वह भारी मन से गुनी के पास लौटी और चुपचाप उसके पास बैठ गई। सफ़ेद साड़ी में अपने पास बैठी इस फ़रिश्ता औरत को गुनी टुकुर-टुकुर ताके जा रही थी। सम्भवत: यह उसके हिस्से का कोई पुण्य

था, जो भानुमति के रूप में आकर उसके दुखों पर फाहे रख रहा था।

अगले दिन जब गुनी के चेहरे की सूजन कुछ कम हुई। देह का बथना भी थिराया और ज़ख़्मों पर जमी पपड़ियाँ सूख गईं, गुनी दीवार का सहारा लेकर ओसारे में आकर बैठ गई। ज़िन्दगी से आँख मिलाने के लिए आसपास का जायज़ा लेने लगी। सहसा सामने गली में थाना-पुलिस देखकर मन आशंकाओं से भर गया। पुलिसवालों के पीछे मेमसाब टाइप कुछ औरतें थीं, जो सीधे उसके दुआर पर आ खड़ी हुईं। जब तक वह कुछ समझती एक औरत जिसके बाल कन्धे तक झूल रहे थे और आँखों पर धूप का चश्मा चढ़ाया हुआ था, क़रीब आकर बोली, "तुम गुनी हो?"

भकुआई गुनी उस भव्य औरत को देखकर सहम गई। भय में जकड़ी यंत्रवत् "हाँ" में सिर हिला दिया। उसके साथ की बाक़ी औरतें भी क़रीब आ गई थीं। चम-चम करती डिज़ाइन वाली साड़ी में महकती एक औरत जो उसके सामने आ खड़ी हुई थी, लगा, गुलाबजल में नहाकर आई है। उस औरत ने उससे मुख़ातिब हो अपने आने का उद्‌देश्य बताया, "तुम पर हुए ज़ुल्म की शिकायत हमें मिली है। हम उसी मामले की जाँच करने आए हैं। निश्चिंत होकर तुम सारी जानकारी दो। एक-एक बात बताओ...शुरू से...कुछ भी छिपाना नहीं है। कब, क्या, कैसे जो कुछ भी तुम्हारे साथ हुआ, सब बताओ। हम पर भरोसा रखो, तुम्हारे साथ कोई ज़्यादती नहीं होने देंगे। हम तुम्हें न्याय दिलवाएँगे।"

ये मेम लोग क्या कह रही हैं? शिकायत मिली है? मुखिया की शिकायत? कौन किया शिकायत? नर्स भानुमति? ये ख़याल आते ही सिहर गई वह। ये क्या किया बहिन? हम ज़ुलुम सहिये रहे थे, तुम काहे रार मोल ले ली? उसे चुप देख चश्मेवाली मेम ने उसका हौसला बढ़ाया, "हाँ...हाँ बिना डर-भय के बोलो। हम तुम्हारे साथ हैं। क़ानून तुम्हारे साथ है। औरत पर ज़ुल्म करके कोई बच नहीं सकता।"

आसपास के घरों की औरतें अपने-अपने दरवाज़े पर खड़ी औचक-भौचक इधर ही देख रही थीं। गली में तमाशबीन की तरह आ जमे मर्द इन शहरी मेमसाहबों को अजूबे की तरह देख रहे थे। उन औरतों के साथ पुलिस थी, इसलिए किसी की उनके पास फटकने की हिम्मत नहीं हो रही थी। एक सिपाही ने दालान में पड़ी बेंच खींचकर उन औरतों के बैठने का इन्तज़ाम कर दिया। घुरहू काका की दुआरी पर खड़ी बँसखट बिछाकर वे ख़ुद भी बैठ गए। गुनी उन मेमसाहबों के सामने सिर झुकाए चुपचाप ज़मीन पर बैठ गई थी। लोगों की भीड़ में मुखिया का बराहिल भी खड़ा था। उसकी कोशिश से लग रहा था कि वह दिखाड़ नहीं होना चाहता।

गुनी बोल रही थी...क्या? कुछ स्पष्ट सुनाई नहीं दे रहा था। अलबत्ता उसके चेहरे के हाव-भाव से वह किसी मूक फ़िल्म का दृश्य प्रतीत हो रहा था। गुनी जब कभी अपनी कलाई दिखाती, आँखों के पास उँगली फिराकर कुछ बता रही होती या साड़ी खिसकाकर अपनी गर्दन के इर्द-गिर्द के ज़ख़्म दिखाती तो यह सब स्पष्ट दिखता और उस दृश्य का मतलब समझ में आता। टोले की कुछ औरतों की आँखों में नमी छलक आई थी। उन्हीं में से किसी ने अपनी बग़लवाली से पूछा, "गुनी बहिन को मुखियवा से डर ना लाग है?"

बग़लवाली ने फुसफुसाकर कहा, "का बचा हौ बेचारी के लाग, जो कोई से डरे?"

देर रात तक छत की कड़ियाँ ताकते गुनी को कुछ खुसफुस का आभास हुआ। लगा कोई भरम है। लेकिन नहीं, ये भरम नहीं था। उठकर खटिया पर बैठे-बैठे इन आहटों का जायज़ा लेने लगी। अभी कुछ समझ पाती, कि कोई हड़बड़ाए स्वर में बोला, "भाग्ग स्साला...भाग्ग!"

अचानक खपरैल की छत से आग की गर्मी और धुएँ का गुबार उठा और गुनी की आँखों में तीखा धुआँ आ घुसा। वह घबराकर खटिया से उतरी और भागकर घर से बाहर निकल आई। तेज़ होती आग की लपटें लपलपाने लगी थीं। खपरैल धू-धू जल रही थी। लपटें देखकर अपनी दुआरी पर सोये लोगों में कोहराम मच गया। सोये-भकुआए लोग गुनी के घर के सामने जमा होने लगे। लोगों का क्रंदन आसमान भेदने लगा। कोई बाल्टी लेकर कुएँ से पानी खींचने लगा। कोई घरों में जमा पानी लपटों पर फेंकने लगा। रात के इस आख़िरी पहर में, जब कुम्हार टोली में गुनी का घर जल रहा था, मर्द-औरत, बच्चा-बुतरू सभी उसे बुझाने के लिए जान लड़ाये हुए थे। सभी को डर था आँच बढ़कर उनके घरों को चपेट में न ले ले।

भोर होने से पहले आग बुझ चुकी थी, ख़तरा टल चुका था। गुनी का घर राख हो चुका था। लोग जब अपने घरों के बच जाने के इत्मीनान में थोड़ा थिर हुए, तो उनके चेहरे बुरी तरह धुआँए हुए थे। सुबह के उजास में राख उड़ रही थी। ये कह पाना मुश्किल था कि ये राख गुनी के जले घर की थी या भोर ही राख हो गई थी।

बड़ी देर से गुनी की आहट न पाकर देवमनी भौजी ने हाँक लगाई, "अरे कोई गुनी की सुध ल्यो...बेचारी कहीं दिखाय ना रही।"

गुनी कहीं नहीं थी। न अपने घर के मलबे में, न उड़ रही राख में, न उस आँच

में जिसका ताप अभी भी सुबह की हवा को गरम किए हुए था। वह न अपने टोल में थी, न गाँव के किसी कोने-अँतरे में। गुनी अपना अतीत, अपनी प्रताड़ना और मुखिया का प्रपंची जाल काटकर उड़ गई थी। वह न किसी की थी, न कोई उसका था। उसके पीछे बस, उससे जुड़े कुछ क़िस्से शेष रह गए थे, कुछ किंवदंतियाँ जन्म ले चुकी थीं।

卐

दृश्य और समय दोनों अपनी गति से भाग रहे थे।

अरुंधती ने बया को भदोही चलने का मक़सद बताया, तो वह सहर्ष साथ चलने को राज़ी हो गई। उसे लगा, शायद इसी बहाने वह गुनी के साथ खड़ी हो सकेगी। उसके दुख में संबल बन सकेगी। अरुंधती को भी एक से भले दो का अहसास हुआ। भदोही के रास्ते पूरे समय गुनी गुम बैठी रही। बया का मन गुनी के मन में उठ रहे बवंडर को महसूस करते हुए विह्वल होता रहा। मन-ही-मन वह गुनी के लिए प्रार्थना करती रही।

परमेसर मुखिया के साले के क़ालीन कारख़ाने से जो दस बच्चे मुक्त कराए गए थे, उन्हीं में राजन के होने की सम्भावना थी। आए दिन इन बच्चों की यातनाओं की ख़बर अख़बारों में छपती रहती है, कि क़ालीन कारख़ानों में काम करने के लिए ग़रीब बच्चे बँधुआ बनाकर रखे जाते हैं। इन्हें न भरपेट भोजन मिलता है, न बुनियादी सुविधाएँ मिलती हैं। जो बच्चे भागने की कोशिश करते हैं, उन्हें क़ैद कर रखा जाता है। कितने बच्चे तो घोर यातनाओं और बीमारियों से दम तोड़ देते हैं। क़ालीन कारख़ाने के मालिक दबंग होते हैं। उन पर विधायकों, मंत्रियों और पुलिस-प्रशासन की कृपा होती है। कभी-कभार कोई तेज़-तर्रार डीएम या एसपी आता है, तभी इन कारख़ानों में क़ैद बच्चे मुक्त हो पाते हैं। ऐसा ही डीएम था अनुज, जिसके प्रयास से गुनी के बेटे राजन की मुक्ति सम्भव हो पाई थी।

डीएम अनुज ने अरुंधती का ग़र्मजोशी से स्वागत किया। ज़िला बाल कल्याण अधिकारी को फ़ौरन तलब कर उसे सारी बात समझाई और मुक्त कराए गए बच्चों की शिनाख़्त कराने की हिदायत दी। बच्चे एक एनजीओ की देखरेख में रखे गए थे। एनजीओ कार्यालय में बच्चों की भीड़ के बीच भी गुनी अपने बेटे को पहचान गई।

जिस जिगर के टुकड़े के मिलने की आस छोड़ चुकी थी, वह उसकी आँखों के सामने था। बाँहें फैलाए गुनी बेतहाशा उससे लिपट गई। उसे अँकवारी में भींचकर फफक पड़ी। माँ-बेटे के आँसुओं में उनके बीते दिनों के संताप और यातनाएँ घुल रही थीं।

राजन सूखकर काँटा हो गया था। उसके शरीर पर शर्ट किसी बिजूके पर टँगी लग रही थी। सूखे-उलझे बाल, पिचके चेहरे पर धँसी आँखें, आँखों में तैरता डर जैसे स्थायी घर किए हो। चौदह साल का यह बच्चा बड़ी देर तक अपनी माँ से चिपका रहा। थोड़ा सामान्य होने पर गुनी ने भरे गले से कहा, "दीदी, ई एहसान हम जिनगी भर ना चुकाय सकत।"

"बेटा मिलते ही कर दिया पराया?" अरुंधती ने मुस्कराकर झिड़की दी और राजन का गाल थपथपाकर कहा, "हम तुम्हारी मौसी हैं।"

"नाहीं...माँ है...माँ।" भावुक उद्रेक में गुनी ने बेटे को नसीहत दी।

सरकारी औपचारिकताएँ पूरी करने और बच्चे को उसकी माँ को सौंपने की लिखत-पढ़त के बाद डीएम अनुज ने हाथ जोड़कर अरुंधती से निवेदन किया, "मैम, हम ज़िला स्थापना दिवस पर एक भव्य समारोह करने वाले हैं। संगीत महोत्सव में यदि आप भी शिरकत करतीं तो बड़ी कृपा होती।"

बग़ल में बैठी बया ने डीएम का समर्थन किया, "हाँ दी, इतना हक़ तो बनता है, डीएम साहब का।"

डीएम अनुज से उपकृत अरुंधती उसे 'ना' नहीं कह सकती थी। बया को देखा, बया ने सहमति में सिर हिलाया, "दी, ऐसे संगीतप्रिय डीएम जल्दी मिलते कहाँ हैं?"

अरुंधती ने संगीत महोत्सव में शामिल होने की सहमति दे दी।

卐

सुबह के अख़बार में मुखपृष्ठ पर डॉ. कलीमुद्दीन अंसारी का इंटरव्यू छपा था। दो कॉलम की तस्वीर के साथ चार कॉलम में फैली हेडिंग थी—भय बिन होइ न प्रीत : डॉ. अंसारी।

अरुंधती ने तस्वीर ग़ौर से देखी, यह कल्लू नहीं लग रहा था, बिलकुल नहीं। आँखों पर मोटे फ्रेम का चश्मा। चश्मे के पीछे धँसी आँखें, माथे पर बिखरी लट।

कनपट्टी के पास बालों से झाँकती सफ़ेदी। कुल जमा जयी भाव से भरा यह शख़्स उसके देखे कल्लू से मेल नहीं खाता था।

अरुंधती वार्डरोब में रखा पुराना एलबम निकालकर एक-एक कर पन्ने पलटने लगी। अचानक नज़र एक फ़ोटो पर जम गई। इस ब्लैक एंड व्हाइट फ़ोटो में अम्मा, बाबा और कल्लू के साथ वह भी खड़ी थी। कल्लू इंजीनियरिंग कॉलेज का युवा, खोई-खोई आँखें, घने-काले बाल, लम्बी कलमें, हाफ स्वेटर, गले में मफलर। उसे अच्छी तरह याद है, यह फ़ोटो दशहरा के मेले में अम्मा के कहने पर खिंचवाई गई थी।

इंजीनियरिंग कॉलेज से कल्लू फ़र्स्ट सेमेस्टर ब्रेक के दौरान लौटा था। इन सात दिनों में वे बार-बार मिले...कई बार मिले। लेकिन कहीं कुछ ऐसा था, जो मन में घुमड़ता रहा। लेकिन क्या, वो पकड़ में नहीं आ रहा था? कल्लू जब भी आता, वह उससे हुलसकर मिलती। दोनों घंटों बातें करते। कल्लू जब अपने घर चला जाता, अरुंधती उसे याद करते हुए उसके फिर आने की आस में प्रतीक्षा करती। हर आहट पर चौकन्ना हो दरवाज़े की ओर ताकती। कल्लू जब भी आता, अपने कॉलेज की ढेरों बातें करता। अपनी भावी योजनाओं पर बात करने के दौरान तो ज़बरदस्त उत्साह से भरा होता। अगले सेमेस्टर से प्रैक्टिकल और लैब में काम की व्यस्तता बढ़ जाने का हवाला देता। वह ऐसी शुष्क बातें करते हुए क़तई नहीं ऊबता, लेकिन अरुंधती बोर होने लगती। कई बार उसे झुंझलाहट होती कि ये आदमी इस क़दर ग़ैर रोमांटिक कैसे हो सकता है? यह ऐसा कशमकश भरा समय था, जिसमें हर दिन उसका मन डूबता-उतराता। हर दिन किसी चमत्कार की उम्मीद पर टिका होता।

कल्लू की छुट्टियाँ जैसे पलक झपकते ख़त्म हो गई थीं। जिस समय वह विदा लेने आया था, अरुंधती नियमित रियाज़ में जुटी थी। उसे आया देख, रियाज़ छोड़कर खड़ी हो गई।

"रुक क्यों गई? बजाओ...बजाओ प्लीज़!" कल्लू ने बेहद मुलायम स्वर में आग्रह किया।

"बजाऊँ, ताकि तुम मज़ाक़ बनाओ!" अरुंधती हँसी।

"ऐसा मत कहो, अरु! तुम पखावज बजाते हुए सुरमयी लगती हो।" कल्लू को शायराना होते देख उसकी आँखें चौड़ी हो गईं।

"सुरमयी!" अरुंधती का दिल धड़का। कपोल सुर्ख हो गए।

पहली बार वह कल्लू को तुर्की-ब-तुर्की जवाब देने के बजाय, बस मुस्कराकर रह गई थी।

उसे चुप देख कल्लू ने टोका, "क्या हुआ बुरा मान गई?"

बुरा? जी में आया, कहे, "कल्लू, तुम्हारे ये बोल तो मेरा चिर-प्रतीक्षित प्राप्य हैं।" प्रकटत: बात बदल दी, "बाबा बाज़ार गए हैं, आते ही होंगे। अम्मा रसोई में हैं...बुलाती हूँ।"

कल्लू हैरान था, क्या हुआ इस लड़की को? इस तरह क्यों बिहैव कर रही है?

अम्मा एक तश्तरी में मठरी और पानी का गिलास लेकर बाहर आईं और कल्लू पर बरस पड़ीं, "अब फुरसत मिला है? ल्यौ खावो, तुमरे बदे मठरी... शक्करपारा बनावत रहैं।"

"अम्मा, क्यों तकलीफ़ करती हैं? हॉस्टल में कुछ बचता कहाँ है? सारा का सारा तो दूसरे लड़के खा जाते हैं।"

"हुआँ तुमरे दोस्त सब पूछिहें, कि कल्लू घर से आवा है, का लावा है, तब का जवाब देबो?"

अम्मा के पीछे खड़ी अरुंधती ने आड़े हाथों लिया, "अम्मा, इंजीनियर साहब बड़े आदमी हो गए हैं। कहाँ उन्हें तुम ये देहाती पकवान दे रही हो?"

"अरु, प्लीज़, ऐसा मत कहो! मैं कल्लू हूँ, अम्मा-बाबा का कल्लू।" कल्लू एकदम से भावुक हो आया था, "अब्बू के बाद इस परिवार के अलावा मेरा है ही कौन?"

अरुंधती को अहसास हुआ कि उसने अनजाने ही कल्लू का दिल दुखा दिया है। तुरन्त अपनी ग़लती का परिष्कार करते हुए दोनों हाथों को कानों से लगाकर माफ़ी माँगी।

सामने से आते बाबा पास पहुँचकर बोले, "क्या बात है, पूरी महफ़िल जमी है?"

"कल्लू कहत रहे कि ई, मठरी बनावे की का जरूरत रही? अब आपै इनका समझावें।" अम्मा ने लाड़ दिखाया।

बाबा के दोनों हाथों में दो थैले थे। थैलों को वहीं चौकी पर रखकर वह स्वयं भी उसी पर बैठ गए और गमछे से पसीना पोंछते हुए बोले, "कल्लू, तुमरी अम्मा का तो अम्मा जानें। हाँ, हम सत्तू, चूड़ा, बिस्कुट, चाय, चीनी लाए हैं। वो सब याद से रख लेना।"

कल्लू की बोलती बन्द। वह सिर झुकाए मठरी कुतरता रहा।

बाबा ने पूछा, "कितने बजे की ट्रेन है?

"सात बजे की है।"

"ठीक है, हम चलेंगे स्टेशन तुम्हें छोड़ने।"

बाबा उठकर अन्दर चले गए। उनके पीछे अम्मा भी गईं। अब वहाँ बस अरुंधती और कल्लू थे। उन दोनों के बीच सघन चुप्पी थी। ये पहली बार था कि दोनों साथ थे और किसी के पास कहने को कुछ नहीं था। उन दोनों के बीच कलीम आजिज़ का शेर सरगोशी कर रहा था।

ख़ामोशी में हर बात बन जाए है,
जो बोले है दीवाना कहलाए है।

कल्लू ने चुप्पी तोड़ी, "अरु, कहाँ खो गई? बोलोगी नहीं?"

"रुक नहीं सकते?" अरुंधती बेख़याली में बोल गई।

"एक प्रोजेक्ट फ़ाइनल करना है, अरु! देर हुई तो मेरी स्कॉलरशिप रुक जाएगी।"

फिर चुप्पी छा गई। अन्दर से बाबा ने पुकारा, "कल्लू, सुनो!"

कल्लू अन्दर गया, बाबा ने कुर्ते की जेब से रुपये निकालकर उसकी ओर बढ़ाया, "ये थोड़े पैसे हैं, सँभालकर रख लो!"

कल्लू के हाथ नहीं बढ़े। साहस जुटाकर बोला, "बाबा, मेरा वज़ीफ़ा मंज़ूर हो गया है। एक ट्यूशन भी शुरू कर दी है। अब और पैसे की ज़रूरत नहीं पड़ेगी।"

कल्लू एक ही साँस में बोल गया मानो साँस टूटी कि साहस टूटा। उसकी बात पूरी होने के साथ ही वहाँ सन्नाटा छा गया। बाबा का चेहरा कठोर हो आया था। साफ़ था कि वह भीतर से दुखी हैं। थोड़ी देर की ख़ामोशी के बाद वह आहत स्वर में बोले, "ये तुमने ठीक नहीं किया, कल्लू! तुम्हें ट्यूशन करने की ज़रूरत नहीं थी। हम पर भरोसा नहीं था क्या?"

"नहीं बाबा, ऐसा नहीं है। आज तक जो किया है, सब आपने ही किया है। मैंने तो बस थोड़ा-सा बोझ हल्का करने की कोशिश की है।" कल्लू ने बात सँभालने की कोशिश की।

अम्मा ने तत्काल आगे बढ़कर स्थिति सँभाली, "जाए बखत जतरा खराब करे की जरूरत ना हौ। बच्चा जब बड़ा हो जात हौ, आपन अच्छा-बुरा समझे लागत हौ। बिटवा, आपन समान सब सहेज ल्यौ।"

अम्मा से आशीर्वाद लेने के बाद, कल्लू बाबा की ओर बढ़ा तो उन्होंने उसे अँकवारी में भर लिया। बाबा के क़द को छूता कल्लू बाबा से लिपट गया। बाबा उसकी पीठ थपथपाने लगे गोया उसे नहीं स्वयं को आश्वस्त कर रहे हों।

"कभी कोई ज़रूरत हो, तो संकोच मत करना।"

कल्लू इस तेज़ी से निकला कि कहीं कोई मोह-माया उसके इरादे पर भारी न पड़ जाए। दरवाज़े से लगी अरुंधती उदास आँखों से उसे जाते हुए देखती रही। कल्लू ने पीछे मुड़कर नहीं देखा। अरुंधती के मन में निर्वात्-सा यह क्षण अटककर रह गया। वह समझ नहीं पा रही थी कि इस बार ऐसा क्या हुआ कि कल्लू के जाने के बाद कुछ खोया-खोया-सा लग रहा है। साज़ था, सुर था, लेकिन लय में नहीं था अरुंधती का मन।

हल्की-सी ख़लिश दिल में, निगाहों में उदासी,
शायद यूँ ही होती है, मुहब्बत की शुरुआत।

—वासिफ़ देहलवी

卐

अरुंधती को अंसारी चा' की मृत्यु का समाचार इलाहाबाद से परीक्षाएँ देकर लौटने के बाद मिला। यह मनहूस समाचार सुनते ही उसका दिल बैठ गया। उसकी आँखों के सामने अंसारी चा' की कितनी ही छवियाँ घूम गईं। उसे पखावज बजाते देखकर वह अक्सर कहा करते थे, "पंडित, आपन अरु बिटिया सोरसती जी है, साच्छात सोरसती।"

अंसारी चा' को याद करते हुए अरुंधती की आँखें भर आईं। अम्मा से पूछा, "हमको ख़बर काहे नहीं किया?"

"कल्लू मना कर दिए। बोले कि अरु की परीक्षा चलत हौ, उनको परेशान करे की जरूरत ना है। परीक्षा देके अइहें तो अपने सब जान जइहें।"

वाह रे कल्लू! आख़िर पराया कर ही दिया! अंसारी चा' तुम्हारे पिता थे, तो क्या मेरे कुछ न थे? बचपन उनकी गोद में बीता, फिर भी मैं उनके अन्तिम दर्शन से वंचित रह गई? दुपट्टे से आँखें पोंछकर रुँधे गले से अम्मा से पूछा, "कल्लू को तो बहुत सदमा पहुँचा होगा?"

"बाप के जाए का दुःख तो रहा ही, मुदा कल्लू एक बेर आँखी से लोर पोंछे तो फिर कोई उनका रोवत ना देखा।"

अम्मा कल्लू के साहस की तारीफ़ कर रही थीं, लेकिन अरुंधती अपने भीतर एक ऐसा विराट शून्य महसूस कर रही थी, जिसका भरना अम्मा के ऐसे बोलों से सम्भव न था। बैग उठाकर वह चुपचाप अपने कमरे में चली गई। बेड पर बैठकर हैंड बैग से कल्लू की चिट्ठी निकाली और उलट-पुलटकर देखने लगी। इस चिट्ठी को वह कई बार पढ़ चुकी है, लेकिन अभी फिर उसे पढ़ने का मोह संवरण नहीं कर पाई। शायद इसी बहाने कल्लू को अपने निकट महसूसना चाहती थी।

'अरु, तुम सोच रही होगी कि मैं तुम्हें पत्र लिखने में जानबूझकर देरी करता हूँ, लेकिन ऐसा नहीं है। पिछले काफ़ी दिनों से दम मारने की फ़ुरसत नहीं मिली। हम जैसे छात्रों के पास हमारी मेहनत के सिवा और कुछ नहीं होता। अपने लक्ष्य को पाने के लिए हमें सब कुछ दाँव पर लगाना पड़ता है। भूख, प्यास, नींद, आराम सब कुछ।

सस्नेह,
कल्लू'

यही होता है। अचानक भूला-भटका एक दिन जनाब का कोई पत्र आता है और उसमें भी वही व्यस्तता, समय का अभाव और वही माफ़ी। अरे भई, यहाँ कौन फ़ुरसत में बैठा है? कोई एक पत्र तक न लिख पाए, ऐसी भी क्या व्यस्तता? कल्लू, तुम समझते क्यों नहीं? जिस दिन यह पत्र मिला था, उसी रात उसने कल्लू को जवाब लिखा था। न शिकवा, न शिकायत, न जज़्बाती उफ़ान। एक पन्ने के उस जवाबी पत्र में उसने लिखा था, 'कल्लू, तुम्हारी व्यस्तता को समझ सकती हूँ। तुम जितनी मेहनत करते हो, वह उतनी ही तुम्हारी कामयाबी की राह निश्चित करती है। तुम कामयाब हो, इसकी ख़ुशी हमसे ज़्यादा किसे होगी? अगले सप्ताह से मेरी परीक्षाएँ शुरू हो रही हैं। परीक्षाओं के बाद घर जाऊँगी।'

पत्र पूरा कर वह देर तक उस मजमून को घूरती रही थी और मगन मन मुस्कराती रही थी। एकबारगी उसके मौन में फ़िराक़ का शेर गश्त करने लगा था।

तेरे आने की क्या उम्मीद मगर,
कैसे कह दूँ कि इन्तजार नहीं।

बेख़ुदी के इस आलम में उसकी रूममेट रमोला कब उसके पीछे आ खड़ी हुई थी, उसे आभास तक नहीं हुआ था।

"ढंग का एक लव लेटर भी नहीं लिखा जाता तुझसे! साफ़-साफ़ क्यों नहीं लिख देती, आय लव यू?" रमोला ने शैतानी मुस्कराहट के साथ छेड़ा था।

"ऐसी कोई बात नहीं है।" उसने सफ़ाई देने के साथ ही पत्र किताब के बीच छिपा लिया था, "तुम जैसा सोच रही हो, वैसा कुछ नहीं है।"

सच और झूठ के बीच एक झीना-सा परदा था, जिसके इस पार भी वह थी, उस पार भी वही थी। उसकी वह रात अजीब उलझन में बीती थी।

कमरे के बाहर खड़े बाबा उसे आवाज़ दे रहे थे। कल्लू का पत्र बैग में ठूँसकर कमरे से बाहर निकली। बरामदे में खड़े बाबा ने पूछा, "अरु, कब आई बेटा? कैसी रही परीक्षा?"

जवाब देने के बजाय अरुंधती का गला भर आया। वह सुबकते हुए दुपट्टे से आँखें पोंछने लगी।

बाबा ने ढाढ़स बँधाया, "हानि, लाभ, जीवन, मरण, यश, अपयश विधि हाथ।"

अम्मा पानी का लोटा लेकर आ खड़ी हुई थीं। अरुंधती को सुबकते देखकर बोलीं, "जब से आई हैं, कल्लू के अब्बू की मउअत का ख़बर सुन के हलकान हैं और अब आप भी रुलाय देव।"

अम्मा के उलाहने पर ध्यान दिए बग़ैर बाबा आँगन में बैठकर हाथ-मुँह धोते हुए अम्मा से बोले, "कल्लू के नाम मनीऑर्डर लगा के आए हैं।"

"अइसे कब तक चली?" अम्मा थोड़ी चिन्तित दिखीं।

"अरु की अम्मा, जब तक कल्लू आपन पढ़ाई ना पूरा कर लें, तब तक ऐसे ही चलेगा...चलाना ही पड़ेगा।" पहले से ही किसी निर्णय पर पहुँच चुके बाबा के स्वर में दृढ़ता थी, "सुनो, जल्द ही संगीत विद्यालय शुरू करूँगा। बहुत लोग संगीत सिखावे की चिरौरी करते रहे। हमीं मना कर देते थे।"

अरुंधती ने ग़ौर किया, नहीं, बेबसी जैसा कुछ नहीं था बाबा के चेहरे पर। लेकिन यह समझना मुश्किल न था कि उनके भीतर वर्षों से सीधा खड़ा अभिमान का पहाड़ खंड-खंड दरक रहा है। ज़िन्दगी भर बाबा जिस उसूल पर क़ायम रहे, उसी से समझौता करने में वह कितने झंझावातों से गुज़रे होंगे? हुनर को धंधा न बनाने की दुहाई देने वाले बाबा को अपनी आत्मा किस तरह मारनी पड़ी होगी, सोचकर उसका मन भीग गया।

卐

रात का भोजन कर चुकने के बाद बाबा अपनी चौकी पर उतान लेटे हुए थे। बाबा की थकान और उनके इस तरह उतान लेटने के बीच पुराना रिश्ता था। अम्मा बिना कुछ कहे समझ जाती थीं। वह चुपचाप एक कटोरी में सरसों का तेल लेकर हाज़िर होतीं और उनके हाथ-पाँव में मालिश करने लगतीं। थोड़ी देर में ही बाबा की तनी हुई देह शिथिल पड़ती और पलकें भारी होने लगतीं। इस बीच अम्मा-बाबा के बीच संवाद भी ज़ारी रहता। इसी वक़्त वे दोनों घर-दुआर, रिश्ते-नाते, सुख-दुःख की तमाम बातें कह-सुन लेते। उनकी बातें रात के अँधेरे में जैसे शान्त जल में रह-रहकर हल्की लहर-सी उठतीं और थम जातीं। धीरे-धीरे बाबा की 'हाँ...हूँ' बन्द हो जाती। धीरे-धीरे अम्मा भी झपकी लेने लगतीं। इस वक़्त भी बाबा की 'हाँ-हूँ' बन्द हो चुकी थी, परन्तु उनकी आँखें खुली हुई थीं। छत की कड़ियाँ निहारती उन आँखों में कुछ अबूझ-सा था।

अरुंधती अपने कमरे में जाने के लिए उठी, तभी बाबा ने आवाज़ लगाई, "अरु, थक गई हो, बेटा?"

"कुछ काम था, बाबा?" वह ठिठक गई।

"हाँ बेटा, थोड़ी देर रुको!" बाबा की आवाज़ कुछ दरकी-दरकी थी। वह पूर्ववत् छत की ओर देख रहे थे। कमरे की पियराई रोशनी में बाबा का लकीरों भरा चेहरा देखकर लगा, बाबा कुछ ज़्यादा ही बूढ़े हो गए हैं।

अम्मा का सिर उनकी गर्दन पर झूलने लगा था। वह झटके से आँखें खोलतीं और अरुंधती की ओर देखकर झेंप जातीं। बाबा बोले, "सुनो, तुमको नींद आ रही है। जाओ, सो जाओ।"

अम्मा तेल की कटोरी लेकर चली गईं। बाबा ने करवट ली। अब उनका चेहरा अरुंधती की तरफ़ था। लेटे-लेटे बोले, "अरु, तुम अब बड़ी हो गई हो, इसलिए घर के मामले में तुमसे विचार-विमर्श ज़रूरी है। बेटा, मैं जो बात कहने जा रहा हूँ, उसे बहुत ध्यान से सुनना!"

क्या कहना चाह रहे हैं बाबा? बाबा की यह मुद्रा, यह अन्दाज़ और उसके प्रति उनका यह व्यवहार नितान्त अप्रत्याशित था। वह उनके बोलने की प्रतीक्षा में डूबती-उतराती रही। अँधेरे पर पसरी पीली रोशनी में रात पीलियाग्रस्त नज़र आ रही थी।

बाबा कुछ सोच रहे थे। उनके सोचने और बोलने के बीच समय जैसे ठहर-

सा गया था। अचानक गहरे कुएँ से उभरती उनकी आवाज़ गूँजी, "अरु, अबुल की मौत मेरे लिए किसी सदमे की तरह है। वह सिर्फ़ मेरा दोस्त ही नहीं था...मेरी हिम्मत और ताक़त भी था। कह सकती हो, वह मेरे सिर पर दुआ की तरह था, मेरी बलाएँ हमेशा अपने सिर ले लेता था। वह हर आड़े वक़्त में दीवार बनकर खड़ा रहा। मेरी बेफ़िक्री, फक्कड़पन और गायकी, सब उसकी बदौलत परवान चढ़े। कई बार वक़्त ऐसा भी आया, जब फ़ाक़ाकशी की नौबत आई...लेकिन तब अबुल किसी फ़रिश्ते की तरह मेरे सारे दुःख हर लेता। बेटा, मुझ पर उसका जो क़र्ज़ है, उसे चुकाने का वक़्त आ गया है।"

बोलते-बोलते बाबा का गला रुँध गया था। अचानक चुप हो गए थे वह। अरुंधती बाबा के पास खिसक आई और उनका हाथ थाम लिया जैसे बाबा को भरोसा दिलाना चाह रही हो कि वह उनके साथ है, कि जैसे बाबा के कमज़ोर पड़ते मन को सहारा दे रही हो। वह इस वक़्त अपने भीतर एक नई अरुंधती को जन्म लेते पा रही थी। यह अरुंधती ज़्यादा परिपक्व, ज़्यादा समझदार थी।

बाबा तकिए की टेक लेकर थोड़ा उठंगे हुए और अपनी बात जारी रखी, "अबुल कल्लू को इंजीनियर बनाना चाहता था। उसका एक ही सपना था कि वह भले अनपढ़ रह गया, लेकिन उसका बेटा पढ़-लिखकर उसका नाम रोशन करे... उसे करघा न चलाना पड़े, बल्कि वह तालीम के साथ ऊँची कामयाबी हासिल करे। अपनी ज़िन्दगी को सार्थक बनाए। बेटा, अबुल नहीं रहा तो क्या, लेकिन अबुल की वह इच्छा तो है। उसकी वह इच्छा तो पूरी करनी ही होगी न? अबुल का वह सपना मुझे पूरा करना होगा। आगे परीक्षा कठिन होगी, अरु...लेकिन...।"

बाबा भावातिरेक में वाक्य पूरा नहीं कर पाए। दुःख के सोते फूटते हैं तो पत्थर के सीने भी पानी हो जाते हैं। आज तक बाबा का कठोर चेहरा देखा था, लेकिन इसके पीछे का कोमल मन आज देख पा रही थी। उस रात अरुंधती को अपने बाबा पर गर्व हो आया था। उस रात वह स्वयं भी कुछ ज़्यादा दीप्त, ज़्यादा सुर्ख़रू हो आई थी।

"आने वाले दिन कठिन हो सकते हैं, बेटा! हो सकता है, तुम्हारी बहुत सारी इच्छाएँ पूरी न कर पाऊँ। इस परिस्थिति में तुम्हें अपनी आवश्यकताएँ कम करनी पड़ सकती हैं...इसीलिए सोचा, तुमसे मन की बात साझा करूँ। तुम मेरी बात समझ सकती हो। तुम्हारे सामने सारी स्थिति स्पष्ट हो गई होगी। मुझे विश्वास है अरु, हम मिलजुल कर यह यज्ञ पूरा कर लेंगे।"

बाबा के मन के बन्द पट खुल रहे थे। वह अतीत के किसी स्मृतिखंड में जा पहुँचे थे, "बँटवारे के बाद अबुल के चाचा-ताऊ, रिश्तेदार-नातेदार सभी पाकिस्तान चले गए। लेकिन वह नहीं गया। उसके अम्मी-अब्बू नहीं थे और वह ख़ुदमुख़्तार था। उसने साफ़ एलान कर दिया था, "अबुल कहीं नहीं जानेवाला...उसका घर यही है...देश यही है। यही उसके पुरखों की धरती है...इसी में सबकी नाल गड़ी है। सभी इसी माटी में दफ़न हैं। मैं कहीं नहीं जाऊँगा। मैं चला गया तो उनकी क़ब्रों पर फ़ातिहा कौन पढ़ेगा? माँ हो या मादरे-वतन, मैं नहीं बदल सकता। वह हर हाल यहीं जियेगा, यहीं मरेगा। लेकिन अरु, वह पाकिस्तान नहीं गया उसकी बड़ी वजह मैं था...मेरी दोस्ती थी। सदा के लिए एक-दूसरे से अलग होना उसे मंज़ूर नहीं था। उसे पता था कि वह चला गया तो मैं लावारिस किसी ओर का न रहूँगा। मेरे गाने-बजाने के जुनून का वह इकलौता सहारा था। वह जानता था कि उसका होना मेरे लिए वैसा ही है जैसे देह में प्राण का होना। बहुत ज़िद्दी था अबुल। वचन का पक्का, ईमान का सच्चा। पाकिस्तान नहीं गया तो नहीं गया। उन दिनों न उसका कोई था, न मेरा। तब हम दोनों ही एक-दूसरे का सहारा थे। एक-दूसरे के हमसाये। पता नहीं मेरे किस जन्म के पुण्य का प्रतिफल था अबुल।"

बाबा चुप हो गए थे। कोई जादुई कथा ठहर गई थी अचानक। लेकिन अरुंधती अभी भी उसी सम्मोहन में डूबी हुई थी। कमरे में सन्नाटा सघन हो गया था। थोड़ी देर बाद, बाबा अतीत से निकलकर वर्तमान में लौटे, "अरु, जाओ बेटा, तुम भी सो जाओ। रात काफ़ी बीत गई है।"

वह एक ऐसी जगमग रात थी, जिसमें सितारे नहीं, रूहें रोशन हो रही थीं।

卐

कल्लू ने इंजीनियरिंग का इरादा बदल दिया था। नाराज़गी से भरा वह, अम्मा के सामने फट पड़ा था, "अम्मा, हम इंजीनियरिंग नहीं करेंगे। बाबा को साफ़-साफ़ कह देना।"

"देखौ बिटवा, इत्ती बड़ी-बड़ी बात हमका ना बुझात। ई बात तो तुम समझो अउर बाबा समझें। जो कहे चाहो, बाबा से कहिहो।" अम्मा ने बिना लाग-लपेट दो टूक मना कर दिया।

कल्लू का मुँह लटक गया था। बड़ी देर तक भुनभुनाता रहा। आख़िरकार अरुंधती ने पूछा, "अबुल चा' होते, तब भी तुम यही कहते?"

"अरु, तुम...तुम भी!" कल्लू तमतमा गया, "तुम भी कुछ नहीं समझ रहीं? इंजीनियरिंग की पढ़ाई में बहुत ख़र्च है। हालात ऐसे नहीं रहे कि हम इतना महँगा शौक़ अफोर्ड करें!"

"क्यों, बाबा हैं न?"

"इस उम्र में बाबा को आराम की ज़रूरत है, अरु! कितना खटेंगे वो? फिर तुम्हारी भी ज़रूरतें हैं।"

"क्यों, दाल-रोटी...पहनना-ओढ़ना...पढ़ाई-लिखाई...बोलो क्या रुका है?"

"तुम्हारा भविष्य?"

अरुंधती उसी तपाक से नहीं बोल पाई। ज़बान चिपक गई थी, भीतर बहुत कुछ घुमड़ रहा था, जिन्हें मन-ही-मन तरतीबी देती रही। फिर सधे स्वर में बोली, "मेरा भविष्य मेरा संगीत है, कल्लू। मेरी साधना है।"

कल्लू की आँखें उसे आर-पार भेद रही थीं। वे आँखें इतनी निर्दोष और पारदर्शी थीं कि वह उनका सामना नहीं कर पाई। कल्लू की आँखें उसी पर टिकी थीं।

धीमे स्वर में पूछा, "क्या हुआ, कल्लू? इस तरह चुप क्यों हो?"

कल्लू जैसे बेख़ुदी से बाहर खींच लिया गया हो। अरुंधती को परेशान देख सफ़ाई दी, "अब्बू की याद आ गई थी, अरु! उनकी मौत टीबी से हुई, लेकिन मैं जानता हूँ कि उन्हें पावरलूम खा गया। वह इस दैत्य के बढ़ते वर्चस्व से रात-दिन लड़ते रहे। बुनकरों की बर्बादी और बुनकरी की तबाही देख वह रात-दिन घुलते रहे। उनका साथ न सरकार ने दिया, न बाज़ार ने दिया। पहले उनका करघा थमा, फिर तिल-तिलकर उनकी साँसें थमीं। अब्बू जैसे लोग किसी रोग से नहीं मरते, बल्कि अपने हुनर को मरता देखकर मरते हैं। इसीलिए डरता हूँ, अरु, कहीं बाबा भी इस सिस्टम की बलि न चढ़ जाएँ।"

अरुंधती का चेहरा फक्क पड़ गया। वह कल्लू की बातों का मर्म नहीं समझ पाई थी। उसकी आवाज़ इतनी सपाट थी कि पहचानना मुश्किल। वह मुतवातिर बोल रहा था, "कुछ हत्याएँ इतनी बारीक होती हैं कि वे नंगी आँखों से नहीं दिखतीं। उन्हें महसूस किया जाता है। अब्बू की मौत के बाद मुझे महसूस हुआ कि वह उस सिस्टम के हाथों मारे गए, जो उनकी मर्ज़ी के बग़ैर उन पर थोपा गया था। यह सिस्टम सुरसा की तरह हर हुनर को निगल रहा है।"

किसी अनदेखे भय की गिरफ़्त में कस गई अरुंधती। कोई बहस, कोई प्रतिवाद सम्भव न हुआ। कल्लू ने शायद उसके कमज़ोर पड़ते मन को लक्ष्य कर लिया था। हौसला बढ़ाने के लिहाज़ से बोला, "अरु, ज़िन्दगी हो या जंग, लड़े बिना सर नहीं होती।"

卐

"**बया आई हैं,** उनके संग दीपो आवा हैं।"

अरुंधती की तंद्रा टूटी। फ़ोटो फ्रेम हाथ से छूटकर गिरा। छनाक की आवाज़ के साथ काँच की किरचें फ़र्श पर बिखर गईं। इस बेख़याली में कोई नुकीला टुकड़ा तर्जनी में चुभा। उँगली झट मुँह में चली गई। खारा रक्त जीभ में लगा। मुँह का स्वाद बिगड़ गया। यह बचपन की आदत थी, जो अब तक नहीं गई। यह नुस्ख़ा कल्लू ने बताया था। जब उसकी उँगली में आलपिन चुभने से ख़ून निकलता देख बोला था, "उँगली मुँह में दबाकर ख़ून चूस जाओ!"

उसने वैसा ही किया था। उस वक़्त सचमुच राहत मिली थी। अभी उँगली चूसते हुए बरबस उसके होंठों पर हँसी फैल गई।

गुनी बिखरे काँच देखकर बोली, "तुम जाव, ऊ लोग को देखो। हम साफ कर देबो।"

बया के साथ दीप को देखकर अरुंधती मुस्कराई। दीप डॉ. श्यामचरण त्रिपाठी के निर्देशन में पीएच.डी. कर रहा है। मधुर कंठ वाला यह गायक दीप जोशी, अपने सम्पूर्ण व्यक्तित्व में नैसर्गिक पहाड़ी सौन्दर्य समेटे हुए था। स्वभाव से संकोची और व्यवहार में विनम्र। उसने झुककर अरुंधती के पाँव छुए। अरुंधती उसे पहले भी पाँव छूने से मना कर चुकी है, आज भी बरजा, लेकिन वह है कि मानता नहीं। बया शैतानी से कहाँ बाज आने वाली थी! अपने पाँव की ओर इशारा करते हुए बोली, "बच्चे, दीदी मना करती हैं, तो मानता क्यों नहीं? पाँव छूने का बहुत शौक़ है, तो मेरे पाँव छू लिया कर।"

"पाँव नहीं, तेरी तो गर्दन पकड़ूँगा।" सोफ़े पर बैठते हुए दीप ने पलटवार किया।

उन दोनों की ऐसी नोक-झोंक अरुंधती को अच्छी लगती है। अपनी हँसी रोककर बोली, "इसी के साथ जा रही हो न नाथद्वारा? पक्का तुम्हारी ख़ैर नहीं!"

"दी, ये कोमल रागों का गायक है और मेरे हाथ पखावजी हैं। एक ताल में ही इसका सारा सुर बिगड़ जाएगा।" बया ने दाहिनी हथेली हवा में लहराई।

"मैम, मैं तो इसकी शोध यात्रा के बहाने पोखरण होकर आऊँगा।" दीप के स्वर में उत्साह से भरी चहक थी।

"क्यों, वह कोई तीर्थस्थल है?" अरुंधती के स्वर में तंज था।

"मैम, वह किसी तीर्थस्थल से कम नहीं।"

"तुम्हें ऐसा नहीं लगता कि परमाणु परीक्षण मनुष्यता के लिए विनाशकारी है?"

"मैम, चीन न्यूक्लियर बम बना चुका है...पाकिस्तान भी बनाने की तैयारी में है, फिर हमने बनाया, तो क्या ग़लत किया? दीप ने ज़ोरदार दलील दी। इस कोशिश में उसकी आवाज़ में आवेग और मुद्रा में आवेश था, "हमारे तो शास्त्रों में भी कहा गया है शठे शाठ्यम समाचरेत्।"

हैरान हुई अरुंधती कि सौम्य-सा दिखने वाला यह कोमल-कंठी गायक ऐसी दलील दे रहा है जैसे बम नहीं, बच्चों के खिलौनों की बात कर रहा हो। हद यह कि अपने पक्ष में शास्त्र को ऐसे उद्धृत कर रहा है मानो यह श्लोक इसी अवसर विशेष के लिए लिखा गया हो। वह तंज़िया लहज़े में बोली, "दीप, तुम्हें पता होगा कि अमरीका की एक गुस्ताख़ी से जापान की कितनी ही नस्लें तबाह हो गईं। वहाँ के लोग उस सदमे से आज तक नहीं उबर पाए हैं। बावजूद इतने बड़े आघात के जापान ने अपनी सुरक्षा के नाम पर कभी परमाणु बम बनाने की पहल नहीं की... तुम्हें नहीं लगता कि हमें इससे कोई सबक़ लेना चाहिए?"

"मैम, ये सबक़ हमें ही क्यों लेना चाहिए...दूसरे देशों को क्यों नहीं? ख़ासकर तब, जब हम दो-दो देशों से जंग लड़ चुके हैं?" दीप किसी राजनीतिक प्रवक्ता की तरह तर्क दे रहा था।

अप्रत्याशित रूप से बया चुप थी।

"दीप, उन जंगों से किसी को क्या मिला?" अरुंधती ने एक कठिन सवाल किया।

"मैम, क्या वे जंगें भारत ने शुरू कीं? भविष्य में कोई भारत पर हमला नहीं करेगा, इस बात की क्या गारंटी है? उस वक़्त तो हमारी तैयारी नहीं होगी न? और आख़िर नेशन प्राइड भी कुछ होता है या नहीं?"

दीप वही दलीलें दे रहा था, जो युद्ध के हिमायती देते हैं। अरुंधती जानती है कि सियासत के लिए सबसे मुफ़ीद होता है, देशभक्ति और जातीय श्रेष्ठता का उन्माद। आजकल यह नैरेटिव देश का सियासी एजेंडा बन चुका है। ऐसे में यह

परमाणु परीक्षण तो सोने पर सुहागा है। लेकिन दुःख उसे इस बात का हो रहा था कि नई पीढ़ी इस उन्माद के ख़तरे को नहीं समझ रही।

"सुनो, नेशन प्राइड ये है कि एक बड़ी आबादी भूखी सोती है? सबको सिर पर छत और पीने का शुद्ध पानी तक मयस्सर नहीं? क्या इस बात से किसी देश की इज़्ज़त बढ़ती है कि उसके नागरिकों को बुनियादी स्वास्थ्य सुविधा तक नहीं मिलती? बच्चे शिक्षा से वंचित रहते हैं? मज़दूर अपने घर-गाँव से पलायन के लिए विवश होते हैं?" अरुंधती की साँस फूलने लगी थी। वह थोड़ी उत्तेजित हो आई थी। उसका चेहरा तमतमाने लगा था, "हमारी गुनी का पति एक दिन रोज़ी-रोटी कमाने के लिए घर से निकला लेकिन वह फिर वापस नहीं आया। वह निरीह अलगाववादी आतंक की भेंट चढ़ गया। उसका बेटा अपने ही गाँव के ज़मींदार का बँधुआ बनकर अमानवीयता का शिकार हुआ। स्वयं ग़रीब गुनी सामंती शिकंजे में शोषण का शिकार हुई। सोचो, जिस देश के आम नागरिक की ये हालत हो, क्या उस देश को ऐसे बम, बन्दूक़ और युद्ध की ज़रूरत है?"

"मैम, आप अपनी जगह सही हैं, लेकिन हम...क्या कर सकते हैं? हमारे हाथ में है क्या?" आख़िरकार दीप ने बेबसी में कन्धे उचकाए।

"विरोध दीप, विरोध...अंग्रेज़ों की सत्ता से लड़ने के लिए गांधी जी के हाथ में क्या था...हमें भी ऐसे हर उन्माद का विरोध करना चाहिए।"

चाय के कप टेबल पर रखते हुए गुनी ने पूछा, "कुछ खाबो तो बनाय दें?"

"हाँ, खाएँगे तुम्हारा भेजा!" अब तक चुप बैठी बया ने गुनी को छेड़ा।

जय रही हो न...

चाय ख़त्म करने के बाद बया और दीप ने विदा लेनी चाही। दोनों को विदा करने अरुंधती दरवाज़े तक आई।

गुनी सुबह-सुबह ही अपने बेटे राजन के साथ संकटमोचन चली गई थी। संकटमोचन जाने की घोषणा उसने रात में ही कर दी थी, "बिटवा बदे मन्नत माने रहे, वोही पूजा करे जाब।"

रविवार का दिन था। न उठने की जल्दी, न डिपार्टमेंट जाने की फ़िक्र। फ़ुरसत ही फ़ुरसत थी। चाय का कप उठाए अरुंधती ड्राइंगरूम में आकर बैठ गई। सामने खुलती खिड़की के पार अप्रैल की सुबह लहकने लगी थी। बाहर अमलतास के पेड़ पर बिखरी आभा आँखों को चौंधिया रही थी। अमलतास की एक डाली खिड़की

के इतने क़रीब आ झुकी थी कि हाथ बढ़ाकर छू लो। एक बार गुनी ने उस डाली को कटवा देने की बात कही थी, लेकिन उसने मना कर दिया था। इस तपते महीने में एक यही अमलतास तो है, जो आँखों को सुकून पहुँचाता है।

चाय की आख़िरी घूँट गटककर उठी और खिड़की के पास आ खड़ी हुई। झुक आई फूलों भरी डाली को हाथ से छूकर हिलाया। कुछ फूल, कुछ पंखुड़ियाँ उँगलियों से आ लगीं। इस छुअन में कोई जादू-सा था। मन का प्रकृति से ये अद्भुत रिश्ता है। जब भी वह इन फूलों के क़रीब होती है, मन फूल हो जाता है। इस वक़्त टेपरिकॉर्डर पर बेगम अख़्तर की आवाज में बजती ग़ज़ल उसके मन-प्राण में रस घोल रही थी।

वो जो हममें तुममें क़रार था, तुम्हें याद हो कि न याद हो,
वही यानी वादा निबाह का तुम्हें याद हो कि न याद हो।

बेगम अख़्तर की गायकी, बेख़याली का आलम और एकान्त का ये सुकून उस पर देर तक तारी रहा। उसका ध्यान टूटा खिड़की के बाहर उठे उस शोर से, जो सामने सड़क पर एक जुलूस की शक्ल में गुज़र रहा था। इस जुलूस के आगे कान फाड़ता बैंड था। बैंड के पीछे कुछ नौजवान नागिन नाच कर रहे थे। इस कर्कश शोर में न तो ये पता चल रहा था कि बैंडवाले कौन-सी धुन बजा रहे हैं, और न यह कि यह जुलूस किसलिए निकल रहा है। यह एक ऐसी भीड़ थी, जो उल्लास कम, भय ज़्यादा पैदा कर रही थी।

गुनी और राजन को लौटते देख वह तेज़ी से दरवाज़े तक गई और उनके पहुँचने से पहले ही दरवाज़ा खोलकर खड़ी हो गई। राजन आते ही उससे लिपट गया।

"बाबू, क्या हुआ, बड़ी देर कर दी तुम लोगों ने?" अरुंधती के स्वर में चिन्ता थी।

"अरे हुआ का, सब दुरगति हुई गई अउर का?" गुनी अन्दर आते ही फट पड़ी, "ई जुलूस हौ कि आफत? सगरे जाम लागी हौ। जौन ठेलमठेल मची हौ कि पूछौ मत। ई मनई सब है न, एटम बम बनावे की खुसी मा पगला गवा है। बताव भला, ई कउन जसन हौ?"

धूप की तपिश और जुलूस की खीज लिए वह झींकती-बड़बड़ाती फ़र्श पर पसर गई। अरुंधती कई बार उसे फ़र्श पर बैठने से मना कर चुकी है, लेकिन हर

बार उसका एक ही जवाब, "सुनौ, घर मा जगह दियो, मन मा जगह दियो, अब माथा पर बइठा के हमार माथा ना खराब करो।"

गुनी के मन और मिज़ाज के आगे उसकी एक नहीं चलती।

गुनी जबरन उसकी कलाई पकड़कर रंगीन कलावा बाँधते हुए बोली, "हनुमान जी सबका कल्याण करिहैं।" फिर अपने आप में हँस पड़ी, "जानत हौ, हम तो हनुमान जी से बयारानी का लगन उठावे का भी आसीरवाद माँगे हैं।"

"बया की बड़ी चिन्ता है?" अरुंधती ने छेड़ा।

"अब तुम तो बिआह करबो ना, तो बया बदे माँग लिए। कहो तो कल्हे जाके तुमरे लिए भी मनौती मान आवें।" गुनी ने प्रसाद का पैकेट अरुंधती की ओर बढ़ाया।

"राजू को दिया?" अरुंधती ने बात बदल दी।

"नहीं, आज तुमार जनमदिन हौ। सोचे, सब जने संगे परसादी पावेंगे।"

आज उसका जन्मदिन है और उसे याद तक नहीं? हँसी आ गई। अम्मा ने कभी गुनी को बताया होगा कि अरु का जन्म जेठ पूर्णिमा को हुआ था। तब से वह गाँठ बाँधे हुए है। उसे अपना जन्मदिन कभी याद नहीं रहता और गुनी कभी भूलती नहीं। आज भी वही हुआ।

卐

धप...धप...धप!

दरवाज़े पर दस्तक हुई। ठीक दरवाज़े के बग़ल में कॉलबेल था, फिर भी दस्तक देने वाला जान-बूझकर दरवाज़ा पीट रहा था। दरवाज़ा पीटने की आवाज़ लगातार तेज़ होती जा रही थी धप...धप...धप...धप। अरुंधती के माथे पर बल पड़े। आगन्तुक की अशिष्टता से उसका पारा चढ़ गया था। गुनी को दरवाज़ा खोलने से मना करते हुए स्वयं उठी और दरवाज़े तक गई। धप्प...धप्प...धप्प की आती तेज़ आवाज़ में अब उद्दंडता आ गई थी। भीतर से भरी हुई अरुंधती दरवाज़ा खोलते ही चीख़ पड़ी, "ये क्या बदतमीज़ी है?"

सामने छात्रों का हुजूम खड़ा था। उनके माथे पर 'भारत माता की जय' लिखी गेरुआ पट्टियाँ बँधी थीं। जब तक अरुंधती माजरा समझ पाती, सामने खड़े लड़के ने ज़ोर से जयकारा लगाया—"भारत माता की जय!"

अरुंधती इस लड़के को पहचानती थी। शायद प्रोफ़ेसर मिश्रा का बेटा था। इस लड़के के पीछे खड़े लड़कों ने समवेत स्वर में 'भारत माता की जय' का जयकारा दुगुने जोश से दुहराया। यह लड़का उसकी ओर एक डिब्बा बढ़ाते हुए बोला, "मैडम, लीजिए, मुँह मीठा कीजिए। भारत परमाणु शक्ति बन गया है।"

अरुंधती दरवाज़े के बीचोबीच स्थिर थी। उसका चेहरा बुरी तरह तना हुआ था। स्वयं को जबरन ज़ब्त रखने की कोशिश में होंठ कसकर भींच लिये थे। प्रोफ़ेसर मिश्रा का बेटा उसकी आँखों की ताब सह नहीं सका। वह उलटे पाँव पलटा और उसके साथ आए सारे लड़के भी उसके पीछे लौट गए। लेकिन अरुंधती का मन सामान्य स्थिति में नहीं लौटा। जश्न के इस आवारा प्रदर्शन से उसका मन उद्विग्न था। राजन गुमसुम-सा सहमा खड़ा था। उसके चेहरे पर हवाइयाँ उड़ रही थीं। उसने घबराकर राजू को अपने क़रीब खींचा और कसकर सीने में समेट लिया। उसकी चेतना पर हावी वह उन्मादी जयघोष उसे अब तक अवसन्न किए हुए था। उसे समझ नहीं आ रहा था कि 'जय श्रीराम' के नारे से उसे भय क्यों लगने लगा है? यह भय आज नहीं पैदा हुआ था, बल्कि उस दिन पैदा हुआ था, जब अयोध्या में बाबरी मस्जिद ढहाई गई थी। उस दिन विजय के उन्माद में जुनूनी भीड़ 'जय श्रीराम' के नारे लगाती हुई शहर-शहर, गाँव-गाँव तांडव कर रही थी। उस दिन पहली बार उसने जाना था कि कोई नारा, कोई उद्घोष इस क़दर हिंस्र हो सकता है कि वह किसी को आजन्म प्रेत बाधा की तरह डराने लगे! यह नारा नहीं, अपने विरोधियों को डराने का जैसे अस्त्र बन गया है। इस डर का ज़िक्र करते हुए कल्लू बुरी तरह दरका हुआ था। उसके पत्र में लफ़्ज़ नहीं थे, उसकी आत्मा की चीख़...मन की कराह पैबस्त थी। वह मज़मून तारीख़ की सबसे शर्मिंदा इबारत है।

अरु,

इस बार पत्र लिखने में विलम्ब का कारण मेरी काहिली नहीं, बल्कि डर है। इन दिनों मैं डर और अजनबीयत की ऐसी कैफ़ियत में जकड़ा रहता हूँ कि मेरा विश्वास, मेरा भरोसा, मेरा आत्मबल सब बेमानी लगने लगा है। मुझे यक़ीन करना मुश्किल हो रहा है कि मैं एक ऐसे मुल्क में पैदा हुआ हूँ, जिसे बाबा और अब्बू जैसे लोगों ने मिलकर बनाया है। जहाँ वेदों की ऋचाएँ और क़ुरान की आयतें गलबहियाँ करती हैं। हमारी सुबहें मस्जिद की अजान और मन्दिर की प्रार्थना से

दुआगो होती हैं। अरु, जब ये ऋचाएँ, ये आयतें ही डराने लगें तो बताओ इस दिल को समझाने कहाँ जाएँ? राम दिलों को तोड़कर मन्दिर में बिराज गए तो राम की मर्यादा का क्या होगा? दूध और पानी के रिश्ते में घुला ज़हर रगों में दाख़िल हो जाए तो नस्लों का क्या होगा? हम अपने वक़्त के यक्ष-प्रश्नों के सामने खड़े हैं और विडम्बना यह कि सारे युधिष्ठिर निरुत्तर हैं।

शुभेच्छु,

तुम्हारा कल्लू

वही कल्लू टी.वी. पर इंटरव्यू दे रहा था। एंकर बता रही थी, "अभी आप देख रहे थे डॉ. कलीमुद्दीन अंसारी से हमारे पॉलिटिकल एडिटर की बातचीत। भारत के न्यूक्लियर पावर बनने की कहानी, जितनी रोमांचक है, डॉ. अंसारी का जीवन भी उससे कम रोमांचक नहीं। एक ग़रीब विद्यार्थी के देश का कामयाब न्यूक्लियर साइंटिस्ट बनने तक की यह यात्रा हमारे युवाओं के लिए बेहद प्रेरक है। और अन्त में डॉ. अंसारी मैं आपसे जानना चाहूँगी कि अब आगे क्या? आगे आपकी क्या योजना है?"

"अभी तो फ़िलहाल मैं अपनी आत्मकथा लिखने वाला हूँ। देश के युवाओं के लिए काम करना चाहूँगा।" उत्तर देने के साथ ही कलीमुद्दीन अंसारी ने अर्द्ध निमीलित आँखों से कैमरे की ओर देखा। वह इस क़दर थके लग रहे थे गोया ज़माने से सोये न हों।

एंकर ने उद्घोषणा की, "लौटते हैं एक कमर्शियल ब्रेक के बाद।"

कथांतर

हालाँकि लेविन की दिलचस्पी जीवनी में नहीं थी, लेकिन वह सुनने से ख़ुद को रोक नहीं पाया और विज्ञान क्षेत्र की एक विशिष्ट हस्ती की ज़िन्दगी में कुछ नए और दिलचस्प तथ्यों को जान पाया है।

—आन्ना कारेनिना/लेव तोलस्तोय

卐

काउंटडाउन शुरू हो चुका था। हम कंट्रोल पैनल और हर कंप्यूटर पर नज़र रखे हुए थे। बीती रात जागते हुए गुज़री थी। ट्रिगर डिवायसेज ज़मीन में छुपा दिए गए थे। सारे कुएँ भरे जा चुके थे और अब जबकि काउंटडाउन टाइमर कंप्यूटर पर अपनी गति से ब्लिंक कर रहा था, दोपहर के बारह बजने वाले थे। हमारी धड़कनें तेज़-तेज़ बजने लगी थीं। हम उनका बजना सुन सकते थे। ऊपर आसमान से आग बरस रही थी। मई के इस आग बरसाते मौसम में रह-रहकर रेत के बगूले उठते और फ़ायरिंग रेंज के पूरे इलाक़े में भूरी-भूरी धुंध छा जाती। हमने जो गहरे कुएँ खोद रखे थे, इसलिए भी वहाँ रेत और मिट्टी जमा होने की वजह से इस धुंध का गुबार कहीं ज़्यादा परेशान करने वाला था। इस रेगिस्तानी इलाक़े में दूर-दूर तक पेड़-पौधों के नाम पर सिर्फ़ काँटेदार झाड़ियाँ थीं। यहाँ उगे बबूल के पेड़ों को देखकर मुझे अपने ननिहाल के बबूलों की याद आती। तब उनकी टहनियों से लटकते गौरैयों के घोंसले हमारे मन में कौतूहल पैदा करते थे। घोंसलों की बुनावट और टहनियों से उनके लटके होने का आकर्षण हमें खींचकर उन पेड़ों तक ले जाता था। लेकिन यहाँ इस रेगिस्तान में इन बबूल की टहनियों से लटकते घोंसले नहीं थे और शायद इसीलिए उनका कोई आकर्षण भी नहीं था। मैं बिना घोंसले वाले बबूल के पेड़ों की कल्पना ही नहीं कर सकता था। बचपन के छापे और छवियों का असर कहाँ समाप्त हो पाता है? इस वक़्त जबकि टेम्परेचर पचास डिग्री से कहीं ज़्यादा था, हम सेना की वर्दी पहने यहाँ बंकर में बैठे-बैठे पसीने में तरबतर हो रहे थे। हम ऐसी मोटी वर्दी पहनने के अभ्यस्त नहीं थे। लेकिन हम जिस ख़ुफ़िया और महत्त्वाकांक्षी मिशन से जुड़े थे, उसके लिए हमारी गोपनीयता अनिवार्य थी, लिहाज़ा इन वर्दियों को पहनना हमारी मजबूरी थी।

यह वर्दी हम पिछले महीने-भर से लगातार पहन रहे थे। हम जब इस फ़ायरिंग रेंज में होते, हमें सेना के जवानों की तरह ही रहना पड़ता। उन्हीं की तरह मुस्तैदी

दिखानी पड़ती। वर्दी के साथ ही हमारे नाम भी फ़ौजी हो गए थे। अपने नामों को लेकर हमें कई बार ग़लतफ़हमी भी हो जाती और अक्सर हम एक-दूसरे के नाम भूल जाते। ऐसे में हमें हँसी आती और हम तनाव के इन दिनों में भी एक-दूसरे के नामों को लेकर मनोविनोद कर लेते। फ़िलहाल, मेरा नाम डॉ. कलीमुद्दीन अंसारी नहीं, मेजर जनरल प्रताप है। एनर्जी मिशन के चेयरमैन डॉ. सुब्रह्मण्यम का नाम मेजर जनरल नटरंग है। वह कभी-कभी हँसकर कहते हैं, "मुझे लगता है, यहाँ से जाते-जाते हम अपने असली नाम भूल जाएँगे।"

ये सच है कि इस मिशन से जुड़े लोगों के नाम अब तक इतनी बार बदले जा चुके थे कि हम अक्सर भूल जाते कि जिसे हम सम्बोधित कर रहे हैं, उसका वास्तविक नाम क्या है? अचानक बंकर में कैप्टन मेहरबान दाख़िल हुए। वह परेशान दिख रहे थे। उनकी वर्दी पसीने से भीगकर देह से चिपक गई थी। माथे पर बड़ी-बड़ी बूँदें चुहचुहा रही थीं। रूमाल से अपना चेहरा पोंछते हुए उन्होंने सूचना दी, "मेजर साब, हवा बहुत तेज़ चल रही है। परीक्षण अभी रोकना पड़ेगा।"

मौसम वैज्ञानिक संजय का फ़ौजी नाम था कैप्टन मेहरबान। वह भी हमारी तरह ही एक सिविलियन थे। उनकी इस सूचना से मेरा दिल बैठ गया। डॉ. सुब्रह्मण्यम के चेहरे पर हवाइयाँ उड़ने लगीं। हमने एक-दूसरे को देखा और बेबसी से कुछ देर को स्थिर हो गए। कंप्यूटर पर टाइमर मुतवातिर चल रहा था। मैंने कंट्रोल पैनल पर मायूस नज़र डाली और चेयर पर धम्म पड़ गया।

हम जिस काम को अंजाम देने जा रहे थे, उसके लिए हमारे पास कोई बड़ी आड़ नहीं थी। न किसी पहाड़ की ओट न किसी पेड़ का पार्श्व। बस, जो था वह कुछ टीलेनुमा चट्टानें थीं और दूर तक फैली रेतीली ज़मीन थी। यह परमाणु परीक्षण एक 'टॉप सीक्रेट' मिशन था और हमारे सामने अमरीकी सेटेलाइट और उसकी ख़ुफ़िया एजेंसी सीआईए की निगरानी से बचने की चुनौती थी। इस रहस्य-रोमांच से भरे कारनामे को हम दुनिया के कयासों और ख़ुफ़िया निगाहों से छुपकर अंजाम देने में जुटे थे। मेरे लिए तो यह मिशन जीवन-मरण का प्रश्न बन चुका था। मुझे एक चुनौती दी गई थी और मुझे साबित करना था कि इसे पूरी गोपनीयता के साथ हर हाल में कामयाब बनाऊँ। इस मिशन के बाबत हमारे अलावा बहुत ही थोड़े लोगों को पता था कि हम आज यहाँ क्या करने जा रहे हैं? अब तक हम अगर अमरीकी सेटेलाइट की नज़र से बच पाए हैं, तो इसका श्रेय सेना के इंजीनियरिंग कोर को जाता है। इस रेजिमेंट के कमांडेंट और इस मिशन की गतिविधियों के

इंचार्ज कर्नल श्रीपाल भौमिक हैं। उनकी व्यवस्था इतनी फुलप्रूफ थी कि इस मिशन की गोपनीयता की भनक किसी परिन्दे को भी नहीं लग पाई थी।

हवा का रुख़ अनुकूल होने की प्रतीक्षा के अलावा हमारे पास कोई विकल्प न था। दरअसल, इस तेज़ हवा से फ़ायरिंग रेंज के नज़दीकी गाँवों तक रेडियो एक्टिव किरणों के पहुँच जाने का अंदेशा था, जिससे हमें हर हाल में बचना था। हमें सख़्त हिदायत थी कि हम कम से कम नुक़सान के साथ इस परीक्षण को अंजाम दें। सुरक्षा के लिहाज़ से यह एहतियात निहायत ज़रूरी थी। सिद्धान्ततः मैं स्वयं भी इस बात का हिमायती था। हमने हवा के थमने की प्रतीक्षा शुरू कर दी। डॉ. सुब्रह्मण्यम ने अपना हैट उतारकर पंखे की तरह झला। मैंने भी अपनी कैप उतार दी। इस बीच इंजीनियरिंग रेजिमेंट के कमांडेंट और मिशन कोऑर्डिनेटर कर्नल श्रीपाल भौमिक भी आ पहुँचे थे। हम सभी रिलैक्स की मुद्रा में बैठने के बावजूद अन्दर से बेचैन थे। एक-एक क्षण भारी गुज़र रहा था। हमारी परेशानी दो बातों को लेकर थी। एक तो यह कि 15 मई तक चक्रवाती हवाएँ अफ़ग़ानिस्तान और पाकिस्तान की सीमा पर होती हैं और ख़ुदा न खास्ता एक भी परीक्षण असफल हो जाए तो, इन हवाओं पर सवार रेडिएशन अपने ही देश में तांडव मचा सकता है, और दूसरे यह कि इस परीक्षण की प्रतीक्षा, दिल्ली में स्वयं प्रधानमंत्री जी कर रहे थे।

उद्विग्न-मन डॉ. सुब्रह्मण्यम ने कर्नल मेहरबान से पूछा, "आपको क्या लगता है, हवा की गति सामान्य हो जाएगी?"

"इतना तो तय है कि हम ये परीक्षण आज सम्पन्न कर लेंगे।" कैप्टन मेहरबान ने अपने अनुभवजन्य विश्वास के साथ जवाब दिया।

इस रहस्यपूर्ण मिशन की तरह ही यह सूचना भी रहस्यपूर्ण थी। लेकिन हमारे लिए उत्साहवर्द्धक थी। मैंने एक बार फिर कंप्यूटर स्क्रीन पर नज़र डाली। काउंटडाउन के साथ समय गुज़रता जा रहा था। यह एक-एक पल निहायत भारी था। हवा के सामने हम बेबस थे, क़ुदरत के सामने असहाय। यहीं पर विज्ञान की सीमाएँ समझ आती हैं। सहसा, मुझे बिस्मिल सईदी का शे'र याद आ गया—

ख़ुशबू को फैलने का बहुत शौक़ है मगर,
मुमकिन नहीं हवाओं से रिश्ता किए बग़ैर।

इस शेर के साथ ही एक हल्की-सी पुलक मन के किसी कोने में उठी और तनाव का यह बोझ कम होता लगा। मेरी शायरी के इसी शौक़ पर अक्सर अरु

कहती थी, "साइंस का दिमाग़, शायर का दिल।" इस वक़्त यह याद एक जज़्बाती ख़याल था, लेकिन अरु महज़ एक ख़याल नहीं थी। वह वजूद के साथ पैबस्त साया है। अचानक मेरी प्रज्ञा ने चेतावनी दी, "मियाँ, अभी जज़्बात की कोई गुंजाइश नहीं है!" मैं मन-ही-मन मुस्कराया, पता नहीं क्यों, सबसे कठिन क्षणों में आपको बरबस ही अपने सबसे प्रिय लोग याद आने लगते हैं!

कर्नल मेहरबान मौसम और हवा की अद्यतन जानकारी लेने की बात कहकर बाहर चले गए थे। सारे डिवायसेज, विस्फोटक आदि कल रात जिस वक़्त साइट पर पहुँचे थे, भोर के लगभग तीन बज रहे थे। वैसे भी यह शूटिंग रेंज जिस इलाक़े में है, वहाँ सूरज कुछ लेट ही उगता था। यानी अभी उजाला होने में पर्याप्त समय था। ट्रकों में आए इन विस्फोटकों को उतारे जाने के बाद हम रेत के दो सौ मीटर गहरे कुओं में उतरे थे। हमारी निगरानी में डिवायसेज की असेंबलिंग का काम शुरू हो गया था। हम जब कुओं से बाहर निकले थे, सूरज तीखे तेवर दिखाने लगा था। अब गहरे कुओं को भरने का काम रूटीन जैसा था। दुनिया की आँखों में धूल झोंकने के लिए ये काम हम सेना के जवानों से काफ़ी दिनों से कराते आ रहे थे। उनके लिए यह सामान्य था। वे रोज़ इसी तरह कई कुएँ खोदते और ढकते थे। ये काम अमरीकी सेटेलाइटों को चकमा देने की योजना का हिस्सा था। सारे डिवायसेज से जुड़े तारों को हमारे कंट्रोल कंप्यूटर से अटैच कर दिया गया था। सारी अंडरग्राउंड व्यवस्था को अन्तिम रूप देने के बाद हम बंकर से बाहर निकले थे। तभी एक अनहोनी हो गई थी।

सेना के जवान जिस वक़्त कुएँ भरने में लगे थे—चट्टानें हटाई जा रही थीं—बुलडोजर अपना काम कर रहा था—सब कुछ तेज़ी से निबटाया जा रहा था। अचानक बुलडोजर की टक्कर से एक चट्टान उस कुएँ की ओर लुढ़क गई थी, जिसके अन्दर डिवायस में फिट बम रखा था। निमिष मात्र में घटित हो चुकी इस दुर्घटना को देखकर हमारी रूहें काँप गई थीं। सबकी साँसें अटक गई थीं। लगा था, क़ुदरत हमारी परीक्षा ले रही है। ठीक उसी वक़्त जैसे कोई चमत्कार-सा हुआ था। सेना का एक जाँबाज़ जवान चीते की फ़ुर्ती से उछला और उस लुढ़कती चट्टान के आगे किसी दीवार की तरह अड़ गया था। उसके इस करनामे से एक बहुत बड़ी अनहोनी टल चुकी थी। हमारी साँसें लौटीं तो मैं बदहवास-सा उछल पड़ा था, "इट्'स सिंपली अ मिरैकल!"

यह चमत्कार नहीं तो और क्या था?

हमारे साथी अभी भी सदमे में थे। उनको इस स्थिति से उबारने के लिए मैंने

ज़ोर से आवाज़ लगाई थी, "कम ऑन गाइज, लेट्'स प्रोसीड।"

यह सेना के अन्दाज़ में दिया गया मेरा कमांड था। मुझे ख़ुद हँसी आ गई थी।

बंकर में पहुँचकर डॉ. सुब्रह्मण्यम ने परिहास किया था, "यू बिहैव्ड लाइक अ रियल जनरल।"

ऐसे तनावों और चिन्ताओं के बीच इन हल्की-फुल्की बातों से हम हँसने के बहाने निकाल लेते थे।

कैप्टन मेहरबान ने हवा की गति सामान्य होने की सूचना दे दी थी। हम बंकर में कंट्रोल पैनल पर फिट लाल, पीले, हरे तमाम बटन चेक करने के बाद, टाइमर सेट कर अपनी घड़ियाँ देखने लगे। कर्नल श्रीपाल के बंकर में लौटने और उनके फ़ाइनल सिगनल देने के बाद हमने टाइमर ऑन कर दिया। काउंटडाउन दुबारा शुरू हो गया था।

मैं और डॉ. सुब्रह्मण्यम पूरी तरह अलर्ट थे। टाइमर के फ़ाइनल कॉल के साथ ही हमने डिवायसेज तक इलेक्ट्रिक करंट पास करने का सिगनल दिया। देखते ही देखते वह चिर-प्रतीक्षित कारनामा हो गया। एक के बाद एक सारे न्यूक्लियर वेपंस बिना किसी व्यवधान के विस्फोट करने लगे। ये सारे विस्फोट अंडरग्राउंड थे, इसलिए उनकी आवाज़ और धुएँ का गुबार अपेक्षाकृत बहुत कम था। सब कुछ हमारी तैयारी और योजना के मुताबिक़ सम्पन्न हुआ। इस समय तीन बजकर पैंतालीस मिनट हो रहे थे। भारत इस दिन के ढलते पहर में न्यूक्लियर पावर बन चुका था।

इस सफल कारनामे के बाद मैंने राहत की लम्बी साँस ली। विजयी भाव से अपने चारों ओर देखा। डॉ. सुब्रह्मण्यम ने जोश में भरकर मुझे मुबारकबाद दी। मैंने भी उन्हें दिल खोलकर बधाई दी। मैंने हवा में हाथ लहराकर अपनी ख़ुशी जताई, "कैच अस इफ़ यू कैन।"

यह मेरी स्वतःस्फूर्त प्रतिक्रिया थी, उन मुल्कों के बरक्स, जो हम पर ख़ुफ़िया निगाह रखे हुए थे। यह ख़बर तत्काल प्रधानमंत्री जी को देनी थी। मैंने फ़ौरन उन्हें हॉटलाइन पर ख़बर देनी चाही। फ़ोन प्रधानमंत्री के सचिव ने उठाया। वह स्वयं उस कोर टीम में शामिल थे, जिन्हें इस योजना की जानकारी थी और जो प्रधानमंत्री निवास में उपस्थित थे। मैंने उन्हें बताया, "वी हैव डन।"

मेरी आवाज़ में उत्तेजना थी। सचिव महोदय ने मेरी मनःस्थिति पर ध्यान दिए बग़ैर फ़ोन काट दिया। वह जैसे स्वयं प्रधानमंत्री को यह ख़बर देने की जल्दबाजी में थे।

उस दिन देर शाम प्रधानमंत्री जी ने प्रेस कॉन्फ्रेंस बुलाकर देश-दुनिया के सामने भारत के सफल न्यूक्लियर टेस्ट सम्पन्न कर लेने का एलान किया। बाद में किसी के पूछने पर उन्होंने मुस्कराकर कहा था, "बुद्ध फिर मुस्कराए!"

उसी दिन देर शाम हम दिल्ली लौटे और प्रधानमंत्री से मिलकर इस उपलब्धि की विस्तृत जानकारी दी। प्रधानमंत्री ने अपनी अधमुँदी आँखों से देखते हुए मुझे हुलसकर बधाई दी, "डॉ. अंसारी, भारतमाता को आप जैसे सपूतों पर गर्व है। आप सच्चे देशभक्त हैं।"

मैं पूछना चाहता था, "प्रधानमंत्री जी, मैं कब देशभक्त नहीं था? ये आपने कैसे तय कर लिया कि आप जिसे कहेंगे, वही देशभक्त होगा और वही देशद्रोही?

प्रोटोकॉल का तक़ाज़ा था। मैं मुस्कराकर रह गया। आख़िरकार मैं इस मुल्क के वज़ीरे-आज़म के सामने बैठा था। उनके सामने एक मुलाज़िम के सिवा मेरी क्या हैसियत थी? इस औपचारिक मुलाक़ात के बाद चलते-चलते प्रधानमंत्री महोदय ने कहा, "डॉ. अंसारी, हम मुल्क के ख़िदमतगारों को कभी नहीं भूलते हैं।"

मैंने विनम्रता से सर नवाकर विदा ली थी।

मेरे आवास पर सुरक्षा-व्यवस्था बेहद कड़ी कर दी गई थी। सुरक्षा घेरे में मैं पहले से ही था, लेकिन अब जो सुरक्षा इंतज़ामात थे, इस बात की ओर संकेत थे कि अब मैं ख़तरे की अधिकतम रेंज में हूँ। मुझे हँसी आती है, हमने कैसी दुनिया बना डाली है, कि हर आदमी एक-दूसरे से डरा हुआ है! सभी अविश्वास के दायरे में हैं। इसी देश के लिए गांधी ने, नेहरू ने, सुभाष बाबू जैसी विभूतियों ने आज़ादी चाही थी? यही आज़ादी है? मुझे बार-बार सौदा का शेर याद आता है।

वो सूरतें इलाही किस मुल्क बसतियाँ हैं,
अब देखने को जिनके आँखें तरसतियाँ हैं।

卐

अपनी आत्मकथा लिखते हुए मैं भावुक हो रहा हूँ। लेकिन ठहरिए, मेरी ज़िन्दगी की कहानी में बहुत कुछ भावुकता से भरा है। गहन संवेदना और अकुंठ

प्यार गुँथा है। मैं सिर्फ़ बम, बारूद, मिसाइल और रॉकेट की दुनिया में ही नहीं विचरता, न ही मैं आज जहाँ हूँ, वहाँ होने की कभी कल्पना की थी। मैं तो एक निहायत ग़रीब परिवार में जन्मा। जो हालात थे, उनमें उच्च शिक्षा हासिल करना भी आकाश-कुसुम तोड़ने जैसा था। मैं उस क़ौम और जमात से हूँ, जहाँ दीनी तालीम ही काफ़ी मानी जाती है। लेकिन मेरे अब्बू अबुल अंसारी भले ही पढ़े-लिखे नहीं थे, तालीम की अहमियत उन्हें ख़ूब मालूम थी। उन्होंने औपचारिक शिक्षा हासिल नहीं की थी, जिसका मलाल उन्हें ज़रूर रहा होगा, परन्तु उन्होंने ज़िन्दगी की पाठशाला से तजुर्बे के तौर पर जो तालीम हासिल की थी, उससे वह भविष्य देखने की क़ुव्वत रखते थे। मेरे बचपन में ही मेरी वालिदा की मौत से अब्बू टूट गए थे। उन्होंने मुझे नानी के हवाले करते हुए कहा था, "शाहिदा की याद से उबरने में कितना वक़्त लगेगा, नहीं मालूम। ऐसे में कल्लू की देखभाल में मुझसे चूक हो सकती है। इसकी तालीम नहीं छूटे, इसलिए मैं चाहता हूँ कि इसको कुछ दिनों के लिए आप सँभाल लें। अगर इजाज़त हो तो कल्लू को यहीं छोड़ जाऊँ?"

नानी-नाना को जैसे मनमाँगी मुराद मिल गई थी। उनकी जान मुझमें ही बसती थी। उन्होंने मुझे अपनी ममता के आँचल में ले लिया था। मेरे ननिहाल में मिडिल तक ही स्कूल था। तब भी मेरे जैसे लोगों के लिए यह अधिकतम शिक्षा थी। आज कह सकता हूँ कि मेरे कई सहपाठी मिडिल से आगे की शिक्षा नहीं ले पाए। उन्हीं में था, रामेश्वर उपाध्याय। उसके पिताजी पंडित जलेश्वर उपाध्याय कर्मकांडी ब्राह्मण थे। ठाकुरबाड़ी में पुजारी। काफ़ी बड़ी थी उनकी पुरोहिताई। वह हमेशा धोती पहनते, नंगे बदन पर रामनामी चादर ओढ़ते। माथे पर त्रिपुंड लगाते। रामेश्वर त्रिपुंड तो नहीं लगाता था, लेकिन रोली का एक बड़ा-सा गोल टीका लगाता था। वह मेरा अच्छा दोस्त बन गया था। उन्हीं दिनों हमारे विद्यालय में एक नए अध्यापक आए पंडित त्रिभुवन नारायण त्रिपाठी, जिन्हें हम टीएनटी कहते। वह संस्कृत पढ़ाते थे। ग़ुस्से के मामले में दुर्वासा ऋषि थे। इसी ग़ुस्से की वजह से हम बच्चों ने उनके लिए एक नारा गढ़ लिया था, "के पीटी?" जवाब होता, "टीएनटी।"

वही टीएनटी संस्कृत के एक प्रश्न का उत्तर नहीं दे पाने के कारण रामेश्वर उपाध्याय पर इस क़दर नाराज़ हुए थे कि उसकी पिटाई करते हुए चीख़ पड़े थे, "शर्म नहीं आती कि ब्राह्मण पुत्र होकर संस्कृत के एक साधारण प्रश्न का उत्तर नहीं दे सकते? दोगे भी कैसे, तुम्हारी तो संगत ही ख़राब है। म्लेच्छ से मित्रता

रखोगे तो संस्कृत में रुचि कैसे होगी? जाओ, जाकर अरबी-फ़ारसी पढ़ो! संस्कृत तुम्हारे वश की बात नहीं है।"

टीएनटी की इस फटकार से मैं तो दुखी था ही, रामेश्वर भी कम दुखी न था। उस शाम वह घर पहुँचा तो उसके सूजे गाल देखकर, उसकी माँ ने सारा घर सिर पर उठा लिया। उसके पिताजी ने जब उससे पूछताछ की तो उसने एक-एक वाक़या विस्तार से बता दिया। अन्त में उसने रुआँसा होकर घोषणा कर दी कि वह उस मरखन्ने अध्यापक से नहीं पढ़ेगा।

अगले दिन टीएनटी उर्फ़ पंडित त्रिभुवन नारायण त्रिपाठी ठाकुरबाड़ी में तलब किए गए। स्कूल का प्रबन्धन ठाकुरबाड़ी ट्रस्ट के ज़िम्मे था और उसके सदर थे ठाकुर भुवनदेव प्रताप सिंह। सचिव थे मौलाना फ़ाकिर हुसैन। इस बुलावे पर टीएनटी को हाज़िर होना पड़ा। ठाकुर साहब ने टीएनटी से पूछा, "आप यहाँ पढ़ाने आए हैं या बच्चों में नफ़रत फैलाने?"

टीएनटी को उत्तर देते न बना था। उस दिन उन्हें चेतावनी देकर छोड़ दिया गया था। वह ठाकुरबाड़ी से शर्मिन्दा होकर लौटे थे। उस दिन के बाद उन्होंने फिर कभी वैसा व्यवहार नहीं किया।

सोचता हूँ, वो पंडित जलेश्वर उपाध्याय, मौलाना फ़ाकिर हुसैन जैसे लोगों का भारत कहाँ है? ठाकुर भुवनदेव प्रताप सिंह जैसे लोग कहाँ गए? कुछ लोग मान सकते हैं कि एक साइंसदाँ इतने दकियानूसी तरीक़े से कैसे सोच सकता है? कुछ लोगों को ये बातें मेरा नास्टैल्जिया लग सकती है। लेकिन मैं गुस्ताव माल्हेर से सहमत होता हूँ कि "ट्रेडिशन इज नॉट टू प्रिज़र्व द एशेज बट टू पास ऑन द फ़्लेम।" परम्परा की जड़ें हमारे अतीत में ही होती हैं। हमारी परम्परा इतनी समृद्ध रही है, लेकिन जब उसे ही शैतानों की नज़र लग जाए, तो मुड़कर देखना ज़रूरी हो जाता है कि हम अपने पीछे कितना कुछ मूल्यवान छोड़ आए हैं? मेरे लिए ऐसे ही मूल्यवान लोगों में थे बाबा पं. रामरतन रामायणी और अब्बू अबुल अंसारी। अबुल अंसारी मेरे अब्बू ज़रूर थे, लेकिन वे एक ऐसे इनसान भी थे, जिनकी समाज में मिसाल दी जाती थी। वह बाबा के मित्र ज़्यादा थे या भाई, यह कहना मुश्किल है। मैं उनका पुत्र होने के बावजूद ये पहेली आज तक समझ नहीं पाया। फ़िजिक्स की एक से एक पेचीदा गुत्थियाँ सुलझा लेने वाला मैं, अब्बू और बाबा के इस रिश्ते को कभी समझ नहीं पाया। उलटे इस बाबत जितना सोचता हूँ, मेरी श्रद्धा उन दोनों के लिए और भी गहरी होती जाती है। दोनों एक सिक्के के दो पहलू

थे। नहीं रुकिए, दो पहलू तो फिर भी जुदा-जुदा होंगे, वे दोनों दूध और शक्कर की तरह थे, जिन्हें अलगाना सम्भव न था।

मेरे ननिहाल कासिमाबाद में स्कूल मिडिल तक ही था। अब्बू मुझे आगे पढ़ाना चाहते थे। इसलिए आगे की पढ़ाई के लिए मुझे यूसुफ़पुर भेजा गया। मेरे एडमिशन के लिए बाबा और अब्बू साथ-साथ यूसुफ़पुर गए। वहाँ मेरे रहने, पढ़ने और देखभाल की व्यवस्था सब बाबा ने की। हाईस्कूल के हेडमास्टर श्रीकांत श्रीवास्तव बाबा के बड़े भक्त थे। बाबा की कृपा से वह हर वर्ष अपने विद्यालय में संगीत समारोह आयोजित कराते थे। इससे हेडमास्टर साहब की यूसुफ़पुर से लेकर शिक्षा विभाग तक में बड़ी इज़्ज़त थी।

उन्हीं हेडमास्टर साहब की निगरानी में मेरी पढ़ाई पटरी पर चल पड़ी। उनकी विशेष कृपा मुझ पर रहती, जिससे ज़्यादातर किताबें मुफ़्त मिल जातीं। फ़ीस माफ़ हो गई थी। लाइब्रेरी से निर्धारित संख्या से अधिक किताबें मुझे हासिल हो जातीं। इसका लाभ ये हुआ कि मैं कोर्स की किताबों के अलावा दीगर किताबें भी पढ़ने लगा। कब साहित्य में मन रमने लगा, नहीं मालूम। लेकिन मैंने उन्हीं दिनों कुछ किताबों को पढ़कर महसूस किया कि मेरे ज्ञान और समझ की दुनिया को ये विस्तार दे रही हैं। चीज़ों को देखने का नज़रिया बदल रही हैं। स्कूल की लाइब्रेरी में शेक्सपियर के नाटक सहज ही उपलब्ध थे। उसके नाटक का एक संवाद पढ़कर चकित रह गया था, “भाग्य सितारों और ग्रहों के वश में नहीं, बल्कि हमारे ही वश में है।” यह संवाद जैसे मेरे लिए ही लिखा गया था...जैसे मुझे ही सम्बोधित था। वह मेरा संबल बना...उसे मैंने अपना पाथेय बनाया।

दशहरे की छुट्टियों में मेरा मन रामलीला देखने के लिए मचल उठा था। उसी वर्ष मैंने दो चीज़ें शिद्दत से महसूस की थीं। एक रामचरितमानस का महत्त्व और दूसरा अरु का आकर्षण। वह उस उम्र का एक ऐसा सम्मोहन था, जिसका कोई नाम नहीं था। लेकिन रामचरितमानस और अरु से पहला परिचय तो तभी हुआ था, जब मुझे पहली बार अब्बू के पास जाने का मौक़ा मिला था।

वे भी दशहरे की छुट्टियों के दिन थे। लगातार दस दिनों तक उत्सव की तरह मनाए जानेवाले इस अवसर पर हमारे स्कूल की छुट्टियाँ भी लम्बी होती थीं। उस वर्ष दशहरे की छुट्टियों में मैंने बाबा के पास जाने की ठान ली थी। आख़िरकार एक दिन मामू ने मुझे अब्बू के पास पहुँचा दिया था। वहीं पर अब्बू के दोस्त

पंडित रामरतन रामायणी मिले थे। उनके घर गया तो अरु मिली। अरु की अम्मा ने तो मुझे ऐसे गले लगाया था कि मुझे लगा मेरी अम्मी ही मिल गई हैं। फिर तो मैं भी उन्हें अम्मा ही कहने लगा था। वहाँ मुझे ऐसे लोग मिले थे, मानो उनका मज़हब ही मुहब्बत हो। यह बात धीरे-धीरे मेरी समझ में आई थी। और जब समझ आई थी तो जैसे आश्चर्यजनक रूप से मेरे अन्दर का ख़ालीपन भरने लगा था। तब मैं अब्बू की दुनिया में दाख़िल हुआ था या अब्बू की दुनिया मुझमें आ समाई थी, यह आज तक समझ नहीं पाया। लेकिन इतना ज़रूर कह सकता हूँ कि आज मैं जो भी हूँ, वह उसी दुनिया की निर्मिति है, जिसमें अब्बू, बाबा, अम्मा और अरु थे। जिसमें दशहरा, प्यार और संगीत की गूँज थी, जिसकी अनुगूँज मैं आज भी अपनी आत्मा में महसूस करता हूँ। उन्हीं दिनों अब्बू ने पहली बार अपने मन की बात कही थी, "कल्लू, हम चाहत हैं कि तुम खूबै मन लगा के पढ़ो। तालीम से बड़ा कउनो दउलत ना है, बेटा। हम बुनकर लोग की हालत दिन पर दिन खराब हुई जा रही। करघा केतने दिन का मेहमान है, नाहीं कहि सकत। अब कबीरी धंधा के माथे पर फकीरी खड़ी दिखत हौ।" वह उदास धुन में गुनगुनाने लगे थे—

कबीर लहर समद की, मोती बिखरे आई।
बगुला भेद न जानई, हँसा चुनि-चुनि खाई॥

उस रात अब्बू की बात मेरी समझ में नहीं आई थी। शायद मेरी वह उम्र इस काबिल न थी। लेकिन मेरी नींद अब्बू की आँखों में झाँकती उदासी में उलझकर रह गई थी। बहुत बाद में जाना कि अब्बू की उन बातों का क्या अर्थ था? वह आज़ादी के दिनों से गांधी के अनुयायी थे। उन्हें उम्मीद थी, गांधी के मुल्क में हाथ और हुनर की क़द्र होगी। लेकिन नए भारत में पावरलूम आने के साथ ही हैंडलूम पर गाज गिरनी शुरू हो गई थी। आ रहे उस तूफ़ान को जैसे अब्बू ने भाँप लिया था।

अगले दिन मैंने जब रामलीला देखने की इच्छा ज़ाहिर की तो अब्बू ने पूछा, "रामजी के बारे में किछु जानत हौ?"

मेरे चुप रह जाने पर उन्होंने कहा, "जब तक राम को ना जानबो, तब तक रामलीला समझ मा ना आई। चलौ, तुमका बाबा से भेंट कराय देत हैं। वाही तुमका रामायण समझैहें अउर रामलीलो देखइहें।"

अगले दिन अब्बू मुझे साथ लेकर बाबा के घर जा पहुँचे थे। पता चला कि रामायणी बाबा नहीं हैं। वहाँ अम्मा मिलीं और देखने में एक जरा-सी लड़की अरु, एक नम्बर शैतान की नानी। गुड़िया जैसी दो चोटियाँ बाँधे यह लड़की जैसे दूध से धुली थी। लगा कि छुओ तो मैली हो जाएगी। उसकी बड़ी-बड़ी आँखों में ग़ज़ब की चमक थी। सच कहूँ तो किसी लड़की को इतने क़रीब से देखने का मेरा यह पहला मौक़ा था। वह मुझे देवलोक से उतरी जान पड़ी थी...अप्रतिम...अलौकिक। अब्बू बड़ी देर तक अम्मा से मेरे ही बारे में बातें करते रहे।

रामायणी बाबा जब लौटकर आए, उन्हें देखकर लगा कि लहीम-शहीम क़द-काठी वाले वह कोई पहलवान हों। उनके माथे पर न कोई टीका था, न त्रिपुंड। मुझे आश्चर्य हुआ कि कोई पंडित बिना टीके के कैसे हो सकता है? लेकिन बाबा ऐसे ही थे। उनके आते ही अब्बू और उनके बीच हँसी-चिकारी शुरू हो गई थी। कुछ देर बाद मेरे भीतर का संकोच भी तिरोहित हो गया था।

बाबा के साथ रहते हुए धीरे-धीरे रामलीला और 'रामचरितमानस', दोनों को क़रीब से जानने-समझने का अवसर मिला। मानस का मर्म समझ में आने लगा। फिर तो हाल ये हुआ कि मैं कहीं भी रहूँ, रामलीला देखने का मोह संवरण नहीं कर पाता था।

जब मैं इंटर में था, तब फ़िज़िक्स और 'रामचरितमानस' के अलावा 'रामायण' का समान रूप से पाठ करता था। अपने कॉलेज में तुलसी जयंती पर मैंने सस्वर 'रामचरितमानस' की चौपाइयों का पाठ किया। इंटर कॉलेज में ही पंडित शमोएल शास्त्री मिले थे। पहली बार किसी मुसलमान के नाम के आगे पंडित और बाद में शास्त्री देखकर मेरी अकल चकरा गई थी। लेकिन तब विद्या और विद्वान की अहमियत थी, न कि नाम और मज़हब की। शास्त्री जी संस्कृत पढ़ाते थे। मैं साइंस का विद्यार्थी था। लेकिन मुझे 'रामचरितमानस' की चौपाइयाँ गाते सुनकर, उन्होंने मुझमें रुचि लेनी शुरू की थी। उन्होंने मुझे संस्कृत के कई ग्रंथ पढ़ने को दिए। मैं जब उन दिनों को, उन लोगों को याद कर रहा हूँ, तो इसलिए कि इस कलीमुद्दीन अंसारी के होने में, उसके बनने में उन लोगों के दिए संस्कार, उनकी प्रेरणाएँ और उनकी अपेक्षाएँ भी शामिल हैं। उनकी अपेक्षाओं पर मैं कितना खरा उतरा, ये तो दुनिया जाने, लेकिन एक मनुष्य के रूप में कभी विचलित न होऊँ यह कोशिश हमेशा रही है।

उन्हीं दिनों मेरी इंटर बोर्ड की परीक्षाओं के दौरान एक ऐसा हादसा हुआ,

जिसके सदमे से आज तक उबर नहीं पाया हूँ। उस दिन तो आँखों के आगे अँधेरा छा गया था। धरती हिली थी और मेरी दुनिया तहस-नहस हो गई थी। आख़िरी पर्चा देकर डेरा लौटा था। परीक्षा के बोझ से मुक्ति और अब्बू से मिलने की ख़ुशी में ऊभ-चूभ हो रहा था। लेकिन अपने डेरे पर बाबा को देखकर मेरा दिल धड़क गया। मैंने बेसब्री से उनके आने का मक़सद जानना चाहा, तो उन्होंने बिना किसी भूमिका के सीधे-सीधे तुरन्त घर चलने का फ़रमान सुना दिया। मेरे बार-बार पूछने पर उन्होंने आर्द्र स्वर में बताया, "कल्लू, संघतिया की तबीयत खराब है, बेटा! वही बुलाए हैं।"

बाबा की आवाज़ और देह-मुद्रा में कोई साम्यता न थी। घर पहुँचकर पता चला कि जब तक बाबा मुझे लेने गए, तब तक अब्बू अलविदा कह गए। मेरे आने की प्रतीक्षा में अब्बू की लाश बर्फ़ की सिल्ली पर रख दी गई थी। सफ़ेद बर्फ़ की सिल्ली पर पड़ी अब्बू की निश्चल देह देखकर मेरे अन्दर जमा सैलाब उमड़ पड़ा था। बेसाख़्ता रुलाई फूट पड़ी। उस रुलाई में ध्वनि नहीं थी, अब्बू को हमेशा के लिए खो देने का आर्तनाद था। उन लम्हों में यह सोच-सोचकर मेरा दिल बैठा जा रहा था कि अब मेरा अपना कोई नहीं रहा। एक झटके में ही मेरे लिए यह दुनिया बेमानी हो गई थी। मैं जैसे अजनबी वीराने में खड़ा था और यह समय हक्का-बक्का था। तभी बाबा ने खींचकर मुझे अपने सीने से लगा लिया। मैं सुबक पड़ा था। बाबा ने ढाढ़स बँधाते हुए कहा, "हानि-लाभ, जीवन-मरण, यश-अपयश बिधि हाथ।"

卐

अब्बू की मृत्यु के बाद मैं एकाएक टूअर हो गया था। उन्हीं दिनों जाना था कि एक बच्चा ख़ुद को सबसे ज़्यादा महफ़ूज़ अपनी माँ के आँचल और पिता के साये में पाता है। ननिहाल में मेरे नाना-नानी मुझे दिलोजान से प्यार करते थे, फिर भी मैं अब्बू की वजह से ख़ुद को महफ़ूज़ पाता था। मेरे अन्दर हमेशा यह डर बना रहता कि अम्मी की तरह नानी भी साथ छोड़कर न चली जाएँ। अब अब्बू के जाने के बाद मेरे अन्दर का भय कहीं ज़्यादा गहरा हो गया था।

अब्बू के जनाज़े में हमारी जात-जमात के लोगों के अलावा रामलीला के वे कलाकार भी शामिल थे, जिन्हें मैंने राम, लक्ष्मण, हनुमान और रावण बनते देखा

था। उन सबके लिए मेरे अब्बू अबुल चा' थे। उन लोगों के साथ मिलकर मैंने अब्बू को सुपुर्दे-ख़ाक किया। क़ब्रिस्तान से वापस जिन लोगों के साथ लौटा, उनकी ज़ुबान पर अब्बू के ढेरों क़िस्से थे। उसी हुजूम में किसी ने कहा था, "अबुल चा' को हैंडलूम की बदहाली खा गई।"

अब्बू कभी-कभार ज़िक्र किया करते थे कि न धागा मिल रहा, न बाज़ार। हालत दिन पर दिन बिगड़ती जा रही है। बुनकरों के सामने मुफ़लिसी मुँह बाये खड़ी है। बिरादरी के कुछ लोगों ने, जो ख़ुद भी करघा चलाते थे, बताया कि इस समस्या की ओर ध्यान दिलाने के लिए अब्बू कई बार स्थानीय एमएलए से मिले थे। लेकिन उसने कभी तवज्जो न दी। अब्बू बहुत हताश रहने लगे थे। धीरे-धीरे ये बात समझ में आने लगी थी कि मशीनों की क़ीमत अब्बू जैसे लोगों को चुकानी पड़ रही है।

अब्बू की मौत के बाद मुझे क्या करना चाहिए था? मेरे जैसा टूअर, जिसके पास अब कोई सहारा नहीं बचा था, वह इंजीनियरिंग करने की कैसे सोच सकता था? मैंने फ़ैसला किया कि अब मुझे हर हाल में अपने पैरों पर खड़ा होना है। इसके अलावा मेरे पास और कोई चारा भी नहीं था। ननिहाल से भी कोई ज़्यादा उम्मीद न थी। नाना-नानी भी गुज़र चुके थे। मामा भी करघे की बदहाली से जूझ रहे थे। उनकी अपनी दो बेटियाँ और दो बेटे थे। उनके कन्धे पर उन सबकी ज़िम्मेदारी थी। उनकी जैसी माली हालत थी, वह उनके लिए ही अपर्याप्त थी।

मैंने जैसे ही अपने फ़ैसले की जानकारी अम्मा को दी, वह फक्क पड़ गईं। अनिर्णय की स्थिति में बोलीं, "हमसे कहे का कउनो फ़ायदा ना हौ। जो बात करे के हौ, बाबा से करौ।"

बाबा से बात करने की मेरी हिम्मत नहीं हो रही थी। लेकिन उन्हें बताना तो था ही। ऐसा नहीं हो सकता था कि मैं कोई फ़ैसला लूँ और बाबा को न बताऊँ। मेरे इस फ़ैसले पर अरु ने भी कोई सवाल नहीं किया। लेकिन उसका उतरा चेहरा और तनी हुई ख़ामोशी अनकही न थी। उससे आँखें चुराकर मैं बाहरी दरवाज़े की तरफ़ टकटकी लगाए देखने लगा था। यह मेरी बेबसी और कमतरी का बोझ उठाए वह वक़्त था, जिसकी आँखें झुकी हुई थीं। मुझे नहीं पता कि अरु की मुझसे क्या अपेक्षा थी। लेकिन उसकी उदासी मुझे गहरे तक कचोट रही थी। बाबा की प्रतीक्षा का वह अन्तराल बहुत भारी था। वह जब लौटे तो हमारे बीच पसरे सन्नाटे और लटके चेहरों को देखकर समझ गए कि माजरा कुछ गम्भीर है।

"क्या बात है, सबके सब मौन व्रत किए हो?"

बाबा किसी एक की तरफ़ मुख़ातिब नहीं थे। अम्मा किचन में जा चुकी थीं। अरु ने तो अपने भीतर की उथल-पुथल को जबरन रोके रखने के लिए होंठ सिल लिए थे। जवाब देने की बारी मेरी थी। लेकिन तभी लोटे में पानी लिये आई अम्मा बोल पड़ीं, "कल्लू कहि रहे हैं कि ऊ इंजीनियरी ना पढ़िहें।"

"अच्छा!" बाबा आँगन में बैठकर कुल्ला करने लगे। हाथ-मुँह धोकर चौकी पर आ बिराजे। मेरा दिल तेज़ी से धड़क रहा था। बाबा मेरी ओर मुख़ातिब हुए, "कल्लू, संघतिया के गुजरे के बाद तुमने एक झटके में हमको पराया कर दिया? अबुल कभी भी मेरे बिना कोई फैसला नहीं लिए। और तुम इतने बड़े हो गए कि स्वयं फैसला ले लिए?"

मेरी आँखें डबडबा आईं। अरु के चेहरे की उदासी कहीं ज़्यादा गहरी हो गई थी। बाबा ने मेरा हाथ पकड़कर अपने पास बैठाया और पीठ थपथपाकर बोले, "बेटा, तुम्हारे अब्बू की एक ही इच्छा थी कि तुम इंजीनियर बनो। अब तुमको ही तय करना है कि उनकी इच्छा पूरी करनी है या नहीं? हाँ, जब तक मैं जिन्दा हूँ, तुमको किसी तरह की कोई चिन्ता करने की जरूरत नहीं।"

बाबा ने गहरे धर्मसंकट में डाल दिया था, "लेकिन बाबा...।"

"तुमरे अब्बू जिन्दा होते, तब भी तुम यही करते, कल्लू?"

बाबा का गला रुँधा हुआ था। मैं स्वयं विचलित था। एक ऐसे धर्मसंकट में घिरा था, जहाँ रिश्तों और फ़रिश्तों का फ़र्क़ मुश्किल था। मेरे उत्तर की प्रतीक्षा किए बग़ैर बाबा ने अपना निर्णय सुना दिया, "बस हो गया। इंजीनियरी कर रहे हो तुम!"

बाबा अपने कमरे में जा चुके थे। अम्मा भी बाबा के पीछे-पीछे चली गई थीं।

मैंने देखा, अरु के चेहरे पर उजाला पसरा हुआ था जैसे अभी-अभी दिन निकला हो। अपने होंठों में स्मिति समेटे उसने धीरे से कहा, "बड़ों का कहना मानना चाहिए।"

"तुम भी?"

"हाँ, मैं भी चाहती हूँ कि तुम एअरोनॉटिकल इंजीनियर बनो।"

अरु की वह मुस्कान, वह आश्वस्ति मेरे मन के कोने में हज़ारहा रंग बनकर पसर गई थी। मेरे हिस्से की ख़ुशी में अरु का होना अनिर्वचनीय था।

बाबा का संबल, अम्मा का वात्सल्य और अरु का आग्रह मेरा पाथेय बने। मैंने साहस करके इंजीनियरिंग कॉलेज में एडमिशन ले लिया। मुझे पढ़ाने के लिए ही बाबा ने

अपने उसूल तोड़ दिए थे। एक दिन अचानक उन्होंने संगीत विद्यालय आरम्भ कर दिया था। अरु ने अपनी आगे की पढ़ाई प्राइवेट से की। उन लोगों का ये त्याग...ये आत्मीयता, मेरे मन को कमज़ोर करती। इन हालात के बारे में सोच-सोचकर मेरा मन डूबता। ये सब नज़रअन्दाज़ कर पाना मेरे लिए मुश्किल हो रहा था। मैं जल्द से जल्द बाबा का बोझ कम करना चाहता था।

फ़र्स्ट सेमेस्टर ख़त्म होने के बाद मेरी स्कॉलरशिप मंज़ूर हो गई। लेकिन वह हर महीने नहीं मिलती थी। बल्कि कई महीनों की एकमुश्त आती। नियमित ज़रूरतें पूरी करने के लिए, प्रोजेक्ट, डिज़ाइनिंग और मॉडल आदि तैयार करने के तात्कालिक ख़र्चे थे। हॉस्टल की फ़ीस और मेस का ख़र्च न टाला जा सकता था, न उधार सम्भव था। तब मैंने ट्यूशन करने का फ़ैसला लिया। उसी दौरान किसी देवदूत की तरह सामने आए, मेरे प्रोफ़ेसर डॉ. सप्तऋषि नागर। एक शाम किसी ज़रूरी काम से मेरा डॉ. नागर के घर जाना हुआ। बातों-बातों में उन्हें मेरी आर्थिक मुश्किलों का अन्दाज़ा हो गया था। उन्होंने अचानक मेरे सामने प्रस्ताव रखा था, "मेरे एक रिश्तेदार के बेटे को फ़िज़िक्स और मैथ के टीचर की ज़रूरत है। अगर तुम उसे पढ़ा सको तो, मैं बात करूँ?"

मैं डॉ. नागर का मुँह ताकने लगा था। सोचता हूँ, हम कितने सौभाग्यशाली लोग थे, जिन्हें डॉ. नागर जैसे शिक्षक मिले, जिनकी नज़रों से अपने शिष्यों का सुख-दुःख नहीं छुपता था। वह किसी न किसी बहाने अपने शिष्यों की मदद के लिए मशहूर थे। क्या आज भी ऐसे शिक्षक हैं? कोचिंगों और निजी ट्यूशन से पैसे कमाने की होड़ के इस ज़माने में मेरा यह प्रश्न अस्वाभाविक तो नहीं? डॉ. नागर मेरी माली हालत और मेरी प्रतिभा दोनों से वाक़िफ़ थे। बग़ैर कोई एहसान जताए, बिना मुझे कमतरी का एहसास दिलाए, उन्होंने मेरी मदद की थी। मुझे मनमाँगी मुराद मिल गई थी। उस समय तीन सौ रुपए एक बड़ी रक़म हुआ करती थी।

डॉ. नागर का धन्यवाद कर मैं चलने को हुआ, तो उन्होंने मुझे खाना खाकर जाने को कहा। डॉ. नागर की पत्नी पूजा-पाठी और नितान्त धर्मपरायण महिला थीं। वह एक मुसलमान को अपने बर्तनों में, अपने हाथों से परोसकर खाना खिलाने के पक्ष में नहीं थीं। लेकिन डॉ. नागर अन्दर से दो प्लेटें लगाकर बाहर बरामदे में आए और हम दोनों ने साथ बैठकर खाना खाया। खाना खाकर मैंने अपनी प्लेट वैसे ही समेटी जैसे डॉ. नागर ने, पानी भी वैसे ही पिया जैसे उन्होंने और हाथ भी वैसे ही धोये जैसे उन्होंने धोये। मिसेज नागर ये सब दरवाज़े की ओट से देख

रही थीं। जब चलने लगा तो डॉ. नागर ने फिर अगले संडे को आने का आमंत्रण दिया, तो जी चाहा कि उनकी मिसेज की नापसन्दगी का हवाला देकर मना कर दूँ। लेकिन डॉ. नागर मेरे गुरु थे और मुझ पर उनकी बड़ी कृपा थी, लिहाज़ा मना कर पाना सम्भव न हुआ। अगले संडे को जब मैं डॉ. नागर के घर गया तो मिसेज नागर ने स्वयं खाना खाकर जाने का आग्रह किया। उन्होंने डाइनिंग टेबल पर एक साथ डॉ. नागर और मेरे लिए प्लेटें लगाईं। उस खाने का स्वाद आज भी मेरे मुँह में है।

ये बातें मैं क्यों बता रहा हूँ? इसमें किसी की क्या रुचि हो सकती है? जैसा कि मैंने शुरू में अर्ज़ किया था, मेरी निर्मिति में अनेक उदारमना लोगों का योगदान है। मैं अपनी आत्मकथा के माध्यम से उन्हें याद करना चाहता हूँ। उस आम आदमी की कहानी कहना चाहता हूँ। प्रकारान्तर से उस कालखंड को दर्ज करना चाहता हूँ, जिससे होकर मैं यहाँ तक पहुँचा हूँ।

इंजीनियरिंग कॉलेज में एडमिशन के बाद पहली बार जब दशहरे की छुट्टियाँ हुईं, तो मैं घर वापस आया। मुझे देखकर बाबा, अम्मा और अरु बहुत ख़ुश हुए। मेरे लिए आज तक यह तय कर पाना सम्भव नहीं हुआ कि बाबा, अम्मा और अरु जैसे लोगों का मुझसे ऐसा क्या रिश्ता था कि वे मेरे लिए किसी भी उत्सर्ग को तत्पर रहते थे? क्या ये वे पुण्यात्माएँ थीं, जिनकी वजह से इनसानियत का सिर हमेशा गर्व से उठता रहा है? उन छुट्टियों में मुझे कई अद्भुत अनुभव हुए थे। बाबा से रामायण पर बातें होतीं। गर्मागर्म बहसें होतीं। एक दिन मैंने बाबा से प्रश्न किया था, "राम ने शंबूक की हत्या की, इसे आप कैसे जायज़ ठहरा सकते हैं?"

बाबा मेरी हर बात गम्भीरता से सुनते थे। यह प्रश्न सुनकर मुस्कराए और बोले, "जो बात प्रश्नाकुल करे वह तो निश्चित ही पूछी जानी चाहिए। सम्यक् उत्तर मिलने तक उसकी तलाश जारी रहनी चाहिए। यह जिज्ञासा और अन्वेषण ही विज्ञान का आधार है। यही सत्य और तथ्य तक पहुँचाता है। जो लिखा जा चुका है, वही सत्य हो, ये कोई ज़रूरी नहीं। हर लेखक का अपना आग्रह...अपना दृष्टिकोण होता है... वह क्या कहना चाहता है...क्या स्थापित करना चाहता है, यह ज़्यादा महत्त्वपूर्ण है। इसलिए जो लिखा गया है, वह अन्तिम सत्य हो, क़तई ज़रूरी नहीं। ज़रूरी यह होता है कि हम लिखे और अनलिखे के बीच छुपे तथ्यों का अनुसंधान करें, तर्कों की तलाश करें। महर्षि वाल्मीकि ने अपनी 'रामायण' में इस शंबूक प्रसंग

का उल्लेख नहीं किया है। रामकथा की मूल और मौलिक रचना महर्षि वाल्मीकि लिखित इसी 'रामायण' को माना जाता है। लेकिन इस रामायण में 'शंबूक वध' का कोई ज़िक्र नहीं आता है। शबरी के जूठे बेर खानेवाले राम ने शंबूक की हत्या की, यह तर्कसंगत नहीं है। दरअसल, इस प्रसंग का ज़िक्र 'उत्तर रामायण' में आता है, और दिलचस्प यह कि 'उत्तर रामायण' की विश्वसनीयता ही संदिग्ध मानी जाती है। अशिकांश विद्वान तो इसे महर्षि वाल्मीकि की रचना ही नहीं मानते। हो सकता है, कालान्तर में ये प्रसंग क्षेपक के रूप में जुड़ा हो।"

बातों-बातों में बाबा ने बड़ी सीख दे दी थी। उस दिन यह समझ में आया था कि आँख मूँदकर किसी भी बात पर विश्वास नहीं करना चाहिए। अरु भी वहीं बैठी थी, उसने पूछा, "और सीता की अग्निपरीक्षा? उसका जस्टीफ़िकेशन क्या है?"

"जो राम जंगल-जंगल, पर्वत-पर्वत, देश-देशान्तर सीता की तलाश में भटकते रहे। सारी बाधाओं से लड़ते रहे, वह उन्हीं सीता के प्रति अचानक इतने क्रूर हो जाएँगे, क्या औचित्यपूर्ण लगता है?" बाबा ने तर्कसंगत प्रश्न करते हुए स्वयं उत्तर दिया, "महान रचनाओं के पाठभ्रंश होते रहे हैं। फिर भी सन्देह करना, प्रश्न करना... उत्तर पाने की दिशा में प्रेरित होना है।"

"बाबा, आपने फिर भी उत्तर नहीं दिया कि शंबूक की हत्या पर आपकी क्या धारणा है?" कल्लू ने कुरेदा।

"तुम इतने वर्षों से मेरे साथ रामलीला देख रहे हो, क्या मैंने कभी इस प्रसंग का प्रदर्शन होने दिया है?"

मैंने याद किया, वाक़ई बाबा ने इस प्रसंग का रामलीला में कभी प्रदर्शन नहीं होने दिया। उन्होंने मनुष्य की गरिमा के विरुद्ध किसी प्रसंग का रामलीला में उपयोग नहीं किया। यह भी याद आया कि रामलीला तो राम के राज्याभिषेक के साथ ही सम्पन्न हो जाती है। तो ये शंबूक वध? बाबा ने कभी इस जिज्ञासा का शमन किया था, "इस प्रसंग पर विद्वान एकमत नहीं हैं।"

मैंने ग़ौर किया, कभी इस सच की ओर ध्यान नहीं गया था। यानी कई बातें अनचाहे अदीठ रह जाती हैं। उन्हें खोजना पड़ता है, उन्हें परखना पड़ता है। बाबा ऐसे ही थे। मैंने उनसे हर बात को तथ्य की कसौटी पर कसना सीखा। उनसे ही जाना कि बहुसंख्यक सोच और तर्कसंगत सोच में फ़र्क़ होता है...धारणा पर विश्वास किया जाना क़तई ज़रूरी नहीं। बाबा से जाना कि मनुष्य का कर्म ही महत्त्वपूर्ण है। मैंने भी पाया है कि विज्ञान में कई स्थापनाएँ ग़लत साबित हुई हैं। मेरे लिए लुइस

कैरोल की ये पंक्तियाँ हमेशा प्रेरक रही हैं, "कौशल, महत्त्वाकांक्षा, सपने, अपनी कसौटी पर कसो।"

उन छुट्टियों में जब तक मैं वहाँ रहा, किसी से यह बताने का साहस नहीं हुआ, कि मैंने ट्यूशन शुरू कर दी है। लेकिन छुपाता भी तो कब तक? सोचा था, वापसी वाले दिन बताऊँगा, ताकि चलते-चलते असहज सवाल-जवाब से बच सकूँ। ऐन विदा वाले दिन मैंने जब यह सूचना दी, तो ज़ाहिरन किसी को अच्छा नहीं लगा। बाबा बुरी तरह आहत हुए। उनके भरोसे को धक्का पहुँचा था। लेकिन मैं भावुकता और यथार्थ के फ़र्क़ को समझने लगा था। मैं हर हाल में बाबा के बोझ को कम करना चाहता था। नहीं चाहता था कि बाबा इस बढ़ती उम्र में ज़्यादा श्रम करें। मैं बाबा का हश्र अब्बू की तरह नहीं चाहता था। मैं अगर बाबा के लिए प्रिय था, तो बाबा भी मेरे लिए आत्मीय थे।

और अरु...अरु से नोक-झोंक के साथ शुरू हुआ परिचय हमेशा नोक-झोंक के साथ ही ख़त्म होता था। वह गुड़िया-सी लड़की मेरे लिए ताउम्र अलौकिक ही रही। संगीत उसकी रग-रग में बहता था। पखावज बजाते हुए सुध-बुध खो बैठती थी। वह संगीत की अथक साधिका थी। उसे सुनना-देखना अनिर्वचनीय अनुभव था। उन्हीं छुट्टियों में मैंने एक दिन उससे कहा था, "पखावज बजाते हुए तुम बेहद सुरमयी लगती हो।"

अरु ने कोई जवाब नहीं दिया था। तुर्की-ब-तुर्की लड़ने पर आमादा रहनेवाली अरु उस दिन पहली बार रक्ताभ हो आई थी। उसके कपोलों पर पलाश के फूल खिल आए थे। यह बदलाव मेरे लिए हैरान करने वाला था। उस दिन शायद हम दोनों बड़े हो गए थे। उस दिन हम एक-दूसरे के प्रति ज़्यादा केयरिंग हो आए थे... ज़्यादा जज़्बाती। मुझे याद है, इसी रौ में मैंने जब कहा था कि मेरे इंजीनियरिंग करने से तुम्हारी पढ़ाई बाधित होगी...तुम्हारा भविष्य प्रभावित होगा, तो उसने तपाक से पूछा था, "बाई द वे, प्राइवेट क्या बुरा है?"

उसका यह निश्चय, यह निर्णय क्या था? क्यों था? प्रश्न मुझे हमेशा मथता रहा है। उस प्रश्न का मेरे पास आज तक कोई जवाब नहीं है। हाँ, उसका वह आग्रह भी मैं आज तक नहीं भूला, जब मेरे जाने वाले दिन उसने थरथराते स्वर में आग्रह किया था, "रुक नहीं सकते?"

नहीं...नहीं रुका। रुक ही नहीं पाया। भागता रहा हूँ जैसे एक अनवरत यात्रा पर निकला कोई यायावर। शायद रॉबर्ट फ्रॉस्ट ने हमारे जैसे लोगों के लिए ही लिखा

होगा—'द वुड्स आर लवली, डार्क एंड डीप। बट आय हैव प्रोमिसेज़ टू कीप एंड माइल्स टू गो बिफोर आय स्लीप...एंड माइल्स टू गो बिफोर आय स्लीप।'

बैंगलोर में मेरा इंटर्नशिप ख़त्म होते ही मुझे दो संस्थानों से इंटरव्यू के लेटर मिले थे। तब तक मैं वायुसेना में जाने का मन बना चुका था, लेकिन मेरा पहला ही इंटरव्यू निराशाजनक रहा। जो दूसरा इंटरव्यू था, वह रक्षा अनुसंधान का था। मैंने वह इंटरव्यू बेमन से ही दिया, लेकिन आश्चर्य कि मेरा चयन रक्षा अनुसंधान में हो गया। यह पहली सफलता थी और मुझे बार-बार गीता-सार याद आता रहा—जो हुआ अच्छा हुआ, जो होगा अच्छा होगा। मेरे पास कोई विकल्प न था और यह नौकरी मेरे लिए अनिवार्य थी। नौकरी दिल्ली में थी। ज्वाइन करने से पहले मैं अम्मा-बाबा का आशीर्वाद लेने पहुँचा। बाबा ने विभोर होकर गले लगा लिया। अम्मा ने आशीषों से नवाज़ा। अरु नहीं थी, पता चला बनारस गई है। यूनिवर्सिटी में इंटरव्यू है।

कल तक अरु के लौटने की प्रतीक्षा करनी थी। वह रात अधजागी बीती। यह अनिद्रा किसलिए थी? अरु से मिलने की या दिल्ली में अपनी नौकरी लगने की? शायद, मैं ग़लत था। दरअसल दिल्ली जाने से पहले मैं अरु से मिलने को उत्सुक था। मेरी नौकरी लगने और मेरे तुरन्त वापस दिल्ली जाने को लेकर उसकी क्या प्रतिक्रिया होगी, यह देखने का रोमांच था। अजब यह था कि जब दूर रहा तो कभी ऐसी बेचैनी महसूस नहीं हुई और जब पास आया हूँ तो रात काटनी मुश्किल हो रही थी। अगले दिन देर शाम अरु आई। उसका इंटरव्यू अच्छा गया था। मेरी नौकरी के बारे में जानकर उसने हाथ जोड़कर प्रार्थना की मुद्रा में आँखें मूँद लीं। वह कुछ बुदबुदा रही थी। शायद ईश्वर को धन्यवाद दे रही थी। आँखें खोलकर बोली, "तुमने अंसारी चा' का सपना पूरा कर दिया। उनकी आत्मा बहुत ख़ुश होगी।"

मैं हैरान था ये सोच-सोचकर कि ये कैसे लोग हैं, जो अपना सुख-आराम छोड़कर दूसरों के लिए जीने में ख़ुश होते हैं? ये लड़की जो आज संगीत की विदुषी है और कल को यूनिवर्सिटी में प्रोफ़ेसर होगी, इसका क्या रिश्ता है कि यह स्वयं दुःख उठाकर भी मेरी कामयाबी की दुआ करती रही? सच कहूँ तो ये लोग ही हैं, जिनकी तपस्या ने मुझे इस मुक़ाम तक पहुँचाया है। ऐसे लोगों के प्रति लफ़्ज़ों में आभार जता पाना मुमकिन नहीं होता, लेकिन मेरे हर हासिल की बुनियाद में वे ही थे। दिल के जज़्बात पर काबू न रख पाया, "अरु, मेरी कामयाबी तुम सबके बग़ैर मुमकिन न होती। मैं ये एहसान कभी चुका नहीं सकता।"

अरु का चेहरा लाल हो गया। उसने नाराज़गी-भरे स्वर में एतराज जताया, "कल्लू, तुमसे ये उम्मीद न थी। ये बात तुमने मुझसे कही तो कही, अम्मा-बाबा से कहने की सोचना भी मत। उनका दिल टूट जाएगा।"

जो बात अरु ने छुपा ली थी, वो मुझसे छुपी न रही कि दिल उसका भी टूटा था। वाक़ई, भावुकता में मैंने बड़ी ग़लती कर दी थी। हालाँकि सच तो यही था, लेकिन मैं जिन लोगों से वाबस्ता था, वो ऐसे ही लोग थे। ऐसे ही लोगों से मिलकर बनी थी मेरी दुनिया। उस रात जब मैं मस्जिद गया, मैंने अरु की कामयाबी की दुआ माँगी। यह पहली दुआ थी, जो मैंने अपने ख़ुदा से माँगी थी। बरबस ग़ालिब का शेर याद आ गया था।

तुम सलामत रहो क़यामत तक,
दौलत-ओ-इज़्ज़-ओ-जाह रोज़-अफ़्ज़ूँ।

मुझे विदा करने बाबा के साथ अरु भी आई। जब तक ट्रेन नहीं आ गई, बाबा बार-बार समझाते रहे कि मैं अपना काम मन लगाकर करूँ, कि मुझे ख़ूब तरक़्क़ी करनी है, कि मुझे अब्बू का नाम रोशन करना है। मैं उनकी नसीहतें सुनता रहा। अरु पूरे वक़्त इस क़दर ख़ामोश रही, गोया ख़ुद के जज़्बात पर काबू रखने की क़वायद कर रही हो। पहले जैसी शरारती और बात-बात पर मेरा मज़ाक़ बनाने वाली लड़की कहीं बहुत पीछे छूट गई थी। अब वह एक संवेदनशील युवती और अपने पिता के सपनों को साकार करने वाली ज़िम्मेदार संतान थी। मेरी ट्रेन के प्लेटफ़ार्म पर लगने के बाद उसने अपना मौन तोड़ा, "कल्लू, मेरे एकल पखावजवादन के अवसर पर ज़रूर आना। तुम्हें उस अवसर का साक्षी होना है।"

मैंने वादा किया, "अरु, मैं कहीं भी रहूँ, ज़रूर आऊँगा।"

लेकिन अपना वह वादा मैं नहीं निभा पाया। मेरे पास इतनी फ़ुरसत न थी कि मैं उसे अपनी कोई सफ़ाई दे सकूँ।

卐

उन दिनों हम जिस गुप्त मिशन से जुड़े थे, उसकी गोपनीयता बनाए रखने के लिए हम शेष दुनिया से विलग हो चुके थे। हमारी चिट्ठियों का आवागमन

रोक दिया गया था। इसी दौरान आया था एकल वादन की सूचना वाला अरुंधती का पत्र। वह पत्र मुझे हस्तगत नहीं कराया गया था। और जब वह पत्र मिला, वह ऐतिहासिक दिन...वह प्रतीक्षित अवसर बीत चुका था। अपना वादा न निभा पाने का गहरा मलाल हुआ। कई दिनों तक मन खिन्न रहा। मुझे पता है, मैंने जो राह चुनी थी, वह सामान्य ज़िन्दगी से निहायत भिन्न है। हालाँकि बहैसियत एक आम आदमी मैं कभी अपनी औक़ात नहीं भूला। स्वयं को अपनी मिट्टी, हवा, पानी से अलग नहीं कर पाया। लेकिन जब आप किसी मुल्क के 'एसेट' हो जाते हैं, जब आपके ऊपर अपनी क़ौम की ज़िम्मेदारी आ जाती है, तो आप सिर्फ़ एक 'इनडिविजुअल' नहीं रह जाते। आपकी सुरक्षा, आपकी गोपनीयता निजी नहीं रह जाती। मेरे साथ यही हुआ था। इस दृष्टि से देखें तो मुझे इस बात की ख़ुशी है कि मैं अपने देश के किसी काम आ सका। लेकिन क्या सच इतना ही था? पोखरण में परीक्षण के बाद एक इंटरव्यू में किसी पत्रकार ने निजी जीवन के बाबत सवाल किया था, "आपने शादी क्यों नहीं की?"

तब मैंने हँसकर जवाब दिया था, "लव पार्टनर के प्रति वफ़ादारी के माध्यम से कोई भी आसानी से ग़लत काम करा सकता है, जो अमूमन किसी संगठन या संस्थान के हित में नहीं होता।"

मेरे इस जवाब पर भले ही उस पत्रकार ने यक़ीन कर लिया हो, लेकिन शायद मेरे मन में एकाकी रहने के पीछे मुख्य उद्‌देश्य प्रेम की पीड़ा से भागने की इच्छा थी।

रक्षा अनुसंधान में मुझे लड़ाकू जहाज़ों के डिज़ाइन के काम में लगाया गया था। मैंने कई हल्के लड़ाकू विमानों के डिज़ाइन तैयार किए। वे डिज़ाइन मेरे प्रोजेक्ट डायरेक्टर को पसन्द आए। उन्होंने मेरा उत्साह बढ़ाया। उन्हीं दिनों मैंने एक हल्का स्वदेशी विमान डिज़ाइन किया, वह इस श्रेणी में बिलकुल अनोखा था। यह डिज़ाइन जब एप्रूवल की प्रक्रिया में था, हमारे प्रोजेक्ट डायरेक्टर का तबादला हो गया। उनके जाने के बाद मेरा यह डिज़ाइन और यह प्रोजेक्ट प्रायोरिटी में न रहा। तब मुझे गहरा झटका लगा और मेरे पाँव ज़मीन पर आए। मुझे समझ में आ गया कि यहाँ उत्साह से नहीं, सीनियर्स के अहं से कार्य-योजनाएँ तय होती हैं। सरकारी कार्य-प्रणाली और नौकरशाही के इस पहले अनुभव ने मुझे गहरी निराशा में धकेल दिया। मेरी सारी मेहनत बेकार जा चुकी थी। मैं ख़ुद को उपेक्षित महसूस कर रहा था। तभी मेरे पूर्व प्रोजेक्ट डायरेक्टर महोदय ने एक दिन फ़ोन कर मुझे भारतीय अंतरिक्ष अनुसंधान केन्द्र में रॉकेट इंजीनियर पद की वैकेंसी के बाबत बताया और

ज़ोर देकर कहा कि मुझे वहाँ आवेदन करना चाहिए। झिझकते हुए मैंने आवेदन किया, सप्ताह-भर बाद ही मुझे इंटरव्यू का बुलावा आ गया।

अंतरिक्ष अनुसंधान केन्द्र रॉकेटों के प्रक्षेपण के लिए रॉकेट लैब शुरू कर रहा था। मैं रक्षा अनुसंधान में अपने काम की उपेक्षा से दुखी था। मेरे सामने यह एक बेहतर अवसर था। मैं नई शुरुआत कर सकता था। प्रारब्ध मेरे लिए कोई और भूमिका निर्धारित कर चुका था। मेरा चयन अंतरिक्ष अनुसंधान केन्द्र के लिए कर लिया गया। बाद में पता चला कि अंतरिक्ष अनुसंधान केन्द्र के डायरेक्टर को मेरे काम, लगन और मेहनत के बारे में मेरे पूर्व प्रोजेक्ट डायरेक्टर बता चुके थे। मेरे लिए अंतरिक्ष अनुसंधान केन्द्र में काम करना ही एक बड़ी उपलब्धि थी। इस केन्द्र के डायरेक्टर महोदय देश के एक बड़े प्रतिष्ठित वैज्ञानिक और योजनाकार थे। उनके साथ काम करते हुए मैंने उनसे कई बातें सीखीं। उनमें नेतृत्व की अद्‌भुत क्षमता थी। उनका टीम वर्क में विश्वास था। वह एक बेहद उदार व्यक्ति थे। उनका एक ही मंत्र था, "हमारा काम प्रयोग करना है और प्रयोग में असफलता मिल सकती है। लेकिन असफलता सिखाती है कि कहीं कोई कमी रह गई है। हमें उस कमी को दूर करने में लग जाना चाहिए। हमारा निर्माण सिर्फ़ सफलताओं से नहीं होता, असफलताओं से भी होता है।"

मैं यह सब इसलिए बता रहा हूँ कि हम आज अनुसंधान और अंतरिक्ष विज्ञान की जिस ऊँचाई पर पहुँचे हैं, उसके पीछे वे विज़नरी लोग रहे हैं, जिन्होंने इस मुल्क की नींव में अपनी रूहें रखी हुई हैं। जिनके त्याग और समर्पण ने इस बहुसंस्कृति, बहुभाषी और विविध धार्मिक विश्वासों वाले भूखंड को एक देश बनाया है। क्या उन पुण्यात्माओं के बिना मेरे जैसा अनाम कुल-गोत्र एक मामूली इनसान फ़र्श से अर्श तक पहुँच पाता?

हमने स्वदेशी सेटेलाइट लांच व्हिकल विकसित करने का काम शुरू कर दिया था। इस प्रोजेक्ट का कोऑर्डिनेटर मैं था। इस प्रोजेक्ट के कई विंग थे, जिन्हें अलग-अलग विशेषज्ञ देख रहे थे। लेकिन सम्पूर्ण प्रोजेक्ट को मैं कोआर्डिनेट कर रहा था, इसलिए मेरी ज़िम्मेदारी भी ज़्यादा थी। मेरा सारा ध्यान इसी प्रोजेक्ट पर केन्द्रित था। उन्हीं व्यस्तता भरे दिनों में एक दिन अरु का पत्र मिला। उसका लेक्चररशिप में चयन हो गया था। मैंने उसे बधाई देने के साथ जवाब लिखा था—

अरु, तुम्हारी कामयाबी की मुझे कितनी ख़ुशी है, तुम शायद अन्दाज़ा भी न लगा

पाओ। यक़ीन मानो, मैं दिन-रात तुम्हारी कामयाबी की दुआ माँगता हूँ। अवकाश मिलते ही आकर तुम्हारे साथ यह ख़ुशी शेयर करूँगा। अम्मा-बाबा को प्रणाम कहना।

—कल्लू

आख़िर हमारी मेहनत को परखने का दिन भी आ गया। मैं उत्साह से भरा था। अंतरिक्ष अनुसंधान केन्द्र के डायरेक्टर महोदय इस प्रोजेक्ट की कामयाबी को देखने के लिए स्वयं उपस्थित थे। इस सिस्टम के चार चरण होने थे। तीन चरण हमारी अपेक्षा के अनुरूप सफल रहे। लेकिन अन्तिम चरण ऐन वक़्त पर असफल हो गया। मैंने हक्का-बक्का-सा अपने साथियों की तरफ़ देखा, उनमें से कुछ हैरान थे। लेकिन मुझे लगा कि मेरे कुछ साथी ख़ासकर डॉ. रवीन्द्रन इस असफलता से क़तई दुखी नहीं थे मानो ये हादसा एक टीम का नहीं। उनके होंठों पर एक वक्र रेखा थी। मेरे लिए यह एक और झटका था। रक्षा अनुसंधान की असफलता का यह दूसरा स्तर था। अब मेरी समझ में आया कि आगे मुझे ऐसी विभिन्न स्थितियों का सामना करना पड़ेगा। जीवन की कठोरताएँ संघर्ष का जज़्बा देती हैं। लेकिन ईर्ष्या और उपेक्षा आपकी संकल्प-शक्ति को दृढ़ करती है। हर सफ़र के न रास्ते आसान होते हैं, न हर मुसाफ़िर सदाशय। फिर भी सफ़र जारी रखना पड़ता है। मेरे साथ कुछ अद्‌भुत संयोग आते रहे हैं। ऐसा ही एक संयोग बना। जब मैं उस असफलता से उबरने की कोशिश कर रहा था, तभी मुझे अमरीकी अंतरिक्ष एजेंसी 'नासा' जाने का अवसर मिला। नासा के लिए मेरा चयन हमारे डायरेक्टर महोदय ने किया था। मेरी असफलता के बावजूद उनका विश्वास मुझ पर बना हुआ था। उन्होंने मुझसे कहा, "टीम पर भरोसा करना पड़ता है, डॉ. अंसारी। कोई एक असफलता यह नहीं बताती कि हमारी टीम में प्रतिभा की कमी है। असफलता का मतलब ही है आगे और प्रयास किए जाएँ।"

मैंने नासा जाने से पहले डायरेक्टर महोदय से घर जाने की मोहलत माँगी। वह जितने अनुशासनप्रिय थे, उतने ही संवेदनशील भी। मेरे आग्रह को स्वीकार कर उन्होंने सहर्ष जाने की अनुमति दे दी। ये जाना अचानक ही था। मुझे मालूम था कि अरु वहाँ नहीं मिलेगी। वह यूनिवर्सिटी में लेक्चरर हो गई थी। जब भी उसकी चिट्‌ठी मिलती, उसमें वह डिपार्टमेंट के माहौल, संगीत के प्रति नई पीढ़ी के नज़रिये और अपने भविष्य की योजनाओं का ज़िक्र करती। वह कभी-कभी चुहल भी करती, "कल्लू, शादी कब कर रहे हो?"

मैं अक्सर इस प्रश्न का उत्तर टाल जाता। लेकिन एक बार मैंने भी मज़ाक़

में लिख डाला था, "अरु, तुम्हारी शादी की उम्र हो गई है। कहो, तो अम्मा-बाबा से बात करूँ।"

इसके बाद अरु ने फिर कभी कोई ऐसी बात नहीं की।

卐

नासा के लिए प्रस्थान से पहले मैं अम्मा-बाबा का आशीर्वाद लेना चाहता था। अरु के ज़िक्र के बग़ैर मेरी कहानी पूरी नहीं हो सकती। वह मेरे ज़ेहन में हमेशा एक अलौकिक छवि की तरह मौजूद रही है। मुझे हमेशा यही लगता है कि दो भावप्रवण आँखें मुझे देख रही हैं। वह मेरी प्रेरणाशक्ति रही है। यह बात कभी अरु से कह नहीं पाया। कहने की ज़रूरत भी नहीं समझी। मैं स्वयं नहीं चाहता था कि हमारे रिश्ते का कोई नाम हो। मुझे यक़ीन है, अरु ने भी कभी ऐसा नहीं चाहा। यह एक अव्यक्त, अनाम और मेरे तईं एक रूहानी रिश्ता था, जिसकी डोर बेहद नाज़ुक थी। हमारे बीच विश्वास था, सम्मान था और अपनी स्वतंत्र पहचान के लिए स्पेस था। मैं हमेशा सचेत रहा कि अरु की जो छवि मेरे मन में है, वह अक्षुण्ण रहे। वह मेरे लिए एक ऐसा स्वप्न रही, जिसे मैंने एक दिन सुबह के उजाले में देखा था और ताज़िन्दगी वह मेरे अन्दर उजाला बनकर मौजूद रही। हम हमेशा रिश्ते, मज़हब और अपेक्षाओं से परे मिले।

यह अरु ही थी, जिसने हमेशा मेरी कामयाबी की दुआ की। एक बार मेरे हाथ उसकी निजी डायरी लग गई थी। उस डायरी में उसने लिखा था, "कल्लू हम सबकी प्रार्थनाओं का केन्द्र है। अंसारी चा' के सपने और अम्मा-बाबा के विश्वास का संबल। उसकी सफलता हम सबके यज्ञ की पूर्णाहुति होगी। प्रभु, उसकी हर मुश्किल आसान कीजिए।"

मैं मानता हूँ, मेरी कामयाबी में अरु की दुआएँ शामिल रही हैं। साइंसदाँ होने के बावजूद मेरा हमेशा यक़ीन रहा कि जज़्बात, दुआओं और प्रार्थनाओं का असर होता है। इस कायनात के होने, बने रहने और एक-दूसरे से जुड़े रहने का वही तथ्य है, जो अणु और परमाणु का होता है। मैं तो ईश्वर-अल्लाह और दुआओं को अन्दरूनी ऊर्जा का वो स्रोत मानता हूँ, जो आपके भरोसे को बनाए रखता है। मेरे अन्दर के इनसान को उदार, संवेदनशील और आस्थावान बनाने में अरु की बड़ी

भूमिका रही है। किसी के बनने में उसके परिवेश और परवरिश का बड़ा असर होता है। मेरे मनोजगत पर इसका परोक्ष-प्रत्यक्ष असर रहा है। अरु जैसे-जैसे संगीत में डूबती गई थी, उसकी सृजनशीलता और उदारता का क्षितिज विस्तृत होता गया था। कई बार मैं उसे किसी स्वप्न-पाखी सरीखा उड़ान भरते हुए देखकर मुग्ध हो जाता। एक बार मैंने उसे टोका था, "तुम फ़नकार लोग इतने जज़्बाती क्यों होते हो?"

वह मुस्करा पड़ी थी। मुझे लगा था जैसे वह मेरे इस अहमकाना सवाल पर मुस्कराई हो। उसने मुझसे ही पूछ डाला था, "जज़्बाती होने में कोई बुराई है क्या?"

कोई वांजिब जवाब नहीं सूझा था। मुझे निरुत्तर देख उसने शहज़ाद अहमद का शे'र अर्ज़ किया था—

कुछ देखते नहीं हो तो बीना हो किसलिए,
ठंडे पड़े हुए हो तो जज़्बात कैसे हो।

वह शे'र मेरे मन में बहुत देर तक गूँजता रहा। दरअसल वो शेर मेरे लिए सबक़ जैसा था। मैं इन्हीं जज़्बात के सदक़े उस धरती की मिट्‌टी को माथे लगाना चाहता था, जहाँ मेरे अब्बू और अम्मी की यादें थीं, उनकी रूहों का वास था। विदेश जाने से पहले अम्मा-बाबा को एहसासे-फ़ख्र से भरा देखना चाहता था।

शाम तक पहुँचा।

अम्मा-बाबा तो मुझे देखकर लहालोट हो गए। बाबा गले लगाकर बड़ी देर तक मेरी पीठ थपथपाते रहे। आसमान की ओर देखकर बोले, "संघतिया, तुम्हारा सपना पूरा हो गया। अब हम चैन से मर सकेंगे।"

"बाबा, ऐसी मनहूस बातें न करें।"

"अरे, बिटवा इनका बात पर धेयान देवे की जरूरत ना है। तुमका देखि के बउरा गए हैं।" अम्मा का दुलार भी उमड़ रहा था।

एक ज़माना गुज़र चुका था, लेकिन अम्मा-बाबा वही के वही थे। इस बीच मैंने देश का बहुत बड़ा हिस्सा देख लिया था, बहुत सारे लोगों से मिल चुका था। कई भाषाओं, संस्कृतियों से सामना हो चुका था। ज़ाहिरन, मैं वही नहीं रह गया था। मेरे सोचने का दायरा वैश्विक हो चुका था। मेरी समझ ज़्यादा वैज्ञानिक और तार्किक हो गई थी। लेकिन ठहरिए! क्या हम अपने रिश्तों के प्रति भी इतने ही तार्किक और कार्य-कारण आधारित हो सकते हैं? नहीं...रिश्ते भावना और भावुकता के अधीन होते हैं।

उस रात देर तक अम्मा-बाबा से बातें होती रहीं। बाबा बार-बार अब्बू को याद कर भावुक हो जाते। कई बार उनकी आँखें भर आतीं। खाना खाते वक़्त उन्होंने कहा, "विदेश जा रहे हो, हम सबके लिए गर्व की बात है। अपने आँगन की एक मुट्ठी मिट्टी साथ लेते जाना। संघतिया का आशीर्वाद साथ रहेगा।"

अम्मा ने गरमागरम पूरियाँ देते हुए कहा, "कल्लू, हुआँ कउनो मेम से बिआह मत कर लिहो।"

"अम्मा, हम वहाँ सरकारी काम से जा रहे हैं। शादी-ब्याह की बात तो सोचिए भी मत!" खाने की तारीफ़ करते हुए मैंने बात बदलनी चाही, "अम्मा, आप इतना स्वादिष्ट खाना बनाती हैं कि खाते जाओ लेकिन मन नहीं भरता।"

"बिआह कर लो। बहू को हम सब सिखा देंगे।" ख़ाली होते कटोरे में अम्मा ने एक कलछुल आलूदम डाल दिया।

"अम्मा, पहले अरु के ब्याह की सोचिए।"

"ऊ तो कही हैं, सोलो पखावज बजावे के बादे बिआह के सोचिहें।" अम्मा की आवाज़ में थोड़ी हताशा थी।

"कल्लू थके होंगे, आराम करने दो। बाक़ी बात सबेरे कर लेना।" बाबा ने अम्मा को टोका।

सफ़र की थकान तो थी। शरीर भी अकड़ रहा था। आँखें भारी हो रही थीं। मैं भी सोने चला गया।

नींद फ़ज्र की अजान से खुली।

नमाज़ अदा करके मैंने अम्मा, बाबा और अरु की ख़ैरियत की दुआ माँगी। लेकिन ऊपर वाले को कुछ और ही मंजूर था। एक किशोरवय लड़के ने आकर सूचना दी, "कल्लू भइया, रमायनी पंडित जी ना रहे। अम्मा बुलाय रही हैं, जल्दी चलौ।"

मेरे होश फ़ाख़्ता हो गए। उस लड़के का मुँह ताकता मैं भौचक था। उस लड़के ने मुझे टोका, "भइया, चलिए।"

मैं उसी हालत में लड़के के पीछे तेज़ी से लपका। बाबा के घर के बाहर पड़ोसियों का हुजूम लगा था। भीड़ को चीरकर मैं उस कोठरी में दाख़िल हुआ, जहाँ बाबा सोते थे। मैंने बाबा को आर्त स्वर में पुकारा। ख़ुद को तसल्ली देने के लिए उनकी धड़कन सुनने की कोशिश की। उनके हाथ थामकर उनकी रगों को महसूसने का उपक्रम किया। सब बेकार। बाबा चिरनिद्रा में जा चुके थे। अम्मा उनकी पार्थिव देह पर बेसुध पड़ी थीं। यह दृश्य अकल्पनीय...असह्य था...मैं अपने

आप पर काबू न रख पाया...संयम का वेग टूटा और बेसाख़्ता फफक पड़ा। रात में हँसते-बोलते-बतियाते बाबा अचानक ऐसे कैसे सब कुछ छोड़कर चले गए? इतनी ख़ामोश मृत्यु कि कोई पूर्वाभास तक न हुआ। रिश्तों के आसमान से एक नक्षत्र चुपचाप टूटा था और अंतरिक्ष में विलुप्त हो गया था? मेरा आना और उनका महाप्रयाण, क्या महज़ संयोग था? होने को तो दोनों दो घटनाएँ थीं। इन्हें होना ही था। लेकिन उस विश्वास का क्या, कि मानो बाबा को मेरी ही प्रतीक्षा थी? बाबा की साँस मेरे इन्तज़ार में ही अटकी थी?

बाबा की मृत्यु की ख़बर क़स्बे में जंगल की आग की तरह फैली। बिना हारी-बीमारी, बिना घटना-दुर्घटना, बाबा कैसे महाप्रयाण पर निकल सकते हैं? एकबारगी किसी को यक़ीन न हुआ। बाबा के हित-मीत, परिजन-पड़ोसी, जिसने भी सुना, यही कहा, "पंडित जी पुण्यात्मा थे। बिना किसी बाधा...व्याधि देह त्याग दिए। जस की तस धर दीनी चदरिया।"

बाबा अपने लिए कम, क़स्बे के लिए ज़्यादा जिये। संगीत के लिए जिये। रामलीला के लिए जिये। समाज के लिए जिये। अब्बू की दोस्ती के लिए जिये। मुझ बेसहारा के लिए जिये। ऐसे इनसान पुण्यात्मा ही होते हैं। बाबा के निधन से क़स्बा शोकाकुल था। लोग उनके अन्तिम दर्शन को उमड़े आ रहे थे। यह उन दिनों की बात है, जब समाज में दूरियाँ और दरारें पैदा नहीं हुई थीं। जब लोग खालिस और रिश्ते ख़ुलूस से भरे हुए थे।

अरु के आने तक बाबा की अंत्येष्टि को स्थगित रखा गया।

बाबा की मृत्यु का समाचार अरु को देने की ज़िम्मेदारी मुझे दी गई। मैं जानता हूँ, बाबा की मृत्यु के बारे में अरु को बताना, मेरे लिए जितना मुश्किल था, उतना ही मुश्किल था, अरु को इस सदमे से उबारना। अक्सर ये होता है, हमें अपने प्रियजन का शोक ही नहीं, उनका शव भी अपने ही कन्धे पर उठाना पड़ता है। शायद इसे ही विधि का विधान कहते हैं। भारी मन से मैं अरु को लाने के लिए निकला। बस से उतरकर मेरे अरु के डिपार्टमेंट पहुँचने तक सूरज सिर पर चढ़ आया था। किसी कमरे से तबला वादन की आवाज़ आ रही थी। सोचा, अरु कहीं क्लास न ले रही हो। ऐसा हुआ तो उसका इन्तज़ार करना होगा। क्या मुझे उसे क्लास लेते हुए देखना चाहिए? छात्रों को पढ़ाते हुए कैसी लगती है वह? गुदगुदी-सी हुई, लगा तबले की थाप अन्दर तक उतर गई हो। मैं स्टाफ़ रूम में दाख़िल हुआ। अरु वहीं थी।

अचानक मुझे अपने सामने देख उसकी चीख़ निकल गई। स्टाफ़ रूम में उपस्थित लोग चौंक गए। उत्तेजना से भरी अरु मेरे क़रीब आई और एक ही साँस में कई प्रश्न कर डाले, "कल्लू, तुम यहाँ? अचानक? अपने पहुँचने की सूचना पहले क्यों नहीं दी? मैं तुम्हें लेने स्टेशन आ जाती।"

कल्लू! अरु के मुँह से ये सम्बोधन सुनना वैसा ही था जैसे अजनबी भीड़ में अन्तरंग पुकार। फीकी मुस्कान के बीच मद्धिम स्वर में बोला, "सब कुछ यहीं पूछ लोगी?"

अरु झेंपी, उसे अपने उतावलेपन का अहसास हुआ, "ओह सॉरी। चलो, डेरा चलते हैं!"

डिपार्टमेंट से अरु के आवास पहुँचने तक मेरे मन में इकतरफ़ा जिज्ञासाएँ थीं...उत्सुकताएँ थीं...सवाल थे। अरु बोलती जा रही थी और मैं 'हाँ-हूँ' से ज़्यादा कुछ नहीं कह पा रहा था। अपने आवास में दाख़िल होते ही उसने उलाहना दिया, "कल्लू, कुछ बोलते क्यों नहीं? मौन व्रत रखा है क्या?"

"अरु, मैं तुम्हें लेने आया हूँ। तुरन्त घर चलना होगा।" मैंने जी कड़ा कर कहा, "क...क...क्या कह रहे हो? सब कुशल तो है? कल्लू, प्लीज़ बोलो क्या हुआ?" अरु आशंका से सहमी मेरी ओर देखने लगी थी।

"अरु, बा...बाबा...नहीं रहे।" मेरा गला रुँध गया था।

क्षण-भर को वह जैसे सन्न रह गई। वस्तुस्थिति का अहसास होते ही कटे पेड़-सी सोफ़े पर जा गिरी। उसकी सिसकी फूट पड़ी थी। साड़ी का पल्लू मुँह में दबाए वह फफक रही थी। उसे खुलकर रो लेने दूँ, इस ख़याल से मैं ड्राइंगरूम से बाहर निकलकर बरामदे में रखी कुर्सी पर आ बैठा। अब्बू की मौत पर मैं खुलकर नहीं रो पाया था। मेरे भीतर वह दुःख औटकर रह गया था। अरु का दुःख उसके भीतर जम जाए, इससे बेहतर था कि वह रोये...जी भरकर रोये। मन का सारा संताप निकाल दे। रोने से सिर्फ़ आँसू ही नहीं बहते, दुःख भी बह जाता है। आँसू न होते तो शायद दुःख की चरम अभिव्यक्ति भी सम्भव न होती। मैं समझ नहीं पाया हूँ कि लोग रोने को कमज़ोरी क्यों समझते हैं?

थोड़ी देर बाद जब ड्राइंगरूम में लौटा, अरु अपनी ज़रूरत के सामान पैक कर रही थी। उसका सुबकना भी जारी था। सुबकने के बीच ही उसने कहा, "कुछ खा लो!"

"नहीं! भूख नहीं है।" इनकार में सिर हिलाकर मैंने कहा, "तैयारी हो गई हो, तो हमें निकलना चाहिए।"

बस में बैठने के बाद भी अरु रह-रहकर सुबक पड़ती। पिता की मृत्यु का दुख कितना गहरा होता है, यह मैं समझ सकता हूँ। अरु का सिर मेरे कन्धे पर आ टिका था। मैंने सांत्वना देने के लिए उसका कन्धा थपथपाया। आँखें मूँदे वह कुछ देर तक चुप बैठी रही। फिर मेरी ओर सिर उठाकर पूछा, "यूँ अचानक... क्या हुआ बाबा को?"

"कल ही पहुँचा था। बाबा बहुत ख़ुश थे। देर रात तक बातें करते रहे। फिर मुझे आराम करने की हिदायत देकर बोले, सुबह बात करेंगे! लेकिन वह जो सोये तो फिर उठे ही नहीं। उन्हें बेसुध सोता देख, अम्मा घबरा गईं। ज़ोर-ज़ोर से आवाज़ देकर उन्हें उठाया, लेकिन वह नहीं उठे। जब मैं कमरे में पहुँचा तो देखा, बाबा की साँसें नहीं चल रही थीं। पल्स पकड़कर देखा, कोई बीट नहीं थी। बाबा चिरनिद्रा में जा चुके थे।

सारी राह अरु सिसकती रही। बाबा को याद कर उसकी आँखें भर आतीं... गला भर जाता। बीच-बीच में मेरे बारे में भी पूछती जाती। उसे अपने नासा जाने के बारे में बताया तो गीले स्वर में बोली, "ये तो बहुत बड़ी ख़बर है, कल्लू। लेकिन इसी वक़्त तुम भी चले जाओगे?"

"अरु, मजबूरी है...जाना तो पड़ेगा...ही।"

अरु आह भरकर रह गई थी। नहीं जानता, अरु ने ये आह क्यों भरी थी? और उस वक़्त वह क्या सोच रही थी?

बाबा की अंत्येष्टि के तुरन्त बाद मुझे निकलना था। मेरा मन भी भारी था। लेकिन अम्मा का साहस देखते बन रहा था। उन्होंने अपना मन कठोर कर लिया था। मुझे समझाते हुए बोलीं, "तुमरे बाबा हमेशा गीता का वचन दुहरावत रहे कि ई शरीर नश्वर हौ, मुदा आत्मा नाहीं मरत। आत्मा चोला बदल के नया शरीर धारण करत हौ। बाबा का जे सपना हौ अरु पूरा करिहें। उनका एके साध रही कि अरु पखावज के सोलो बजावें।"

अम्मा, जो बाबा के जीवित रहते अरु के पखावज बजाने का विरोध करती रहीं, वही अब अरु के सोलो वादन की बात कर रही थीं। दरअसल, अम्मा वह औरत थीं, जो अपने पति के साथ साये की तरह रहते हुए उन्हीं का प्रतिरूप हो जाती हैं। वह एक आम भारतीय स्त्री थीं, जिसकी ज़िन्दगी ही उसकी पाठशाला है और उसके सबक़ ने ही घर, परिवार और समाज में मूल्य और संस्कार निर्मित किए हैं। ईश्वर ने उसे असीम शक्ति दी है। वही है जो हर परिस्थिति में जीवनी-शक्ति बनाए रखती है।

मेरी रवानगी से पहले अरु ने कहा, "कल्लू अब्बू और बाबा के सपनों की तामीर हमें ही करनी है। कहीं भी रहो, हम तुम्हारे साथ हैं। ऑल द बेस्ट।"

卐

मैं भारत से नासा पहुँचा। अमरीकी लोगों के काम करने का तरीक़ा और अनुशासन, हम हिन्दुस्तानियों से बिलकुल जुदा था। वे 'वर्कहोलिक' थे। वहाँ इस क़दर व्यस्तता शुरू हुई कि दम लेने की फ़ुरसत नहीं रही। मैं वहाँ प्रशिक्षण के लिए गया था। अपने प्रशिक्षण के दौरान मैंने वाशिंगटन डी.सी., ह्यूस्टन, वर्जीनिया, मेरीलैंड जैसे नासा के विभिन्न अंतरिक्ष सेंटरों का दौरा किया। वर्जीनिया, मेरीलैंड में उनके कई महत्त्वपूर्ण वैज्ञानिकों से मिला। उनकी सोच, कार्य करने की पद्धति और अपने देश के प्रति उनके विचारों से भी अवगत हुआ। बेंजामिन फ्रैंकलिन को कोट करें तो 'इट इज़ द वर्किंग मैन हू इज द हैप्पी मैन, इट इज द आइडल मैन हू इज़ द मिजरेबल मैन।' उनकी ख़ुशी, उनके काम करने में ही थी। आलस्य से वे सख़्त नफ़रत करते थे। इन सेंटरों में जाने के दौरान ही मुझे वो पेंटिंग देखने को मिली, जिसमें टीपू सुल्तान की सेना अंग्रेज़ी फ़ौज के साथ रॉकेट से जंग करने को तैयार थी। एक भारतीय होने के नाते, मेरे लिए विदेश की धरती पर गर्व करने का यह एक बड़ा कारण था। मैंने अमरीकियों से सीखा कि प्रतिभा का कोई देश, कोई रंग और मज़हब नहीं होता।

केनेडी स्पेस रिसर्च सेंटर में एक दिन रिसेप्शन पर ही पाकिस्तानी साइंटिस्ट डॉ. अब्दुल कादिर ख़ान से मुलाक़ात हो गई। वह भी नासा में प्रशिक्षण के लिए आए थे। पाकिस्तान अमरीका का स्ट्रेटजिक पार्टनर था। उनका स्पेस सेंटर सुपारको (स्पेस एंड अपर एटमासफेयर रिसर्च कमीशन) अमरीका के साथ मिलकर कोई सेटेलाइट लॉन्च करने की तैयारी कर रहा था। डॉ. ख़ान अपनी जन्मभूमि भोपाल को याद करते हुए बड़ी गर्मजोशी से मिले। भोपाल के अपने स्कूल और अपने शिक्षकों को याद कर वह काफ़ी भावुक हो गए। हमने साथ-साथ कॉफ़ी पी। लेकिन डॉ. ख़ान ने स्पेस साइंस के बारे में कोई चर्चा नहीं की। वह एक ऐसे इनसान थे, जिन्हें देखकर उनकी शख़्सियत का अन्दाज़ा लगाना आसान नहीं था। नासा में भारत की अनेक प्रतिभाएँ कार्यरत हैं। उनका योगदान छुपा नहीं है। कह सकते हैं,

अमरीकी प्रतिभाओं को सम्मान देना जानते हैं। मेरी उस पहली नासा यात्रा से अब तक हमें लम्बी यात्रा तय करनी थी।

नासा से लौटने के बाद मैं स्वदेशी रॉकेट प्रक्षेपण की तैयारी में जुट गया। मेरे दिमाग़ में स्वदेशी रॉकेट प्रणाली विकसित करने की धुन सवार थी। मेरी योजना जानकर अंतरिक्ष अनुसंधान केन्द्र के डायरेक्टर महोदय ने प्रश्न किया, "बाई द वे, तुम्हारे दिमाग़ में ये ख़याल क्यों आया?"

मैंने नासा से प्राप्त जानकारी के बारे में बताया, "अमरीकी 'नॉट अमरीका इनवेंटेड कॉम्प्लेक्स' से ग्रस्त हैं। मेरी इच्छा है कि हम उन्हें मानने के लिए मजबूर करें कि हम कर सकते हैं।"

निदेशक महोदय मुस्कराकर रह गए। मैं उनके रवैये से हताश हुआ।

एक सप्ताह बाद, मुझे दिल्ली से रक्षा मंत्रालय का बुलावा आया। डायरेक्टर महोदय दिल्ली में थे। मुझे समझते देर न लगी कि इस बुलावे की जानकारी उनको ज़रूर होगी। मैं दिल्ली पहुँचा। वहाँ पहले उन्हीं से मुलाक़ात हुई। उन्होंने बताया कि रक्षामंत्री स्वदेशी रॉकेट प्रणाली विकसित करने के लिए उत्साहित हैं। वह आपसे इस योजना के सम्बन्ध में विस्तार से जानना चाहते हैं। यह सुनकर मेरे चेहरे पर हवाइयाँ उड़ने लगीं। डायरेक्टर महोदय ने मेरे कन्धे थपथपाते हुए कहा, "यंग मैन, बी बोल्ड एंड कॉन्फ़िडेंट।"

साहस सँजोये मैं रक्षामंत्री से मिला। वह इस गर्मजोशी से मिले कि मेरे अन्दर का भय काफ़ूर हो गया। उन्होंने मुझसे नासा के अनुभवों के बारे में विस्तार से जानकारी ली। मुझे धैर्यपूर्वक सुना। मेरी हौसलाअफ़ज़ाई करते हुए डायरेक्टर महोदय से कहा, "मैं प्रधानमंत्री जी से बात करता हूँ।"

हम दिल्ली से लौटकर पहले से चल रही योजनाओं पर काम करते रहे। जैसी भारतीय राजनीति है और राजनेताओं का रवैया, वह हताश करने वाला रहा है। तुर्रा यह कि नौकरशाही का अहंकार किसी भी योजना को ठंडे बस्ते में डाल देने में माहिर है। लिहाजा हमने स्वदेशी रॉकेट प्रणाली के बारे में सोचना छोड़ दिया। कुछ साथियों ने तंज़ ज़रूर किया, "उधार का ज्ञान, स्वदेशी विज्ञान। भगवान बचाए!"

धीरे-धीरे मैं अब सहकर्मियों की ईर्ष्या का पात्र बनता जा रहा था। डायरेक्टर महोदय ने समझाया, "डॉ. अंसारी, ज़िन्दगी के रास्ते में 'रेड कॉर्पेट' नहीं बिछा होता। हमारा कर्म ही 'रेड कॉर्पेट' बिछाता है।"

डायरेक्टर महोदय की यह नसीहत ही मेरा संबल थी। मैंने नकारात्मक बातों

पर ध्यान देना छोड़ दिया। मेरी नानी कहती थीं, "हाथी चले बजार, कुकुर भूके हजार।" ये मुहावरा था, जो हमारे समाज के अनुभवों से उपजा था। मेरी हताशा के इस दौर में ये मुहावरा मुझे बहुत कारगर लगा था। महीने के आख़िर में प्रधानमंत्री जी का अंतरिक्ष अनुसंधान केन्द्र का दौरा हुआ। सीनियर अधिकारियों के साथ उनकी मीटिंग चल रही थी कि बीच में ही अचानक मेरा बुलावा आ गया। मैं जब कॉन्फ्रेंस हॉल में पहुँचा, तो प्रधानमंत्री जी ने छूटते ही कहा, "यंग मैन, गो अहेड विद योर प्रोजेक्ट। ये प्रोजेक्ट आपके सुपरविज़न में चलेगा।"

मैं हतप्रभ था। क्या यह कोई ख़ुदाई कारीगरी थी?

स्वदेशी रॉकेट निर्धारित बजट और समय में सफलतापूर्वक लॉन्च हुआ। डायरेक्टर महोदय का मुझ पर भरोसा बढ़ गया था। उन्होंने एक मीटिंग में तब मेरे साथियों से मेरे बारे में एक बात कही थी, "डॉ. अंसारी में ईगो कॉम्प्लेक्स नहीं है। उनमें टीम वर्क का जज़्बा है। यही एक टीम लीडर की विशेषता होती है।"

जिन दिनों हम भुवनेश्वर के नज़दीक एक रडार के परीक्षण की तैयारी कर रहे थे, ठीक उन्हीं दिनों अरु के सोलो परफॉरमेंस की सूचना मिली। यह अरु के श्रम और प्रतिभा की स्वीकृति का बहुप्रतीक्षित अवसर था। मेरे लिए यह भावनात्मक क्षण था। उस दिन बाबा, अम्मा और अरु की बहुत याद आई। बाबा जीवित होते तो अरु के सोलो परफॉरमेंस को देखकर गर्व से भर जाते। मैं स्वयं उस समय अरु के पास होना चाहता था। लेकिन ठीक उसी रात मेरी टीम के कुछ साथी एक दुर्घटना का शिकार हो गए। उन्हें देखने के लिए मैं भागा-भागा अस्पताल पहुँचा। वह दुर्घटना इतनी हृदयद्रावक थी कि हम सभी गहरे सदमे में चले गए। उस समय अरु के कार्यक्रम के लिए मेरा जाना सम्भव नहीं हुआ।

हम अंतरिक्ष विज्ञान और रक्षा क्षेत्र में विदेशी निर्भरता से देश को मुक्त कराने में कामयाब हो रहे थे। लेकिन देश में तेज़ी से राजनीतिक परिदृश्य बदल रहा था। कई राज्यों में क्षेत्रीय दलों का प्रभाव बढ़ गया था। स्थानीय जातियों के प्रभाव वाले दलों की भी केन्द्रीय सरकार के निर्माण और संचालन में भूमिका महत्त्वपूर्ण हो चुकी थी। बहुमत वाली सरकारों का दौर समाप्त हो गया था। देश की गठबंधन सरकारें क्षेत्रीय दलों के दबाव के आगे लाचार दिख रही थीं। वे कठिन और सामरिक महत्त्व के फ़ैसले नहीं ले पा रही थीं। सुरक्षा सम्बन्धी कई योजनाएँ फ़ाइलों में दबी पड़ी थीं। राजनीतिक इच्छाशक्ति के अभाव में विदेशनीति में भी देश ढुलमुल रवैया अख़्तियार

किए हुए था। दिलचस्प यह कि इसके बरक्स देश में ये बहस ज़ोर पकड़ चुकी थी, कि गठबंधनों की सरकारें निरंकुश नहीं हो पाती हैं, जिससे लोकतंत्र मज़बूत होता है, कि क्षेत्रीय दलों का उभार क्षेत्रीय अपेक्षाओं की ही अभिव्यक्ति है। देश ज़बरदस्त राजनीतिक उथल-पुथल से गुज़र रहा था। हर राजनीतिक बदलाव और सत्ता-परिवर्तन से अंतरिक्ष अनुसंधान व रक्षा अनुसंधान की गति प्रभावित हो रही थी। इसी दौर में वह भयावह मंज़र भी सामने आया, जिसकी कल्पना किसी ने नहीं की थी। शैतानियत के पंजे में फँसी इनसानियत लहूलुहान हुई और बेशर्म सियासत अट्टहास करती रही। कोई काली आँधी चली और मुल्क की बुनियाद हिल गई। देखते-देखते देश का ताना-बाना छिन्न-भिन्न हो गया।

卐

यह 6 दिसम्बर, 1992 का दिन था। अयोध्या में बाबरी मस्जिद को ढहा दिया गया था। सदियों पुरानी इस इमारत के ढाँचे को तो कभी न कभी ढहना ही था। काल के हाथों कोई बचता भी कहाँ है? ईंट-गारे की इमारतों को तो ज़मींदोज़ होना ही होता है। बस, वक़्त की बात होती है। लेकिन जब सदाशयता ज़मींदोज़ होती है, तो वह किसी ईंट-गारे से नहीं जुड़ती। सनकी बादशाहों और उनकी मज़हबी ज़ेहनियत का बदला, बर्बरियत के इतिहास को दुहराना होता है। लेकिन ये हुआ। इसकी परिणति हुई कि देश की दो क़ौमों के दिलों में ख़राशें आ गईं। एक-दूसरे पर अविश्वास का साया गहरा गया। पुरखों की अर्जित सदाकत शर्मसार हुई। उस दिन मैं ख़ुद को निहायत अकेला पा रहा था। अब्बू और बाबा शिद्दत से याद आते रहे। बचपन का वो वाक़या आँखों के सामने आकर खड़ा हो गया था, जब अब्बू ने मुझसे पूछा था, "रामजी के बारे में का जानत हौ?"

रामजी को जानने के लिए अब्बू मुझे बाबा के पास ले गए थे। बाबा ने मुझे 'रामचरितमानस' से परिचित कराया था। उनका मर्म समझाया था। मेरी अनेक जिज्ञासाओं का समाधान किया था। बाद में मैंने 'रामायण' का भी अध्ययन किया। मेरी समझ में आ गया था कि रामजी इसलिए पूजनीय हैं कि वह प्राणिमात्र के कष्ट दूर करने वाले ग़रीबनवाज़ थे। उनका सम्पूर्ण जीवन आदर्श था। वह आदर्श बेहतर मनुष्य बनने का मार्ग है। लेकिन अयोध्या में जो हुआ, वह आदर्श तो क़तई नहीं

कहा जाएगा। एक क़ौम के दर्प के नाम पर, दूसरी क़ौम का मान-मर्दन किसका आदर्श? कैसा आदर्श? राम के प्रताप के बारे में तो तुलसीदास जी ने मानस में कहा है, 'बयरु न कर काहू सन कोई, राम प्रताप विषमता खोई।'

रामजी तो किसी से भी बैर के पक्ष में नहीं रहे। फिर ये दुश्मनी साधने वाले कौन हैं? क्या ये रामजी के भक्त हो सकते हैं? मेरे मन में गहरी उदासी घिर आई थी। राम के नाम पर जो एक मस्जिद का ध्वंस हुआ था, वह काल के हाथों सम्पन्न नहीं हुआ था। यह एक राजनीतिक कार्रवाई थी। और इतिहास गवाह है, कोई भी राजनीतिक कार्रवाई बग़ैर राजनीतिक उद्देश्य के नहीं होती। मैं एक ऐसा हिन्दुस्तान देख रहा था, जिसमें सियासत के हाथ ख़ून से रँगे नज़र आ रहे थे। डर और आशंका की कैफ़ियत में मैंने उस रात अरु को पत्र लिखा था। क्यों लिखा था अरु को पत्र? उस रात मुझे सिर्फ़ अरु ही नज़र आई थी, जिससे मैं अपने दिल की बात कह सकता था। वो मुझे समझ सकती थी। अपने सबसे कठिन क्षणों में इनसान एक ऐसा कन्धा चाहता है, जिस पर सर रखकर रो सके। मेरे लिए अरु के अलावा ऐसा अपना और कोई नहीं था।

अरु,

इस बार पत्र लिखने में विलम्ब का कारण मेरी काहिली नहीं, बल्कि एक ऐसा अदृश्य डर है, जो मेरी रूह को अपनी गिरफ़्त में जकड़े हुए है। मुझे यक़ीन करना मुश्किल हो रहा है कि मैं एक ऐसे मुल्क में पैदा हुआ हूँ, जिसे बाबा और अब्बू जैसे लोगों ने मिलकर बनाया है। जहाँ क़ुरान की आयतें और वेदों की ऋचाएँ गलबहियाँ करती हैं। हमारी सुबहें मस्जिद की अजान और मन्दिर की प्रार्थना से दुआगो होती हैं। अरु, जब ये आयतें, ये ऋचाएँ ही हमें डराने लगें, तो बताओ इस दिल को समझाने कहाँ जाएँ? राम दिलों को तोड़कर मन्दिर में बिराज गए तो राम की मर्यादा का क्या होगा? दूध और पानी के रिश्ते में घुला ज़हर रगों में दाख़िल हो गया तो नस्लों का क्या होगा? हम अपने वक़्त के यक्ष प्रश्नों के सामने खड़े हैं और विडंबना यह कि सारे युधिष्ठिर निरुत्तर हैं।

शुभेच्छु
तुम्हारा कल्लू

मेरे पत्र का जवाब अरु ने दिया, लेकिन वह पत्र मुझे वर्षों बाद मिला। इन

दिनों मेरा कोई पता नहीं था, क्योंकि मैं रिसर्च के सिलसिले में अलग-अलग देशों के प्रवास पर रहा। अलग-अलग शहरों के सेंटरों में रहा। उन दिनों मेरे कुछ सहकर्मी मज़ाक़ करते थे, "घर न दुआर अँगनारा बन्धु, जनम-जनम बंजारा बन्धु।"

यह मेरे अकेले होने, अविवाहित होने और पारिवारिक दायित्वों से मुक्त होने की ओर उनका संकेत होता। कई ऐसे अवसर आए जब मेरे सहकर्मी मेरे इस दायित्वमुक्त होने की ओट में कठिन अभियानों और विकट परिस्थितियों को देखकर मुझे आगे कर देते, "डॉ. अंसारी कैन डू।" मैं करता। मैं भी कभी भागता नहीं था। मुझे मेरे कई सीनियर्स की कार्य-प्रणाली, उनके आदर्श और प्रेरणाओं ने हमेशा टीम भावना से काम करना सिखाया था। मैं हर चुनौती को आगे बढ़कर ले लेता। यही वजह थी कि मुझे कई योजनाओं के लिए काम करने का अवसर मिला और कई बार तो मुझे वे काम भी करने पड़ते, जिन्हें कोई नहीं करना चाहता था। ऐसे में मेरे लिए कभी अपने बारे में सोचने की मोहलत ही नहीं मिली। धीरे-धीरे मुझे लगने लगा कि मैं स्वयं कोई पारिवारिक दायित्व लेना ही नहीं चाहता। मेरे कुछ साथी पूछते भी तो मैं हँसकर कह देता, "और भी ग़म हैं ज़माने में मुहब्बत के सिवा।"

हाँ, और भी कई ग़म थे हमारे सामने। देश दंगों से जूझते हुए नफ़रत की आग में झुलस रहा था। कितने हिन्दू मरे? कितने मुसलमान मरे? हर किसी की ओर से ऐसे सवाल होने लगे थे। आश्चर्य यह कि कोई ये नहीं पूछता था कि कितने इनसान मरे? हमारे अनुसंधान केन्द्र में भी समाँ बदला-बदला था। मैं अपने इर्द-गिर्द बहुत असुविधाजनक माहौल महसूस कर रहा था। मेरे कई साथी मेरे सामने मन्दिर-मस्जिद की चर्चा से बचते। लेकिन मेरे पीछे वे ऐसी चर्चा जमकर करते थे। मैं पहली बार महसूस कर रहा था कि हम अचानक ही हिन्दू और मुसलमान हो गए हैं। हमारे अनुसंधान केन्द्र में कई मुसलमान कर्मचारी भी थे। कमोबेश वे सभी इसी स्थिति से गुज़र रहे थे। ये शर्मसार होने जैसे हालात थे। गोया अतीत में किसी बाबर, किसी औरंगजेब के करे-धरे के ज़िम्मेदार सारे मुसलमान थे? आश्चर्य कि सारे नैरेटिव के बीच यह तथ्य ग़ायब था कि शासक हिन्दू हो या मुसलमान, उसके फ़ैसलों में प्रजा का कोई हाथ नहीं होता। कौन, किससे पूछता कि किसी शासक की सनक की सज़ा बेचारी अवाम को क्यों मिलनी चाहिए? लेकिन सच सिर्फ़ इतना ही नहीं था। बुद्धिजीवी, मानव-अधिकारों के प्रति सजग नागरिक और सिविल सोसायटी के कार्यकर्ता, देश के धर्मनिरपेक्ष चरित्र और सामासिक संस्कृति के हिमायती ये सवाल उठा रहे थे। देश के सजग नागरिक-समाज को सवाल

उठाने का अधिकार है। मेरे कुछ साथी भी उन्हीं में थे। वे इस पूरे घटनाक्रम से आहत थे। वे सवाल पूछते थे, 'जिस मुल्क में भूख हो, ग़रीबी हो, शिक्षा और स्वास्थ्य सुविधाओं का अभाव हो, वहाँ एक मस्जिद तोड़कर मन्दिर बनाना ही क्यों प्राथमिकता है?' उन्हीं दिनों हमारे एक कलीग डॉ.राजकिशोर सिन्हा ने क़तील शिफ़ाई का एक शे'र सुनाया था।

किस कौम के दिल में नहीं जज़्बात-ए-बराहिम,
किस मुल्क पे नमरूद हुकूमत नहीं करता।

दंगे, फ़साद, आगजनी, लूटपाट और ख़ून-ख़राबे के बाद मुल्क में आम चुनाव हुए। लोकतंत्र के नाम पर, लोकतंत्र की हिफ़ाज़त के लिए ये एक लोकतांत्रिक तरीक़ा था। चुनाव जीतने के लिए जातियों के क्षत्रप जुटे, मज़हबों के वोटरों को एकजुट करने के लिए मज़हबी महंतों-गुरुओं, इमामों-मौलानाओं की सेवाएँ ली गईं, बाहुबलियों-अपराधियों का सहयोग मिला, तस्करों-कालाबाज़ारियों और धन्ना सेठों की मदद के चर्चे भी ख़ूब हुए। उन दिनों सारे अख़बार ऐसी ही ख़बरों से भरे पड़े थे। देश-विदेश के समाचार माध्यमों में इस आम चुनाव की ज़बरदस्त चर्चा हुई। अमरीका, यूरोप इस चुनाव को धर्मनिरपेक्षता को चुनौती के रूप में देख रहे थे। ख़ुदा-ख़ुदा करके ये महापर्व सम्पन्न हो गया। सरकार बनी और एक कवि हृदय नेता प्रधानमंत्री बने। ये नेता राष्ट्रवादी थे। इनकी पार्टी धुर दक्षिणपंथी मानी जाती थी। इस पार्टी को बहुसंख्यकों की हिमायती पार्टी के तौर पर जाना जाता था। इस कवि-हृदय प्रधानमंत्री ने पहली ही मुलाक़ात में हमसे पूछा, "कितने दिनों में न्यूक्लियर टेस्ट कर सकते हैं?"

उस मुलाक़ात में मेरे साथ परमाणु ऊर्जा अनुसंधान केन्द्र के अध्यक्ष, डीआरडीओ के अध्यक्ष, रक्षा सचिव तथा परमाणु ऊर्जा सचिव शामिल थे। इस प्रश्न पर सभी एक साथ चौंके। प्रधानमंत्री की जिज्ञासु आँखें हम पर टिकी थीं। रक्षा सचिव ने मेरी ओर देखा। मैंने हिचकते हुए बताया, "हम अपनी टीम से विचार-विमर्श करके ही कुछ बता सकते हैं।"

प्रधानमंत्री जी ने सहज भाव से मुस्कराकर कहा, "अच्छी बात है।"

संक्षिप्त जवाब और मीटिंग समाप्त।

दो दिनों बाद रक्षा सचिव के चैंबर में हमारी मीटिंग हुई। परमाणु ऊर्जा अनुसंधान केन्द्र के अध्यक्ष ने बताया, "हमें सारी तैयारी में कम से कम छह महीने लग जाने

का अनुमान है। साथ ही हमें इस बात पर भी ग़ौर करना होगा कि परमाणु क्लब वाले देश नहीं चाहते कि हम कोई न्यूक्लियर टेस्ट करें। इस टेस्ट के बाद अन्तर्राष्ट्रीय प्रतिबन्ध का भी ख़तरा है। क्या देश आर्थिक प्रतिबन्ध के लिए तैयार है?"

मैंने रक्षा सचिव की प्रतिक्रिया का इन्तज़ार किया। वह परेशान दिखे। उन्होंने कुछ सोचते हुए कहा, "इस बारे में मुझे वित्त सचिव से डिस्कस करना होगा। आफ़्टरऑल, इसकी वैश्विक प्रतिक्रिया होगी।"

रक्षा सचिव ने मेरी ओर देखा, पता नहीं वह मेरे चेहरे के भाव पढ़ रहे थे या स्वयं उनके भीतर कोई द्वंद्व चल रहा था, उन्होंने मेरी राय जाननी चाही, "डॉ. अंसारी, आप क्या कहते हैं?"

"अमरीकी सेटेलाइट हमारे ऊपर ख़ुफ़िया निगरानी रखे हुए है। हम उसकी नज़र से नहीं बच सकते।" मैंने आशंका व्यक्त की।

रक्षा सचिव ने पहलू बदला। वह अपने सामने रखे नोटपैड पर कुछ लिखने के बजाय काग़ज़ पर पेन को गोदने लगे थे। यह उनकी उलझन, बेचैनी और किसी नतीजे पर न पहुँच पाने की असहायता का सूचक था। वह प्रधानमंत्री जी के पसन्दीदा अधिकारी थे। उन्हें रक्षा सचिव के पद पर लाने का मतलब था, उनकी अपेक्षाओं पर खरा उतरना। शायद यह उनके सामने पहली चुनौती थी और वह स्वयं को मुश्किल में पा रहे थे। दरअसल, हर नई सरकार के साथ चलने के लिए सरकारी एजेंसियों के अधिकारियों को हर बार इन परीक्षाओं से गुज़रना होता है। इनकी मुश्किल ये होती है कि ये अपने अहं और ठसक के चलते ख़ुद को सर्वज्ञाता, सर्वोपरि, सर्वशक्तिमान मानकर चलने की मानसिकता से ग्रस्त होते हैं। इसीलिए अनेक योजनाएँ फ़ाइलों में दम तोड़ देती हैं। आख़िरकार, रक्षा सचिव ने वित्त सचिव से मंत्रणा के बाद, वह मीटिंग अगली बैठक तक के लिए बर्खास्त कर दी।

卐

दो दिनों बाद एक बार फिर प्रधानमंत्री जी का बुलावा आया। इस बार वह ख़ासतौर पर मुझसे मिलना चाहते थे। क्यों? मुझसे क्यों? ये प्रश्न मेरे लिए हैरान करनेवाला था। इस बाबत मैंने अपने कई सहकर्मियों से विचार-विमर्श किया। उस रात कुछ साथियों ने प्रधानमंत्री जी की इस जल्दबाज़ी पर अफ़सोस व्यक्त किया।

डॉ. पिल्लै ने तो आक्रोश में यहाँ तक कह डाला, "ये सनक अपने ही पैर में कुल्हाड़ी मारने के समान है।"

मैंने उन्हें समझाने की कोशिश की, "डॉ. पिल्लै, मैं आपके जज़्बात की क़द्र करता हूँ। लेकिन हम नीति निर्माता नहीं हैं।"

"लेकिन हमें सच के साथ खड़ा होना चाहिए। हमें प्रधानमंत्री जी को सलाह देनी चाहिए कि ये परमाणु परीक्षण देश के लिए विनाशकारी है। हम ये लक्जरी एफोर्ड नहीं कर सकते।"

"डॉ. पिल्लै, मैं परमाणु ऊर्जा के पक्ष में हूँ। जन कल्याणकारी योजनाओं के निमित्त परमाणु ऊर्जा के महत्त्व को नकारा नहीं जा सकता।"

"लेकिन परमाणु हथियार की कल्पना तो निहायत घातक है, सर।"

मैं कुछ नहीं बोल पाया। डॉ. पिल्लै एक युवा और प्रतिभाशाली वैज्ञानिक थे। नई पीढ़ी इतने ज़िम्मेदाराना तरीक़े से सोचती है, यही बड़ी उम्मीद थी। मेरा ख़याल है, सामरिक डर के नाम पर देशों के शासक परमाणु बम की होड़ में लगे रहेंगे। लेकिन इन पर लगाम अवाम ही लगाएगी।

प्रधानमंत्री जी का बुलावा आने के बाद और उनसे मुलाक़ात के पहले, मैं गहरे मानसिक द्वंद्व में रहा। रक्षा सचिव ने मुझसे 'वन टू वन मीटिंग' में कह दिया था, "डॉ. अंसारी, ये राष्ट्रवादी पार्टी की सरकार है। इनके मेनिफ़ेस्टो में देश को न्यूक्लियर पावर बनाने का एजेंडा है। प्रधानमंत्री जी इस निर्णय से पीछे नहीं हट सकते हैं।"

मैं रक्षा सचिव की बात सुनकर हक्का-बक्का रह गया था। उन्होंने मेरे चेहरे के भाव पढ़ लिए थे शायद। बोले, "हमें जानकारी मिली है कि आप परमाणु परीक्षण के पक्ष में नहीं हैं।"

मेरे चेहरे पर हवाइयाँ उड़ने लगी थीं। मैं तैश में आ गया था, "यह मेरे प्रति पूर्वग्रह है?"

"डॉ. अंसारी इस बाबत हमें गुप्त सूचना मिली है।"

"ये तो झूठा आरोप है। बग़ैर सबूत ऐसा आरोप मेरी सेवाओं का अपमान है।" मैं भीतर से बेहद अपमानित महसूस कर रहा था। मेरी आवाज़ काँप रही थी।

रक्षा सचिव ने पानी का गिलास मेरी ओर बढ़ाते हुए कहा, "डॉ. अंसारी हैव पेशेंस। यू नो, हमें तो ऐसी स्थितियों की आदत होती है। हम, जैसी बहे बयार, पीठ वैसी कर लेने के अभ्यस्त होते हैं। आप लोग इसके अभ्यस्त नहीं होते, इसलिए परेशानी होती है।"

रक्षा सचिव की इस जुमलेबाज़ी से ज़ाहिर था, वह हमारी कमज़ोरी का उपहास कर रहे थे। मैं अपमान का घूँट पीकर लौट आया।

मेरी मुलाक़ात प्रधानमंत्री जी से नियत समय पर हुई। प्रधानमंत्री जी बेहद ख़ुश नज़र आ रहे थे। दरअसल, वह मूलतः ख़ुशमिज़ाज इनसान थे। मधुरभाषी भी। उनकी छवि उदार नेता की थी। औपचारिक बातचीत के बाद उन्होंने अपने सचिव को रूम से बाहर जाने का संकेत किया। सचिव के जाने के बाद प्रधानमंत्री जी और मैं आमने-सामने थे। उन्होंने बड़े मुलायम स्वर में पूछा, "आप परमाणु विस्फोट के पक्ष में क्यों नहीं हैं?"

मैंने उन्हें भौचक देखा। मुझे नहीं पता, उस वक़्त मेरे चेहरे पर कैसे भाव थे। प्रधानमंत्री जी बोले, "मुझे पता है।"

मैं पल-भर को हिचकिचाया, फिर दृढ़ स्वर में बोला, "सर, सिद्धान्ततः मैं परमाणु हथियारों के पक्ष में नहीं हूँ। किसी भी देश में इनका होना इनसानियत के लिए ख़तरा है।"

"ख़याल अच्छा है। सच पूछिए तो व्यक्तिगत तौर पर मैं तो युद्ध के पक्ष में ही नहीं हूँ। लेकिन डॉ. अंसारी, क्या ये महज़ ख़याल भर नहीं है? ऐसे ख़याल वास्तविक दुनिया में लागू नहीं होते। ये व्यावहारिक भी नहीं होते। बतौर कवि मैं युद्ध का विरोधी हूँ। दुनिया में जितनी युद्ध विरोधी कविताएँ लिखी गई हैं, उन्हें पढ़कर तो अब तक दुनिया बुद्ध हो गई होती। लेकिन क्या ऐसा हुआ? एक राजनेता होने के नाते और एक सम्प्रभु देश का प्रधानमंत्री होने के नाते देश की सुरक्षा, सम्प्रभुता और सम्मान की रक्षा के लिए कभी-कभी ऐसे सख़्त निर्णय लेने पड़ते हैं।"

प्रधानमंत्री जी की दलील में सचाई थी। लेकिन सचाई यह भी थी कि 'परमाणु क्लब' देश चाहते थे कि भारत परमाणु अप्रसार संधि पर हस्ताक्षर करे, ताकि परमाणु हथियारों की होड़ को रोका जा सके। मैंने इस बाबत जब ध्यान दिलाया तो प्रधानमंत्री जी हँस पड़े, "डॉ. अंसारी, आप भूल रहे हैं कि अमरीका ने हमारे तमाम प्रयासों के बावजूद 'न्यूक्लियर प्रोटेक्टिव' देने से मना कर दिया है। अगर ये 'प्रोटेक्शन' मिला होता तो हम इस विकल्प पर सोच सकते थे। महाशक्तियों ने हमें बाध्य किया है कि हम स्वयं शक्तिसम्पन्न राष्ट्र बनें।"

प्रधानमंत्री जी के पास सारी जानकारियाँ थीं। मैं निरुत्तर होने की स्थिति में आ गया था। मेरे लिए ये उचित नहीं था कि मैं प्रधानमंत्री जी से तुर्की-ब-तुर्की बहस

करूँ। मेरी निजी राय अपनी जगह थी। उसे व्यक्त करने की ये सही जगह नहीं थी। मैं चुप हो गया था। हमने चाय पी। चाय ख़त्म होने के बाद प्रधानमंत्री जी ने पूछा, "डॉ. अंसारी, आपको नहीं लगता कि हमारे ऊपर 'जियो-पॉलिटिकल' दबाव है? चीन परमाणु शक्ति बन चुका है। वह पाकिस्तान का मित्र है और उसे सहयोग करता है। हमारे पास ख़ुफ़िया जानकारी है, कि पाकिस्तान भी परमाणु परीक्षण की तैयारी में है। बस, समय की बात है, वह परमाणु परीक्षण कभी भी कर सकता है।"

प्रधानमंत्री जी के तर्क सही थे। आशंकाएँ भी सही थीं। लेकिन मेरा मानना था कि हमारे लिए परमाणु हथियारों की होड़ में पड़ना जायज़ नहीं है। प्रधानमंत्री जी ने उठते हुए कहा, "डॉ. अंसारी, हम देश की सुरक्षा से समझौता नहीं कर सकते।"

तो क्या परमाणु हथियारों का मेरा विरोध यह संकेत माना जा रहा है कि मुझे अपनी देशसेवा साबित करनी होगी? मैं उस दिन बेहद भारी मन से लौटा। उस दिन भी अब्बू, बाबा बहुत याद आए।

मैं रक्षा अनुसंधान के अपने ऑफ़िस में किसी प्रोजेक्ट पर काम कर रहा था, जब परमाणु ऊर्जा विभाग के सचिव का फ़ोन आया। उन्होंने पूछा, "डॉ. अंसारी, पता चला है कि आपकी प्रधानमंत्री जी से मुलाक़ात हुई है? क्या रहा?"

"वी हैव टु डू इट, सर!" मैंने एक-एक शब्द सँभालकर जवाब दिया।

"यस, आफ़्टर ऑल वी आर ऐट द सर्विस ऑफ़ नेशन!" ऊर्जा अनुसंधान केन्द्र के सचिव उत्साह से भरे थे, गोया उन्हें देश की सेवा का दुर्लभ अवसर मिला हो।

"यस, बट इट'स ऑल इज़ टॉप सीक्रेट।" मैं हँसा।

हँसी के जवाब में भी हँसी गूँजी।

'टॉप सीक्रेट' आदेश के साथ ही हम अपनी योजना को अंजाम देने में जुट गए थे। यह बेहद कठिन मिशन था। हमारे लिए चुनौतियाँ ही चुनौतियाँ थीं। आन्तरिक-बाह्य चुनौतियों के अलावा मेरे सामने निजी चुनौती भी थी। मुझ पर प्रधानमंत्री जी ने आँखें मूँदकर अपना भरोसा जताया था। उन्होंने कहा था, "डॉ. अंसारी, मुझे व्यक्तिगत तौर पर ख़ुशी होगी कि आप हमारे विश्वास की रक्षा करेंगे। मुझे उम्मीद है, आप मेरी अपेक्षाओं पर खरे उतरेंगे। देश का भविष्य आपके हाथों में है।"

हमारे इलाक़े में एक जुमला बहुत प्रसिद्ध है, थोड़ा लिखा, ज़्यादा समझना। मैंने दोनों हाथ जोड़कर सर हिलाया था। इस मिशन के बारे में गिने-चुने लोगों को ही पता था। यहाँ तक कि इसकी जानकारी कैबिनेट को भी नहीं थी। हमारे साथ कुछ चुनिंदा वैज्ञानिकों की एक बेहद छोटी-सी टीम थी। शेष कुछ वैज्ञानिक पोखरण में हमें रिपोर्ट करने वाले थे। पोखरण सेना का फ़ायरिंग रेंज है। दूर-दूर तक फैली रेत और साँय-साँय करता बियाबान। इस बियाबान में गूँजते हैं सेना के गोलों के धमाके। इसी फ़ायरिंग रेंज में हमें सेना के साथ मिलकर काम करना था। मिशन में मदद के लिए सेना के इंजीनियरिंग कोर की मदद ली गई, जिसका नेतृत्व और कोआर्डिनेशन कर्नल श्रीपाल भौमिक कर रहे थे। उनका श्रम, समर्पण और सहयोग देखकर हम सभी चकित थे। वे हमारे लिए भी प्रेरक थे। कर्नल श्रीपाल की जो ट्रेनिंग थी, उसमें राष्ट्रभक्ति और राष्ट्र के लिए मर मिटने का जज़्बा कूट-कूटकर भरा था। वह इससे कम या ज़्यादा कुछ भी सुनने को तैयार नहीं थे। उनके जवान भी उतने ही अनुशासित और उत्साह से भरे थे। एक बात यह भी दिलचस्प थी कि कर्नल श्रीपाल के अलावा किसी जवान को इस मिशन की जानकारी नहीं थे। वे सिर्फ़ और सिर्फ़ अपने कमांडर के कमांड का पालन करते थे, बिना किसी सवाल-जवाब के। सेना और साइंस में यही फ़र्क़ था कि एक के पास सवाल करने की इजाज़त नहीं होती, दूसरा बग़ैर सवाल के आगे नहीं बढ़ सकता।

हम जब भी पोखरण फ़ायरिंग रेंज में जाते सेना की वर्दी में होते। हमारे नाम भी बदल दिए गए थे। हमारे छद्म नाम थे। हमारी सारी गतिविधियाँ रात में होतीं। यह हम अमरीकी निगरानी सेटेलाइटों और दूसरे देशों के गुप्तचर तंत्र को चकमा देने के लिए कर रहे थे। शुरू-शुरू में यह सब एक नाटक जैसा लगा। मुझे बचपन में देखी रामलीला की याद आ जाती, जिसमें सारे कलाकार अलग-अलग भेष धारण करते। शेक्सपियर का वह कथन बहुत सटीक लगने लगा था, जिसमें वह कहता है कि 'दुनिया एक रंगमंच है और हम सब उसके पात्र। अपनी-अपनी भूमिकाएँ निभाकर हर इनसान चला जाता है।'

नाटक हो या ज़िन्दगी कई बार तो हम जो नहीं चाहते, वे भूमिकाएँ भी करनी पड़ती हैं। हम अभी वैसी ही स्थितियों से गुज़र रहे थे। हालाँकि धीरे-धीरे हम अपनी भूमिकाओं के अनुकूल होते गए। मेरे लिए पोखरण एक और पाठशाला साबित हुआ। सेना के जवानों को देखकर महसूस हुआ कि देश के लिए निछावर हो जाना क्या होता है? दो सौ मीटर गहरे कुएँ खोदना आसान नहीं होता। हम सिविलियन बातें

बनाना ख़ूब जानते हैं और किसी की भी ईमानदारी पर शक करने की बीमारी से ग्रस्त हैं। लेकिन इन सैनिकों के साथ रहकर मेरा विश्वास दृढ़ हुआ कि हर नागरिक को कम से कम छह महीने सेना में अपना योगदान देना अनिवार्य होना चाहिए। क्या विडंबना है कि हमने अंग्रेज़ों के जितने भी शासन करने के सुविधाजनक क़ानून थे, उन्हें तो अपना लिया, लेकिन जो राष्ट्रसेवा जैसे नियम हैं, उन्हें छोड़ दिया।

सुरक्षा कारणों से हमारी सार्वजनिक उपस्थिति समाप्त हो गई थी। बाहरी दुनिया से हमारा सम्पर्क नहीं रह गया था। एक तरह से हम अज्ञातवास पर थे। जी-तोड़ मेहनत और देश के लिए कुछ कर गुज़रने के जज़्बे से भरे हम दिन-रात एक किए हुए थे। सारी तैयारियों के बाद, हमने नियत समय और तारीख़ पर परीक्षण के लिए 'काउंटडाउन' शुरू किया। नई दिल्ली से प्रधानमंत्री जी के सचिव महोदय ने हॉटलाइन पर सूचित किया कि प्रधानमंत्री जी भी इस ख़बर को सुनने के लिए तैयार बैठे हैं। उन्होंने प्रधानमंत्री जी की ओर से हमारी टीम को शुभकामनाएँ देते हुए 'ऑल द बेस्ट' कहा।

इस रेगिस्तानी इलाक़े में गर्मी थी कि जैसे भट्टी सुलग रही हो। बंकर में बैठे हम उबल रहे थे, लेकिन हमारे पास कोई और विकल्प नहीं था। काउंटडाउन शुरू होते ही हमारे दिलों की धड़कन तेज़ हो गई थी। मुझे ये तो नहीं मालूम कि प्रेम में पड़े युवाओं के दिल कैसे धड़कते हैं, लेकिन जब आपकी विश्वसनीयता और प्रयोग की सफलता कसौटी पर हो, उस समय दिल का धड़कना प्रेम में पड़े दिलों के धड़कने की तरह तो बिलकुल नहीं होता होगा। इसी दौरान मेजर मेहरबान, जो कि मौसम वैज्ञानिक थे, ने ख़बर दी कि हवा तेज़ हो गई है। ऐसे में हम विस्फोट नहीं कर सकते थे, क्योंकि आसपास के जो गाँव थे, वे परमाणु ऊर्जा से निकलने वाले रेडिएशन से प्रभावित हो सकते थे। सेना ने इन गाँवों को हाई अलर्ट पर रखा था, फिर भी हमारी कोशिश थी कि इस विस्फोट के दुष्प्रभाव से मानव आबादी को हर सम्भव बचाया जाए। आख़िरकार हमारी प्रतीक्षा ख़त्म हुई। हमने सफलतापूर्वक परीक्षण सम्पन्न कर लिए। मुतवातिर जारी अपनी धड़कनों पर काबू करते हुए मैंने नई दिल्ली को सूचित किया, "वी हैव डन। बुद्ध स्माइलिंग अगेन!"

हॉट लाइन पर प्रधानमंत्री जी के सचिव महोदय थे। उन्होंने 'कांग्रेच्युलेशन' कहकर फ़ोन काट दिया। शायद वह स्वयं यह सूचना प्रधानमंत्री जी को देने के लिए उतावले थे, लिहाज़ा उनकी हड़बड़ी का अन्दाज़ा ही लगाया जा सकता था।

शुक्र है कि यहाँ पोखरण फ़ायरिंग रेंज में सेना की चौकसी और दूर तक घेरेबन्दी की वजह से मीडिया को इस विस्फोट की तत्काल ख़बर नहीं हुई। इस सफल परीक्षण की ख़बर देश-दुनिया को तब हुई, जब उसी शाम नई दिल्ली में प्रधानमंत्री जी ने प्रेस कॉन्फ्रेंस बुलाई और उसमें भारत के परमाणु शक्ति सम्पन्न राष्ट्र बन जाने की घोषणा की।

इस ख़बर के साथ ही देश में जश्न का माहौल हो गया था। लोगों ने रंग-गुलाल उड़ाकर ख़ुशियाँ मनाईं, तो कहीं एक-दूसरे को मिठाइयाँ खिलाकर। कहीं पटाखे छूटे, तो कहीं बैंड-बाजे बजे। देश झूम रहा था मानो एक साथ होली, दीवाली आ गई हो। मुझे याद नहीं देश ने ऐसी सामूहिक ख़ुशी कब मनाई थी। ये उल्लास देश पर दंगों और चौतरफ़ा आलोचनाओं से छाई हताशा से बाहर निकलने का बायस बना। जनता एकजुट हो आई थी। इस एकजुटता में देश का आत्मसम्मान लौट आने का गौरवबोध था। यह देशभक्ति के उफान का समय था। देश में देशभक्ति की नई लहर दौड़ गई थी। सरकार और पक्ष-विपक्ष के नेता इस उपलब्धि का श्रेय लेने की होड़ में लगे थे। लेकिन वामपंथी दलों ने इस विस्फोट की पुरज़ोर निन्दा शुरू कर दी थी। उनके नेताओं ने तो यहाँ तक कह डाला कि छह दिसम्बर को बाबरी मस्जिद विस्फोट के बाद, अब पोखरण में 'हिन्दू बम' का विस्फोट किया गया है। हालाँकि इस बयान की चौतरफ़ा निन्दा हुई। मैं स्वयं ऐसे बयानों से आहत हुआ।

अन्तर्राष्ट्रीय आलोचनाओं और आर्थिक प्रतिबन्धों की घोषणाओं के बीच ही मैंने एक प्रेस कॉन्फ्रेंस में कहा, "बतौर वैज्ञानिक मुझे गर्व है कि हम देश के लिए यह उपलब्धि हासिल कर सके।"

"लेकिन देश को इस बम की क्या ज़रूरत थी?" किसी रिपोर्टर ने सवाल दागा।

"हमारे ऊपर जियो-पॉलिटिकल दबाव था।" मैंने दो टूक जवाब दिया।

"क्या आपका इशारा पाकिस्तान की ओर है?" अगला सवाल था।

"मैं इतना ही कहना चाहूँगा कि देश की सुरक्षा के लिए यह क़दम उठाया गया है।" मैं अपने पक्ष में दलीलें गढ़ने लगा था। उस वक़्त मुझे महसूस हो रहा था जैसे अपने दिल और दलील के बीच फँसा मैं एक ऐसा शख़्स था, जिसे नियंत्रित कोई और कर रहा हो। जैसे कठपुतली की डोर किसी नचानेवाले के हाथ हो।

"कहीं ये टेस्ट मई में होने वाले सीटीबीटी (व्यापक परीक्षण प्रतिबन्ध संधि) से बचने के लिए तो नहीं किया गया?" यह किसी विदेशी अख़बार का पत्रकार था।

"ये राजनीतिक प्रश्न है। नो कमेंट।" मैंने जवाब के साथ ही उस पत्रकार को नज़रअन्दाज़ कर दिया।

"डॉ. अंसारी, एक व्यक्तिगत प्रश्न।" यह किसी हिन्दी अख़बार का पत्रकार था, "आपने शादी क्यों नहीं की?"

मैं हल्के से मुस्कराया, सारे पत्रकार चुप्पी साधे मेरी ओर देख रहे थे। मुझे लगा, इस सवाल का जवाब जानने को सभी उत्सुक हैं। मैंने जवाब दिया, "मैंने अपने काम से ही शादी कर ली है।"

"कहीं किसी प्रेम की विफलता तो इसकी वजह नहीं?" पत्रकार अब अनौपचारिक होने लगे थे। मैंने उन्हें बहलाने के लिए कहा, "जिसे पूरी मनुष्यता से प्यार हो, वह विफल कैसे हो सकता है?"

"लेकिन जनाब, ये परमाणु हथियारों की होड़ तो मनुष्यता के लिए ही घातक है। इसे कैसे जस्टिफाई करेंगे?" वही कठिन प्रश्न एक बार फिर आ उपस्थित हुआ था।

"अपनी हिफ़ाज़त के उपाय करना हर देश की प्राथमिकता होती है। परमाणु हथियार का पहले उपयोग न करने की नीति पर भारत क़ायम है।" मैंने इस जवाब के साथ ही प्रेस कॉन्फ्रेंस समाप्त कर दी थी।

जवाब दे तो दिया था, लेकिन ये कहना मुश्किल था कि सत्तानशीन इस नैतिकता का कब तक निर्वाह करते हैं? जैसे हर सिक्के के दो पहलू होते हैं, वैसे ही हर शस्त्र के भी दो प्रयोग होते हैं। आप शस्त्र का प्रयोग अपनी हिफ़ाज़त के लिए करते हैं या दूसरे को मारने के लिए? निजी तौर पर मैं किसी भी हथियार के पक्ष में नहीं हूँ। पर यह भी उतना ही बड़ा सच है कि अगर ये काम मैं नहीं करता, तो मेरी जगह कोई दूसरा वैज्ञानिक करता। तब मैं इस अपराध का भागी चाहे न होता, लेकिन मैं राष्ट्रद्रोही ज़रूर क़रार दिया जाता। दुर्भाग्य से ये नैरेटिव पूरे मुल्क में सुनियोजित तरीक़े से गढ़ दिया गया है कि जो सरकार के साथ नहीं है, वो राष्ट्र के साथ नहीं है। ज़ाहिर है, मुझ पर लगी इस तोहमत से मेरे मरहूम अब्बू के सबक़ का अपमान होता। इस मिट्टी में दफ़्न मेरे पुरखे पशेमान होते।

आज मुझे इस बात का सन्तोष है कि मैं अपने मुल्क के काम आ सका।

परिकथा

मुझे नहीं पता तीसरा विश्वयुद्ध किन हथियारों से लड़ा जाएगा,
लेकिन चौथा विश्वयुद्ध लाठियों और पत्थरों से लड़ा जाएगा।

—अल्बर्ट आइंस्टीन

卐

बया राजस्थान से लौट आई थी।

झीलों के शहर उदयपुर में घूमने का आकर्षण कम न था, लेकिन दीप ने सुझाया कि उन्हें सीधे नाथद्वारा जाना चाहिए। उदयपुर से नाथद्वारा लगभग छियालीस किलोमीटर दूर था। सड़क मार्ग से क़रीब एक घंटे में नाथद्वारा पहुँचा जा सकता था।

दूर-दूर तक फैली अरावली की पहाड़ियों से होकर गुज़रते हुए ये रहस्य खुलने लगा था कि पंडित रूपराम जी ने इन सुरम्य वादियों में अपनी साधनास्थली बनाने की क्यों सोची होगी? आक्षितिज फैली हरियाली और गलबहियाँ करती पर्वतमाला को अपलक निहारे जा रहे दीप ने सहसा बाहर की छटा पर आँखें टिकाए हुए कहा, "बया, ये मिथक झूठा लग रहा है कि राजस्थान में बस रेगिस्तान ही रेगिस्तान है।"

"हाँ, भ्रम ऐसे ही टूटते हैं।" अभिभूत बया ने आँखें झपकाईं गोया वह ख़ुद भी क़ुदरत के करिश्मे के सम्मोहन में बँधी हो।

दीप ने गर्दन घुमाकर बया को देखा और फिर मुस्कराकर पूर्ववत् बाहर के नज़ारे में खो गया। क़ुदरत का साथ सहज ही मनुष्य को उदार बना देता है। वे इस वक़्त एक-दूसरे से गाफ़िल उदात्त भाव से भरे थे। अचानक टैक्सी एक सुरंग में समा गई। चलते-फिरते दृश्य पर अँधेरा छा गया था। टैक्सी पहाड़ी को काटकर बनाई टनल से गुज़र रही थी। लगा वे किसी तिलिस्माती खोह से गुज़र रहे हैं। यह सब इतना अप्रत्याशित था कि बया रोमांच के मारे दीप से लगभग सट-सी गई। दीप जब तक माजरा समझता बया ने उसका दाहिना हाथ थाम लिया। यह सब इतना स्वत:स्फूर्त था कि कोई कुछ नहीं समझ पाया। लेकिन यह क्षण पलक झपकते गुज़र गया। टैक्सी टनल से बाहर आ गई थी। ड्राइवर ने पूछा, "सर, आप हनीमून पर आए हैं?"

ज़ाहिरन, ड्राइवर ने प्रश्न दीप से किया था, उसे प्रश्न नागवार गुज़रा। वह

नाराज़गी में कुछ बोलने ही वाला था कि बया ने उसका हाथ दबाकर बरजा और ख़ुद जवाब दिया, "नहीं, हम यहाँ संन्यास लेने आए हैं!"

अचकचाए ड्राइवर ने गर्दन घुमाकर पीछे देखा। बया की शैतानी मुद्रा देखकर झेंप गया, "सॉरी, मैम!"

टैक्सी बाज़ार के चौराहे पर जिस जगह रुकी, वहाँ से श्रीनाथजी मन्दिर का सीधा रास्ता था। वे अपने कार्य की शुरुआत श्रीनाथजी मन्दिर के दर्शन से करनेवाले थे। यूँ भी बड़ी मुश्किल से ये अवसर हाथ आया था, यह आभार व्यक्त करने के लिए भी श्रीनाथजी का आशीर्वाद ज़रूरी था। नाथद्वारा घराने पर शोध की शुरुआत इस मन्दिर की ड्योढ़ी पर माथा नवाये बिना सम्भव नहीं था। आख़िर यह घराना भी तो इसी मन्दिर के साये में परवान चढ़ा। दो शताब्दी पूर्व आमेर में जन्मे पं. रूपराम जी जयपुर दरबार में पखावज बजाते थे। लेकिन एक दिन वह जैसे किसी दैवी पुकार से अपने छोटे पुत्र वल्लभदास के साथ नाथद्वारा आ गए। वह जयपुर दरबार छोड़कर यहाँ क्यों आ गए? स्पष्ट कारण तो किसी को नहीं पता, लेकिन उन्होंने जिस श्रद्धा भाव से श्रीनाथजी मन्दिर में अपनी सेवा शुरू की, उससे कारण समझना मुश्किल नहीं। वह भगवान कृष्ण की शरण में आ गए थे। राजदरबार के लिए बजाने से बेहतर उन्होंने ईश्वर के दरबार में बजाना क़बूल किया। श्रीनाथजी की ही कृपा रही कि पं. रूपराम जी पखावज के इस घराने के जनक कहलाए। उन्हीं की वजह से यह घराना गौरव पा सका। कालान्तर में उनकी यही पहल 'नाथद्वारा परम्परा' के नाम से मशहूर हो गई।

पं. रूपराम जी का पखावज को लेकर इतना गहरा समर्पण था कि उन्होंने अपने पुत्र वल्लभदास जी को पखावज की गहन शिक्षा के लिए पहाड़ सिंह जी के पास भेजा। पहाड़ सिंह जी अकबर दरबार में पखावज वादक भगवान दास जी की परम्परा से आते थे। पहाड़ सिंह जी जोधपुर दरबार से जुड़े थे और रूपराम जी के अनन्य मित्र थे। वल्लभदास जी ने पिता की परम्परा को आगे बढ़ाया। वल्लभदास जी के तीसरे पुत्र पं. खेमलाल जी थे, जिन्होंने अपने पूर्वजों की 'नाथद्वारा परम्परा' को ख़ूब समृद्ध किया। उनके अथक प्रयास से इस परम्परा को स्वीकृति मिली। पं. खेमलाल जी के बारे में कहा जाता है कि वह तांडव और रामलीला के साथ सैकड़ों परन बजाने में प्रवीण थे।

संगीत के घरानों के बारे में चर्चा करते हुए एक बार क्या तो सूझा था दीप को, कि उसने इनकी हँसी उड़ाते हुए कहा था, "बया, संगीत घरानों को गुरुओं

ने अपनी निजी सम्पत्ति बनाकर रखा। वे अपना ज्ञान, इसकी विशिष्टता अपने घरों के बाहर जाने नहीं देना चाहते थे, इसीलिए संगीत की ये परम्पराएँ कुछ परिवारों में क़ैद रहीं।"

"अचानक ये दिव्य-ज्ञान? ख़ैरियत तो है?" बया मुस्कराई थी।

"ये दिव्य-ज्ञान नहीं बया, हक़ीक़त है, हक़ीक़त। हमें इसे स्वीकार करना चाहिए। मेरा मानना है, शोधार्थियों को अपने एप्रोच में 'क्रिटिकल' होना चाहिए। हमारी दिक़्क़त है, ख़ासकर हम संगीत सीखने वालों की कि हम गुरु-शिष्य परम्परा के निर्वाह में भक्तिभाव से निहुरे होते हैं। हमारे यहाँ 'क्रिटिकल एप्रोच' को उद्दंडता मान लिया जाता है। क्या अन्य अनुशासनों में ऐसा है?"

दीप का तर्क अपनी जगह सही था, लेकिन जो बात बीत चुकी थी, उस पर नुक्ताचीनी का क्या मतलब?

सामने श्रीनाथजी की हवेली थी। इस मन्दिर को हवेली कहा जाता है। यह मन्दिर वैष्णव सम्प्रदाय के पुष्टि मार्ग के भक्तों का मान्य धर्म-स्थल है। इसकी स्थापना वल्लभाचार्य जी ने की थी। उनके वंशज तिलकायत उपाधि से विभूषित थे। आज भी इस मन्दिर के प्रबन्धन में उनकी भूमिका प्रमुख है। जिस वक़्त बया और दीप मन्दिर ड्योढ़ी पर पहुँचे, वह श्रीनाथजी के दर्शन का समय था। इस दर्शन को राजभोग दर्शन कहा जाता है। यह बालक कृष्ण के दोपहर-भोजन का समय है, इसलिए इसे 'राजभोग दर्शन' कहा जाता है। दिन-भर में श्रीनाथजी के आठ बार दर्शन उपलब्ध होते हैं। इन आठ दर्शनों के अलग-अलग नाम हैं। चूँकि यहाँ कृष्ण का बालक रूप विराजमान है, इसलिए माना जाता है कि शिशु होने के नाते वह बार-बार कुछ न कुछ ग्रहण करते हैं। दिलचस्प यह कि यह भोज्य सामग्री, जिसे प्रसाद कहा जाता है, ऋतुओं के अनुसार बदलती रहती है। यह जानकर दीप ने मज़ाक़ किया, "यानी भगवान कृष्ण भोजन और प्रेम दोनों मामलों में बहुत उदार थे।"

बया गुदगुदी से भरी मन्दिर की परिक्रमा करने लगी थी। परिक्रमा पूरी होते ही दीप ने याद दिलाया, "मैडम, आप यहाँ पूजा-पाठ करने नहीं, नाथद्वारा परम्परा पर शोध सामग्री जुटाने आई हैं।"

"तुम्हारी ऐसी बेरुख़ी से लगता है कि मीरा की तरह मैं भी संन्यासिन हो जाऊँ?" बया ने आँखें दिखाईं।

इस दर्शन के बाद उनकी मुलाक़ात पंडित प्रभुदास जी से हुई। बुज़ुर्ग

पं. प्रभुदास जी कभी श्रीनाथजी मन्दिर में कीर्तन-मंडली के सदस्य हुआ करते थे। वह ध्रुपद और धमार गायकों के साथ संगत करते थे। उनके पखावजवादन पर वहाँ मौजूद भक्त भाव-विभोर हो जाते थे। अब इस उम्र में उनकी आँखों की रोशनी धुँधली हो चुकी थी। कहीं आना-जाना सम्भव नहीं था, लिहाज़ा अपनी ड्योढ़ी पर बैठे हुए अक्सर भगवान कृष्ण का सुमिरन करते रहते हैं। इस वक़्त भी वह नाम सुमिरन में निमग्न थे लेकिन अपने पुत्र कन्हैया जी के साथ अजनबियों की उपस्थिति से सजग हो गए। कन्हैया जी ने उनके क़रीब जाकर ऊँची आवाज़ में आगन्तुकों का परिचय कराया, "बाबा, ये बया और दीप हैं। बनारस से आए हैं। संगीत के शोध छात्र हैं, उसी सिलसिले में आपसे बात करना चाहते हैं।"

दाहिना हाथ बढ़ाकर उन्होंने बया और दीप की उपस्थिति को टटोला। दीप ने अपना हाथ उनके हाथ में थाम लिया। पंडित प्रभुदास जी मुस्कराए। उनकी बाल सुलभ स्मिति बेहद मृदुल थी। बया ने झुककर उनके पाँव छुए। पं. प्रभुदास जी गद्गद भाव से हुलसे, "जय श्रीकृष्ण!"

कन्हैया जी विनम्र भाव से खड़े थे। उनका पखावजवादन से कोई सम्बन्ध नहीं था। वह मन्दिर के पास पूजा-पाठ की सामग्री की दुकान चलाते हैं। दुकान पर कोई नहीं था, इसलिए उनका जाना ज़रूरी था। उन्होंने हाथ जोड़कर विदा माँगी और लपकते हुए बाहर निकल गए। पं. प्रभुनाथ जी यह जानकर बहुत प्रसन्न हुए कि बया पखावज पर शोध कर रही है। हुलसकर बोले, "नई पीढ़ी भी पखावज में रुचि ले रही है, जानकर बहुत अच्छा लगा। यह शुभ संकेत है।"

पं. प्रभुनाथ जी की स्मृति में कुछ भी क्रमवार नहीं था। उनकी उम्र उनकी स्मृति का साथ छोड़ रही थी। वह जो कुछ भी बता रहे थे, उसमें उनके अनुभवों के स्फुलिंग थे। ये अनुभव उनके अन्दर किसी कौंध-से चमकते और वह सहसा बोलना शुरू कर देते। फिर बोलते-बोलते एकाएक ठहर जाते। जहाँ रुकते, उस सिरे को दुबारा नहीं पकड़ पाते। अभी वह जो कुछ भी बता रहे थे, उसमें उनके बीते दिनों की धुँधली स्मृतियाँ थीं। वे स्मृतियाँ जहाँ साथ छोड़तीं दीप उन्हें कुरेद देता। यह एक तरह से उनकी उम्र और अनुभव के बीच जंग थी। बया अपनी नोटबुक में पंडित जी द्वारा दी जा रही एक-एक जानकारी नोट करती जा रही थी, गो कि यह कठिन प्रक्रिया थी। पं. प्रभुदास जी इतना अस्फुट बोलते या स्थानीय बोली में कोई बात कहते तो समझने में दिक़्क़त होती थी। इस मशक़्क़त से बया अन्यमनस्क होती तो दीप आँखें तरेरकर धमकाता, "शोध करना है तो ऐसे कष्ट उठाने ही होंगे।"

पं. प्रभुदास जी उम्र-भर श्रीनाथजी मन्दिर से जुड़े रहे, इसलिए उनकी स्मृति में मन्दिर और पखावज अनुस्यूत थे। बया ने तय किया कि वह पंडित जी के स्मृति-आख्यान को हू-ब-हू नोट करती जाएगी और बाद में अपने काम की सामग्री को तरतीब देगी। उसने जो सुना और जैसा सुना, वही नोटबुक में दर्ज किया। लेकिन उसे पढ़ना कम दुरूह न था। रात में उसकी नोटबुक का मुआयना करने के बाद दीप बोला, "हर शोधार्थी की नोटबुक कमोबेश ऐसी ही होती है। आड़ी-तिरछी, ऊपर-नीचे ऐरो और कटमकटाई से भरी। इन नोटबुक्स पर भी कभी शोध हो तो दिलचस्प नतीजे सामने आएँगे।"

क्या था उस नोटबुक में?

श्रीनाथजी के मन्दिर में पखावज की शुरुआत पं. रूपराम जी के साथ हुई थी, जिसे उनके पुत्र वल्लभदास जी ने समृद्ध किया। लेकिन श्रीनाथजी के इस मन्दिर की स्थापना कैसे हुई? पंडित प्रभुदास जी की मानें तो औरंगजेब के आक्रमण से बचाने के लिए श्रीनाथजी की मूर्ति को लेकर पुष्टि मार्ग के परम पूज्य श्री वल्लभाचार्य जी वृंदावन से बाहर किसी सुरक्षित इलाक़े की तलाश में निकले थे। कई नगरों और साम्राज्यों से गुज़रते हुए उनकी बैलगाड़ी के पहिए अचानक एक जगह गहरे कीचड़ में धँस गए। बहुत कोशिश करने पर भी पहिये टस से मस न हुए। श्री वल्लभाचार्य जी ने आते-जाते राहगीरों से मदद की गुहार लगाई। स्थानीय ग्रामीणों ने बैलगाड़ी खींचकर निकालने की बहुत कोशिश की। लेकिन श्रीनाथजी की सवारी आगे नहीं बढ़ी। तब वल्लभाचार्य जी ने शून्य की ओर ध्यान लगाकर कहा, "सम्भवतः प्रभु यहीं स्थापित होना चाहते हैं।" बैलगाड़ी के पहिये जिस जगह अड़ गए थे, वह स्थान था सिंहाड़ गाँव। तब इसी गाँव में श्रीनाथजी की मूर्ति को स्थापित करने का निश्चय किया गया। कालान्तर में यही गाँव श्रीनाथजी के नाम पर नाथद्वारा हो गया। पं. प्रभुदास जी अपनी स्मृति पर ज़ोर देकर बताते हैं, "श्रीनाथ जी का यह मन्दिर सत्रहवीं शताब्दी में स्थापित हुआ था। इस मन्दिर में भगवान श्रीकृष्ण का बाल रूप विराजमान है। तत्कालीन महाराणा राज सिंह जी के संरक्षण में इस मन्दिर का निर्माण सम्पन्न हुआ था।"

इतना सब बताते हुए पं. प्रभुनाथ जी हाँफने लगे थे। एक छोटे से अन्तराल के बाद दीप ने उनका हाथ पकड़कर पूछा था, "फिर क्या हुआ?"

उस वक़्त पं. प्रभुनाथ जी जैसे अतीत के किसी छोर पर ठहरी स्मृतियों को टटोल

रहे थे। वह श्रीनाथजी मन्दिर में कीर्तन मंडली के सदस्य रहे हैं। इसलिए उनकी स्मृतियों के पिटारे में अनेक दुर्लभ जानकारियाँ थीं। कुरेदने पर उन्होंने श्रीनाथजी मन्दिर के बारे में भी और बहुत कुछ विस्तार से बताया, "मन्दिर में कीर्तन तो पहले भी होती थी, परन्तु पंडित रूपराम जी के आने से उसकी सांगीतिक आभा बढ़ गई थी। उन्होंने ही श्रीनाथजी के मन्दिर में पखावजवादन की नींव डाली। उनके छोटे पुत्र पं. वल्लभदास जी भी पखावज के उद्‌भट वादक हुए। इन वल्लभदास जी के पुत्र हुए पंडित खेमलाल जी। पंडित खेमलाल जी ने भी अपने पुरखों की तरह ही श्रीनाथजी की खूब सेवा की। उन्हीं के प्रयास से पखावजवादन में नाथद्वारा परम्परा का मान-सम्मान बढ़ा। कह सकते हैं, उन्होंने ही इस परम्परा को दिग्-दिगंत पहचान दिलाई।"

उस रात, बया की नोटबुक को पढ़ने के बाद दीप ने कहा, "ये जो हमारा माइथोलॉजिकल इतिहास है, बहुत कुछ अतार्किक सन्दर्भों से भरा पड़ा है। ऐसी हर कथा में श्रुतियों और चमत्कारों ने इस क़दर गुंजलका क्रिएट किया है कि सत्य और तथ्य को तलाशना भूसे में सूई ढूँढ़ने जैसा दुष्कर कार्य होता है।"

"दीप, लेकिन हम माइथोलॉजिकल इतिहास पर नहीं, नाथद्वारा परम्परा पर काम करने आए हैं।" बया ने दीप का प्रतिवाद किया।

"बया, पहली बात तो ये कि जब हम ऐसे विषयों पर शोध करते हैं, तो साहित्य, इतिहास, माइथोलॉजी आदि एक-दूसरे में अनुस्यूत होते हैं। नाथद्वारा घराने का इतिहास यदि श्रीनाथ मन्दिर से जुड़ा है, तो हम इस मन्दिर के इतिहास से कैसे बच सकते हैं? और जब मन्दिर के इतिहास को देखेंगे, तो तथ्य और भ्रम एक-दूसरे को काटते नज़र आएँगे।"

"ऐसा क्यों?"

"देखो, एक मान्यता है कि श्रीनाथजी की मूर्ति को मन्दिरों पर हो रहे औरंगजेब के हमले की आशंका से यहाँ लाया गया। लेकिन इसका कोई ऐतिहासिक प्रमाण नहीं है। इसी तरह जिस रथ पर मूर्ति लाई जा रही थी, वह जिस जगह कीचड़ में धँस गया, वहीं श्री वल्लभाचार्य जी ने मान लिया कि प्रभु यहीं अपना वास चाहते हैं। यानी एक पुजारी ने सोचा और वही प्रभु की इच्छा मान ली गई...क्या यह तर्कसंगत है?"

"दीप, इस भ्रम से तथ्य और सत्य को छानना ही तो शोध की चुनौती हैं!" बया ने दीप को मुस्कराकर निरस्त किया।

"हाँ, मैं भी यही कहना चाह रहा था। शोध में वैज्ञानिक सोच का उपयोग होना

चाहिए, न कि किंवदंतियों और अन्धविश्वासों का सहारा लिया जाना चाहिए।" दीप ने बहस टालने की गरज से बात समाप्त कर दी।

अगले दिन संगीत गुरु आचार्य राघवेन्द्र जी से मुलाक़ात हुई।

राघवेन्द्र जी ध्रुपद, धमार और ख़याल गायकी के आचार्य हैं। वह नाथद्वारा में संगीत विद्यालय चलाते हैं। धुपद, धमार में पखावज भी संगत वाद्य है, इसलिए उनको पखावज और नाथद्वारा परम्परा की भी जानकारी थी। उन्होंने सहर्ष मिलने का समय दे दिया, साथ ही दोपहर का भोजन उन्हीं के यहाँ करने का आग्रह भी किया। यह छोटे शहर की विशेषता है। आज भी लोग 'अतिथि देवो भव' की भावना से भरे होते हैं। राजस्थान तो अतिथि-सत्कार के लिए जग-प्रसिद्ध है—पधारो म्हारो देश! राघवेन्द्र जी के संगीत-कक्ष सह-बैठक में तबला, ढोलक, पखावज, हारमोनियम, वीणा जैसे अनेक वाद्य करीने से रखे थे। राघवेन्द्र जी अपने शिष्यों को गायन-वादन दोनों की शिक्षा देते हैं। कक्ष की दीवारों पर टँगी कई तस्वीरों में वह विभिन्न अवसरों पर सम्मान ग्रहण करते नज़र आ रहे थे। इनमें एक तस्वीर राजस्थान के राज्यपाल के साथ भी थी। दीप उन तस्वीरों को बड़े ध्यान से देख रहा था।

राघवेन्द्र जी ने तस्वीर के बारे में बताया, "यह 'राजस्थान संगीत सम्मान समारोह' के अवसर की है।"

औपचारिक बातचीत के बाद राघवेन्द्र जी बया से मुख़ातिब हुए, "देखिए, हूँ तो मैं ध्रुपद, धमार, खयाल गायक परन्तु आप तो जानती ही हैं, पखावज इसका संगत वाद्य है, इसलिए इसमें मेरी रुचि स्वाभाविक है। श्रीनाथजी मन्दिर में कीर्तन होता है, उसमें ध्रुपद गायन के साथ पखावज की संगत होती है। नाथद्वारा का संगीत साधक होने के नाते मेरा पखावज से जुड़ाव स्वाभाविक है। पूछिए, क्या पूछना चाहती हैं, अपनी जानकारी भर आपको बताने का प्रयास करूँगा।"

"नाथद्वारा परम्परा की कुछ उन विशेषताओं के बारे में बताएँ, जिनकी वजह से यह अन्य घरानों से अलग होती है?"

"पखावज के अन्य घरानों के मुक़ाबले नाथद्वारा घराने के पखावजवादन में ऊर्जा और ताक़त का भाव है। विभिन्न प्रकार के बोलों का प्रभावी और प्रवाहपूर्ण प्रयोग होता है। जैसे कि धा, कित, तक। ता, कित तक। किता, तक थुन थुन। करधित, तित। धिन नाका। ऐसे प्रयोग इस घराने में महत्त्वपूर्ण और प्रमुख हैं। यह इस घराने की विशेषता है। बोलों को बजाने का तरीक़ा छंदात्मक है। यहाँ सूरदास, कृष्णदास

आदि के पदों का उपयोग किया जाता है।" राघवेन्द्र जी यह देखकर आश्वस्त हुए कि उनकी जानकारी असर दिखा रही है, उन्होंने बात आगे बढ़ाई, "इस घराने में मेलोडी और टोन की क्लियरिटी को बहुत महत्त्व दिया गया है। इसमें तेरह वर्ण बताए जाते हैं। लयकारी में पाव लय, बराबर डेढ़, सवा दो आदि का विधान है। नाथद्वारा परम्परा में तालों की रचना चक्र के हिसाब से होती है।"

राघवेन्द्र जी अपनी बात को समझाते हुए दोनों हाथों की हथेलियों से ग्यारह मात्रा का कोई ताल बजाने लगे थे। वह पूरी लय में थे। उन्हें सुनना किसी चलते-फिरते एनसाइक्लोपीडिया से मुख़ातिब होने जैसा था। दोपहर में भोजन के समय राजस्थान की परम्परागत थाली परोसी गई। थाली में एक से एक सुस्वादु व्यंजन देख़कर भूख दोगुनी हो आई। राघवेन्द्र जी के साथ भोजन का आनन्द और आग्रहपूर्वक भोजन परोसतीं उनकी पत्नी के स्नेह से बया और दीप का मन तृप्त हो गया था। भोजन से निवृत्त होने के बाद राघवेन्द्र जी के साथ बातचीत का एक और दौर शुरू हुआ।

'नाथद्वारा परम्परा' पर खेमलाल जी विधिवत् एक पुस्तक 'मृदंग सागर' लिख रहे थे। लेकिन उनकी असामयिक मृत्यु से वह पांडुलिपि अधूरी रह गई। खेमलाल जी 'नाथद्वारा परम्परा' के जनक वल्लभ जी के तीसरे पुत्र थे। खेमलाल जी की कोई संतान नहीं थी। इसलिए उनकी मृत्यु के बाद इस घराने की एक पीढ़ी का अवसान हो गया। इसके साथ ही 'मृदंग सागर' की भी किसी ने कोई सुधि नहीं ली। बाद में, खेमलाल जी के भाई शंकर लाल जी के पुत्र घनश्याम दास जी ने वह पांडुलिपि पूरी की।"

विदा होते हुए बया ने राघवेन्द्र जी के सहयोग के लिए आभार व्यक्त किया।

卐

बया ने नाथद्वारा के भूगोल, इतिहास और श्रीनाथ मन्दिर की महिमा के बारे में विस्तार से बताया। एक-एक जानकारी...एक-एक ब्योरा विस्तार से दिया गोया कुछ भी छूट न जाए। उसके इस उद्यम और उपक्रम को देखकर अरुंधती आश्वस्त हुई कि शुक्र है, यह लड़की अपने शोध-कार्य को लेकर गम्भीर तो हुई। उसका उत्साहवर्द्धन करते हुए उसी रौ में ताकीद की, "बया, जितनी जल्दी हो अपना शोध पूरा कर लो। तुम्हारे पास अब महज़ छह माह का ही समय बचा है।"

अरुंधती की नसीहत पर कोई प्रतिक्रिया देने के बजाय बया अपने बैग में हाथ डालकर कुछ निकालने लगी। उसका अन्दाज़ कुछ ऐसा था मानो कोई जादूगर अपने पिटारे से करिश्मा निकालने वाला हो। हाथ बाहर आया और उसके साथ ही काग़ज़ों का एक पुलिंदा नुमायाँ हुआ। वह पुलिंदा अरुंधती की ओर बढ़ाते हुए बोली, "यह 'मृदंग सागर' की मूल पांडुलिपि है। संयोगवश नाथद्वारा में मेरे हाथ लग गई।"

सूखे पत्तों जैसे खस्ताहाल पन्ने पीलिया मरीज की तरह पीले पड़ चुके थे। जरा-सी चूक से वे टूटकर बिखर सकते थे। उन्हें सँभालने में अतिरिक्त सावधानी ज़रूरी थी। पुलिंदे से उठती सीली-सीली गंध इस बात की मुनादी कर रही थी मानो उन्हें वर्षों से खुली हवा और धूप नसीब न हुई हो। उस जर्जरप्राय पांडुलिपि को लेते हुए अरुंधती ने अतिरिक्त सतर्कता बरती। यह खेमलाल जी की मूल पांडुलिपि थी। नाथद्वारा घराने पर प्रामाणिक जानकारी का एकमात्र स्रोत। सम्भवत: अलभ्य। रोमांच से भरी अरुंधती पांडुलिपि के जर्जर पन्ने पलटते हुए बोली, "बया, हमारी परम्पराओं का इतिहास जितना समृद्ध है, उसके रहस्य भी उतने ही गूढ़ हैं। उन्हें समझने और समझाने की सतत कोशिश ही शोध है। इस पुस्तक के बारे में संगीत की नई पीढ़ी को अवश्य जानना चाहिए।"

"दी, नई पीढ़ी इन परम्पराओं और उसके रहस्यों को जानकर भी क्या करेगी? जिस दुनिया में उसका भविष्य ही सुरक्षित न हो, वहाँ इस ज्ञान, परम्परा और इसके रहस्योद्घाटन के क्या मायने?" बया का व्यवहार अचानक बदल गया था। उसकी आवाज़ में दरार पड़ गई थी। वह अपने स्वर और सोच में सामंजस्य नहीं बिठा पा रही थी।

अरुंधती ने बया को अविश्वास-भरी नज़रों से निहारा। अचानक क्या हुआ इस लड़की को? इस तरह तो कभी उसका मूड स्विंग होते नहीं देखा? यह उसकी मन:स्थिति का बदलाव है या कोई द्वन्द्व? फ़िलहाल ये वो बया नहीं है, जो राजस्थान जाने के पहले हुआ करती थी। राजस्थान से कहीं मीरा होकर तो नहीं लौटी है? प्रेम दीवानी मीरा! यह ख़याल अरुंधती के मन को गुदगुदा गया। प्रेम ही है जो मन और मनुष्य दोनों को संजीदा बनाता है। वह स्वयं भी चाहती रही है कि बया को प्रेम के प्रति संजीदा होना चाहिए। पता नहीं क्यों, उसे लगता रहा है कि वह दीप को प्रेम तो करती है, लेकिन उसे लेकर गम्भीर नहीं है। इस ख़याल के साथ ही इस आशंका ने भी सर उठाया कि बया की इस मन:स्थिति की वजह दीप तो नहीं? इसका कहीं दीप से झगड़ा तो नहीं हो गया? बया के साथ वह क्यों नहीं आया?

यह बेहद भावुक लड़की है। कोई बात चुभ जाए तो, दूसरे से कम, ख़ुद से ज़्यादा नाराज़ होती है। ऐसे कई अवसर आए हैं, जब उसने बया को दूसरों के किए की सजा ख़ुद को देते हुए देखा है।

बया को अपने क़रीब खींचकर आत्मीयता से पूछा, "तुम्हारी तबीयत तो ठीक है?"

बया के जवाब देने से पहले ही गुनी कमरे में चाय लेकर आ गई। सेंट्रल टेबल पर चाय की ट्रे रखते हुए उसने अरुंधती की बात सुन ली थी। आदतन बया को छेड़ बैठी, "का भवा, बयारानी? माथा पर राजस्थान का गर्मी चढ़ गवा हौ का?"

बया ने गुनी की चुहल का जवाब देने के बजाय पहली बार उससे संजीदा सवाल किया, "गुनी, एक बात पूछें? ज़िन्दगी की तमाम दुश्वारियों में भी तुम हँस कैसे लेती हो?"

"बड़ा ज्ञान की बात करि रही हौ? मुदा हमू एक बात पूछें?" प्रश्न के उत्तर में गुनी ने प्रतिप्रश्न किया, "हम जइसा लोग मुसीबत से लड़ के जियें कि रोय-रोय के जान देइ दें?"

सच कहती हो गुनी, तुम जैसों के संघर्ष को हमने समझना ही नहीं चाहा, क्योंकि हमारे फ़रेब पर ही टिके हैं हमारे सुख के साम्राज्य। लेकिन दुःख के गर्भ में धधक रहे ज्वालामुखी को दबाए रहना आसान नहीं होता। जिस दिन ये फूटे, प्रलय आते देर न लगेगी। यह गुनियों की सहिष्णुता है, जिससे हम जैसों की ज़िन्दगियाँ महफ़ूज़ हैं।

बया को हैरान देखकर गुनी घबरा गई। आँखें गोल-गोल नचाकर बोली, "बुझात हौ, इनका भूत-परेत धरा है। हम मिर्चा जलाय देत हैं, सब बलाय भाग जाई।"

बया की हँसी छूट गई। लेकिन यह उसकी हँसी नहीं थी। उस लड़की की तो क़तई नहीं, जो न कभी शान्त बैठ सकती थी और न ही कभी किसी विषय को गम्भीरता से लेती थी। अचानक उसका बदला हुआ व्यवहार किसी चमत्कार से कम न था। यह कायाकल्प था उसका। अब तक अरुंधती की उत्सुकता यह जानने के लिए तीव्र हो गई थी कि राजस्थान जाने के बाद ऐसा क्या हुआ कि बया में यह आमूल परिवर्तन आ गया? बया का बयापन और सदा अलमस्त रहने की उसकी प्रकृति उसकी उम्र का स्वाभाविक तक़ाज़ा थी। उसका चुलबुलापन अरुंधती को इसलिए भी पसन्द रहा है कि वह लड़कियों की उन्मुक्तता को किसी फ्रेम में कसने की हिमायती नहीं रही है। किसी भी लड़की की आज़ादी पर पाबन्दी और उसके जीने के तौर-तरीक़ों पर प्रतिबन्ध को उसने कभी उचित नहीं माना। वह हर लड़की

के स्वाभाविक गुण को उसकी मौलिकता में विकसित होने देने की पक्षधर रही है। अपनी छात्राओं के प्रति अरुंधती के इस रवैये पर कई बार उसके सहकर्मियों ने टोका भी है, "अरुंधती जी, छात्राओं से इतना दोस्ताना होना उचित नहीं। एक दिन ये ही सिर पर चढ़ जाएँगी।"

ऐसे तर्क देने वालों में पुरुषों से ज़्यादा महिला सहकर्मी हैं। उसे आश्चर्य होता है कि ये महिलाएँ या तो अपना अतीत और अपने दारुण दु:ख भूल गई हैं या 'सास भी कभी बहू थी' सिंड्रोम का शिकार हैं। उसे उन पर तरस ही आता है। फिर भी मुस्कराकर प्रतिवाद करती रही है, "मैडम, ये लड़कियाँ कितने प्रतिबन्धों, कितने अवरोधों से जूझकर घर से बाहर निकलती हैं, क्या आपको नहीं पता? अगर हम उन्हें खुला माहौल न दे सके, तो उनके व्यक्तित्व का विकास कैसे होगा? इन्हें पितृसत्ता की जकड़नों से बाहर निकलने में हम मददगार न हुए तो किस बात के शिक्षक?"

"मैडम, हम यहाँ उनके व्यक्तित्व का विकास करने के लिए नहीं हैं। अनुशासन भी कोई चीज़ होती है?"

"अनुशासन किसी पर थोपने की चीज़ नहीं। हमारे पास आए बच्चे दुधमुँहे नहीं हैं। हम उनके मास्टर बनने का भ्रम क्यों पाले हुए हैं?"

ये बहस अनंत थी। ज़्यादातर लोगों का पितृसत्ता, स्वतंत्रता और समानता जैसे शब्दों से कोई लेना-देना नहीं था। वे बग़ैर किसी तर्क के उसके विरुद्ध मोर्चा बाँधे रहते। उनकी धारणा प्रबल हो चुकी थी, कि वह विभाग का माहौल ख़राब कर रही है। ये अलग बात है कि डिपार्टमेंट के ज़्यादातर स्टूडेंट उसके मुरीद हैं। लड़कियाँ तो उसकी क़ायल हैं। इसका परिणाम यह था कि विभाग में वह लगभग अकेली पड़ गई थी। ऐसी स्वयंभू श्रेष्ठता और हेठी की कुत्सा विश्वविद्यालयों की असाध्य बीमारी है। इसे लेकर वह कभी चिन्तित भी नहीं रही। उसके स्टूडेंट उसके लिए हमेशा मित्रवत् रहे हैं। उसे याद नहीं कि कभी कोई उसके साथ अनुशासनहीनता से पेश आया हो। वह युवाओं की सोच-समझ और वैचारिक ताप को महसूस करती है। उनकी वजह से ही वह स्वयं को ज़्यादा अपडेट रख पाती है। कल्लू भी अक्सर कहा करता था, "हमेशा युवा विचारों को सुनो और उनसे संवाद करो। ख़ुद को कभी उन पर थोपो नहीं। युवा नए विचारों और सपनों से भरे होते हैं। वे नए मार्ग के अन्वेषी होते हैं। उनकी राह को किसी भी क़ीमत पर बाधित नहीं होने देना चाहिए।"

अरुंधती इस वक़्त बया को परेशानहाल देख समझ नहीं पा रही थी कि वह उससे क्या कहे? किस तरह उसके मन को टटोले? लेकिन पहल तो करनी ही थी।

"बया, क्या हुआ? समथिंग राँग? इतनी उखड़ी-उखड़ी क्यों हो?"

बया की आँखों में हमेशा रहनेवाली चमक के बजाय गहरी मायूसी थी। पीड़ा से भरी इन आँखों में बियाबान भाँय-भाँय कर रहा था। उसी वीराने में भटकती बया बोली, "दी, मैं और दीप जब नाथद्वारा से पोखरण गए थे, तब वहाँ की धरती पर क़दम रखते ही उसकी फ़िज़ाओं में देश के मान-अभिमान और कण-कण में व्याप्त शौर्य के रोमांच ने हमें गर्व से भर दिया था। दीप ने तो पोखरण की मिट्टी को उठाकर अपने माथे से लगा लिया था। जहाँ परमाणु विस्फोट हुआ था, वह पोखरण क़स्बे से चालीस किलोमीटर दूर रेगिस्तानी इलाक़े में था। यह सब हमें वहाँ पहुँचकर पता चला। हमें तब और निराशा हुई, जब पता चला कि हम उस विस्फोट-स्थल तक नहीं जा सकते, क्योंकि वह सेना का इलाक़ा है। वहाँ आम नागरिकों को जाने की इजाज़त नहीं है। यह हमारे लिए एक झटका था। हमें विश्वास ही नहीं हुआ कि जो शौर्य-स्थल हर देशवासी के लिए नमनीय होना चाहिए, वहाँ जाना उन्हीं के लिए वर्जित है।

卐

अलसाया हुआ पोखरण, कभी एक नामालूम क़स्बा हुआ करता था। लेकिन जब से इस इलाक़े में परमाणु विस्फोट हुए हैं, यह दुनिया-भर में जाना जाने लगा है। यह क़स्बा थार के रेगिस्तान का गेटवे है। कहते हैं, पाँच मरीचिकाओं के संयोग से बना है पोखरण। नाम और क़िस्मत का रिश्ता महज़ इत्तेफ़ाक़ है या नियति की विडंबना? बया और दीप के सामने यह प्रश्न इसलिए उठता रहा कि सच में पोखरण की क़िस्मत में मरीचिका ही मरीचिका नज़र आती है। क़स्बा नामचीन ज़रूर हो चुका है। लेकिन किसलिए? सिर्फ़ इसलिए कि इस इलाक़े में न्यूक्लियर विस्फोट हुए!

राणाओं के क़िले और धार्मिक स्थलों वाला यह क़स्बा कभी दुनिया के नक़्शे पर महज़ एक पोस्टल कोड भर था। लेकिन एक धमाके के साथ ही यह नाम ग्लोब पर किसी नक्षत्र-सा चमक उठा। लेकिन इस पोखरण को अपने आप पर कितना गर्व है और उसके सीने में कितना दर्द है, यह जानने की कभी किसी ने कोशिश नहीं की। हमारी आँखों से भी वह पोखरण ओझल ही रहता, लेकिन हमने जो पोखरण देखा, वह मुमकिन हुआ तो चंदन बिश्नोई की वजह से।

चंदन हमारे गाइड का नाम था। उसके बात करने के अन्दाज़ में कुछ ऐसा आकर्षण था कि हम चंदन को साथ लेने का मोह संवरण नहीं कर पाए। चंदन के सिर पर न परम्परागत पगड़ी थी और न ही अन्य गाइडों की तरह टिपिकल मूँछें। वह इतिहास के बहाने मनगढ़ंत क़िस्से बताने के बजाय, इतिहास और उसके अनदेखे पहलुओं पर तथ्यपरक बातें करता था। उसी ने पोखरण क़िले के बारे में बेहद दिलचस्प जानकारियाँ दीं। उसके बताने का अन्दाज़ किसी प्रोफेशनल गाइड जैसा नहीं था, जो हमेशा इस बात का ख़याल रखता है कि उसका क्लाइंट उसकी दी गई जानकारियों से चमत्कृत हो। चंदन की इस विशेषता को लक्ष्य कर दीप ने उसे टोका, "तुम गाइड हो या इतिहास के अनुसंधानक? ऐसे तो तुम्हारे पास आए टूरिस्ट मुश्किल से टिकते होंगे?"

दीप के इस प्रश्न पर चंदन ठठाकर हँसा। उसकी हँसी में शामिल बेफ़िक्री से दीप को लगा उसने कोई ग़ैरज़रूरी सवाल कर दिया है। चंदन अपनी हँसी पर काबू करके बोला, "सर, गाइड अपने टूरिस्ट को एक नज़र में ही भाँप लेता है। उससे सौदा तय करने के दौरान ही वह सामने वाले के बौद्धिक स्तर का अन्दाज़ा लगा लेता है। यह भी एक तरह का बिजनेस है। गाइड को अपने क्लाइंट के मनोविज्ञान को परखना होता है। वह अपने प्रोफ़ेशनलिज़्म से आपके मनोलोक में प्रवेश करता है। वह आपको अपने ज्ञान से प्रभावित नहीं करता, बल्कि आपके ज्ञान के मुताबिक़ अपनी गाइडलाइन तय करता है। मैं भी आप दोनों से मिलकर समझ गया था कि आप रिसर्च स्कॉलर हैं और ढेर सारी जिज्ञासाओं से भरे हैं।"

"वाओ!" बया की आँखें फैल गईं। वह चंदन की बातों से प्रभावित दिखी, "चंदन, आप तो वाक़ई दिलचस्प इनसान हैं। सही समझा, हम टूरिस्ट नहीं हैं और हम यहाँ क़िला देखने भी नहीं आए हैं।"

इस बार चौंकने की बारी चंदन की थी। उसने बया को विस्फारित निगाहों से देखा। दीप ने चंदन की पीठ पर दोस्ताना हाथ रखकर कहा, "भाई, हम यहाँ पोखरण परमाणु विस्फोट स्थल देखने आए थे। लेकिन यहाँ आकर पता चला कि विस्फोट के उस इलाक़े में सेना का क़ब्ज़ा है और वहाँ कोई बाहरी नहीं जा सकता।"

"जी सर, सही सुना आपने! वो पोखरण जहाँ परमाणु विस्फोट हुआ, वह सेना का फ़ायरिंग रेंज है। वहाँ सिविलियन का प्रवेश वर्जित है।" चंदन तंज़ के स्वर में हँसा, "खल्क ख़ुदा का, मुल्क बादशाह का, हुक्म शहर कोतवाल का।"

"ये कविता तो धर्मवीर भारती की है!" बया चौंकी।

"जी मैम, इमरजेंसी के दौरान लिखी गई इस कविता ने पूरे देश में धूम मचा दी थी। लेकिन अफ़सोस कि किसी भी दौर के बादशाह की हक़ीक़त नहीं बदली।" चंदन के चेहरे पर खिंचा तनाव साफ़ दिख रहा था।

बया और दीप इस अजीब गाइड के मुरीद हो गए थे।

बतौर गाइड चंदन उन्हें इतिहास के अनदेखे प्रान्तरों, अनजान बीहड़ों की सैर करा रहा था। चौदहवीं शताब्दी में राठौर वंश के मारवाड़ ठाकुर राव मालदेव द्वारा बनाए पोखरण क़िले के बारे में बताते हुए वह राजाओं-राणाओं के महिमामंडन से सख़्त नाराज़ लग रहा था। उसका मानना था कि प्रजा के शोषण पर आधारित कोई राजतंत्र गर्व का विषय कैसे हो सकता है?

"हमारा इतिहास राजाओं, महाराजाओं, आक्रान्ताओं, उनके महलों, दुर्गों, तोपों, तलवारों और झूठी-सच्ची विजयगाथाओं से भरा पड़ा है। भाटों, चारणों और विदेशियों की नज़र और नज़रिये से लिखे क़िस्सों-कहानियों में कितना इतिहास और कितनी विरुदावली है, यह समझना मुश्किल नहीं। अगर किसी इतिहास में आम आदमी के सच और संघर्ष का ज़िक्र नहीं, तो वह इतिहास क्या और कैसा इतिहास?"

चंदन ऐसी ही बेबाक बातें करनेवाला शख़्स था। उसे इस बात की परवाह नहीं थी कि सुननेवाले पर उसकी बातों का क्या असर होगा? धीरे-धीरे वह अनौपचारिक होता चला गया था। अपने बारे में बताते हुए भी वह वैसा ही बेबाक था। वह जोधपुर विश्वविद्यालय से बीए करने के बाद इतिहास से एमए करना चाहता था। लेकिन पोखरण परमाणु विस्फोट के बाद उसकी ज़िन्दगी का मक़सद बदल गया। वह अब न सरकारी नौकरियों के लिए आवेदन देता है, न सरकारी तंत्र पर उसका भरोसा रह गया है। फ़िलहाल, गाइड का काम कर रहा है और इस काम से ख़ुश है। वह पास के गाँव खेतोलाई का रहनेवाला है, जहाँ से वह रोज़ अप-डाउन करता है। गाँव में उसकी पत्नी और उसका पाँच साल का एक बेटा है। उसके पिता की हाल ही में कैंसर से मृत्यु हुई है। माँ भी कुछ साल पहले कैंसर से चल बसी थी।

चलते-चलते सहसा रुककर बया ने चंदन से पूछा, "इतिहास से ख़ासे नाराज़ लगते हो?"

"मैम, सवाल उठाना, जिज्ञासा करना, इतिहास से नाराज़गी नहीं है।" चंदन ने प्रतिवाद किया।

दीप ने हस्तक्षेप किया, "चंदन, इतिहास तो उपलब्ध साक्ष्यों पर आधारित होता है। साक्ष्य जो कहते हैं, इतिहास उसी की व्याख्या करता है।"

"ये साक्ष्य उस रिआया के क्यों नहीं मिलते, जिस पर कोई राजा राज कर रहा होता है?"

चंदन के इस प्रश्न का उत्तर उन दोनों में से किसी के पास नहीं था। लेकिन उन्हें लगा कि इतिहास पर इस तरह सोचना वाक़ई दिलचस्प है। अक्सर ऐसा होता है, जब हम डिग्रियों के ज्ञान की चौहद्दी से बाहर देखते हैं, तो कोई मामूली आदमी भी आपकी सोच की दिशा मोड़ देता है। चंदन उन्हीं लोगों में से था।

"जिस तरह सिक्के के दो पहलू होते हैं, इतिहास के भी दो पहलू होते हैं। अक्सर हम वो देखते हैं, जो दिखाया जाता है। वह जो नहीं दिखाया जाता, दुर्भाग्य से वह इतिहास से बाहर हो जाता है।" यह कहना था चंदन का।

थोड़ी देर बाद बया ने दीप को टोका, "महाराज, इतिहास के किस कालखंड में विचर रहे हैं आप?"

दीप खिसियाया-सा हँसा, "मैं सोच रहा था, चंदन से मिलना इस यात्रा की सबसे बड़ी उपलब्धि है। हमारा पोखरण आना सार्थक हो गया।"

चंदन ने विनम्रता से आभार जताया, "ये आप लोगों का बड़प्पन है। ज़्यादातर टूरिस्ट ऐसी बातों में कोई रुचि नहीं लेते। मैं अपनी चिन्ताएँ सिर्फ़ संवेदनशील लोगों के साथ ही शेयर करता हूँ।"

चंदन के पास चीज़ों को देखने की अलग दृष्टि थी। उसके पास व्यवस्था से पूछे जाने वाले अनेक सवाल थे।

चंदन की बातें जितनी दिलचस्प थीं, उसकी शख़्सियत उतनी ही परतदार। हालाँकि कभी-कभी उसकी बातों से लगता, वह टूरिस्ट को अपने जाल में फाँसने के लिए ऐसी बहकी-बहकी बातें करता है, ताकि उनका भावनात्मक दोहन कर सके, ख़ासतौर पर उनका जो विदेशी टूरिस्ट होते हैं। यह आशंका इसलिए भी मज़बूत होती है कि टूरिस्ट-स्थलों पर कई तरह के स्वाँग धरनेवाले पाए जाते हैं। वे अपना करिश्मा बेचने से लेकर अपनी ग़रीबी तक बेचने में माहिर होते हैं। बया आज तक नहीं समझ पाई कि विदेशियों को, ख़ासकर गोरे विदेशियों को ग़रीबी और उससे उपजी विडंबनाओं में इतनी दिलचस्पी क्यों होती है?

उसे कोफ़्त होती है ऐसी पर्यटकीय रुचि और रुझान से। लेकिन सच का एक पक्ष यह भी है कि ये सब ज़रूरतमन्दों का जीविकोपार्जन और पर्यटकों के मनोरंजन का सबब बन चुका है। लेकिन चंदन की बातों में जो तथ्य और उसके व्यवहार में जो मानवीय गरिमा थी, वह क़ायल करने वाली थी। ऐसे में चंदन के प्रति नकारात्मक धारणा का कोई महत्त्व नहीं रह गया था।

वे क़िले से बाहर निकल आए थे। बया ने चाय पीने की इच्छा जताई, तो चंदन उन्हें पोखरण के एक मशहूर रेस्टोरेंट में ले आया। होस्ट की भूमिका निभाते हुए चाय का ऑर्डर दिया। जब तक चाय आती, उसने एक और रहस्योद्‌घाटन किया, "आप लोगों ने पोखरण का वही सच देखा है, जो आपको दिखाया गया। लेकिन जो नहीं दिखाया गया, वह आपकी आँखों से ओझल है। वह सच जो इतिहास से बाहर कर दिया गया है।"

सच को इतिहास से बाहर कर दिए जाने जैसे चंदन के गम्भीर आरोप को नज़रअन्दाज़ करना सम्भव न था। बया और दीप, दोनों के मन में उत्सुकता जागी। दीप ने ज़ोर देकर पूछा, "चंदन, हम उस सच को जानना चाहेंगे। क्या बता सकते हो, वो सच क्या है?"

चंदन ने क्षण-भर को कुछ सोचा। फिर सीधे दीप से मुख़ातिब हुआ, "अगर सच जानना चाहते हैं तो आप लोगों को मेरे गाँव चलना चाहिए। मेरा गाँव पोखरण फ़ायरिंग रेंज, जहाँ परमाणु विस्फोट हुआ, उससे मात्र तीन किलोमीटर दूर है। आप अन्दाज़ा नहीं लगा सकते कि एक पूरी ज़िन्दा आबादी उस विस्फोट-स्थल के कितने नज़दीक बसती है और उस पर उस विस्फोट का क्या असर हुआ है? जिस धमाके की गूँज को एक दिन दुनिया ने सुना और भुला दिया, उसकी गूँज हम हर दिन सुनते हैं।"

चंदन की आँखों में धुआँ उठ रहा था। शायद उस विस्फोट का मंज़र उसके भीतर करवट ले रहा था।

दीप ने बया की ओर देखा। बया के माथे पर शिकन थी। वह असमंजस-दुविधा, निर्णय-अनिर्णय की ऊहापोह से गुज़र रही थी। चंदन ने अगर आवेग में आकर अपने गाँव चलने का आमंत्रण दिया है, तो क्या उन्हें भी उसी भावुकता में उसका आमंत्रण स्वीकार लेना चाहिए? एक अनजान-अजनबी का यह आमंत्रण और उसके आभिजात्य के बीच द्वन्द्व जारी था। वह तय नहीं कर पा रही थी कि क्या कहे? बया को धर्मसंकट में देख चंदन हँसा, "आप लोग पोखरण विस्फोट-

स्थल देखना चाहते थे। लेकिन जैसे इतिहास में राजाओं की महानता दर्ज है, वैसे ही पोखरण में हमारे शासकों का शौर्य दर्ज है। आम आदमी न इतिहास में है, न पोखरण की शौर्य-गाथा में है।”

चंदन के इस उलाहने में एक तरह की चुनौती थी, कुछ-कुछ उनका उपहास उड़ाती हुई। उसका आमंत्रण टालना उचित नहीं लगा। बया और दीप ने जोधपुर लौट जाने की अपनी योजना निरस्त कर दी।

卐

खेतोलाई। यहाँ से महज़ तीनेक किलोमीटर दूर है, सेना का पोखरण फ़ायरिंग रेंज। खेतोलाई में सैंड स्टोन से बने मकान, अगर कुछ लोगों की सम्पन्नता की तस्दीक़ कर रहे थे, तो कई कच्चे घर बेशुमार ज़िन्दगियों की जद्दोजहद की गवाही दे रहे थे। यहाँ के लोगों का जीवन अन्य गाँवों की तरह रोमानी नहीं रह गया है। यहाँ की सुबह में थोड़ी-सी स्याही घुली होती है। हवाओं में थोड़ा-सा डर डोलता है। रातों में सपने नहीं, नींद की दुआएँ होती हैं। लोग सोते कम, जागते ज़्यादा हैं। सम्पन्न लोगों की दूसरी पीढ़ी पोखरण क़स्बे और जैसलमेर व जोधपुर जैसे दूसरे शहरों में जा बसी है। वे प्रवासी की मानिंद गाहे-बगाहे गाँव आते हैं और गाँव की स्मृति लेकर वापस लौट जाते हैं। गाँव से उनका यह रिश्ता पर्यटकीय स्टेहोम की तरह का होकर रह गया है। वे आते हैं और कब लौटें, इस जल्दबाजी में रहते हैं। उनके अवचेतन में गाँव के हवा-पानी का डर बना रहता है। यह आशंका उन्हें अपनी ही जड़ों से जुड़ने नहीं देती।

रास्ते-भर चंदन अपने गाँव के बारे में बताता रहा। उसका गाइड पूरे फॉर्म में आ गया था। उसकी तफ़सील से यह अनुमान लगाना क़तई मुश्किल न था कि उसके गाँव की नियति में रेत-रेगिस्तान और धमाके ही धमाके हैं। उसने जिस तरह अपने गाँव का चित्र खींचा था, उसमें उदास, धूसर और बेतरतीब रंग ज़्यादा थे। जैसे-जैसे चंदन अपने गाँव के बारे में बताता गया था, वैसे-वैसे बया पर गहरी उदासी तारी होती गई थी। उसकी इस मनःस्थिति को लक्ष्य कर दीप ने रास्ते में मोटरसाइकिल रुकवाकर, एक बार फिर बया से जानना चाहा था, “बया, कहो तो अब भी वापस लौट चलते हैं?”

"नहीं दीप, चल पड़े, तो चल पड़े। वापसी का सवाल ही नहीं।" अपने आप में खोई-सी बया ने दृढ़ता से कहा था।

दीप जानता है कि बया जब कोई फ़ैसला लेती है तो फिर उससे पीछे हटना उसे पसन्द नहीं। तितलियों-सी चंचल और हवाओं-सी उन्मुक्त दिखनेवाली यह लड़की अन्दर से शान्त सतहवाली किसी नदी सरीखी है। यह बात तब उजागर हुई थी, जब उसने एक बार बया को उसके बेलगाम स्वभाव पर टोक दिया था। उस वक़्त एकबारगी वह तमतमा उठी थी। उसके चेहरे पर अपमान और आक्रोश के कई रंग आए-गए थे। उन कुछ क्षणों में वह हज़ारहा आँधियों से होकर गुज़र गई थी।

"दीप, तुम्हें क्या लगता है, एक लड़की को अपनी तरह से उन्मुक्त रहने का अधिकार नहीं है?" बया उस पर टूट पड़ी थी।

"यह लड़का-लड़की का मसला नहीं है, बया। कुछ स्थितियाँ होती हैं, कुछ हालात होते हैं, जब हमें गम्भीर होना होता है। खुरपी के ब्याह में हँसुए का गीत अच्छा नहीं लगता।" दीप ने ख़ुद का बचाव किया था।

"बाई द वे, तुम मुझे कितना जानते हो?" बया का स्वर सख़्त था। आमतौर पर वह कभी ऐसी बेरुख़ी से पेश नहीं आती थी।

हक्का-बक्का दीप ख़ुद को खँगाल गया था। कितना जानता है बया को? क्या वह बया को जानने का कोई दावा कर सकता है? उससे मित्रता की कुल मुद्दत है ही कितनी? कुछ महीनों का परिचय और साथ-साथ वक़्त गुज़ारने के कुछ वक़्फ़े। इस ख़ुशमिज़ाज लड़की के मन का कोई कोना-अँतरा झाँक पाया क्या? कभी जानने की कोशिश भी की? बस, दोस्ताना मुलाक़ातें। हाय-हैलो। कैफ़ेटेरिया में साथ बैठकर चाय-कॉफ़ी पी लेना, साथ-साथ लाइब्रेरी जाना और शोध पुस्तकों, सन्दर्भ ग्रंथों आदि पर डिस्कशन। इससे ज़्यादा क्या? साथ-साथ वक़्त गुज़ारते हुए एक-दूसरे की उपस्थिति में हरारत महसूस करना और किसी अव्यक्त-सी कामना का मचलते रहना, गूँगे के गुड़ जैसे आस्वाद से ज़्यादा क्या जान पाया वह?

"सॉरी बया।" इस क्षमा-याचना में अफ़सोस था। आवेश में आकर बया को ख़ामख़्वाह कठघरे में खड़ा कर देने की शर्मिंदगी थी।

बया मुस्कराई। दीप की पीठ पर एक धौल जमाकर बोली, "चाय पिलाओ, छालीवाली।"

वह ऐसी ही थी। क्षणे रुष्टा, क्षणे तुष्टा। उसकी रगों में राग-रागिनियाँ बहती थीं। फ़ितरत में झरने-सी आवेगमयता थी। अरुंधती मैम उसके बारे में ठीक ही कहती हैं, "मैं अक्सर सोचती हूँ, काश! दुनिया की सारी लड़कियाँ बया होतीं।"

उस दिन चाय की चुस्कियों के दौरान जब बया के चेहरे पर रौनक लौटी थी, तो उसने राहत की साँस ली थी। पता नहीं, किस मिट्टी की बनी है यह लड़की?

"तुम्हें पता है, मेरा नाम बया किसने रखा?" अपने प्रश्न के साथ ही उसने उत्तर भी दे दिया था, "मेरे नाना जी ने मेरा नाम बया रखा था और माँ से कहा था, इसकी उड़ान पर कोई पाबन्दी नहीं लगनी चाहिए। यह बया है, इसकी चहचहाहट ही इसकी पहचान है।" अपनी बात पूरी करने के साथ ही उसने पूछा था, "तुमने कभी बया की चहचहाहट सुनी है?"

उसने सिर हिला दिया था—नहीं!

"तुम कितने अभागे हो दीप!" बया खिलखिलाई थी, "कभी सुनो, अद्‌भुत होती है बया की चहचहाहट। उनका कलरव प्रकृति का कोरस है। उड़ान और संगीत, दोनों की लय और गति अप्रतिम। इसी से प्रभावित होकर मेरे नाना ने मेरा नाम बया रखा।"

अपनी बात समाप्त कर बया अपने रंग में आ गई थी। उसी वक़्त दीप ने दूर आकाश में बयाओं के एक झुंड को परवाज भरते देखा था।

"तो इससे क्या साबित करना चाहती हो, तुम सही हो और सीरियस रहना तुम्हारी प्रकृति नहीं?"

"सुनो, अब सीरियस बात सुनो!" बया सचमुच संजीदा हो आई थी। चाय का कप टेबल पर रखकर एक लम्बी साँस खींची मानो किसी चढ़ाई के लिए प्रस्थान से पहले स्वयं को तैयार कर रही हो।

दीप उसके किसी नए ड्रामे की प्रतीक्षा में उत्सुक था।

उपकथा

किसी के द्वारा अत्यधिक प्रेम मिलने से आपको शक्ति मिलती है और किसी को अत्यधिक प्रेम करने से आपको साहस मिलता है।

—लाओ त्सू

卐

ठाकुर हरदेव प्रताप सिंह 'बच्चू' कवि थे। बच्चू उनका उपनाम था। कॉलेज के दिनों में ही उनकी कविताओं ने धूम मचानी शुरू कर दी थी। लोग उनके गीतों के दीवाने थे। गहन संवेदनाओं से भरे कवि बच्चू के गीत और उनका मधुर कंठ मिलकर कवि सम्मेलनों में धूम मचा देते थे। वह अक्सर रेडियो पर भी बुलाए जाते थे। उन्हीं दिनों मोनीषा चटर्जी ने 'कॉलेज डे' पर उनके गीत सुने थे। उनका एक गीत 'तुम मिले कि मौसम गुलज़ार हो गया, क्या कशिश थी कि प्यार हो गया' को सुनते हुए उसे लगा था जैसे यह गीत उसी को सम्बोधित हो। वाक़ई उनके गीतों की कशिश ही थी कि उनका जादू मोनीषा की चेतना पर छा गया था।

संयोग ऐसा कि जिस दिन युवा कवि बच्चू की 'ऑल इंडिया रेडियो' में 'कवि से मिलिए' कार्यक्रम की रिकॉर्डिंग थी, उसी दिन मोनीषा चटर्जी को भी ऑडिशन के लिए बुलाया गया था। अपनी रिकॉर्डिंग सम्पन्न होने के बाद हरदेव प्रताप बच्चू गीत-संगीत प्रभाग के प्रोड्यूसर सारस्वत मिश्रा के साथ उनके कक्ष में बैठे चाय पी रहे थे, जब मोनीषा दरवाज़े का पर्दा हटाकर अन्दर दाख़िल हुई। अचानक वहाँ हरदेव प्रताप बच्चू से सामना हो जाने के कारण वह हड़बड़ा गई। उसके मन के भाव और अभिव्यक्ति की मुद्रा में कोई तालमेल नहीं रहा। किसी सम्मोहन में बँधी अवाक्...कोई मन माँगी मुराद मिल जाए तो ख़ुद को सँभालना मुश्किल होता है। उसी मन:स्थिति में उसके हाथ अभिवादन में जुड़ गए।

"बच्चू जी, ये मोनीषा चटर्जी हैं। क्लासिकल सिंगर। 'युवालोक' प्रोग्राम के लिए इनका ऑडिशन है और मोनीषा, ये हैं मशहूर युवा कवि हरदेव प्रताप बच्चू।" सारस्वत मिश्रा ने एक ही साथ दोनों का परिचय कराया।

हरदेव प्रताप बच्चू के हाथ भी अभिवादन में जुड़ गए थे।

"जी सर, मैं इन्हें जानती हूँ। ये हमारे कॉलेज में ही हैं।" उसी मुग्ध भाव से बोली मोनीषा।

"फिर तो आपका सेलेक्शन पक्का हो जाएगा।" हरदेव प्रताप बच्चू मुस्कराए।

उनकी इस मुस्कराहट पर मोनीषा लाख जान से निछावर हो गई थी।

ऑडिशन उम्मीद से ज़्यादा बेहतर गया था। मोनीषा जितनी देर ऑडिशन कक्ष में रही, बच्चू से हुई अप्रत्याशित मुलाक़ात, उनकी बात और उनका मुस्कराना याद आता रहा। वह आनन-फ़ानन ऑडिशन कक्ष से बाहर निकली और सारस्वत मिश्रा के कक्ष की ओर लपकी। लेकिन उनका कक्ष ख़ाली था। वह आकुल निगाहों से हरदेव प्रताप बच्चू को खोजते हुए गलियारे से लगे रिकॉर्डिंग रूम और वेटिंग रूम तक झाँक गई। दोनों में से कोई नज़र नहीं आया। उसकी इच्छा हुई कि वह सारस्वत मिश्रा जी के आने तक रुके और बच्चू के बारे में दरयाफ़्त करे, पर संकोच ने उसके पाँव बाँध लिए।

हरदेव प्रताप बच्चू कई दिनों तक कॉलेज कैंपस में भी नज़र नहीं आए। मोनीषा हर दिन उनकी प्रतीक्षा करती। लेकिन हर दिन निराशा के साथ विदा होता। ये बेहद मुश्किल दिन थे, जो उसने गिन-गिनकर काटे और गहराती उदासियों के बीच एक रात अपनी निजी डायरी में हाले-दिल लिख डाला—

वादा नहीं पयाम नहीं गुफ़्तगू नहीं,
हैरत है ऐ ख़ुदा मुझे क्यूँ इन्तज़ार है।

—जौहर

इन्तज़ार के एक-एक लम्हे को गिनते हुए हफ़्ता बीत गया था। ठीक आठवें दिन जब मोनीषा कॉमनरूम से निकलकर, संगीत विभाग की ओर जाने के लिए गलियारा पार कर रही थी, अचानक हरदेव प्रताप बच्चू पर नज़र पड़ते ही ठिठक गई। दिल तेज़ी से धड़का और देह दिलरुबा हो आई। सरगम के सारे सुर एक साथ बज उठे। जी में आया कि दौड़कर जाए और उनसे मिलने की बेताबी का इज़हार कर दे। लेकिन शर्म थी कि पाँव जम गए थे। वह गलियारे में खड़ी खम्भे की ओट से तब तक उन्हें देखती रही, जब तक वह आँखों से ओझल न हो गए। शायद वह अपने विभाग की ओर चले गए थे। मोनीषा उदास मन संगीत विभाग पहुँची तो सामने हरदेव प्रताप बच्चू को खड़ा देखकर चौंक गई। वह लपककर उसके क़रीब आए और सीधे पूछ बैठे, "उस दिन रेडियो में ऑडिशन था...सेलेक्शन के लिए बधाई!"

अप्रत्याशित हरदेव प्रताप बच्चू को सामने पाकर मोनीषा सकपका गई, "जी... जी...जी...। आपको कैसे पता चला?"

"सारस्वत मिश्रा ने उसी दिन बता दिया था कि आपका सेलेक्शन हो गया है। मिठाई खिलाना चाहिए आपको!" हरदेव प्रताप बच्चू के होंठों पर मुस्कान थिरक रही थी।

वह मुस्कान मन के सबसे गोपनीय कोने में सँभालकर रखते हुए मोनीषा धीरे से बोली, "मैं तो आपको कब से ढूँढ़ रही हूँ...आप मिले ही नहीं।"

एक ही साँस...मुलाक़ात और क्षण में उसने कहा-अनकहा सब कह डाला था।

"क्यों? क्यों ढूँढ़ रही थीं मुझे?" हरदेव प्रताप बच्चू की सरगोशी करती आवाज़ मोनीषा के मन में घुल गई थी।

जवाब देने के बजाय मोनीषा शरमाती हुई डिपार्टमेंट में घुस गई थी। हरदेव प्रताप बच्चू के मन में मौसम बासंती हो आया था। हज़ारों फूल चटख उठे थे। उनका अपना ही लिखा गीत आकार ले रहा था।

तुम मिले कि मौसम गुलज़ार हो गया,
क्या कशिश थी कि प्यार हो गया।

मोनीषा ने दरवाज़े की ओट से झाँककर देखा। हरदेव प्रताप बच्चू उसी जगह खड़े थे, एकटक उसी ओर ताकते हुए। उनका यह ताकना हसरतों से भरा था। अवश-सी मोनीषा स्वयं को रोक नहीं पाई। दरवाज़े की ओट से बाहर निकलकर दाहिना हाथ लहरा दिया। आज एक प्रेम कहानी का आग़ाज हो चुका था

卐

मोनीषा और कवि बच्चू का प्रेम परवान चढ़ने लगा था। उनका मिलना-जुलना, एक-दूसरे की व्यग्रता से प्रतीक्षा करना, आए दिन की बात हो गई थी। उनकी प्रेम कहानियाँ कैंपस में चटखारे लेकर सुनाई जाने लगी थीं। बच्चू कोई सामान्य छात्र नहीं थे, कवि-सम्मेलनों के ख्यात कवि और कॉलेज के लोकप्रिय छात्र थे। उनकी हर गतिविधि उनके क़द्रदानों की निगाह में होती थी। बच्चू-मोनीषा सिविल लाइंस के फ़ुटपाथों पर चहलक़दमी कर रहे हों, हनुमान मन्दिर के अहाते में माथा टेककर मन्नतें माँग रहे हों या कंपनी बाग की किसी बेंच पर बैठे सुधा-चंदर के अफ़साने रच रहे हों। उनके क़द्रदानों से कुछ भी छुपा न

रहता। उनके कॉलेज पहुँचने से पहले उनके अफ़साने फ़िज़ाओं में परवाज भर रहे होते। इस दौरान कवि बच्चू के गीतों में मुहब्बत की कशिश जिस शिद्दत से पाई जाने लगी थी, मोनीषा के गायन में भी राग-रागिनियों की रसपगी उसी तीव्रता से प्रगाढ़ हो रही थी।

कॉलेज के आख़िरी साल में मोनीषा और हरदेव प्रताप बच्चू ने चुपचाप शादी कर लेने का निर्णय लिया। इसकी वजह थी दोनों के परिवारों का विजातीय होना। बच्चू के पिता ठाकुर रुद्रदेव प्रताप सिंह ख़ानदानी ज़मींदार थे। उनकी तूती दस कोस आगे-पीछे तक बोलती थी। ठसक का आलम ये था कि मुँह से निकला वचन क़ानून होता था। ज़मींदारी गई थी, रुतबा नहीं। बच्चू जानते थे कि उनके पिता इस विवाह को आसानी से स्वीकार नहीं करेंगे, लिहाज़ा उनके सामने गोपनीय ढंग से शादी करने की मजबूरी थी। वैसे इतना भरोसा ज़रूर था कि इकलौता पुत्र होने के नाते, जैसे-जैसे समय गुज़रेगा, उनके पिता उनके इस निर्णय को स्वीकार कर लेंगे। वह जानते थे, थोड़ा इन्तज़ार करना पड़ सकता है, परन्तु इससे बेहतर और कोई विकल्प नहीं सूझा था।

मोनीषा के पिता इलाहाबाद हाईकोर्ट के प्रख्यात एडवोकेट थे। लंदन से बार ऐट लॉ, इलाहाबाद के आभिजात्य समाज के सम्मानित शख़्सियत मोशाय शरदचंद्र चटर्जी। उनकी प्रतिष्ठा और प्रसिद्धि की पूरे इलाहाबाद में मिसाल दी जाती थी। मोनीषा को भी इस बात की आशंका थी कि उसके पिता इस ग़ैरबंगाली विवाह को स्वीकार नहीं करेंगे। ऊपर से उनका स्टेटस भी बड़ी बाधा थी। ऐसी विकट स्थिति में उनका यह विवाह उनके लिए एक नितान्त असम्भव को सम्भव करने की जंग थी। उन्होंने इसी भय और द्वंद्व के बीच अपने गोपनीय परिणय का निर्णय लिया था। आगे क्या अंजाम होगा, यह सब भविष्य और ऊपरवाले की मर्ज़ी पर छोड़ दिया था। साथ जीने और साथ मरने की क़सम खाने वाले इन प्रेमियों ने एक दिन चुपचाप आर्य समाज मन्दिर में शादी रचा ली थी। शादी के समय बच्चू के कुछ चुनिंदा कवि-मित्र उपस्थित थे। मोनीषा की सहेलियाँ इस शादी में शामिल होने का साहस नहीं जुटा पाई थीं। हाँ, सहेलियों ने इस विवाह की गोपनीयता ज़रूर बनाए रखी। मोनीषा इसी बात का आभार मानती थी। ये जिस ज़माने की बात है, उस ज़माने में प्रेम विवाह तो प्रेम विवाह, अन्तर्जातीय विवाह का अर्थ था ज्वालामुखी के दहाने से दरिया निकालने का दुस्साहस। ये दुस्साहस युवा कवि हरदेव प्रताप बच्चू और संगीत की नवोदित प्रतिभा मोनीषा चटर्जी ने कर डाला था।

परन्तु कहावत है—

खैर, ख़ून, खाँसी, ख़ुशी, बैर, लोभ, मदपान,
रहिमन दाबे ना दबै, जाने सकल जहान।

तो एक दिन ये प्रेम-कहानी गुमनाम लिफ़ाफ़े में इलाहाबाद हाईकोर्ट के नामचीन एडवोकेट चटर्जी मोशाय के पास जा पहुँची थी। जिस वक़्त वह लिफ़ाफ़ा चटर्जी मोशाय के पास पहुँचा, वह अपने ऑफ़िस में बैठे किसी ज़रूरी केस की फ़ाइल देख रहे थे। प्यून ने ख़ाकी रंग का एक लिफ़ाफ़ा लाकर उनके बड़े से आबनूसी टेबल पर रख दिया। चटर्जी मोशाय ने लिफ़ाफ़े पर एक सरसरी नज़र डाली। लिफ़ाफ़ा गुमनाम था। अक्सर ऐसी चिट्ठियाँ उनके पास आती रहती थीं। उनमें किसी दुखियारे इनसान के साथ हुई नाइंसाफ़ी की कहानी होती या उनसे किसी क़ानूनी मदद की गुहार लगाई गई होती। यही सोचकर चटर्जी मोशाय उस लिफ़ाफ़े को नज़रअन्दाज़ कर सामने खुली फ़ाइल पढ़ने में मशगूल हो गए। फ़ाइल पढ़ते-पढ़ते उनकी नज़र एक बार फिर उस लिफ़ाफ़े पर गई। अचानक लिफ़ाफ़े के दाएँ कोने पर 'टॉप सीक्रेट' लिखा देखकर उनके माथे पर बल पड़ गए। ऐसा क्या है इस लिफ़ाफ़े में, जो टॉप सीक्रेट है? जिज्ञासावश, उन्होंने लिफ़ाफ़े को उलट-पुलटकर देखा। लिफ़ाफ़े पर न भेजनेवाले का नाम-ठिकाना दर्ज था और न पानेवाले का। यानी लिफ़ाफ़ा दस्ती था। उसके अन्दर बन्द रहस्य को जानने के लिए चटर्जी मोशाय ने बन्द सिरे को फाड़कर खोला। लिफ़ाफ़े में तह कर एक काग़ज़ रखा था। उस काग़ज़ पर हाथ से कुछ लिखा हुआ था। चटर्जी मोशाय ने उत्सुकता से उस तह किए काग़ज़ को खोला और उसमें लिखा मज़मून एक साँस में पढ़ गए—

"बाबू मोशाय, आपकी बेटी मोनीषा चटर्जी ने अपने प्रेमी से विवाह कर लिया है। सोचा, यह शुभ समाचार आपको बता दूँ।"

—आपका शुभेच्छु।

बेहूदगी भरी इस चिट्ठी को पढ़कर चटर्जी मोशाय के तन-बदन में आग लग गई। यह किसी की बदतमीज़ी है या किसी ने जान-बूझकर हिमाकत की है? किसने की होगी ये हरकत? चटर्जी मोशाय उस काग़ज़ को देर तक घूरते रहे। उनके वकील दिमाग़ में तर्क-वितर्क और शको-शुबहा के कीड़े कुलबुलाने लगे थे। चिट्ठी की सत्यता की तस्दीक़ तो होनी ही चाहिए! तो क्या उन्हें अपनी बेटी पर भरोसा नहीं?

क्या उन्हें किसी अजनबी के इस काग़ज़ के टुकड़े पर भरोसा करना चाहिए? उनके दिमाग़ में प्रश्नों की झड़ी लगी हुई थी। तरह-तरह की दलीलों के साथ वह ख़ुद से ही जिरह करते रहे। लेकिन मन शान्त न हुआ। सिर झटककर उठे और तेज़ी से पिछले दरवाज़े से घर के अन्दर चले गए। सामने बरामदे में आरामकुर्सी पर अधलेटी पत्नी कोई बांग्ला पत्रिका पढ़ रही थीं। उन्होंने बेडरूम में घुसते हुए पत्नी को आवाज़ लगाई, "मोनीर माय, एक टी कॉथा सुनो।"

"की होलो?" पत्नी पीछे-पीछे आई।

चटर्जी मोशाय ने हाथ में मुड़ा पड़ा वह कागज़ पत्नी की ओर बढ़ा दिया। पत्नी कुछ समझ नहीं पाई। दुविधा में ऊभ-चूभ काग़ज़ पर लिखा मज़मून पढ़ने लगी। जैसे-जैसे आँखें मज़मून पर फिसल रही थीं, उनके चेहरे का रंग उड़ता जा रहा था। मज़मून पढ़कर पति की ओर देखा। चटर्जी मोशाय एक कुर्सी पर बैठे उनकी ओर देख रहे थे। उनकी कठोर मुद्रा देख पत्नी बड़ी कठिनाई से बोल पाई, "ए...एकि...एटा कि?"

चटर्जी मोशाय पत्नी की घबराहट को लक्ष्य कर बोले, "तुम मा, मोनीर काछ थेके तोमाके सत्यटि जानते होबे। (तुम माँ हो, मोनी से पूछकर सत्य पता कर सकती हो)।

पत्नी को कुछ कहते न बन रहा था। उनके मौन में उनका अन्तर्द्वंद्व अलक्षित न रहा। चुपचाप सिर हिलाकर सहमति जताई। चटर्जी मोशाय ने उनकी मन:स्थिति भाँपते हुए हिदायत दी, "जुबोतीमेये, प्रेमेर साथे कॉथा बोलते होबे।" (जवान लड़की है, प्रेम से बात करना)।

卐

लॉन में झूले पर बैठी मोनीषा आसमान में उगते चाँद को निहार रही थी। बच्चू की याद में खोई वह मुदित मन बच्चू का लिखा एक गीत गुनगुना रही थी।

शाम के इस सिंदूरी रंग में तेरा ही रंग घुला है,
तेरे रूप की आभा से, चाँद का ये रूप खिला है।

गीत गाते हुए सुध-बुध बिसार चुकी मोनीषा जान न पाई कि माँ कब उसके पीछे आ खड़ी हुई। दरअसल, अब तक होता ये रहा है कि वह जब रियाज़ कर

रही होती, तो बीच में किसी का टोकना उसे गवारा न था। उसकी नाराज़गी के चलते अब कोई उसे बेवजह नहीं टोकता था। लेकिन इस समय यह अनुशासन बनाए रखना सम्भव न था। माँ ने तेज़ आवाज़ में पुकारा, "मोनी, तोमार साथे एक टी जोरूरी कॉथा आछे।"

माँ के चेहरे पर चिन्ता की गहरी रेखाएँ जाल-सा बुन रही थीं। माँ को तनाव में देख मोनीषा झूले से उतरकर उनके पास पहुँची, "माँ, कि होयछे, कि कॉथा?"

बिना कुछ कहे माँ ने पत्र आगे कर दिया। माँ के हाथ से पत्र लेकर मोनीषा ने अनमने भाव से जानना चाहा, "एटी कि?"

"तुमि बोलो एटा की?" पति की हिदायत के बावजूद माँ अपने स्वर में आए आवेश पर काबू न रख पाई।

हाथ में थामे इस बेगाने पत्र को मोनीषा ने घूरकर देखा और दो पंक्तियों वाले चंद हर्फ़ों को एक ही साँस में पढ़ गई। ये मामूली हर्फ़ नहीं, दहकते अंगारे थे। मोनीषा को अपना हाथ ही नहीं, जिस्म भी जलता जान पड़ा। आसमान में खिले चाँद पर स्याह साया घिर आया था। सहसा आँखों में अँधेरा छा गया। वह सत्य जो अब तक छुपाए रखा, आख़िर उजागर हो गया? लेकिन कैसे? किसने किया? कौन है यह गुमनाम पत्र-लेखक? मोनीषा अपराधिनी-सी सिर गोते खड़ी रही।

माँ को माजरा समझते देर न लगी। संयम के साथ मोनीषा को क़रीब खींचा और उसे साथ लेकर झूले पर बैठ गईं। दोनों के बीच चुप्पी तनी हुई थी। दोनों की साँसें अपने-अपने सीने में अटकी थीं। चंचल-यौवना मोनीषा जो अभी-अभी प्रेम-गीत गुनगुनाते हुए अलौकिक आनन्द की पींगें ले रही थी, मौन-मना प्रस्तर मूर्ति हो गई थी। माँ ने अँकवार में भरकर उसकी ठुड्डी ऊपर उठाई। बड़ी-बड़ी आँखों से आँसू की बूँदें ढुलक गईं। माँ का कलेजा छछन गया। भरे गले से बोली, "विवाह किया, माँ-बाबा को बताया तक नहीं?"

मोनीषा सिसकने लगी। सीने में अरसे से दबा रहस्य उजागर हो गया था। भीतर थमा सैलाब बह निकला। माँ को उत्तर मिल गया था। बेटी की माँ, आत्मा काँप गई। अटकते-अटकते दरयाफ़्त किया, "सब भालो तो?"

खुलकर पूछने का साहस नहीं था। बेटी संकेत समझ जाएगी यह विश्वास था। मोनीषा ने सिर हिलाकर आश्वस्त किया। माँ के सीने से बोझ उतर गया था। पूछा, "के आछे?"

मोनीषा जवाब देने की हिम्मत नहीं जुटा पाई। माँ उसकी मन:स्थिति समझ

गई। हाथ पकड़कर हौसला दिया। मोनीषा साहस बटोरकर बोली, "कॉलेज का दोस्त है बच्चू...हरदेव प्रताप।"

असमंजस, अविश्वास और अकल्पनीय स्थितियों के बीच माँ की बेचारगी भरी सूरत देख मोनीषा उनसे लिपटकर रो पड़ी। उसके रुदन में हिचकियाँ थीं। निचाट सन्नाटा और सघन मौन के बीच अब कुछ भी अनकहा नहीं रह गया था। माँ अपनी बेटी का मन, उसके जज़्बात पढ़ चुकी थी। उसकी पीठ थपथपाकर अन्दर चलने का संकेत किया। झूले से उतरने के बाद मोनीषा के पैर ज़मीन में जम गए। माँ ने पलटकर पूछा, "की होलो?"

"बाबा!" मोनी का गला भर आया था।

"आमि आछे तो!" माँ ने भरोसा दिया।

चटर्जी मोशाय के बुलावे पर हरदेव प्रताप बच्चू उनसे मिलने आए। वह चटर्जी मोशाय का सामना करने से न हिचके और न मिलने में कोई आनाकानी की। घंटे भर की पूछताछ, घर-परिवार, पढ़ाई-लिखाई, भविष्य की योजना और कुछ अन्य तीखे सवालों के बाद चटर्जी मोशाय ने पूछा, "जानते हो, मैं हाईकोर्ट का बहुत बड़ा वकील हूँ?"

"आप मोनी के पिता भी हैं।" हरदेव प्रताप बच्चू ने आदर के साथ जवाब दिया।

"मैं अपनी बेटी को बरगलाने के आरोप में तुम पर केस कर सकता हूँ।"

"केस टिकेगा नहीं। मोनी वयस्क है और वह झूठ नहीं बोलेगी।"

"मोनी पर इतना यक़ीन है?"

"अपने आप से ज़्यादा।"

एकाएक चटर्जी मोशाय की मुद्रा बदल गई। वह अपनी कुर्सी से उठे और हरदेव प्रताप बच्चू के पास आकर बोले, "मैं तुम्हारे पिता से मिलना चाहता हूँ।"

हरदेव प्रताप बच्चू भी खड़े हो गए, "पहले मैं अपने पिता को मिलकर बताऊँगा। उसके बाद ही आप मिलें तो बेहतर।"

"अभी तक नहीं बता पाए, अब क्या बता पाओगे?" चटर्जी मोशाय की बेधती आँखें बच्चू के चेहरे पर टिकी थीं।

"सर, हक़ीक़त अभी पता चले या देर से, हक़ीक़त तो वही रहेगी।" हरदेव प्रताप बच्चू ने दृढ़ता से जवाब दिया, "मैं आपका अनादर नहीं होने दूँगा। आप उनसे मिलेंगे, लेकिन उनके आमंत्रण पर।"

चटर्जी मोशाय हरदेव प्रताप बच्चू के जवाब से प्रभावित हुए। उनकी अनुभवी आँखों ने परख लिया था कि लड़का ख़ानदानी ही नहीं, स्वाभिमानी भी है। उन्होंने उसका कन्धा थपथपाया, "गॉड ब्लेस यू।"

卐

हरदेव प्रताप बच्चू के पिता ठाकुर रुद्रदेव प्रताप सिंह ने पूरी हवेली सिर पर उठा ली थी। चोट खाये किसी अजगर की तरह फुँफकारते हुए वह हवेली के दरबार हॉल में एक छोर से दूसरे छोर तक चहलक़दमी कर रहे थे। उनके हाव-भाव में बेचैनी और बेकली थी। अपने पिता के इस रौद्र रूप को देखकर हरदेव प्रताप बच्चू अपराधी-सा सिर झुकाए खड़े थे। पति की गर्जना-तर्जना सुनकर हरदेव प्रताप बच्चू की माँ का कलेजा पीपल-पात सरीखा थर-थर काँप रहा था। ठाकुर परिवार की मर्यादा में बँधी वह दरवाज़े की ओट लेकर खड़ी थीं। बेटा कुछ देर पहले ही ज़नानख़ाने में आकर उनसे मिला था। उसने उनके आगे अपना मन खोलकर रख दिया था। बंगालिन लड़की मोनीषा चटर्जी से शादी की सिफ़ारिश करते हुए बोला था, "माँ, हम दोनों एक-दूसरे से प्रेम करते हैं। वह पढ़ी-लिखी और संस्कारी लड़की है। उसके पिता हाईकोर्ट के बहुत बड़े वकील हैं। उनका समाज में बहुत रुतबा है। वह हमारी शादी के सिलसिले में पिताजी से बात करना चाहते हैं।"

बेटे के मुँह से उसकी प्रेम कहानी सुनकर उसे ब्याहने और बहू उतारने की साध से मन में शहनाइयाँ बजने लगी थीं। पर अगले ही क्षण यह ख़याल कपूर की तरह उड़ गया था। उनके होशो-हवास गुम हो गए थे। स्वयं को सँभालना मुश्किल हो गया था। दीवार का सहारा लेकर दीवान पर बैठ गई थीं। उनकी बदहवास हालत देखकर हरदेव प्रताप बच्चू घबरा गए थे। उन्हें झिंझोड़ते हुए पूछा था, "माँ...माँ... आप ठीक तो हैं?"

दीवार की टेक लेकर वह अस्फुट स्वर में बुदबुदाई थीं, "तुमने किसी ओर का नहीं छोड़ा, बच्चू। अपने कुल-ख़ानदान की मान-मर्यादा का कोई ख़याल नहीं रखा! ठाकुर साहब के मुँह पर कालिख पोत दी। इलाक़े में लोग जिनकी आन-बान की क़सम खाते हैं, उन्हीं के पुत्र ने उनका मानमर्दन कर दिया।"

यह एक ऐसी लाचार स्त्री का प्रलाप था, जो एक साथ ठाकुर रुद्रदेव प्रताप सिंह की धर्मपत्नी थीं तो हरदेव प्रताप बच्चू की माँ भी थीं। उनके सामने पति के सम्मान और पुत्र के प्रेम का धर्मसंकट उपस्थित था। उनकी इस बेकसी पर हरदेव प्रताप बच्चू का मन भर आया था। उनकी आँखों से बहते आँसुओं में बेटे का मन भी उमड़ पड़ा था। उन्होंने भरे मन और भीगे स्वर में कहा था, "ये तुमने अच्छा नहीं किया, बच्चू।"

"पिताजी से मैं बात करूँगा, माँ।" हरदेव प्रताप बच्चू ने माँ को आश्वस्त किया था।

उन्होंने घबराहट में बच्चू का हाथ पकड़ लिया था, "नहीं...तुम ऐसा नहीं करोगे। जैसे आए थे, वैसे ही चुपचाप चले जाओ। ख़ानदान में रखैलों का रिवाज है। तुम उसे रखैल बना लेना।"

हरदेव प्रताप बच्चू का चेहरा पीड़ा का पठार हो गया था। अभी-अभी वह जिस माँ की बेबसी पर दुखी हो रहे थे, उसी का ये निकृष्ट विचार सुनकर वह ख़ुद पर शर्मिंदा हो उठे। उन्हें कम से कम माँ से ऐसी उम्मीद नहीं थी। इस स्थिति से उबरना कठिन हो रहा था। बग़ैर कुछ बोले वह बगूले की तरह माँ के कमरे से बाहर निकल गए थे। उसकी आँखों में हाहाकार नुमायाँ था। किसी अनहोनी की आशंका से वह काँप गई थीं। बच्चू के पीछे-पीछे भागी थीं दरबार हॉल की ओर।

दरबार हॉल में दरबार लगाने की शुरुआत उनके दादा ठाकुर जयदेव प्रताप सिंह ने की थी। उनके बाद पिता ठाकुर श्रीदेव प्रताप सिंह ने उस परम्परा को आगे बढ़ाया। अंग्रेज बहादुर का सेवा-सत्कार हो या रिआया के न्याय की गुहार, किसी दोषी को सज़ा हो या दान-पुण्य के अवसरों पर खैरात बाँटने का आयोजन, सब इसी दरबार हॉल से सम्पन्न होते रहे। अंग्रेज बहादुर नहीं रहे, पर दरबार हॉल रहा, रिआया रही और उनका दरबार भी रहा। उस ख़ानदानी परम्परा को ठाकुर रुद्रदेव प्रताप सिंह ने बरक़रार रखा है। अब भी इलाक़े में दस कोस आगे-पीछे तक हवेली की हनक क़ायम है। लोग आज भी इस ख़ानदान की गर्व-गाथाओं का बखान करते नहीं अघाते। रसूख-रुआब ऐसा कि ठाकुर रुद्रदेव प्रताप सिंह पिछले बीस वर्षों से निर्विरोध ब्लॉक प्रमुख चुने जा रहे हैं। कई राजनीतिक पार्टियों ने उन्हें विधानसभा और संसद भेजने की इच्छा जताई। लेकिन उन्होंने ख़ुद को किंग मेकर की भूमिका में बने रहना ज़्यादा ज़रूरी समझा। इलाक़े के कई गाँवों का एकमुश्त वोट उनके इशारे पर गिरता है। ठाकुरों के तो वो अघोषित सिरमौर हैं। लोकसभा

हो या विधानसभा चुनाव, किसी भी कैंडिडेट की जीत की एकमात्र गारंटी ठाकुर साहब का आशीर्वाद है।

अपनी इस हवेली और पुरखों के उद्यम से अर्जित शान को बनाए रखने में ठाकुर रुद्र प्रताप सिंह ने भी कोई कोर-कसर नहीं छोड़ रखी थी। तीनों पहर दरबार हॉल में उनके समर्थकों, मुलाक़ातियों और गुमाश्तों की जुटान होती रहती है। इसी दरबार में ठाकुर साहब लोगों की फ़रियाद सुनते हैं और फ़ैसले सुनाते हैं। यहाँ क़ानून भारत सरकार का नहीं, ठाकुर रुद्रदेव प्रताप सिंह का चलता है। वही मुंसिफ़, वही मसीहा, वही विधाता, वही नियंता, वही नियामक होते हैं। उनके मुख से निकला वचन ही क़ानून है।

卐

दोपहर के भोजनोपरान्त ठाकुर रुद्रदेव प्रताप सिंह दरबार हॉल में पलंग पर अधलेटे हुक्का गुड़गुड़ाते हुए मुलाक़ातियों से गपशप में मशगूल थे, तभी सामने आ खड़े हुए हरदेव प्रताप बच्चू। पुत्र को अचानक आया देखकर अचकचाए। बिना सूचना उनका आगमन अप्रत्याशित था। बतकही बीच में रोककर पूछा, "कब आए? पहले आने की ख़बर नहीं दी? सब ठीक तो है?"

दोनों हाथ बाँधे, सर झुकाए हरदेव प्रताप बच्चू ने पिता से अरज किया, "आप से कुछ ज़रूरी बात करनी है।"

"तो करिए। कहिए क्या बात है?" ठाकुर रुद्र प्रताप सिंह के तेवर चढ़े।

"अकेले में बात करनी है।"

ठाकुर रुद्रदेव प्रताप सिंह की आँखें चौड़ी हो गईं। उन्होंने मुलाक़ातियों की ओर देखा। उनकी आँखों के इशारे समझकर सारे मुलाक़ाती एक-एक कर दरबार हॉल से रुख़सत हो गए। ठाकुर रुद्रदेव प्रताप सिंह के चेहरे पर नाराज़गी साफ़ दिख रही थी। वह हरदेव प्रताप बच्चू की इस गुस्ताख़ी पर छूटते ही बरस पड़े, "क्या इमरजेंसी आन पड़ी थी, जो आपको अकेले में बात करनी है?"

"अर्जेंट है। मामला निजी है, इसलिए अपने पिता से इतनी उम्मीद कर सकता हूँ?"

ठाकुर रुद्रदेव प्रताप सिंह को बच्चू से ऐसी तुर्की-ब-तुर्की की अपेक्षा नहीं थी।

ऐसा कभी हुआ भी न था। ठाकुर रुद्रदेव प्रताप सिंह का अहं आहत हुआ। बच्चू को आग्नेय नेत्रों से घूरते हुए बोले, "लगता है आप सारी तमीज़ भूल आए हैं। आपके तेवर ठीक नहीं लग रहे?"

हरदेव प्रताप बच्चू बिना विचलित हुए बोले, "मैंने एक लड़की पसन्द कर ली है। अच्छे ख़ानदान की संस्कारी लड़की है। उसके पिता आपके पास रिश्ता लेकर आना चाहते हैं।"

बच्चू की बात ख़त्म होते न होते रुद्रदेव प्रताप सिंह इस बदहवासी से उछले जैसे उनके इर्द-गिर्द बारूद के धमाके हुए हों। देह का सारा रक्त उनके रोबीले चेहरे पर आग की लपटों-सा लपलपाने लगा था। गले की नीली नसें फूलने-पिचकने लगी थीं। होंठों पर ठहरे तूफ़ान के वेग से उनकी नुकीली मूँछें फड़फड़ा रही थीं। आँखों से फूटती चिंगारियाँ दरबार हॉल को अपनी आँच में ले चुकी थीं। वह इस विशाल हॉल के एक छोर से दूसरे छोर तक चक्करघिन्नी हुए जा रहे थे। इस दौरान उनकी आँखों में मान-अपमान, गर्व-दर्प, कुल-ख़ानदान के कितने ही युग गुज़र गए। उन्हें अपनी पगड़ी हवा में उछलती नज़र आ रही थी। इससे पहले कि पगड़ी ज़मीन पर गिरकर धूल-धूसरित हो, वह हरदेव प्रताप बच्चू के सामने किसी दीवार की तरह खड़े हो गए। इस वक़्त उनकी आँखों में पिता का वात्सल्य नहीं, सूर्यवंशी राजपूत ठाकुर रुद्रदेव प्रताप सिंह का अहंकार पछाड़ खा रहा था। वह पूरी ताक़त से हरदेव प्रताप बच्चू पर गरजे, "इलाहाबाद पढ़ने गए थे या रासलीला करने? लैला-मजनू बनकर ख़ानदान का नाम रोशन करने गए थे? वाह, ठाकुर रुद्रदेव प्रताप सिंह के पुरखों की प्रतिष्ठा पर क्या चार चाँद लगाया है आपने? आपकी इस करतूत पर क्या करूँ, जश्न मनाऊँ..? बाई का नाच कराऊँ...? बधावा बजवाऊँ...? बोलिए क्या करूँ?"

जवाब देने को तो बहुत कुछ था। हरदेव प्रताप बच्चू पिता के एक-एक ताने-उलाहने का, माकूल जवाब दे सकते थे। लेकिन सामने कोई और नहीं उनके पिता थे। उनसे बहस मर्यादा का उल्लंघन होता। उन्हें मालूम था कि उनकी कोई भी तात्कालिक प्रतिक्रिया, पिता के अभिमान को और चोटिल करेगी। पिता अपने ही जाए से पराजित होने की अकथ पीड़ा से मर्माहत थे। उनके लिए इस हक़ीक़त को स्वीकार करना कुनैन निगलने के जैसा था। वह पिता की क्रोधाग्नि के शान्त होने की प्रतीक्षा करना चाहते थे। पिता को समय देना चाहते थे।

ठाकुर रुद्रदेव प्रताप सिंह का अपनी देह, चेतना और वाणी पर काबू न था। वह बेसाख़्ता चीख़े जा रहे थे, "बच्चू, मैं मान लूँगा कि निर्वंश हूँ। मेरी कोई औलाद

नहीं है। कम से कम मैं अपने पुरखों को मुँह तो दिखा सकूँगा कि मैंने उनके सिरजे मान-सम्मान का बिरसा अकलंक रखा। ठाकुर ख़ानदान का माथा झुकने नहीं दिया।"

ठाकुर रुद्रदेव प्रताप सिंह पर दौरा-सा पड़ गया था। भावावेश में आग उगले जा रहे थे, "अभी, इसी वक़्त हवेली से खड़े पैर निकल जाओ...तुम्हारे लिए यहाँ कोई जगह नहीं है। और कभी पलटकर नहीं आना। इस ख़ानदान से तुम्हारा सम्बन्ध हमेशा के लिए ख़त्म।"

दरबार हॉल के विशालकाय दरवाज़े की ओट में खड़ी हरदेव प्रताप बच्चू की माँ का कलेजा फट पड़ा। वह तड़पकर ओट से निकलीं और सारा संकोच त्यागकर दरबार हॉल में पति के सामने जा खड़ी हुईं। पहली बार उन्होंने पति के ख़िलाफ़ मुँह खोला, "क्या कह रहे हैं आप...ये हमारी कोख से जन्मा हमारा अंश है... हज़ार मन्नतों के बाद हमारी गोद में आया कुल देवता का वरदान है। यह हमारा पुत्र। हम निर्वंश कैसे हो गए?"

"चुप रहो तुम! मेरे फ़ैसले पर उँगली उठाने की जुर्रत आज तक किसी की न हुई।...तुमने ये गुस्ताख़ी कैसे की?" ठाकुर रुद्रदेव प्रताप सिंह के सिर पर शैतान सवार था। उनकी आँखें धधक रही थीं। चेहरे पर ज़माने भर की हिकारत जमा हो गई थी। वह अभी कुछ भी थे, पिता नहीं रह गए थे।

हरदेव प्रताप बच्चू माँ को सँभालने के लिए उनकी ओर बढ़े। लेकिन बीच में ही रुद्रदेव प्रताप सिंह ने सख़्त लहज़े में चेताया, "ख़बरदार जो एक क़दम भी आगे बढ़ाया। तुम्हारा इस घर, परिवार और इसके किसी शख़्स से कोई सम्बन्ध नहीं रहा। इससे पहले कि मैं कोई अनर्थ कर बैठूँ, तुम अभी के अभी यहाँ से निकल जाओ।"

यह बेहद क्रूर क्षण था। ठाकुर रुद्रदेव प्रताप सिंह अपने ही पुत्र को ख़ानदानी तहजीब के सम्बोधन 'आप' की बजाय 'तुम' कहने पर उतर आए थे। पिता, पुत्र और माँ के बीच ख़ानदान, परम्परा और अहंमन्यता की नाक अटकी हुई थी। हरदेव प्रताप बच्चू भी इसी ख़ानदान और रक्त के वंशज थे। वचन के पक्के, स्वाभिमान के धनी, ज़िद के धुनी। बिना कोई प्रतिकार-प्रतिवाद के वह तेज़ क़दमों से दरबार हॉल पार कर बाहर निकल गए। इसी झोंके में हवेली का लम्बा-चौड़ा अहाता हवा की गति से नाप गए।

नौकर-चाकर, मुंशी-दीवान, बेगार-बराहिल सभी छोटे ठाकुर को उलटे पाँव हवेली से बाहर जाते देखते रहे। वे चिहाये हुए एक-दूसरे से माजरा जानने की कोशिश करते रहे। हवेली के एकमात्र वारिस ठाकुर हरदेव प्रताप सिंह उर्फ़ हरदेव

प्रताप बच्चू इस हवेली को सदा के लिए छोड़कर चले गए थे। उनके पीछे उनका साया थोड़ा-थोड़ा हर सिम्त रह गया था। थोड़ा-थोड़ा वह हर जगह मौजूद थे। सीढ़ियों, दरवाज़ों, दीवारों, ड्योढ़ियों, मुँडेरों और बारजों के कंठ में उन्हें मना लेने की एक आत्मीय पुकार अटकी रह गई थी। इस हवेली का लाड़ला निर्वासित हो गया था और उसे विदा करने वाला कोई नहीं था। छत की मुंडेर पर बैठा कबूतर फड़फड़ाकर दूर आकाश में परवाज करने लगा था।

हवेली के अन्दर एक ज़िन्दा ख़ौफ़ मौजूद था, जिसका साया वहाँ के बाशिन्दों को अपनी गिरफ़्त में कसे हुए था।

卐

चटर्जी मोशाय ने हरदेव प्रताप बच्चू की सारी बात ध्यान से सुनी। ऐसे कितने ही क़िस्से उन्होंने पहले भी सुन रखे थे। ऐसी घटनाओं से सम्बन्धित केस उनके पास आते रहते थे। परन्तु ये हादसा एक दिन उनके साथ ही पेश आएगा, कभी सोचा न था। अब जबकि उन्हें स्वयं इस समस्या से दो-चार होना था, वह तत्काल कुछ कह पाने की स्थिति में नहीं थे। आँखें मूँदे, गहन चिन्तन की मुद्रा में कुछ देर तक सोचते रहे। फिर बोले, "मैं लड़की का पिता हूँ...मैं जाऊँगा तुम्हारे पिता से मिलने। उन्हें मैं समझाऊँगा। ज़माना बदल गया है। लोग बदल रहे हैं। उन्हें हक़ीक़त समझनी होगी। मुझे विश्वास है, वह वस्तुस्थिति समझेंगे और मान जाएँगे।"

चटर्जी मोशाय के इस विश्वास की वजह शायद उनका एक काबिल वकील होना था। क़ानून का नामचीन नुमाइंदा और इलाहाबाद के आभिजात्य-समाज का सम्मानित सदस्य होना भी था। लेकिन हरदेव प्रताप बच्चू अपने पिता को कहीं ज़्यादा बेहतर जानते थे। उन्होंने चटर्जी मोशाय को साफ़-साफ़ मना कर दिया, "नहीं, आप ऐसा बिलकुल नहीं करेंगे। मेरे पिता अपनी झूठी शान और ख़ानदान की प्रतिष्ठा के नाम पर कुछ भी कर सकते हैं। आपको अपमानित करने से भी नहीं चूकेंगे। ये मुझे क़तई स्वीकार नहीं।"

चटर्जी मोशाय ने सिगार सुलगाकर आजिज़ी में कहा, "ठाकुर रुद्रदेव प्रताप सिंह जो कर रहे हैं, वह ग़ैरक़ानूनी है। मैं ऐसी ज़्यादती नहीं होने दूँगा। उन्हें कोर्ट में खींचकर लाऊँगा।"

चटर्जी मोशाय का अहं भी आहत हुआ था। वह हरदेव प्रताप बच्चू के पिता ठाकुर रुद्रदेव प्रताप सिंह को सबक़ सिखाने पर उतारू हो आए थे।

"नहीं, आपकी इस कार्रवाई से ग़लत सन्देश जाएगा। वे मेरे पिता हैं, मैं उन्हें कठघरे में नहीं खड़ा कर सकता। हम और मोनी अपनी गृहस्थी अपने बूते बसाएँगे।"

चटर्जी मोशाय ने लाख समझाया कि मोनीषा उनकी इकलौती संतान है और 'चटर्जी विला' में जो कुछ भी है, वो सब उसका ही है, इसलिए उन दोनों को 'चटर्जी विला' में ही साथ रहना चाहिए। लेकिन चटर्जी मोशाय के इस आग्रह पर हरदेव प्रताप बच्चू के बजाय उनकी बेटी मोनीषा ने उन्हें समझाया, "बाबा, बच्चू भी अपने ख़ानदान का इकलौता वारिस है। जब उसने मेरे लिए सब कुछ ठुकरा दिया, तो मुझे भी उसके सम्मान के सामने कुछ स्वीकार नहीं। हम अपनी गृहस्थी स्वयं बसाएँगे।"

हरदेव प्रताप बच्चू अपना विरोध और निर्णय सुनाकर 'चटर्जी विला' से विदा हो लिए थे।

किराये के दो कमरों के छोटे-से घर में हरदेव प्रताप बच्चू और मोनीषा ने अपनी गृहस्थी की शुरुआत की। यह सीता और राम का समय नहीं था, लेकिन ऐसी मिसालें हर युग में मिलती रही हैं। उनकी गृहस्थी में प्यार था, समर्पण था, भावनाओं की क़द्र थी और बराबरी का रिश्ता था। उनकी छोटी-सी दुनिया में छोटी-छोटी ख़ुशियाँ बड़ा किरदार रच रही थीं।

इस बीच हरदेव प्रताप बच्चू की कवि-सम्मेलनों में व्यस्तता बढ़ गई थी। उनकी ख्याति दिन दूनी, रात चौगुनी बढ़ रही थी। ऐसे ही एक कवि-सम्मेलन में जब वह बनारस गए थे, देर रात अचानक मोनीषा को प्रसव पीड़ा शुरू हो गई। प्रसव में अभी समय था, इसलिए मोनीषा को लगा कि शायद यह फाल्स पीड़ा हो। लेकिन जैसे-जैसे रात गहराती गई, उसकी पीड़ा भी असहनीय होती गई। नस-नस में दर्द चिलक बनकर उठता और उसकी देह से प्राण निचुड़ता जान पड़ता। किराये के इस घर में वह नितान्त अकेली थी। होंठ भींचकर, एड़ियाँ रगड़ती गरई मछरी-सी तलफलाती रही। इस गहन वेदना के दौरान उसके मन में हरदेव प्रताप बच्चू का गीत गूँजता रहा था—'अटके प्राण तुम्हीं में साथी, इक बार दरस दिखला जाओ।'

गीत की तासीर थी या दर्द का हद से गुज़र जाना कि मोनीषा एक ज़ोर की चीख़ के साथ कब चेतना खो बैठी, उसे पता ही नहीं चला।

मोनीषा की आँख जब खुली तो वह अस्पताल के बेड पर थी। सलाइन चल रहा था और ठीक उसके सामने हरदेव प्रताप बच्चू बैठे थे। मोनीषा की आँखों में आँसू छलक आए। उसे होश में आया देख हरदेव प्रताप बच्चू की पलकों में अटके आँसू भी ढुलक पड़े। मोनीषा की हथेली को अपनी हथेली में लेकर भींच लिया। मोनीषा ने कुछ कहना चाहा। लेकिन उन्होंने अपने होंठों पर तर्जनी रखकर बोलने से मना कर दिया।

राउंड पर आई डॉक्टर ने मोनीषा को होश में आया देखकर बधाई दी, "कांग्रेच्युलेशन! बेटी हुई है आपकी!"

मोनीषा की आँखों में आँसू छलक आए। डॉक्टर ने आश्वस्त किया, "बच्ची का वज़न थोड़ा कम है, इसलिए अभी अलग ओब्सर्वेशन में रखा है।"

मोनीषा का चेहरा ज़र्द हो आया था। हरदेव प्रताप बच्चू ने उसकी हथेली थपथपाते हुए समझाया, "मोनी, हमारी बेटी ठीक है। चिन्ता की कोई बात नहीं।"

फक्क पड़ा मोनीषा का चेहरा दमका। उसके इर्द-गिर्द सुबह का उजाला कुछ ज़्यादा चमकीला हो गया। उसने ग़ौर किया, बच्चू की आँखों में पिता बनने की ख़ुशी सूरज की रोशनी बनकर जगमग कर रही थी।

हौले से पूछा, "मैं यहाँ कैसे पहुँची?"

"मकान मालकिन ने तुम्हारी चीख़ सुन ली थी। रात में ही उन लोगों ने यहाँ लाकर भर्ती कराया।" हरदेव प्रताप बच्चू ने जिज्ञासा का समाधान किया।

वह फिर कुछ पूछना चाह रही थी, पर चुप रहने का संकेत कर बच्चू ने कहा, "वे लोग रात-भर अस्पताल में थे। सुबह आने के बाद मैंने उन्हें घर जाने को कहा है।"

"माँ-बाबा को बताया?" मोनीषा ने मद्धिम स्वर में पूछा।

"अभी उन्हें फ़ोन करके आता हूँ।" हरदेव प्रताप बच्चू उठे और वार्ड से बाहर चले गए।

फ़ोन अस्पताल के रिसेप्शन पर था। लेकिन काम नहीं कर रहा था। पता चला डायल टोन नहीं है। कब तक ठीक होगा, पता नहीं था। रिसेप्शन पर बैठी महिला हरदेव प्रताप बच्चू की परेशानी भाँपकर बोली, "सड़क के उस पार जो कटरा है, उसमें एक टेलीफ़ोन बूथ है। वहाँ देख लीजिए, बूथ खुल गया होगा।"

उस महिला को धन्यवाद देकर हरदेव प्रताप बच्चू वार्ड में लौटे और मोनीषा से बोले, "रिसेप्शन का फ़ोन ख़राब है। बाहर से फ़ोन करके आता हूँ।"

मोनीषा ने उनका हाथ थाम लिया, "जल्दी आना!"

मोनीषा की आँखों ने हरदेव प्रताप बच्चू का वार्ड के दरवाज़े तक पीछा किया। उसकी आँखें बच्चू के लौटने की प्रतीक्षा में वहीं टकटकी लगाए टिकी रहीं। लेकिन काफ़ी देर तक जब बच्चू लौटकर नहीं आए, तो सद्यःप्रसूता मोनीषा की धड़कनें बढ़ गईं। तरह-तरह की आशंकाओं में डूबती-उतराती वह स्वयं को धैर्य बँधाती रही। काफ़ी देर तक जब हरदेव प्रताप बच्चू की सुगबुगाहट नहीं मिली तो उसकी घबराहट बढ़ गई। एक वार्ड बॉय को पास बुलाकर मदद माँगी। उसे अपने घर का फ़ोन नम्बर बताया और अपने पिता को बुला देने का आग्रह किया। वार्ड बॉय भलामानुष था। उसने मोनीषा के आग्रह का मान रखा।

घंटे-भर की कठिन प्रतीक्षा के बाद मोनीषा के बाबा चटर्जी मोशाय और उसकी माँ अस्पताल पहुँचे। हरदेव प्रताप बच्चू के बारे में जानकर उनके होश उड़ गए। नातिन होने की ख़ुशी को इस ख़बर ने ग्रस लिया था। आनन-फ़ानन चटर्जी मोशाय ने सीनियर पुलिस अफ़सरों के साथ-साथ अपने जान-पहचान वाले तमाम वकीलों और रसूखदार मुवक्किलों को सूचना दी। सबसे उन्होंने हरदेव प्रताप बच्चू का पता लगाने का अनुरोध किया।

मोनीषा के प्राण अधर में टँगे थे। माँ सिरहाने बैठी उसे धैर्य बँधाती रही।

दोपहर होते-होते चटर्जी मोशाय को ख़बर मिली कि हरदेव प्रताप बच्चू सड़क पार करते हुए एक तेज़ रफ़्तार ट्रक की चपेट में आ गए थे, जिन्हें पुलिस ने सरकारी अस्पताल पहुँचा दिया है। बदहवास चटर्जी मोशाय अस्पताल भागे। जिस वक़्त वह इमरजेंसी में पहुँचे, वार्ड बॉय हरदेव प्रताप बच्चू का शव मॉर्चुरी ले जाने की तैयारी में थे। यह देखकर चटर्जी मोशाय की आँखों के सामने अँधेरा छा गया। सीने में मर्मांतक हूक उठी और वह वहीं एक कोने में जाकर फफक पड़े। यह एक ऐसा दुःस्वप्न था, जिसके फलाफल को कोई नहीं बदल सकता था। किसी तरह स्वयं को सँभालते हुए वह अस्पताल के अधीक्षक से मिले और उन्हें अपना परिचय देकर हरदेव प्रताप बच्चू का शव ले जाने की गुज़ारिश की।

उम्र और अनुभवों के कितने ही उतार-चढ़ाव से गुज़र चुके चटर्जी मोशाय समझ नहीं पा रहे थे कि यह मनहूस ख़बर बेटी को कैसे दें? वह बेटी, जिसकी हर इच्छा का उन्होंने सम्मान किया, जिसकी भावनाओं की क़द्र करते हुए हर वक़्त उसके साथ खड़े रहे, उसे कैसे बताएँ कि उसका पति नहीं रहा। जिसे उसने दिलोजान से प्यार किया, वह उसका जीवनसाथी उसे सदा के लिए छोड़ गया? किसी माता-पिता के लिए अपनी बेटी को यह बताना कि वह विधवा हो गई है,

कितनी-कितनी मौतें मरने के समान है। चटर्जी मोशाय इस वक़्त उन्हीं हौलनाक हालात से दो-चार हो रहे थे।

माँ ने कलेजे पर पत्थर रखकर बेटी को यह ख़बर दी। ख़बर देते हुए उनका कलेजा कट रहा था। आँखें धार-धार बरस रही थीं। आँचल का कोर मुँह में ठूँसकर रुदन दबाने के बावजूद मन का क्रन्दन सस्वर था। मोनीषा तो ख़बर सुनते ही अचेत हो गई। उसकी यह हालत देखकर माँ को भी गश आने लगा। बाबा के भी हाथ-पाँव फूल रहे थे। शुक्र था कि वे अस्पताल में थे। चटर्जी मोशाय के एक असिस्टेंट ने जाकर डॉक्टर को मोनीषा की हालत की जानकारी दी। जब से डॉक्टरों को चटर्जी मोशाय के बारे में पता चला था, वे मोनीषा का विशेष ख़याल रखने लगे थे। ड्यूटी पर तैनात लेडी डॉक्टर तेज़ी से वार्ड में आई और मोनीषा की नब्ज़ पकड़कर बीट्स गिनने लगी। नर्स भी आ गई थी। वे मोनीषा को होश में लाने का उपक्रम करने लगी थीं।

होश में आने के बावजूद मोनीषा की हालात बेहद ख़राब थी। सीलिंग को ताकती आँखों से लगातार आँसू बहते रहते। उसे समझाने...ढाढ़स बँधाने की हर कोशिश नाकाम हो गई थी। दो दिनों बाद डॉक्टरों ने मोनीषा की बेटी को इनक्यूबेटर से बाहर निकालकर उसे सौंप देने का निर्णय लिया। अपने बेड पर अपने बग़ल में अपनी बेटी को पाकर मोनीषा निहाल हो गई। बेटी के मासूम चेहरे और उसकी मिचमिचाती आँखों को देखती हुई वह खो-सी गई। धीरे-धीरे उसके होंठों पर मुस्कराहट उभरी और भर आई आँखें पोंछते हुए बेटी को चूमने लगी। चटर्जी मोशाय ने मन-ही-मन ऊपरवाले का आभार जताया। मोनी की माँ ने अपने ठाकुर जी को धन्यवाद दिया।

चटर्जी मोशाय ने डॉक्टरों से सलाह-मशविरा कर, मोनीषा को घर ले जाने की इजाज़त ले ली। घर पहुँचते ही चटर्जी मोशाय ने मोनीषा और उसकी बेटी की देखभाल के लिए एक प्राइवेट नर्स रख ली। नर्स के अलावा मोनी की माँ ने एक पैर पर खड़ी होकर बेटी और नातिन की देखभाल सँभाल ली थी। फ़ैमिली डॉक्टर रजत विश्वास भी सुबह-शाम आकर मोनीषा और उसकी बेटी के स्वास्थ्य का परीक्षण कर जाते।

इस बीच चटर्जी मोशाय ने अपने एक जूनियर एडवोकेट शमशेर बहादुर सिंह के ज़रिये हरदेव प्रताप बच्चू के पिता ठाकुर रुद्रदेव प्रताप सिंह को उनके बेटे की मृत्यु की ख़बर भिजवाई। जवाब में उन्होंने कहा, "हम तो अपने बेटे का अन्तिम संस्कार कर चुके हैं। जो अब मरा है, वो हमारा बेटा नहीं था।"

अपने बेटे की मृत्यु के बाद भी किसी पिता की इतनी क्रूर प्रतिक्रिया हो सकती है, यह जानना चटर्जी मोशाय के लिए बेहद कष्टकर था। अपनी झूठी शान के लिए बाप-बेटे के रिश्ते की बलि? चटर्जी मोशाय इस क़दर विचलित हुए कि उनकी मुट्ठियाँ भिंच गईं। प्रतिक्रियास्वरूप दाँत भींचकर कहा, "ठाकुर रुद्रदेव प्रताप सिंह मैं निकालूँगा आपकी सारी ठकुरैती। हरदेव प्रताप बच्चू की बेटी उस घर की वारिस है और वही सँभालेगी उसकी विरासत।"

इस बार चटर्जी मोशाय ने मोनी की एक न सुनी। उन्होंने साफ़-साफ़ ऐलान कर दिया, "मोनी, मैंने आज तक तुम्हारी हर बात मानी। हर इच्छा पूरी की। लेकिन तुम्हें मेरी ये बात माननी होगी। तुम्हारी बेटी जितनी तुम्हारी है, उतनी ही हरदेव प्रताप बच्चू की भी है। अपने पिता और अपने ख़ानदान की वह इकलौती वारिस है। उसका हक़ ठाकुर रुद्रदेव प्रताप सिंह की हठधर्मिता की भेंट नहीं चढ़ने दूँगा।"

चटर्जी मोशाय अपने फ़ैसले पर अडिग थे।

"यहाँ बबूल ज़्यादा हैं न?"

"मैम, ये थार का रेगिस्तानी इलाक़ा है, इधर ज़्यादातर बबूल और खेजरी के वृक्ष उगते हैं। वैसे आप कह सकती हैं, थार की रेत और हमारी क़िस्मत में विधाता ने ही बबूल बो दिए हैं।" चंदन अपनी बात पूरी कर हँसा मानो वह अपनी नियति का मज़ाक़ उड़ा रहा हो।

पोखरण क़स्बे से खेतोलाई जाने के रास्ते में चंदन की मोटरसाइकिल हवा से बातें कर रही थी। चालीस किलोमीटर की दूरी बातों में ही तय करते हुए शाम उतर आई थी। आसमान में तना काला चँदोवा गाँव के वजूद पर तना हुआ था। घरों में टिमटिमाती रोशनियाँ अँधेरे और उदासी से लड़ने की कोशिश करती जान पड़ रही थीं। कच्चे-पक्के मकानों वाले इस गाँव में अजीब उदासी पसरी पड़ी थी जैसे कोई अभिशाप डेरा डालकर बैठा हो। बया का मन आशंकाओं से भर गया था।

"चंदन, तुम्हारे गाँव में घुसते हुए डर क्यों लग रहा है?"

"मैम, आप यहाँ आ ही गई हैं। स्वयं देख लीजिएगा, यह डर इस गाँव की नियति क्यों है?" जवाब देने के साथ ही चंदन ने एक घर के सामने मोटरसाइकिल रोकी।

"लो जी, आ गए। ये रही अपनी कुटिया।" चंदन ने अपने घर की ओर इशारा किया।

मोटरसाइकिल की आवाज़ सुनकर घर से बाहर आई एक स्त्री चंदन के साथ दो अजनबियों को देखकर दरवाज़े पर ही ठिठक गई। परम्परागत घाघरा-चोली पहने इस स्त्री ने झट से गले में पड़े दुपट्टे को खींचा और सिर पर ओढ़ लिया। उसी दुपट्टे को सिर से आधा खींचकर मुँह ढँकने का उपक्रम किया। फिर भी घूँघट से छनकर आ रहा उजाला छुपा न रहा। उस रोशन मुख स्त्री के पीछे एक बच्चा अधछुपा खड़ा था। बच्चे का सिर सामान्य से कहीं ज़्यादा बड़ा था। लगभग बेडौल। इस बच्चे की आँखों में अजनबियों को लेकर कौतूहल था। समझना मुश्किल न था कि वह स्त्री चंदन की पत्नी थी और वह बच्चा उसका बेटा। चंदन ने आगे बढ़कर बच्चे को गोद में उठाया और लाड़ जताते हुए बोला, "राजू, देखो बेटा कौन आया है?"

बच्चे को न जवाब देना था, न उसने दिया। चंदन ने बताया, "ये मेरा बेटा राजू है। और ये मेरी लुगाई रज्जो।" लगे हाथ उसने रज्जो से बया और दीप का भी परिचय करा दिया, "ये मेरे नए दोस्त हैं, बया मैम और दीप सर।"

"अच्छा! मीडियावाले हैं या एनजीओ वाले?" रज्जो के स्वर में उपहास का भाव था।

"नहीं रे, ये स्टूडेंट हैं। बनारस यूनिवर्सिटी से आए हैं।"

बिना जाने-बूझे अनर्गल बोल जाने के संकोच से रज्जो का चेहरा लाल हो गया। चंदन ने स्थिति सँभालने की गरज से सफ़ाई दी, "दरअसल, परमाणु विस्फोट के बाद यहाँ मीडिया और एनजीओ वालों का जमावड़ा लगा रहता है। शुरू में तो उनका आना अच्छा लगता था। तब गाँव वालों को उम्मीद थी कि शायद मीडिया और समाजसेवी संस्थाओं की वजह से उनकी समस्याओं की ओर सरकार का ध्यान जाए और उनका समाधान हो। पर सब तमाशा साबित हुआ। ऐसे तमाशों से अब गाँव वाले आजिज़ आ गए हैं।"

दीप ने भी वातावरण को सहज बनाने के लिए चंदन की पत्नी से बेतकल्लुफ़ आग्रह किया, "भाभी जी, बहुत तेज़ प्यास लगी है, पानी पिला दो, प्लीज़।"

दीप की बेतकल्लुफ़ी काम कर गई। रज्जो अन्दर गई और एक जग में पानी और दो गिलास लेकर हाज़िर हुई। दीप ने लपककर गिलास लिया और मासूमियत से उसका आभार जताया, "भाभी जी, प्यासे को पानी पिलाकर आपने बहुत पुण्य

का काम किया है। भगवान आपकी हर मनोकामना पूरी करेंगे।"

रज्जो घूँघट के अन्दर मुस्कराई और बाहर बिजली-सी कौंध गई। वह दूसरा गिलास बया की ओर बढ़ाते हुए बोली, "दीदी सा, आप भी पाणी पी लो, प्यास लगी होगी!"

बया ने हड़बड़ाकर रज्जो को देखा। दोनों ओर से आत्मीयता का सोता फूटा और मनोमालिन्य स्वत: धुल गया।

"दीदी सा, बनारस से इधर कैसे आए?"

ये पहले वाली रज्जो नहीं थी। उसके इस मासूम प्रश्न पर बया का प्यार उमड़ आया, "अपने शोध के काम से नाथद्वारा आए थे। सोचा, आप से भी मिलते चलें!"

रज्जो अपने पति की ओर पलटकर चहकी, "थारी बैण तो बड़ी चोख्खी लागे है, जी।"

रज्जो का टिपिकल राजस्थानी अन्दाज़ अपने फॉर्म में आ गया था। उसके इस मज़ाक़ से बया की हँसी छूट गई। पानी गले में सरक गया। बया का सुर्ख़ चेहरा देखकर चंदन ने झिड़की लगाई, "बड़ा मज़ाक़ सूझ रहा थारे को। जा पहले कुछ नाश्ता-पाणी का इन्तज़ाम कर।"

चंदन की झिड़की में भी मसखरी थी। सम्भवत: पति-पत्नी के लाड़ का यही तरीक़ा था। माहौल सहज हो चुका था और चंदन का मन भी हल्का हो गया था। रज्जो दोनों गिलास समेटकर वापस अन्दर चली गई। राजू दरवाज़े की चौखट से चिपका, पिता के साथ आए दो अजनबियों को बिटर-बिटर ताक रहा था। दीप ने आगे बढ़कर राजू को पुचकारा। राजू के चेहरे पर अपरिचय का कसाव बरक़रार था। हर बच्चे की तरह उसके पिता की गोद ही उसका सुरक्षा कवच था।

राजू को अपनी गोद में उठाकर चंदन बोला, "जन्म से ही इसका सिर ऐसा है। डॉक्टर बोलते हैं कि ब्रेन ट्यूमर है।"

हे भगवान्! इस मासूम को ब्रेन ट्यूमर? राजू के बारे में यह जानकर वे भीतर तक हिल गए। बया रुआँसी हो आई। कलेजे में हूक-सी उठी, "हे प्रभु, ये कैसी विडंबना है?" भावोद्रेक में आगे बढ़कर राजू को अपनी बाँहों में लेना चाहा, लेकिन वह पिता के गले से और कसकर चिपक गया। बया ने प्यार से उसका गाल थपथपाते हुए पूछा, "राजू की इस बीमारी की कोई वजह तो होगी, चंदन... क्या कहते हैं डॉक्टर?"

"मैम, ये पोखरण विस्फोट से पैदा हुए रेडिएशन का प्रभाव है। इस गाँव में ऐसे

कई बच्चों का जन्म हुआ है, जो किसी न किसी बीमारी के शिकार हैं। आसपास के कई गाँवों में यही हाल है। आपको दिखाऊँगा, यहाँ लोग कैसे मौत की उँगली थामकर ज़िन्दगी जी रहे हैं," चंदन की आवाज़ दरकी हुई थी।

इस तकलीफ़देह सचाई को जानकर बया और दीप का जी उचाट हो गया था। एक असाध्य बीमारी के साथ इन बच्चों के ज़िन्दगी जीने की सोचकर ही आत्मा सिहर गई। क्या गुज़रती होगी, चंदन और रज्जो पर? अपने बच्चे को देख-देखकर कितनी मौतें मरते होंगे वे? चंदन जो उन्हें एक गाइड के रूप में मिला, कुछ ही घंटों में बन्धु-सखा हो चुका था। उसके दुःख से रू-ब-रू होना, बहुत पीड़ादायी था। इस गाँव से ये उनकी पहली मुलाक़ात थी और पहली मुलाक़ात में ही उनका एक दुःस्वप्न से सामना हुआ था। जिस पोखरण विस्फोट को लेकर वे छलछल उत्साह से भरे हुए थे और उसी उद्दाम भावना के वशीभूत यहाँ तक खिंचे चले आए थे, आज इस पहले अनुभव ने उनकी मधुर कल्पना को झकझोर दिया है। वह बच्चा राजू, जिसके चेहरे पर दूधिया उजाले-सी मासूमियत थी, कभी दीप को तो कभी बया को बिटर-बिटर ताक रहा था। उसे निहारते हुए बया का मन डूबने लगा था।

बया की आँखों में उतर आई नमी दीप से छुप नहीं पाई थी। कमोबेश उसकी हालत भी बया से अलग न थी। चंदन को जैसे कुछ याद आया हो, वह राजू को गोद में उठाए घर के अन्दर चला गया।

थार की रेगिस्तानी रात में नींद और सपने की कोई जुगलबन्दी नहीं थी। बया की आँखों में रेत उड़ रही थी और गर्म हवाओं के थपेड़े चाबुक बरसा रहे थे। एक तारा ढूँढ़ने की कोशिश में पूरा आसमान खँगाल डाला था। कहीं कोई टिमटिम नहीं थी। कोई रोशनी या रोशनी का सुराग नहीं था। करवट बदलती हुई सोने की जुगत करते-करते थक चुकी थी। उमस और भकसावन अँधेरे में अजीब-सी घबराहट होने लगी तो औचक उठकर बैठ गई। आँखें मिचमिचाकर आसपास का जायज़ा लिया। कहीं कोई सुगबुगाहट नहीं थी। चंदन के घर के आँगन में वह जिस चारपाई पर सोई थी, उससे थोड़ी दूर एक दूसरी चारपाई पर रज्जो अपने बेटे के साथ सोई थी। रात का यह कौन-सा पहर था, अन्दाज़ा लगाना मुश्किल था, लेकिन रात खिसकती नहीं जान पड़ रही थी।

"क्या हुआ दीदी, नींद नहीं आ रही?" आशा के विपरीत रज्जो की आवाज़ अँधेरे को भेदती हुई आई जैसे सोये जल में कंकरी बजी हो।

"हाँ भाभी जी, पता नहीं क्यों, थकान के बावजूद नींद नहीं आ रही।"

पहली मुलाक़ात में ही आत्मीय बातचीत और छेड़छाड़ से उपजी अन्तरंगता ने दोनों के बीच अपनापे का रिश्ता जोड़ दिया था। रज्जो भी उठकर बैठ गई। इस मध्य रात में कोई उन दोनों का वार्तालाप सुन न ले, इस ख़याल से वह फुसफुसाकर बोली, "दीदी, हमारी तो हर रात यूँ ही जागते-सोते कटती है। आँख लगी तो धमाके गूँजते हैं, आँख खुली तो रात प्रेतलीला करती है। अरसा हो गया, हमने आँख-भर नींद नहीं ली।"

गाढ़े थक्केदार अँधेरे में रज्जो के मनोभावों को निरखने के लिए बया की आँखें मिचमिचाने लगीं। जब अँधेरे की परत थोड़ी नरम हुई तो देखा, रज्जो अपने बच्चे का सिर सहला रही थी। बया को समझते देर न लगी कि उन धमाकों से रज्जो की नींद का क्या रिश्ता है? उसके बेटे के असामान्य सिर और उसमें ट्यूमर की सोचकर ही बया का कलेजा लरज गया। भारी मन से पूछा, "भाभी जी, आपके बेटे के ट्यूमर के बारे में डॉक्टर क्या बोलते हैं?"

"डॉक्टर क्या बोलेंगे दीदी, इलाज चल रहा है...जोधपुर, जयपुर, दिल्ली, हर जगह दिखाया। जो थोड़े-बहुत खेत हैं, एक-एक कर बेटे के इलाज में बिक रहे हैं।" रज्जो की आँखें आकाश की ओर जा टिकी थीं, शायद इसी बहाने वह अपनी आँखों का गीलापन छुपा रही थी। पर आवाज़ की आर्द्रता कहाँ छिपती है?

बया को इतनी हिम्मत भी नहीं हुई कि रज्जो से सहानुभूति के दो शब्द कह पाए। लगा, सारे शब्द, सारे आश्वासन बेमानी हैं। लफ़्फ़ाज़ी से उनका दु:ख बाँटना सम्भव नहीं। वे जिस पीड़ा से गुज़र रहे हैं, वो नितान्त उनकी है और कोई भी हमदर्दी उनके लिए मरहम नहीं हो सकती। मासूम राजू के लिए संजीवनी नहीं हो सकती। उन दोनों के बीच दोनों छोर पर मौन स्तब्ध था। रात ठिठकी हुई थी, नींद उखड़ी हुई। बया ने पहली बार महसूस किया कि यहाँ की हवाओं में बारूद की ज़हरीली गंध गश्त कर रही है। रात आँखों में ही कटी।

बया के दुलार और हास-परिहास से चंदन का बेटा राजू बहुत जल्द उससे घुल-मिल गया था। उसके साथ खेलते-खेलते बया उसे अपनी गोद में उठाकर देर तक प्यार करती रही और मन-ही-मन उसकी बलैयाँ लेती रही। यह ममत्व से भरी एक स्त्री थी, जो उस बच्चे की ख़ैरियत की दुआ माँग रही थी, जिसकी अगली साँस का कोई ठिकाना नहीं था। राजू के मन से भी कल वाली अजनबीयत ग़ायब

हो चुकी थी। किलकती हुई उसकी खिलखिल से घर गुलज़ार हो रहा था। अपने माता-पिता को इन अजनबियों से घुल-मिलकर बातें करते देख, शायद उसका भरोसा बढ़ गया था कि ये आगन्तुक पराए नहीं हैं। बच्चे ऐसे ही होते हैं। उनके मन से भय निकला कि वे थोड़े प्यार, थोड़े अपनापे और थोड़ी-सी गाढ़ी मुस्कान पर किसी के भी अपने हो जाते हैं। बया और राजू के बीच भी नेह-छोह का यह रिश्ता जन्म ले चुका था।

नाश्ते के बाद घर से निकलने के पहले रज्जो ने चंदन को ताकीद की, "सुणो, दोपहर तक लौट आणा। रोटी-पाणी साथ ही करेंगे।"

जवाब चंदन के बजाय बया ने दिया, "भाभी जी, फिकर ना करो, हम आपके साथ ही जीमेंगे।"

तय हुआ कि पहले खेतोलाई के मुखिया से मिला जाए। उसके बाद गाँव के कुछ दूसरे लोगों से मिलते हुए लोहार्की जाएँगे। ये मध्य मार्च का महीना था, दोपहर तक सूरज का गोला आग उगलने लगा था मानो भट्टी धधक रही हो। अगर हवा भी चल पड़ी तो फिर तपती रेत और जलता आसमान कहर बरपा देंगे। सुबह के इस वक़्त भी गर्म थपेड़े उठने शुरू हो गए थे। दीप की नरम पहाड़ी त्वचा गुलाबी रंगत लेने लगी थी। बया ने एहतियातन अपना मुँह चुन्नी से ढँक लिया। उसकी इस कवच-कुंडल व्यवस्था को देखकर दीप ने आह भरी, "आज समझ में आया कि दुपट्टे के कितने फ़ायदे हैं!"

रज्जो ने चुटकी ली, "भाई सा, बोलो तो मैं अपणा दुपट्टा आपको दूँ?"

बया और चंदन के ठहाकों के बीच दीप का झेंपा चेहरा देखकर रज्जो ने अपनी हँसी भी दुपट्टे के नीचे छुपा ली।

卐

खेतोलाई के ग्रामप्रधान रामेश्वर बिश्नोई का घर गाँव के बीचोबीच था। सैंडस्टोन का बना बड़ा-सा मकान। लम्बी-चौड़ी देहरी। उसी के बराबर बरामदा। बरामदे में पड़ी दो खाटें, प्लास्टिक की कुछ कुर्सियाँ, बीच में एक टेबल। टेबल पर रखे दो रजिस्टर इस बात की ओर इशारा कर रहे थे कि यहाँ उनका दरबार लगता है। देहरी से ही चंदन ने उन्हें आवाज़ लगाई।

चंदन की आवाज़ सुनकर बाहर निकले ग्रामप्रधान रामेश्वर विश्नोई। झक्क सफ़ेद कुरता, धोती और सिर पर सफ़ेद पोतिया उनके रोबीले व्यक्तित्व पर ख़ूब फब रही थी। उनके चेहरे पर ऐंठी हुई मूँछें जैसे किसी रणबाँकुरे का ओजस्वी आनन। तक़रीबन पौने छह फुटे ग्रामप्रधान बरामदे के बीचोबीच खड़े चंदन के साथ आए आगन्तुकों को उत्सुकता से देख रहे थे।

चंदन ने सवेरे-सवेरे आने का मक़सद बताते हुए बया और दीप का परिचय कराया, "प्रधान सा, ये लोग बनारस से आए हैं। वहाँ यूनिवर्सिटी में पढ़ते हैं। इन्हीं को लेकर निकला गाँव घुमाणे। सोचा थारे से ही शुरुआत करूँ।"

ग्रामप्रधान बरामदे से उतरकर बाहर देहरी तक आया। दोनों आगन्तुकों का हाथ जोड़कर अभिवादन करने के साथ ही हुलसकर बोला, "पधारो जी, पधारो! चंदन के मेहमान हमारे मेहमान हुए जी।"

ग्रामप्रधान की देह-भाषा से ज़ाहिर हो रहा था कि वह मिलनसार और विनोदी स्वभाव का है। अपनी मूँछों पर मुतवातिर ताव देते रहने की उसकी अदा पर फिदा दीप उसे मुग्ध हो निहार रहा था। दीप का सदा से मानना रहा है कि मूँछें तो योद्धाओं पर ही फबती हैं और इस तथ्य को बिना जाने-समझे जो लोग मूँछें रखते हैं, दरअसल वे मूँछों का अपमान करते हैं। ऐसा मानते वक़्त उसकी आँखों में दुनिया के तमाम योद्धाओं के चित्र और चेहरे घूम जाते हैं और उन योद्धाओं के चित्रों से उसका अपनी इस धारणा पर विश्वास और ज़्यादा दृढ़ होता रहा है। ग्रामप्रधान की मूँछें बिलकुल उसकी मान्यता के अनुकूल थीं। इतनी अनुकूल कि उसे लगा, ग्रामप्रधान भी बस किसी युद्ध के लिए प्रयाण करने वाला है। फ़िलहाल, ग्रामप्रधान अपनी मूँछों पर ताव दिए जा रहा था। दीप ख़ुद को उसकी तारीफ़ करने से नहीं रोक पाया, "प्रधान सा, आपके दर्शन से हमारा राजस्थान आना सफल हो गया।"

ग्रामप्रधान मूँछों में ही मुस्कराया, "भाई सा, हमें भी आपसे मिलकर बाबा विश्वनाथ के दर्शन-लाभ हो गए।"

ये नहले पर दहला था। ग्रामप्रधान की इस हाज़िरजवाबी पर दीप झेंप गया। उसकी विनोदप्रियता से औपचारिकता की दीवार सहज ही ढह गई थी। ग्रामप्रधान ने आग्रहपूर्वक उन्हें अपनी बैठक में आमंत्रित किया। दीप और बया कुर्सियों पर बैठे। लेकिन चंदन एक चारपाई के सिरहाने बैठा। ग्रामप्रधान ने अपनी कुर्सी पर विराजने के बाद चंदन से पूछा, "आज पोखरण नहीं जा रहा?"

"नहीं, मेहमान आए हैं, विस्फोट के मंजर देखने। इन्हें वही दिखाना है। इनका इरादा तो फ़ायरिंग रेंज तक जाने का था..., लेकिन जब पता चला कि उधर किसी को जाने की अनुमति नहीं है, तो बेचारे बड़े दुखी हुए। मैं इनको लेके यहाँ आ गया, परमाणु विस्फोट के नज़ारे दिखाने। इन्हें लोहार्की, ओढ़निया, चाचा भी घुमाना है। खेतोलाई का हाल तो आप ही बेहतर बता सकते हैं, तो ले आया इन्हें आपके पास।"

बाहर से देहरी चढ़कर बरामदे में आया एक किशोरवय लड़का अजनबियों को देखकर ठिठक गया। ग्रामप्रधान ने पूछा, "बेटा, ख़बर कर दी जीते को?"

"जीता घर पे नहीं था। बोल के आया, उसे भेज देने को।" लड़के की आवाज़ में खनखन थी।

"पाणी पिला बेटा, मेहमाण आए हैं।" ग्रामप्रधान ने उस किशोर को पुचकारा।

लड़का मुंडी हिलाता घर के अन्दर चला गया। ग्रामप्रधान ने लड़के की तरफ़ इशारा करके कहा, ये मेरा भतीजा राजन बिश्नोई है। इसे ब्लड कैंसर है। भला-चंगा बच्चा था जी। बिलकुल स्वस्थ। परमाणु विस्फोट के कुछ दिनों बाद से इसकी तबीयत ख़राब रहने लगी। डॉक्टर को दिखाने के बाद पता चला कि इसे ब्लड कैंसर है। बताइए, भला ये भी कोई बात हुई। इसके पिता, मेरे बड़े भाई रत्नेश्वर विश्नोई भी कैंसर से मरे थे। हमें बहुत बाद में पता चला जी, कि सन् चौहत्तर में जो परमाणु विस्फोट हुआ था, भाई सा उस रेडिएशन की चपेट में बहुत पहले ही आ चुके थे। जब तक पता चला जी, बहुत देर हो चुकी थी। फिर भी हमने उनके इलाज में कोई कसर नहीं छोड़ी, पर भाई सा नहीं बचे। तब से हम इस बच्चे को लेकर भी बहुत डरे रहते हैं। मेरी लुगाई को भी ब्रेस्ट कैंसर हो चुका है।"

"यहाँ एक भी ऐसा घर नहीं, जहाँ कोई न कोई रेडिएशन का शिकार न हो।" चंदन बोला।

ग्रामप्रधान और चंदन ऐसे हालात के अभ्यस्त थे, शायद इस वजह से उनका लहज़ा निहायत सपाट था। लेकिन बया और दीप के लिए यह सब जानना किसी सदमे की तरह था। दोनों निःशब्द थे। गहरी उदासी ने उनके मन को जकड़ लिया था। राजन अन्दर से पानी भरा जग और चार गिलास लेकर लौटा। गिलास और जग टेबल पर रखकर वह फिर अन्दर चला गया। इस बार लौटा तो उसके हाथ में मिठाइयों से भरी एक बड़ी प्लेट थी। स्वागत की इस तैयारी से लग रहा था कि सार्वजनिक पद वाले ग्रामप्रधान के यहाँ आगन्तुकों का खुले दिल से स्वागत होता है। राजन गिलासों में पानी भर रहा था और बया की आँखें उसी पर केन्द्रित थीं।

चौदह-पन्द्रह साल का यह बालक, जिसके मासूम चेहरे पर निर्दोष कान्ति थी, यक़ीन नहीं आ रहा था कि वह कैंसरग्रस्त है। चंदन के बेटे राजू के बाद इस दूसरे बच्चे से सामना, बया के मन को झकझोर गया। वह रुआँसी हो आई थी। उसके भीतर यह जो घट रहा था, उस पर उसका कोई वश नहीं था। वह इतनी कमज़ोर है, इससे पहले उसने कभी सोचा न था। लेकिन इन मासूम बच्चों को देखकर ख़ुद पर काबू रख पाना मुश्किल हो रहा था। राजन ने पानी भरा गिलास बया की ओर बढ़ाया।

"यहाँ के पानी में भी रेडियो एक्टिव कण पाए जाते हैं।" चंदन ने बया की ओर देखकर कहा।

"क्यों डरा रहा मेहमाणों को?" ग्रामप्रधान ने चंदन को झिड़की देते हुए भरोसा दिलाया, "नहीं जी, फ़िलहाल ऐसी कोई बात नहीं। अब गाँव में पाणी का टैंकर आता है उस पाणी में कोई शिकायत नहीं।"

"वह पानी सबको फ्री में मिलता है?" दीप ने जानना चाहा।

"नहीं। रोज़-रोज़ कौन फ्री में पाणी देगा? जो टैंकर मँगाता है, पैसे वो ही देता है।"

"तो पानी का ये बोझ भी गाँव वालों को ख़ुद ही उठाना पड़ता है? सरकार कुछ नहीं करती?" बया हैरान थी।

"मैडम, अकथ कहानी है यहाँ की। जिस विस्फोट पर पूरा देश ख़ुशी से पागल है, वो हमारे लिए किसी अभिशाप से कम नहीं। यहाँ तो सन् 1974 में जो पहला विस्फोट हुआ था, उसका दुष्परिणाम हम भुगत ही रहे थे, अब एक और विस्फोट हो चुका है। पिछली मई में हुए इस विस्फोट को अगले महीने एक साल हो जाएगा, जी। ये वाला विस्फोट तो पहलेवाले से कहीं ज़्यादा पावरफुल था। पहले विस्फोट के टाइम मैं दस-बारह साल का रहा होऊँगा। उसकी धुँधली याद है। विस्फोट की पहली रात को सेना के जवानों ने हमारे स्कूल में आकर डेरा डाल दिया था। फिर अगली सुबह सेना वालों ने हमे अपने घरों से निकलकर बाहर किसी खुले मैदान में चले जाने का हुक्म दिया था। उस दिन सेना के जवानों ने पूरे गाँव को घेर रखा था। इस घेरेबन्दी से गाँव वाले किसी अनजाने भय में डूब-उतरा रहे थे। तब मेरे बड़े भाई सा ग्रामप्रधान थे। उन्होंने सेना के अफ़सर से जानने की कोशिश की थी, 'क्यों घेरा हुआ है गाँव को?'

"कोई जवाब नहीं मिला था। उलटे सेना के जवानों की चुप्पी से रहस्य और गहरा गया था। उस दिन जब तक सेना गाँव को घेरे रही, गाँव वालों की साँसें उनके

सीने में अटकी रहीं। बाद में जब रेडियो से समाचार आए तब हमें पता चला कि उस सुबह पोखरण फ़ायरिंग रेंज में परमाणु टेस्ट किए गए थे।"

इतना लम्बा वृत्तान्त सुनाते-सुनाते ग्रामप्रधान के चेहरे पर एकबारगी मुस्कान थिरक आई, "जिस वक़्त रेडियो पर ये समाचार प्रसारित हुए थे, उस वक़्त 'आपकी फ़रमाइश' प्रोग्राम चल रहा था। मुझे याद है 'बॉबी' फिल्म का गाना—'हम तुम एक कमरे में बन्द हों और चाभी खो जाए' को बीच में ही रोककर एनाउंसर ने परमाणु विस्फोट का समाचार सुनाया था।

卐

ग्रामप्रधान के तफ़सीली बयान से लग रहा था कि उनकी आँखों में उस वक़्त का एक-एक दृश्य सजीव हो उठा हो। उनकी साँसों का आरोह-अवरोह बेहद नपा-तुला था। उनके सुनाने के अन्दाज़ में एक क़िस्सागो जैसी रवानी थी, "इस बार तो जी, दो दिनों के अन्दर एक-दो नहीं, कुल पाँच विस्फोट हुए। तीन विस्फोट 11 मई को और दो 13 मई को। इन विस्फोटों को याद कर आज भी हमारी रूह काँप जाती है। देखिए, ये देखिए, इस वक़्त भी मेरे रोंगटे खड़े हो गए हैं।"

ग्रामप्रधान ने नाटकीय अन्दाज़ में अपनी दाईं बाँह से कुर्ते की आस्तीन ऊपर खींचकर दिखाया। दीप और बया ने उनके रोंगटे खड़े होने की तस्दीक़ में सिर हिलाया। ग्रामप्रधान ने गर्व से भरकर अपनी बात का छूटा सिरा थाम लिया, "इस बार भी विस्फोट वाले दिन सेना के जवानों ने सुबह-सुबह हमारे गाँव को घेर लिया था। जो सामने दिखा उसे फ़रमान सुना दिया—दोपहर तक ज़रूरी सामान साथ लेकर अपने घरों से बाहर निकल जाओ! कहीं खुले मैदान में चले जाना और जब तक कहा न जाए बाहर ही रहना है। क्यों रहणा है घर से बाहर? इस सवाल का माकूल जवाब देने के बजाय एक अफ़सर ने फ़रमाया, 'ऊपर का आदेश है।'

"शायद, इन जवानों को भी कोई जानकारी नहीं थी। गोपनीय मिशन ऐसे ही अंजाम दिए जाते हैं, जी। अब तो सारी दुनिया को पता चल गया है कि उन दिनों अमरीका के जासूसी वाले सेटेलाइट भी पोखरण पर निगरानी रखे हुए थे। पाकिस्तान की ख़ुफ़िया एजेंसी भी पीछे पड़ी हुई थी। बताते हैं जी, रूस की ख़ुफ़िया एजेंसी

भी नज़र रखे हुए थी। इस मिशन की हवा सेना के जवानों को भी नहीं लगी थी। लेकिन पिछले विस्फोट के समय गाँव में आई सेना और उनकी वो चेतावनी मुझे याद थी। मुझे सारा माजरा समझ आ गया था। आप कल्पना करो, उस वक़्त गाँव वालों की क्या हालत हुई होगी? घर का कौन-सा सामान बचाएँ, और क्या छोड़ दें? ग्रामीण गृहस्थी शौक़ पर नहीं, आवश्यकता पर निर्भर होती है। ग़रीब के लिए उसका हर सामान ज़रूरी और क़ीमती होता है। कपड़े, जेवर, मवेशी, दाना-पानी सब, तिनका-तिनका जोड़कर जुटाए होते हैं। बच्चे, बीमार, बूढ़े-बुज़ुर्ग सबको लेकर खुले मैदान में निकल जाने का फ़रमान हो, चाहे जानो-माल की हिफ़ाज़त के लिहाज़ से हो, लेकिन उस समय जो मानसिक यातना, दबाव और अकारण उपजा असुरक्षाबोध था, उसे याद करना बेहद तकलीफ़देह है।"

बया और दीप को उन्हें तन्मयता से सुनते देखकर ग्रामप्रधान ने अपनी बात जारी रखी, "11 मई की सुबह सारे गाँव वाले अपने घरों से बाहर निकल आए। स्कूल ख़ाली। अस्पताल ख़ाली। पंचायत भवन ख़ाली। पशुशाला ख़ाली। अपने ढोर-डंगरों के साथ, बुज़ुर्गों को खाट पर लिटाये, दुधमुँहे बच्चों को गोद में टाँगे, पर्दा करती औरतों और मर्दों की पूरी आबादी ने खुले आसमान में अटकी साँसों और आशंकाओं के बीच क्षण-क्षण कैसे गुज़ारे होंगे, ये दूसरों के लिए कल्पना करना भी बहुत कठिन है। कोई उस त्रासदी को दुबारा जीना नहीं चाहेगा। उस दिन राम-राम करते दोपहर करीब साढ़े तीन बजे थे, जब धरती डोली थी। लगा, भूकंप आया हो। देखते-देखते आसमान गाढ़े धुएँ से भर गया था। रेत से भरी काली आँधी उठी थी और धरती से आसमान तक किसी दैत्य ने अपने डरावने पंजे फैला दिए थे। परिंदे जान की परवाह में बेसाख़्ता फड़फड़ाते नज़र आए थे। उनके स्वर में कलरव नहीं, चीख़ो-पुकार थी।

हमारे दिलो-दिमाग़ में वो सारा भयावह दृश्य आज भी जस का तस ठहरा है, जी। उस दिन के बाद से हमारी रातों की नींद में हमेशा धमाके गूँजते हैं। हमारी साँसों में बारूदी धुआँ घुटता है। ये परमाणु विस्फोट पूरे देश के लिए जश्न का सबब था, लेकिन हम देश के उस जश्न में शामिल नहीं थे। सच कहूँ, तो उस वक़्त हम गाँव वालों को लगा था कि हमारा कोई देश है ही नहीं और अगर है भी तो हम उस देश में कहीं नहीं हैं। उस वक़्त हमारी स्थिति किसी अनचाही संतान जैसी थी, जिसका कोई पुरसाहाल न था।"

卐

ग्रामप्रधान ने जिस टीस के साथ पूरे वाक़ये का ज़िक्र किया, वह पीड़ादायक ही नहीं था, बया और दीप की आँखें खोल देने वाला भी था। दोनों गहरे सदमे में थे। उनकी मन:स्थिति उस विमूढ़ जैसी थी, जो अब तक किसी ख़ामख़याली में मुब्तिला थे। सही कह रहा था चंदन, "आप लोगों ने पोखरण का वही सच देखा है, जो आपको दिखाया गया। जो नहीं दिखाया गया, वह हम हैं।"

वे अफ़सोस से भरे ख़ुद पर शर्मसार थे।

"आप तो ग्रामप्रधान हैं। अपने गाँव पर आई आपदा के लिए सरकार को वाक़िफ़ कराया होगा। क्या कहती है सरकार?" दीप ने पूछा।

"दीप बाबू, हमने कई बार शासन-प्रशासन से गुहार लगाई है। देश का मीडिया सरकार को सब बता चुका है। राष्ट्रीय और अन्तर्राष्ट्रीय वैज्ञानिक संस्थाएँ जाँच कर चुकी हैं। कई विशेषज्ञ रिपोर्ट दे चुके हैं। सरकार को सारी जानकारी है। लेकिन उसके कान पर जूँ तक नहीं रेंगती।"

बया यह सचाई जानकर हैरान थी कि सरकार इन ग्रामीणों की मदद को आगे नहीं आ रही। देश के लिए किसी से भी ज़्यादा प्रेम दिखाने वाली यह सरकार, अपने एक-एक नागरिक की रक्षा का दम भरने वाली पार्टी इतनी बेमुरव्वत कैसे हो सकती है!

बया की इस जिज्ञासा का जवाब चंदन ने दिया, "बया मैम, शहरों में रहने वाले मध्यवर्गीय युवा एक ख़ास तरह के यूटोपिया में जीते हैं। उनका चीज़ों को देखने का एप्रोच रोमांटिक है, जबकि यथार्थ इससे बहुत अलग होता है। एक बड़ी ग्रामीण आबादी बुनियादी सुविधाओं से वंचित है, लेकिन शहरी सोच इससे नितान्त भिन्न है। यथार्थ को देखने का उसका पैमाना भी अलग है। ऐसे युवाओं को सरकारों का दिखाया अर्द्धसत्य ही नज़र आता है। वे उसके स्याह पक्ष को जानना गवारा नहीं करते। आपको पता नहीं शायद कि हुकूमत से ज़्यादा नृशंस कोई नहीं होता।"

चंदन के तमतमाये चेहरे को देखकर बया को वे छात्र कॉमरेड याद आ गए, जो यूनिवर्सिटी कैंपस में सरकार विरोधी जलसों और सेमिनारों में ऐसे ही तुर्श सवाल करते नज़र आते हैं। उनके सवालों को अतिरेकी मानकर चलनेवाले संगीत विभाग के छात्र अक्सर अपनी ही धुन में खोये होते हैं। उन्हें हमेशा यही लगता है कि

ये राजनीतिक बातें हैं और हम कलाकारों का राजनीति से क्या लेना-देना! हमारा काम तो साधना है। संगीत तो वैसे भी भाव, भावक और भावना का संसार है। यह अलौकिक आनन्द की सृष्टि का माध्यम है। सीधे ईश्वर से जुड़ने का ज़रिया। संगीत को ऐसे दुनियावी प्रश्नों से मुक्त रहना चाहिए। लेकिन जो प्रश्न चंदन कर रहा था, उनसे मुक्त रहना सम्भव नहीं था। उसके इस तंज़ को हल्के में नहीं लिया जा सकता। उसके अन्दर जारी द्वंद्व उसके चेहरे पर उभर आया था।

चंदन को शान्त कराते हुए ग्रामप्रधान ने अपनी बात जारी रखी, "शुरू-शुरू में जब काफ़ी हो-हंगामा हुआ, तो ज़िला प्रशासन ने मदद का आश्वासन देकर स्थिति सँभालने की कोशिश की। तब विस्फोट के कारण ग्रामीणों के जो कुएँ टूटे थे, पानी के टैंक ध्वस्त हो गए थे, तालाब नष्ट हुए थे या जिन मकानों में दरारें पड़ गई थीं, उनके लिए कुछ मुआवज़े दिए गए। बड़ा अस्पताल बनाने और प्रभावित गाँवों में बुनियादी सुविधाएँ देने का वादा किया गया, जो आज तक पूरा नहीं हुआ। यहाँ के लोगों को जानलेवा बीमारियाँ हो रही हैं, रेडिएशन से आए दिन मौतें हो रही हैं। लेकिन सरकार-प्रशासन मानने को तैयार नहीं कि ये बीमारियाँ परमाणु विस्फोट की वजह से हो रही हैं।"

"लेकिन क्यों? क्यों नहीं मान रही सरकार?" बया नायक़ीनी से परेशान दिखी, "ऐसा कैसे हो सकता है कि अपनी सरकार अपने ही नागरिकों की तकलीफ़ को न समझे?"

इस प्रश्न का उत्तर देने के लिए ग्रामप्रधान ने चंदन को इशारा किया, "बता भाई, तू बता सरकार क्या कहती है?"

बया के प्रश्न का उत्तर देते हुए इस बार चंदन के स्वर में न आवेश था और न उलाहना। शायद उसे अहसास हो गया था कि उसने बेवजह अपने मेहमानों पर तंज़ कसा था। वह अब अपेक्षाकृत नरम पड़ गया था, "मैडम, जन जागरूकता विभाग के अध्यक्ष का कहना है कि पोखरण फ़ायरिंग रेंज और इसके आसपास के इलाक़ों की हवा में रेडिएशन नहीं पाया गया है। विभाग दावा करता है कि साल में दो बार रेडिएशन लेवल की जाँच होती है और ये लेवल अब तक सामान्य पाया गया है। यही वजह है कि यहाँ के लोगों के स्वास्थ्य को लेकर सरकार न किसी अन्य जाँच की ज़रूरत समझती है और न ही लोगों में हो रही असाध्य बीमारियों को स्वीकार करती है। सच तो यह है मैम, कि आज तक इस इलाक़े में अल्फा रेडिएशन की जाँच हुई ही नहीं है। 'हिरोशिमा शान्ति संस्थान' के विशेषज्ञ प्रोफ़ेसर

रॉबर्ट जैकब पोखरण फ़ायरिंग रेंज और इसके आसपास के गाँवों का जायज़ा ले चुके हैं। उनका कहना है कि न्यूक्लियर टेस्ट साइटों के इलाक़े में अल्फा कणों का उत्सर्जन काफ़ी दूर तक होता है, जिसका उन इलाक़ों के रहवासियों की सेहत पर गम्भीर प्रभाव पड़ता है। उन्होंने तो पोखरण जैसे अंडरग्राउंड परीक्षणों में इन अल्फा कणों की मौजूदगी की आशंका पर कहीं ज़्यादा गहरी चिन्ता व्यक्त की थी। उनका दावा है कि ये अल्फा कण विस्फोट के बाद विस्फोट वाले उपकरणों (एक्सप्लोसिव डिवाइसेज) में चिपके रह जाते हैं, जिन्हें देख पाना लगभग नामुमकिन होता है। पर ये अल्फा कण हवा में मौजूद रहते हैं। ये कण जब शरीर में प्रवेश नहीं कर पाते हैं, तो त्वचा पर जमे रहते हैं, जो वर्षों बाद भी कैंसर जैसे असाध्य रोगों का कारण बनते हैं।"

चंदन के पास ऐसी अनेक जानकारियाँ थीं। उसने किसी शोधार्थी की तरह परमाणु विस्फोट और उसके दुष्प्रभावों के बारे में अनेक तथ्य और प्रमाण जुटाए हैं। इन तमाम जानकारियों ने उसे इस मामले का गम्भीर अध्येता बना दिया था। वह इसकी वजह बताता है, "इन जानकारियों को इसलिए जुटा रहा हूँ, ताकि अपने लोगों के लिए न्याय के संघर्ष को मज़बूत कर सकूँ।"

बातों-बातों में ही उसने प्रिंसटन यूनिवर्सिटी, अमरीका की एक रिपोर्ट का हवाला भी दिया, "प्रिंसटन यूनिवर्सिटी के न्यूक्लियर फ़्यूचर लेबोरेटरी में वैज्ञानिक हैं डॉ. रमन्ना। उन्होंने पोखरण विस्फोट के बाद वस्तुस्थिति की समीक्षा में कहा है कि भारत के एटॉमिक एनर्जी विभाग को 'रेडियो एक्टिव पाथ' के विश्लेषण के लिए ज़रूरी तकनीकी संरचना विकसित करने की ज़रूरत है, ताकि आवश्यक अध्ययन सम्भव हो सके। लेकिन भारत ऐसी पहल तो तब करेगा न, जब वह यह मानने को तैयार हो कि उसके इन परीक्षणों का उसके नागरिकों के स्वास्थ्य पर ख़तरनाक प्रभाव पड़ रहा है?"

चंदन अपनी जानकारियों से लगातार चकित किए जा रहा था। बया अपने मनोभाव व्यक्त करने से स्वयं को नहीं रोक पाई, "चंदन, तुम्हारी ये जानकारियाँ हमारी आँखें खोलने वाली हैं। जो सचाई है, वह वाक़ई बहुत दुर्भाग्यपूर्ण है। यह तो इस इलाक़े के लिए ही नहीं, बल्कि पूरी मनुष्यता के प्रति अन्याय है। सरकार की ओर से बरती जा रही यह बेरुख़ी नितान्त अमानवीय है।"

"मैडम, हमने सरकार, प्रशासन, मंत्री, नेता किससे गुहार नहीं लगाई! लेकिन कोई सुनवाई नहीं हुई। कुछ भी सार्थक नहीं हुआ। निराश होकर हमें कोर्ट जाना

पड़ा है। अब इससे सम्बन्धित कई मामले कोर्ट में चल रहे हैं। हमने सामूहिक और व्यक्तिगत दोनों तरह की अर्जियाँ लगाई हैं। इस बीच हम लगातार ज़्यादा से ज़्यादा सबूत जुटा रहे हैं, तथ्य इकट्ठे कर रहे हैं। लेकिन आपको पता ही है, अपने देश की कोर्ट का हाल। डेट पर डेट मिलती रहती है। कब सुनवाई होगी, कब फ़ैसला आएगा, यह तो कोई ज्योतिषी भी नहीं बता सकता। हमारी विडंबना देखिए कि हमारे हक़ की इस क़ानूनी लड़ाई का विरोध कोई और नहीं, हमारी वह सरकार कर रही है, जिसे हमने अपने वोट से चुना है। उसी सरकार के वकील ये साबित करने में जुटे हैं कि ग्रामीणों की अकाल मौतों और उनके माल-मवेशी के नुक़सान की ज़िम्मेदार सरकार नहीं है। वे कोर्ट में साबित करेंगे कि जब इस इलाक़े में रेडिएशन है ही नहीं, तो उसकी वजह से मौत का कोई कारण नहीं है। यह न्याय की एक ऐसी अनोखी लड़ाई है, जिसमें नागरिकों को अपनी ही सरकार से अपने जीने का हक़ हासिल करना है। सरकार द्वारा निर्मित इस आपदा से हो रहे हमारे जानोमाल का नुक़सान साबित करने के लिए सबूत भी हमें ही देना है।"

सच कहता है चंदन। यह एक ऐसी लड़ाई है, जिसे किसी ने नहीं चाहा, फिर भी उन पर थोप दी गई थी। उनकी यह लड़ाई एक ऐसे दुश्मन के ख़िलाफ़ थी, जो तलवार लेकर नहीं, देशभक्ति का मुखौटा पहनकर उनके सामने था।

"इस बेचारे चंदन ने तो जी, इसी संघर्ष के लिए अपनी पढ़ाई छोड़ दी। न्याय की लड़ाई के लिए...गाँव के ग़रीबों की मदद के लिए इसने अपणा कॅरियर को दाँव पर लगा दिया है।" ग्रामप्रधान ने चंदन के बारे में एक और खुलासा किया।

इस सूचना से बया के मन में चंदन के लिए और ज़्यादा सम्मान बढ़ गया। दीप को ज़रूर मलाल हुआ कि कल से आज तक की जान-पहचान और आत्मीयता के बावजूद चंदन ने अपने बारे में कुछ नहीं बताया। दीप शिकायती लहज़े में बोला, "चंदन, तुमने अभी तक हमें अपना दोस्त नहीं माना। भाई, ये तो ज़्यादती है।"

यह दोस्ताना उलाहना था। चंदन संकोच से बोला, "दीप सर, ये हमारी लड़ाई है। इसे हमें ही लड़ना है। हमने बहुत प्रतीक्षा की, बहुत उम्मीदें लगाईं। जब कोई हमारी मदद को आगे नहीं आया, तो हमें अपना संघर्ष ख़ुद करने के अलावा और कोई रास्ता नज़र नहीं आया। इसीलिए हम अब ऐसे निजी ज़िक्र से बचते हैं।"

चंदन की सफ़ाई में शिकायत, अफ़सोस और स्वाभिमान निहित था। उसके व्यक्तित्व की कई परतें थीं और शायद उनका अभी सामने आना बाक़ी था।

卐

ग्रामप्रधान की बैठक में एक-एक कर ग्रामीणों का आना जारी था। इनमें कुछ वे थे, जो ग्रामप्रधान के पास अपने निजी काम के लिए आए थे, तो कुछ वे थे, जो सरकारी योजनाओं से जुड़े थे और उन योजनाओं के बाबत ग्रामप्रधान से दिशा-निर्देश लेने या विचार-विमर्श के इच्छुक थे। इन्हीं ग्रामीणों में थे शिवराम बिश्नोई। उनकी ओर इशारा कर ग्रामप्रधान ने कहा, "ये अपना बेटा गँवा चुके हैं। इनसे पूछो, ये बताएँगे कैसे हुई इनके बेटे की मौत?"

शिवराम बिश्नोई चालीस साल के आसपास की उम्र में ही कुछ ज़्यादा थके लग रहे थे। उनकी बेतरतीब बढ़ी हुई दाढ़ी भी उनकी थकान नहीं छुपा पा रही थी। वह स्वयं के प्रति लापरवाह थे। उनको देखकर लग रहा था कि वह हार और हताशा के शिकार हैं। ग्रामप्रधान ने बया और दीप का परिचय देते हुए शिवराम को बोलने का इशारा किया। शिवराम दीवार से पीठ लगाकर बैठे थे। थोड़ा तनकर चेतन भाव से बात शुरू की, "मेरे पाँच साल के बालक श्रवण की जान इस बम विस्फोट की वजह से गई। मेरा बालक अच्छा-ख़ासा स्वस्थ पैदा हुआ था। उसे पोलियो की हर खुराक पिलाई गई थी। सारे टीके भी दिलवाए थे। लेकिन वह कभी उठकर चल के नहीं दिया जी। उसके पैरों में जान नहीं आई। म्हारी समझ नहीं आया जी, सारे टीकों के बाद भी बच्चे को लकवा कैसे मार गया? उसे पोलियो कैसे हो गया?"

बेटे के ज़िक्र से शिवराम बिश्नोई के चेहरे पर दर्द साफ़ नज़र आ रहा था, "मैंने अपने बेटे को कई डॉक्टरों को दिखाया। जिस डॉक्टर ने जैसा कहा, हमने वैसा किया। उसके इलाज में कोई कसर नहीं छोड़ी। लेकिन मेरा बेटा नहीं बचा, साब। मात्र पाँच साल की उम्र में चल बसा। वह जब पैदा हुआ था, एकदम भला-चंगा था। लेकिन इस विस्फोट के बाद समूचे गाँव पर विपत्ति टूट पड़ी है। कोई एक घर नहीं जी, जिसमें कोई माणस बीमार न हो। इस विस्फोट ने तो म्हारे घर का चिराग ही लील लिया। अब आप ही बताओ, हम इस बम का क्या करें? कोई दुश्मन बाद में मारेगा, ये तो हमें जिन्दा-जी मार रहा है।"

शिवराम की आँखें भर आई थीं। वह अपने पुत्र की असामयिक मृत्यु को याद कर विह्वल हो गए थे। आँखें पोंछकर बोले, "मैं अपने बेटे के इलाज के कागज-पत्तर जुटा रहा हूँ, ताकि उसकी अकाल मौत का मामला कोरट में साबित कर पाऊँ।"

ग्रामप्रधान बोला, "शिवराम पढ़े-लिखे नहीं हैं जी, इसलिए बेटे के इलाज का

मेडिकल रिकॉर्ड नहीं सँभालकर रख पाए। अब जब कोर्ट-कचहरी शुरू हुई है, जुटाने में मुश्किलें आ रही हैं। चंदन की कोशिश से कुछ काग़ज़ उपलब्ध हो पाए हैं। दुर्भाग्य देखो जी, पीड़ितों को ही सबूत जुटाना है और उन्हें ही साबित करना है कि वे रेडिएशन के शिकार हुए हैं।"

शिवराम भले ही पढ़े-लिखे न हों, लेकिन दुःख ने उन्हें माँज दिया था। वह अनुभवजन्य सत्य के भोक्ता हैं। वह अपनी व्यथा व्यक्त करते-करते एकबारगी ख़ामोश हो गए थे, शायद भीतर की घुमड़न को सायास रोक रहे थे। उन्हें कुरेदना उचित न था।

कोने में एक कुर्सी पर बैठे सफ़ेद कुर्ता-धोती पहने सज्जन बड़ी देर से सबकी बातें सुन रहे थे। वह गाँव के स्कूल मास्टर माँगीलाल जी थे। उन्होंने बातचीत में हस्तक्षेप करते हुए अपनी चिन्ता व्यक्त की, "माननीय प्रधानमंत्री जी इस परमाणु विस्फोट के बाद संसद में बोले कि आने वाले किसी भी ख़तरे से बचाव के लिए हमारी ये तैयारी ज़रूरी है। लेकिन अब आप बताओ, परमाणु बम तो पाकिस्तान ने भी बना लिया है। अगर उससे युद्ध हुआ तो अंजाम क्या होगा? मरेंगे तो दोनों तरफ़ के बन्दे। तबाही इकतरफ़ा तो आएगी नहीं?"

"लेकिन सर, प्रधानमंत्री जी ने तो उसी संसद में ये भी घोषणा की है कि भारत पहले परमाणु बम का प्रयोग नहीं करेगा।" दीप ने संसद में हुई प्रधानमंत्री की घोषणा याद दिलाई।

मास्टर जी ने प्रधानमंत्री की घोषणा का मखौल उड़ाने के अन्दाज़ में प्रतिवाद किया, "आप पहले प्रयोग नहीं करेंगे, लेकिन दुश्मन ने तो ऐसा कोई वादा नहीं किया है? आपने बम बनाकर इस होड़ को हवा दे दी है। ये हिमाकत पाकिस्तान कर सकता है। चीन भी कर सकता है। तब आप क्या करेंगे? कल्पना कीजिए, कितना बड़ा नुकसान होगा। बारूद पर बैठकर आतिशबाज़ी का खेल किसी के हित में नहीं है। इससे पूरी मानवता प्रभावित होगी।" शिक्षक कहीं भी हो, उसकी सोच में आदर्श और उदारता स्वभावतः न्यस्त होती है। माँगेराम जी की बातों से बया को बड़ी शिद्दत से अरु दी याद आईं। वह भी तो यही कहती हैं कि कल्लू से पूछेंगी, क्या उसका बम अपना-पराया पहचानता है?

"हम युद्ध नहीं चाहते...शान्ति से रहना चाहते हैं।" अब तक चुप ग्रामप्रधान ने आदतन अपनी मूँछों पर ताव देकर कहा, "बिना युद्ध हुए इस बम से हमारे गाँव के गाँव तबाह हो रहे हैं। युद्ध हुआ तो पूरी दुनिया ख़ाक हो जाएगी।"

ग्रामप्रधान ने एक ही साँस में दुनिया की तबाही का मंज़र खड़ा कर दिया था। किसी को भय व्यापा या नहीं, बया ज़रूर सिहर गई थी।

"ये बातें उनकी समझ में नहीं आतीं, जो राज करने के उन्माद में चूर हैं।" अपना आक्रोश जताने से नहीं चूकता चंदन। झट उठ खड़ा होता है और बया और दीप को चलने का इशारा करता है, "ज़्यादा देर हुई तो धूप बहुत तेज़ हो जाएगी।"

बात करते हुए काफ़ी देर हो गई थी। बया और दीप ने वहाँ उपस्थित सभी लोगों से हाथ जोड़कर विदा माँगी। चलते-चलते ग्रामप्रधान ने चंदन को याद दिलाया, "सुण भाई, लोहार्की जइयो तो इनको डॉक्टर साब से ज़रूर मिलाना।"

卐

ग्रामप्रधान के दरबार से विदा लेकर चले तो उनका मन बेहद बोझिल था। एक साथ चलते हुए भी बया और दीप समानान्तर अपनी-अपनी चुप्पियों में गुम थे। यहाँ के लोगों का ये सारा सत्य उनकी कल्पना से कितना अलग था! परमाणु विस्फोट के बाद बनारस की सड़कों पर उमड़े उन्मादी जलसे-जुलूसों के बरक्स, यहाँ का यथार्थ कितना कारुणिक, कितना त्रासद है! वहाँ यूनिवर्सिटी में स्टूडेंट यूनियन की सभाओं में लगता जयघोष यहाँ के दुख से कहाँ मेल खाता है! इस गली को काटती दूसरी गली के ठीक मुहाने पर पहुँचकर चंदन एक घर के सामने रुका। दीप ने आँखों-आँखों में कुछ पूछना चाहा। चंदन ने बताया, "यह ओमप्रकाश बिश्नोई का घर है। इस घर में भी एक मौत हो चुकी है।"

मौत! मौत और मौत!! जाने अभी कितने दुखान्तों से सामना होना था! चंदन के लिए मौत का ज़िक्र भले ही एक घिस चुका शब्द था, वह इन मौतों को देखते-देखते किसी हद तक निर्लिप्त-निरपेक्ष हो चुका था। लेकिन बया जैसी भावप्रवण लड़की के लिए ये दुःख भरी दास्तानें बहुत द्रवित करनेवाली थीं। कल से ही वह अपनी भावनाओं पर लगातार काबू पाने की कोशिश कर रही है। भीतर से स्वयं को समझाया भी है, सच का सामना कर सके, इसके लिए मन को मज़बूत भी किया है। दुःख के इन साक्षात्कारों के दौरान स्वयं को स्थिर रखने की कोशिश भी करती है। लेकिन मन को समझाना क्या इतना आसान होता है?

घर के सामने खड़ा हो चंदन ने ओमप्रकाश बिश्नोई को आवाज़ लगाई। क्षणिक

अन्तराल के बाद घर के द्वार पर लगभग चालीस-पैंतालीस की उम्रवाले एक शख़्स नज़र आए। ये ओमप्रकाश बिश्नोई थे। पहली ही नज़र में किसी पुरानी तस्वीर के चटखे काँच सरीखे लग रहे थे। इस चटखी तस्वीर के पीछे परछाईं-सी उनकी पत्नी नमूदार हुईं। ये दोनों एक ही तस्वीर के दो पहलू थे। उनके चेहरे पर उभरी लकीरें उनके हालात की तर्जुमानी कर रही थीं। ओमप्रकाश बिश्नोई की पत्नी ने सिर पर साड़ी का पल्ला डाल रखा था। दरवाज़े पर अजनबियों को देखकर घूँघट खींच लिया। उनका दुःख अब उनके घूँघट की ओट में था। बया की आँखें उन्हें बेधने की कोशिश कर रही थीं। चंदन ने उनके पास आने का मक़सद बताया। ओमप्रकाश बिश्नोई ने दीवार के पास खड़ी चारपाई बिछाकर बैठने का आग्रह किया। स्वयं वहीं ज़मीन पर बैठ गए। उनकी पत्नी भी उनके पास बैठीं। बिलकुल जैसे जिस्म और परछाईं साथ-साथ बैठे हों। दुःख अपने समय में जितना असह्य रहा हो, उसकी यादें हमेशा भावुकता से भरी होती हैं। अपनी बेटी की मृत्यु की कहानी सुनाते हुए पति-पत्नी उसे फिर से जी रहे थे, "मेरी बेटी ममता की मृत्यु कैंसर से हुई थी, जी। आप बताओ भला, सोलह साल की उम्र मरने की होती है?"

ओमप्रकाश बिश्नोई को अपनी तरफ़ देखता पाकर दीप बगलें झाँकने लगा। उसे समझ नहीं आया, क्या जवाब दे? शुक्र है, उसका जवाब जाने बग़ैर ओमप्रकाश बिश्नोई ने अपनी बात आगे बढ़ा दी, "मेरी बेटी हाईस्कूल में पढ़ती थी, साब। पढ़ने में बहुत होशियार। क्लास टीचर बोलते थे, ममता इस बार बोर्ड परीक्षा में टॉप करेगी। अपने स्कूल का नाम रोशन करेगी। माँ-बाप का नाम करेगी। ये सुनकर हमारा सीना चौड़ा हो जाता था, जी। लेकिन हमारे तो सारे अरमान धरे के धरे रह गए। मेरी होनहार बेटी को कैंसर खा गया। हमारी आँखों के सामने तिल-तिल कर मरी हमारी बेटी और हम कुछ नहीं कर पाए।"

ओमप्रकाश बिश्नोई की पत्नी आँचल के छोर से आँसू पोंछती हुई उठीं और घर के अन्दर चली गईं। जब तक कोई कुछ समझता वह उलटे पाँव लौट आईं। उनके हाथ में एक फ्रेम जड़ी तस्वीर थी। तस्वीर दिखाने की गरज से उन्होंने उसे बया के आगे कर दिया। बया ने तस्वीर ले ली। किशोरवय ममता की चमकती आँखें जैसे उसे ही देख रही थीं। स्कूल ड्रेस में दो चोटियों वाली इस लड़की की आँखों में सपने मचल रहे थे। होंठों पर स्निग्ध मुस्कान ठिठकी हुई थी। इस तस्वीर को देखते हुए ममता की मृत्यु की कल्पना सिहरा गई। ये मृत्यु-कथाएँ 'अरेबियन नाइट्स' के अफ़साने सुनने जैसी नहीं थीं।

"ममता को पहले कान में दर्द की शिकायत हुई। कान दर्द का इलाज चल रहा था, इसी बीच एक दिन उसके चेहरे पर पैरालिसिस का अटैक हो गया। डॉक्टर को दिखाया तो उसे भी कुछ समझ नहीं आया कि हुआ क्या है? डॉक्टर ने कई तरह की जाँचें लिख दीं। जाँचों के बाद पता चला कि ममता कैंसर की चपेट में आ गई है। साब जी, यह सुनकर तो हमारे पाँवों के नीचे से ज़मीन ही खिसक गई। अच्छी-ख़ासी हँसती-खेलती हमारी बच्ची किस संकट में फँस गई, सोच-सोचकर हमारे तो प्राण सूख गए। पर साब, उस वक़्त भी हमारी बेटी ने ही हमारा हौसला बढ़ाया था। बोलती थी, मुझे कुछ नहीं होगा, बाबा। मैं बिलकुल चंगी हो जाऊँगी। देखना, स्कूल में टॉप करके दिखाऊँगी! अपनी बच्ची की हिम्मत देखकर हमारा हौसला बढ़ा था। हमने अपने सामर्थ्य भर उसका इलाज कराया। पर डॉक्टरों ने हाथ खड़े कर दिए।" बोलते-बोलते ओमप्रकाश बिश्नोई का गला भर आया, "बेटी की जान की भीख माँगने के लिए हमने पीर-फकीर, औलिया, दरगाह सबके दर पर मत्था टेका, सबके दरबार में गिड़गिड़ाये, फिर भी हमारी बेटी नहीं बची। ज़िन्दगी जीने की इच्छा से भरी हमारी बेटी की आँखों में अन्त तक उम्मीद बाक़ी थी। उसकी वो आँखें आज भी हमारी आत्मा को झकझोरती हैं। अब तो हम अपनी बेटी को न बचा पाने के लिए दिन-रात अपनी तकदीर को कोसते हैं।" ओमप्रकाश बिश्नोई पत्नी की सिसकी सुनकर रुके, उसे सूनी आँखों से देखा और निरीह भाव चुप बैठे रहे। बया के भीतर पीड़ा की हिलोर-सी उठी और वह उठकर ओमप्रकाश बिश्नोई की पत्नी के पास जा बैठी। उन्हें कन्धे से पकड़कर ढाढ़स बँधाने लगी।

ओमप्रकाश बिश्नोई इस व्यवधान से उबरे और फिर अपनी बात पूरी की, "सारा मेडिकल रिकॉर्ड जुटा लिया है। वकील की मदद ले रहा हूँ। मैं सरकार से जानना चाहता हूँ कि मेरी बेटी की मौत का असली कारण क्या है? बम धमाके के बाद ऐसा क्या हुआ कि मेरी बेटी तिल-तिल मरने को मजबूर हुई? सरकार को जवाब तो देना पड़ेगा, साब।"

ओमप्रकाश बिश्नोई के ग़म और ग़ुस्से में शामिल यह ललकार दर्द के हद से गुज़र जाने का ऐलान था।

हर घर में कोई न कोई दुखान्त था। अगर ये नहीं था, तो इसकी आशंका मँडराती रहती थी। ठीक कहा था चंदन ने—यहाँ के लोग मौत की उँगली थामकर ज़िन्दगी

जीते हैं। जिस घर जाओ वहीं मायूसी, जिस शख़्स से मिलो, वही अपने सीने में कोई न कोई दुःख ढो रहा है। ऐसी ही थी सज्जो मेघवाल भी। उसकी क़िस्मत तो जैसे उससे आँख-मिचौली कर रही थी। अड़तीस साल की इस कम उम्र में स्तन कैंसर ने उसके चेहरे की सारी रौनक निचोड़ ली है। वह मौत के साये में ज़िन्दा ख़ौफ़ है। उसके पति से बात करो तो वह अपने दुःख की सारी सीवनें उधेड़ देते हैं, "बहुत दिनों तक जोधपुर में इलाज कराया जी। इलाज के कुछ दिनों बाद सज्जो ठीक हो गई थी। लगा, पैसे गए तो गए, बला से निजात तो मिली। लेकिन नहीं जी, बदक़िस्मती ने फिर धर दबोचा। सज्जो का कैंसर दुबारा उभर आया है। उसके इलाज में अब तक सात-आठ लाख खर्च हो चुके हैं। खेत बिक गए। अब बेचने को भी कुछ नहीं बचा है। बस अब तो ऊपरवाले के भरोसे ही चल रही सज्जो। हमारे परिवार के पहले भी चार जने कैंसर से मर चुके हैं। हमारा हाल तो जी, वो हो गया है कि जबरा मारे और रोये भी न दे।"

अपना सब कुछ हार चुके ग्रामीणों की ऐसी बेशुमार व्यथाएँ थीं। इन व्यथाओं का एक ही सच था कि जिन लोगों को ऊपरवाले ने ज़िन्दगी बख़्शी थी, उन लोगों के जीने का हक़ नीचेवालों ने छीन लिया था। दिन सरकता हुआ सिर पर चढ़ आया था। हवा तपने लगी थी। बया ने पूछा, "चंदन, अब क्या करना है?"

"साढ़े आठ बज रहे हैं। लोहार्की के लिए निकल चलते हैं वरना देर होने से तपिश बढ़ जाएगी।" चंदन ने चलने का उपक्रम किया।

मोटरसाइकिल की रफ़्तार और सूरज की तल्खी में होड़ थी। ऊपर से उड़ती रेत। चंदन इन हालात में मोटरसाइकिल चलाने का अभ्यस्त था। उसके इस कौशल की सराहना करने के लिहाज़ से दीप बोला, "चंदन, पोखरण देखने के जोश में हमने तुम्हें बहुत कष्ट दिया।"

चंदन हँसा, उसकी हँसी हवा में तिर गई। दीप उसकी अनुगूँज अपने अन्दर महसूस कर रहा था।

"मेरी कोशिश यह है, दीप सर, कि हमारी त्रासदी को लोग नज़दीक से देखें। हमारे दुःख की शिद्दत को समझें ताकि हमारी मुश्किलों का हल निकले।"

बया की आँखों में एक बार फिर अपने कैंपस का वो दृश्य कौंध गया, जब छात्र-युवा संगठन ने 'भारत माता की जय' और 'वंदे मातरम्' के नारों के साथ गर्जना की थी, 'जो हमसे टकराएगा, चूर-चूर हो जाएगा।' देशभक्ति से ओतप्रोत

उस जलसे में किस क़दर उत्साह था? कितना जोश था? संगठन का हर वक्ता चीन और पाकिस्तान को उनकी औक़ात दिखाने की बात करते हुए एक ही बात दुहरा रहा था, 'अब हम न्यूक्लियर पावर हैं। कोई हमें आँख दिखाने की जुर्रत नहीं कर सकता।'

उस भीड़ के उत्तेजक भाषण का जब उसने ज़िक्र किया था, तो अरु दी बुरी तरह भड़क गई थीं। इस आयोजन की लानत-मलामत करते हुए वह बड़ी देर तक अपसेट रहीं। तब उसे आश्चर्य हुआ था कि अरु दी इस राष्ट्रीय गौरव से इतनी चिढ़ी हुई क्यों हैं? उनकी नाराज़गी का वह रहस्य उसे अब समझ आ रहा था। अब तक अपने भीतर उबाल खाती राष्ट्रभक्ति के उस जोश के बरक्स पोखरण विस्फोट के इस यथार्थ से रू-ब-रू वह अपराधबोध से भरी हुई थी।

卐

गाँव की सीमा पर एक बबूल के पेड़ के पास ऊँटों का झुंड अपनी गरदनें उठाए खड़ा था। वहीं एक दूसरे पेड़ के नीचे बैठे कुछ ग्रामीण गपशप में मशगूल थे। उनके क़रीब पहुँचकर चंदन ने मोटरसाइकिल की गति धीमी कर दी, "राम-राम, ताऊ!"

चंदन की आवाज़ पर सबने उसकी ओर देखा। वह बुज़ुर्ग जिसे चंदन ने आवाज़ लगाई थी, अपनी आँखों पर दाहिनी हथेली की ओट कर चंदन को पहचानने की कोशिश करने लगे। फिर उन्होंने उसका नाम लेकर जवाब दिया, "राम-राम, चंदन। इधर कैसे निकला, भाया?"

चंदन मोटरसाइकिल से उतरकर ताऊ के पास पहुँचा और बया और दीप की ओर इशारा कर बोला, "ताऊ, ये मेरे मेहमान हैं। बनारस से आए हैं। इनको लोहार्की घुमाने ले जा रहा।"

ताऊ ने बया और दीप को एक नज़र ऊपर से नीचे तक निहारा। उनके देखने के अन्दाज़ से लग रहा था जैसे जानना चाह रहे हों कि लोहार्की में ऐसा क्या है, जो ये घूमने आए हैं? ताऊ का संशय स्वाभाविक था। उन्होंने व्यंग्य किया, "भाया, लोहार्की में हवामहल राखो है कि ताजमहल बणो है?"

क्या जवाब दे चंदन? उसे चुप देख ताऊ ने शिकायती लहज़े में कहा, "देख

भाया, मवेशी अस्पताल में तो न डॉक्टर आवे, न दवाई मिले। हमारे ऊँटों का तो बुरा हाल है। समझ नहीं आ रहा क्या करें?"

ताऊ सही कह रहे थे। पेड़ के नीचे खड़े ऊँटों की देह के बाल उड़ चुके थे। उनकी गुलाबी खाल से ख़ून रिस रहा था। वे अपनी जीभ से एक-दूसरे का ख़ून चाट रहे थे। पीठ पर जगह-जगह बजबजाते घावों पर मक्खियाँ भिनभिना रही थीं। ऊँटों का यह कष्ट देखना सम्भव न हुआ तो बया ने अपनी आँखें दूसरी ओर फेर लीं। दीप अब भी उन ऊँटों को ध्यान से देखे जा रहा था।

"ये रेडिएशन का असर है जी।" एक ग्रामीण जिसने सफ़ेद साफ़ा बाँधा हुआ था, उनकी ओर मुँह घुमाकर बोला, "पहले इन्हें खुजली होती है, फिर शरीर के बाल झड़ते हैं। ये गूँगे जिनावर अपनी नंगी देह पेड़ों से रगड़ते हैं, तो खाल छिलती है। घाव हो जाते हैं। फिर घावों में कीड़े पड़ जाते हैं। हम लोग घरेलू दवाई से इलाज करते हैं। उससे ठीक हुए तो हुए, नहीं तो भगवान ही मालक है जी। हमारे कितने ऊँट तो खड़े-खड़े मर गए।"

"इनके इलाज का सरकार ने कोई इन्तज़ाम नहीं किया?" दीप ने जानना चाहा।

"एक मवेशी अस्पताल है जी, पर वहाँ हमेशा ताला पड़ा रहता है।" उसी ग्रामीण ने बताया।

"गायों का तो और भी बुरा हाल है जी। इनके बच्चे मरे हुए पैदा होते हैं। जो बच जाते हैं, वे ज्यादातर अन्धे पैदा होते हैं। गाँव के सारे जिनावरों को कोई न कोई बीमारी लगी है। इनके पैरों की गाँठों में दर्द, खुजली, रोयें झड़ने की बीमारी तो आम हो गई है। ऊँट बीमार, गायें बीमार उनके बच्चे पैदाइशी अन्धे-अपंग। इनके दूध में भी जहर। ये दूध हमारे बच्चे पिएँ तो वो भी बीमार। बेचो तो खरीदने वाले नहीं। हमारी हालत तो साँप-छछूँदर की हो गई है, जी।" ये एक युवा ग्रामीण था, जो अपने भीतर बलबला रहे दुख को जैसे रोक न पा रहा हो।

"दूध में ज़हर?" बया चौंकी।

"हाँ, ये जानवर जिन पेड़ों के पत्ते खाते हैं, उन पत्तों पर भी रेडिएशन का असर हुआ रहता है। इसी से उनका दूध ज़हरीला हो जाता है।" चंदन ने बताया।

इस इलाक़े के चप्पे-चप्पे पर जैसे अनगिन दुःख चस्पाँ थे। मनुष्य, जानवर, पौधे, पानी, हवा, धरती सबके सब अभिशप्त! गुमसुम खड़ी बया की ओर देखकर दीप ने बज़रिये दुष्यंत कुमार अफ़सोस जताया, "एक जगह हो तो कहें, दर्द इधर होता है।"

बैशाख आसमान में अपनी भट्टी सुलगा चुका था। लपलपाती आँच देह झुलसाने पर आमादा थी। वहाँ और देर तक रुक पाना सम्भव न था। मोटरसाइकिल में किक मारते हुए चंदन ने ग्रामीणों से विदा ली।

दो-ढाई हज़ार की आबादी वाले लोहार्की में पक्के मकानों की संख्या ठीक-ठाक थी। सैंडस्टोन से बने मकानों की बनावट कलात्मक थी। गाँव के अन्दर जाने वाली सड़क भी ठीक हालत में थी। चंदन ने डॉक्टर सुजन सिंह के घर के सामने मोटरसाइकिल खड़ी कर उन्हें आवाज़ लगाई। थोड़ी देर बाद सेवकनुमा एक शख़्स बाहर निकला। सामने चंदन को खड़ा देखकर पहचान गया, बोला, "डॉक्टर साब भोजन कर रहे हैं। आओ, बैठो।"

वह शख़्स आगन्तुकों को ड्राइंगरूम में बैठाकर उलटे पाँव घर के अन्दर चला गया। उसके व्यवहार से लग रहा था कि डॉक्टर साहब के यहाँ आनेवालों के प्रति पर्याप्त सदाशयता बरती जाती है। डॉक्टर सुजन सिंह के सलीके से व्यवस्थित ड्राइंगरूम में सुरुचिपूर्ण सादगी थी। एक दीवार पर रेडिएशन सम्बन्धी कुछ जानकारियों वाला एक पोस्टर चिपका था, जिस पर बिन्दुवार कई तथ्य दर्ज थे। डॉक्टर साब जोधपुर में चिकित्सा एवं स्वास्थ्य सेवा विभाग में उच्चाधिकारी रह चुके थे। सेवानिवृत्ति के बाद अब अपने गाँव में ही रहते हैं। गाँव के लोगों को स्वास्थ्य के प्रति जागरूक करते हैं। समय-समय पर चिकित्सा शिविरों का आयोजन करते रहते हैं, जिसमें लोगों का मुफ़्त इलाज होता है। अपने सेवा-काल के दौरान उन्होंने सन् 1974 में हुए पहले परमाणु विस्फोट के पश्चात् पोखरण रेंज के आसपास के इलाक़े पर रेडिएशन के प्रभावों का अध्ययन किया था। इस अध्ययन के लिए उन्होंने अपनी एक मेडिकल टीम बनाई थी। उस टीम ने इलाक़े के तमाम गाँवों का सर्वेक्षण किया था।

बमुश्किल पाँच मिनट की प्रतीक्षा के बाद डॉक्टर सुजन सिंह ड्राइंगरूम में हाज़िर हुए। सफ़ेद कुर्ते-पाजामे में लम्बी-गोरी काया के स्वामी डॉक्टर सुजन सिंह सबका समवेत अभिवादन कर सीधे चंदन से मुख़ातिब हुए, "इतनी तेज़ धूप में निकला, कोई ख़ास बात?"

"जी डॉक्टर साब, ये मेरे मेहमान हैं, बया और दीप जोशी।" उन दोनों का परिचय कराते हुए चंदन ने आने का मक़सद बताया, "ये बनारस यूनिवर्सिटी के शोध छात्र हैं। पोखरण विस्फोट से प्रभावित होकर यहाँ खिंचे चले आए। खेतोलाई तो दिखा दिया, लोगों से भी मिलाया। इधर आया तो सोचा, इन्हें आप से मिलना चाहिए।"

डॉक्टर सुजन सिंह बया और दीप से मिलकर प्रसन्न हुए। उन्होंने बताया कि वह एक मेडिकल सेमिनार के सिलसिले में बनारस जा चुके हैं और वहाँ के एकेडमिक वातावरण से बहुत प्रभावित रहे हैं। औपचारिक बातचीत के बाद डॉक्टर सुजन सिंह ने अपने सर्वेक्षण के बारे में काफ़ी कुछ विस्तार से बताया। उन्होंने सन् 1974 में हुए पहले परमाणु विस्फोट के बाद दस वर्षों के दरमियान आसपास के गाँवों पर पड़े प्रभावों पर केन्द्रित एक सर्वे किया था। छह महीने तक चले इस सर्वे से डॉक्टर साहब की टीम ने जो नतीजे निकाले वे अत्यन्त डरावने हैं।

डॉक्टर सुजन सिंह बताते हैं, "मेरा सर्वे इसलिए ज़्यादा ग़ौर करने वाला है कि सन् 1974 में हुए पहले परीक्षण के नतीजे एक कम शक्तिशाली विस्फोट के बाद के हैं, जबकि पिछले मई में हुए हालिया विस्फोटों की क्षमता न सिर्फ़ बहुत ज़्यादा थी, बल्कि यह जो परीक्षण हुआ, उसमें हाइड्रोजन बम जैसा महाविनाशकारी बम भी शामिल है। ये बम सामान्य बम नहीं, सुपर बम हैं। किसी भी अन्य बम से कहीं ज़्यादा विध्वंसक। इसकी विनाशक क्षमता सामान्य परमाणु बम के मुक़ाबले हज़ार गुना अधिक होती है। परमाणु बम की विस्फोटक क्षमता को किलोटन में मापा जाता है, पर हाइड्रोजन बम की क्षमता मेगावाट में मापी जाती है। अन्दाज़ा लगाया जा सकता है कि यह परीक्षण कितना शक्तिशाली था और इसकी मारक क्षमता कितनी विनाशकारी है। भगवान न करे कि कभी इसके प्रयोग की नौबत आए।"

डॉक्टर सुजन सिंह इन परीक्षणों की हक़ीक़त बताते-बताते एकदम भावुक हो गए। वह दो घूँट पानी पीकर सामान्य होने के बाद एक फ़ाइल खोलकर बोले, "इस फ़ाइल में परमाणु विस्फोट की हक़ीक़त बन्द है। लेकिन कोई इसका पुरसाहाल नहीं है। पोखरण फ़ायरिंग रेंज के आसपास के गाँवों में रहने वाले लोगों में कैंसर के लक्षण तेज़ी से बढ़े हैं। मनुष्य ही नहीं, पशुओं पर भी जेनेटिक असर पड़ा है। सेरेब्रल पाल्सी, डिसएबिलिटी (शारीरिक अपंगता), त्वचा सम्बन्धी बीमारियों में लगातार इज़ाफ़ा हुआ है। आँखों में जलन और खुजली जैसी परेशानियाँ तो सामान्य हैं। हमारे सर्वे के दौरान ही लोहार्की में सत्रह और खेतोलाई में बीस लोगों की कैंसर से मौत हो चुकी थी।" डॉक्टर सुजन सिंह यह सब बताते हुए गहन पीड़ा से गुज़रते जान पड़े, "मेरा यह सर्वे कहीं प्रकाशित नहीं हो पाया, क्योंकि ये मौतें रेडिएशन से ही हुई हैं, ये साबित नहीं हो पाया। इस बहाने की ओट में सरकार ने भी मेरे सर्वे का नोटिस नहीं लिया। सचाई ये है कि पोखरण फ़ायरिंग रेंज के आसपास के इलाक़े की हवा, और पानी में रेडिएशन का असर मौजूद है। लेकिन डिएशन का असर

साबित करना नामुमकिन है, क्योंकि रेडिएशन की जाँच एक लम्बी प्रक्रिया है। इस जाँच में कई वर्षों के परीक्षण के बाद डाटा के विश्लेषण से नतीजे निकाले जाते हैं। सरकार के स्तर पर ऐसी कोई कोशिश नहीं हुई। मेडिकल जाँच की अपनी एक सीमा है। मेरी टीम ने लोगों पर स्वास्थ्य सम्बन्धी प्रभावों की जाँच की और पाया कि विस्फोट के बाद ग्रामीणों में असाध्य बीमारियों के सिम्प्टम्स अचानक बढ़ गए।"

डॉक्टर सुजन सिंह फ़ाइल एक ओर सरकाकर अपनी बात जारी रखते हैं, "दुनिया के अनेक वैज्ञानिकों के अनुभवों और हिरोशिमा शान्ति संस्थान के प्रोफ़ेसर रॉबर्ट जैकब के अध्ययन से इस बात की पुष्टि हुई है कि अल्फा कणों के व्यापक प्रसार से जो बीमारियाँ होती हैं, उनसे तत्काल ये तय कर पाना सम्भव नहीं होता, कि इन बीमारियों की वजह रेडिएशन है। लेकिन रेडिएशन से थायरॉयड कैंसर, पेट एवं आँत का कैंसर, लंग कैंसर आदि हो सकता है। ल्यूकोमिया और इम्यून सिस्टम में भी विकृतियाँ हो सकती हैं। कितनी अजीब बात है कि दुनिया के वैज्ञानिक जिस सत्य को स्वीकार करते हैं, उसे भारत की सरकार नहीं मानती। गाँव के गाँव असाध्य बीमारियों का शिकार हो जाएँ और उसकी कोई वजह न हो, यह मुमकिन है क्या? क्या इस बात की ज़रूरत नहीं कि लोगों में उभरते अचानक असामान्य शारीरिक लक्षणों और लाइलाज होते जा रहे रोगों के कारणों की तलाश की जाए?" डॉक्टर सुजन सिंह अपने प्रश्न का स्वयं ही उत्तर भी देते हैं, "कार्य-कारण के बग़ैर तो कुछ होता नहीं। लेकिन जो देश के भाग्य-विधाता हैं, वे जानने को इच्छुक नहीं कि इन गाँवों में जो लगातार अकाल मौतें हो रही हैं, बच्चे जिन्होंने खुली आँखों से दुनिथा देखी भी नहीं, उनकी अकाल मृत्यु की वजह क्या है? रेडिएशन की पुष्टि के लिए गहन जाँच नितान्त आवश्यक है। लेकिन सरकार ये जाँच नहीं करा रही। वजह यह है कि अगर जाँच से सचाई सामने आ गई, तो सरकार को अन्तर्राष्ट्रीय मंचों पर जवाब देते नहीं बनेगा। अभी हम पर आर्थिक प्रतिबन्ध तो लगा ही लगा है, अगर जाँच से सचाई सामने आ गई, तो वर्ल्ड हेल्थ आर्गेनाइजेशन, अन्तर्राष्ट्रीय मानवाधिकार संगठन और एंटी न्यूक्लियर फोर्सेज को जवाब देते नहीं बनेगा और ये दबाव झेलना सम्भव नहीं होगा। अपने स्तर से प्रभावित ग्रामीण प्रतिकार और प्रतिरोध कर रहे हैं, लेकिन इस संघर्ष को सघन और व्यापक बनाने की ज़रूरत है।"

डॉक्टर सुजन सिंह आक्रोश से भरे हैं। उन्हें अपने गाँव और आसपास के लोगों की फ़िक्र रहती है। लेकिन वह शासन-प्रशासन के रवैये से निराश हैं, जिससे उनका क्षोभ बढ़ता जा रहा है। यह क्षोभ रह-रहकर उनकी बातों में उभर आता है।

वह निजाम के ख़िलाफ़ अपनी नाराज़गी का इज़हार करने में हिचकते भी नहीं हैं, "पोखरण विस्फोट के बाद जब प्रधानमंत्री जी यहाँ विज़िट पर आए थे, तो उन्होंने सुपर हॉस्पिटल बनवाने का वादा किया था। इस इलाक़े में ऐसे अस्पताल की सख़्त ज़रूरत है। यहाँ के लोगों की भी माँग रही है। दुर्भाग्य से सरकार अब तक सुपर स्पेशलिटी हॉस्पिटल की सुविधा उपलब्ध नहीं करा पाई है।"

डॉक्टर सुजन सिंह की नाराज़गी जायज़ है। इतने विस्तार से उनकी बातें सुनने के बाद बड़ी देर तक कोई कुछ बोल पाने की स्थिति में नहीं था। बया को अब कोई शक नहीं रह गया था कि यहाँ हर आदमी ग़ुस्से में है। हर किसी के भीतर नाराज़गी खदबदा रही है। लेकिन बेबसी और बेचारगी ऐसी कि वह कुछ कर भी नहीं पा रहा! ऐसे वक़्त में उसे गुनी की शिद्दत से याद आती है। उसका पूरा संघर्ष आँखों में घूम जाता है। ग़रीबी, भूख, शोषण, पलायन और दर-दर की ठोकरें खाती गुनी भी ऐसे ही ग़ुस्से से भरी रहती है। इसी परमाणु विस्फोट की ख़ुशी में निकले विजय जुलूस से वह कितनी नाराज़ थी—सब पगला गवा है। अब समझ में आ रहा उसकी नाराज़गी का अर्थ! डॉ. सुजन सिंह से विदा लेने के बाद वे देर तक घूमते रहे। घर, गली, नुक्कड़ जो जहाँ मिला एक शोकान्तिका लिये मिला। अपनी ही मृत्यु का मरसिया पढ़ते हुए।

बया अपने सामने कोमल बिश्नोई को देखकर चौंकती है। असामान्य रूप से बड़े सिर वाली इस बच्ची की आँखों में प्रश्न है, "ये किस गुनाह की सजा मिली है मुझे?"

महज़ नौ साल की इस बच्ची की आँखों में कोई सपना नहीं है। कोई रोशनी नहीं। इतनी बुझी-बुझी आँखें कि उनमें झाँको तो पूरी कायनात एक काला धब्बा जान पड़ती है। और वो सात साल की मासूम आयशा ख़ातून! उसके चेहरे पर बचपन की सादगी नहीं, एक ऐसा मंज़र जैसे हज़ारहा दर्द के सैलाब से गुज़री हो। मानसिक रूप से बीमार कोमल नहीं जानती कि उसने जिस दुनिया में आँखें खोली हैं, वह उसे जीते-जी मार देने वाले कसाइयों की बनाई क़त्लगाह है। आयशा की हड्डियाँ बुरी तरह ऐंठी हुई हैं। इन हड्डियों में चिलकती दर्द की लहर उस मासूम के लिए इस क़दर नाक़ाबिले बर्दाश्त होती है कि उसकी अम्मी उस वक़्त ख़ुदा से उसकी मौत की दुआ माँगती है। उफ़! कोई माँ ख़ुद को कितनी मौतें मारने के बाद अपनी संतान के लिए ये कामना कर पाती होगी? बया का दिल ज़ार-ज़ार रो पड़ा था।

आयशा के अब्बू के शब्द बया के कानों में अब भी गूँज रहे हैं जैसे एक नाउम्मीद नाख़ुदा की टेर हो, "मेरी बेटी में ये परेशानी उसके जन्म के तीन महीने बाद शुरू हुई। इसके पहले भी हमारी एक बेटी ऐसी ही बीमारी से गुज़र गई है। समझ लीजिए, अब हम आयशा की भी मौत का इन्तज़ार कर रहे हैं।"

मौत और मौत का इन्तज़ार। गाँव के गाँव। बस्ती की बस्ती। मौत का मातम मनाते लोगों की ज़िन्दा मुर्दघट्टी!

卐

सुल्ताना तो उम्र में आयशा से बड़ी थी, लेकिन उसमें और आयशा में उम्र के अलावा क्या फ़र्क़ है? दोनों मानसिक रूप से अक्षम। उनके लिए यह दुनिया एक बेनूर तमाशे के सिवा कुछ नहीं। उनकी हँसी में जैसे बर्छियाँ—"लानत है तुम्हारी इस दुनिया पर, जो हमारे जीने के काबिल न हुई।" हाड़-मांस की देह, चलती साँसें और लाश से भी बदतर ज़िन्दगी। और वो पवन? देह और दिमाग़ दोनों से अक्षम। विकलांग। माँ-बाप अपने जिगर के टुकड़ों को ज़िन्दा बचाए रखने के लिए अपनी ज़िन्दगियाँ होम किए जा रहे हैं। इनसे पूछो, क्या है, इन परमाणु विस्फोटों का हासिल—अनचाही ज़िन्दगी और अनचाही मौत?

बया की ख़ामोशी में पैबस्त उदासी को दीप लक्ष्य करता है, "चलें यहाँ से?"

बया जानती है, दीप को उसकी फ़िक्र है। उसके मन पर पड़ रही खराशों को वह महसूस कर रहा है। चंदन के परे हटते ही दीप ने उसके मन की थाह लेनी चाही। क्या जवाब दे दीप को? यहाँ से जाकर भी क्या वह वाक़ई यहाँ से विलग हो पाएगी? जितने लोग, उतनी कहानियाँ। नहीं, ये कहानियाँ नहीं, ज़िन्दगानियाँ हैं। जीने की चाह में, जिजीविषा से भरे लोग। किसे भूले, किसे याद करे? खेतोलाई, लोहार्की, चाचा, ओढ़निया ये गाँव नहीं, एक ही व्यथा के अनंत विस्तार हैं।

ओढ़निया की नैनू देवी, खेतोलाई की सज्जो से कहाँ अलग है? उसे भी स्तन कैंसर। महज़ इकतीस साल की नैनू, अपने मायके से सही-सलामत ससुराल आई थी। हँसती-खेलती, अलमस्त नार थी नैनो। कितनी रागणियाँ, कितने घूमर कंठस्थ। आवाज़ इतनी मधुर कि सुनने वाले राह चलते ठिठककर खड़े हो जाते।

पति रामनाथ पवार ख़ुद लोकगायक। गायकी ही उसकी रोज़ी-रोटी। जोधपुर में टूरिस्टों को अपने कंठ के माधुर्य से रिझाने वाले रामनाथ पवार के गीत अब उदास हैं। कंठ में सदा बसने वाली राग-रागिनियाँ सकते में हैं। अपनी इसी नैनू के लिए कभी वह गाया करते थे—

बनी म्हारी आवे रे बनी मुसकाती आवे रे,
के झीणें घूँघट में दीखे मुखड़ो सावना रे।

अब उनकी उसी बनी की मुस्कराहट को ग्रहण लग चुका है।

नैनू की हँसी वापस लाने के लिए रामनाथ ने क्या-क्या जतन नहीं किए? नैनू के बारे में बताते हुए रामनाथ भावुक हो गए थे, "साब जी, अपणी घरवाली का जोधपुर के एक प्राइवेट अस्पताल में इलाज कराया। महीनों चले इलाज में बहुत ख़र्चा आया। अपने चाहने वालों से हाथ जोड़कर मदद माँगी। कई जान-पहचान वालों की ड्योढ़ी पर माथा नवाया। किसी ने सौ-पचास की मदद की, किसी ने बोली-बानी से हमदर्दी जताई। जिस-तिस तरह इलाज चला। गाँव में जो नाम का थोड़ा खेत था, वो भी इसके इलाज में बिक गया। पर ये ठीक नहीं हुई। हम तो निराश हो गए थे, जी। इसी बीच जब कुछ स्याणे लोगों ने दिल्ली जाकर एम्स में नैनू का इलाज कराने की सलाह दी, तो फिर उम्मीद जागी। जो बचा खेत था, उसे भी बेचकर हम नैनू का इलाज कराने दिल्ली जा पहुँचे।"

यह सब बताते हुए रामनाथ पवार एक बार फिर उसी पुरानी यातना से गुज़र रहे थे। उनके चेहरे की शिकन में जज़्ब एक-एक इबारत साफ़ पढ़ी जा सकती थी। इस वक़्त उनकी आवाज़ किसी गहरी खोह से आती जान पड़ रही थी, "राम-राम करके बड़े अस्पताल में नैनू का नम्बर आया, जी। डॉक्टर ने पुराने इलाज के बारे में एक-एक बात पूछी। जोधपुर में चले इलाज की रिपोर्ट देखी। सारी बात जानने के बाद उनने नैनू को अस्पताल में भर्ती लेणे से मना कर दिया। डॉक्टर बोला, मरीज़ की प्राइवेट अस्पताल में पहले ही सर्जरी हुई पड़ी है। अब इस अस्पताल में भर्ती नहीं ले सकते। हमारे तो होश ही उड़ गए, जी। हाथ जोड़े, पैर पकड़े पर डॉक्टर ने मना कर दिया तो मना कर दिया। बोला, सरकारी नियम है, जी। हम नियम-क़ानून से बँधे हैं। सरकार के तो नियम ही नियम हैं। उस नियम में हम ग़रीबों के जीने का कोई नियम नहीं है। देश के उस सबसे बड़े अस्पताल से, सरकार के एक नियम के चलते, हम अपनी नैनू का बिना इलाज कराए लौट आए। मेरी

लुगाई का दोष क्या है? आप ही बताओ, नैनू के जीने का हक़ कौण छीना? ये रोग हमने तो नहीं चाहा था?"

रामनाथ पवार के सवाल का जवाब न बया के पास था, न दीप के। उनके घर की देहरी पर बैठी बया नैनू का हाथ थामे उसके दु:ख से विगलित होती रही थी। नि:शब्द रह गए थे वे। रामनाथ पवार अपनी पत्नी नैनू के लिए चिन्तित थे। उन्होंने जो कहा, सुनकर दोनों के सर शर्म से झुक गए, "नेता, सरकार सबका कहना है जी, इस बम से देश का सर गर्व से ऊँचा हो गया है। मैं तो बोलता हूँ जी, मेरी नैनू जैसे लोगों की हालत से देश का सर शर्म से झुक जाना चाहिए। बड़े लोगों की ज़िद ने हमारी नैनू को तिल-तिल मरने के लिए छोड़ दिया है। हम किस बात पर गर्व करें? हम तो इस गर्व के चक्कर में जर, ज़मीन, जोरू सबसे गए?"

रामनाथ पवार की आँखों में बादल गहरा रहे थे। नैनू की आँखें भी झर-झर बरसने लगी थीं। ये उनकी बेबसी के आँसू थे।

चाचा गाँव का भूपतराम जन्म से ही विकलांग है। यह विकलांगता उसके हिस्से कैसे आई? पन्द्रह की उम्र में घिसट-घिसटकर ज़िन्दगी जी रहा भूपत ज़िन्दा सवाल बनकर खड़ा है। उसकी आँखों में चमक है, ज़िन्दगी जीने की ललक है। वह स्कूल जाता है और बचे समय में सड़क किनारे साइकिल पंक्चर बनाने की दुकान चलाता है। इस हालत में भी वह ख़ुश है। उसका ये साहस चकित करता है। उससे कुछ पूछो तो एक ही बात कहता है, "सरकार से एक व्हील चेयर चाही थी, वो भी नहीं मिली। विकलांग पेंशन तो बहुत दूर की बात है।"

"किसी से कोई शिकायत?" दीप के इस सवाल पर भूपत ने हँसकर जवाब दिया, "जहाँ जल्लाद हाकिम हो, वहाँ फरियाद क्या करना?"

भूपत के इस तंज़ से, बया को लगा था, ज्ञान उम्र से नहीं अनुभव की खराद पर निखरता है।

हाकिमों ने तो दुश्मन को नेस्तनाबूद कर देने के मंसूबे से अपने ही लोगों की ज़िन्दगियाँ दाँव पर लगा दी हैं। गाँव के गाँव मुर्दों की बस्ती में तब्दील हो गए हैं। मुल्क का कोई दुश्मन हो न हो, अपने सिंहासन की हिफ़ाज़त के लिए एक दुश्मन गढ़ लेना शासकों का सियासी खेल होता है। इतिहास ऐसे ही दुश्मनों और दुश्मनियों से भरा पड़ा है। यह बात अब बया की समझ में आने लगी थी। चंदन सही कहता है, "आप लोगों ने पोखरण का वही सच देखा, जो आपको दिखाया गया। लेकिन जो नहीं दिखाया गया, वह है इतिहास से बाहर कर दिए गए लोग।"

चंदन ने जोधपुर मेडिकल कॉलेज के डॉ. आर. के. शर्मा की रिपोर्ट की फ़ाइल निकालकर बया को देते हुए कहा, "इसे देखिए, पोखरण में परमाणु परीक्षण की हक़ीक़त।"

बया उत्सुकता से उस रिपोर्ट के पन्ने पलटने लगी। जैसे-जैसे रिपोर्ट पढ़ती गई, उसकी आँखें फैलती-सिकुड़ती रहीं। रिपोर्ट पढ़ लेने के बाद फ़ाइल दीप की ओर बढ़ाते हुए वह निःशब्द थी। रिपोर्ट पढ़ते हुए दीप को महसूस हो रहा था जैसे डॉक्टर शर्मा के सर्वे का सच आज भी उन गाँवों में अट्टहास कर रहा है।

डॉक्टर शर्मा ने अपनी टीम के साथ अध्ययन के बाद पोखरण रेंज के आसपास के गाँवों के रहवासियों के स्वास्थ्य पर पड़े प्रभावों का परिणाम निकाला था। यह अध्ययन आश्चर्यजनक रूप से बड़े ख़तरे की ओर संकेत कर रहा था। डॉ. शर्मा की टीम को भी सन् 1974 से 1984 के बीच इन इलाकों में छब्बीस सौ से ज़्यादा कैंसर के मरीज़ मिले थे। उनकी टीम ने तो कैंसर से मरने वालों की बाक़ायदा लिस्ट भी तैयार की थी। नाम, गाँव, उम्र, कैंसर का प्रकार। रिपोर्ट में निष्कर्ष के तौर पर उन्होंने दर्ज किया हुआ है—"रेडिएशन की वजह से ज़्यादातर मामलों में हड्डियों का कैंसर पाया गया है।"

इस रिपोर्ट में रेडिएशन से पशुओं के मरने और बीमार होने का भी ज़िक्र था। अजीब विडंबना थी कि दस सालों का ये श्रमसाध्य अध्ययन, डॉक्टरों की टीम का यह निष्कर्ष, और कैंसरग्रस्त लोगों की यह आधिकारिक लिस्ट सरकारी तंत्र के लिए महज़ रद्दी काग़ज़ है।

रिटायर मास्टर माँगीलाल जी ने पहले परमाणु विस्फोट की चर्चा करते हुए कहा था, "उस धमाके के बाद फ़सलों का रंग बदल गया था। खेतों में खड़ी फ़सलें सफ़ेद पड़ गई थीं। लगता जैसे उन पर फफूँद लग गई हो। एकबारगी फ़सलों का हरापन निचुड़ गया था। उस विस्फोट से गाँव में वर्षा पानी वाले हमारे कितने ही टैंक ध्वस्त हो गए थे। दो कुएँ तो मुझे याद है, बेतरह नष्ट हो गए थे। उनमें एक हमारा कुआँ भी था। तब गाँव के लोगों को पानी पीने से मना कर दिया गया था। उन दिनों हम इतने डरे हुए थे कि हर वक़्त लगता, कोई अदृश्य शक्ति हमारे पीछे पड़ी है।"

अपनी बात पूरी कर मास्टर माँगीलाल ठठाकर हँस पड़े थे। ख़ौफ़ के साये में भी इस तरह हँस लेने का जिगरा आसान नहीं होता। लेकिन यहाँ के लोगों ने ये हुनर हासिल कर लिया था।

卐

पोखरण रेंज के ग्रामीणों की एक ही इच्छा है, उन्हें इस आपदा से बचाया जाए। सवाल था कि उन्हें कैसे बचाया जाए? सरकारी प्रयास तो निराश करने वाले हैं। जीने का अधिकार तो यहाँ के लोगों का भी उतना ही है, जितना देश के किसी भी अन्य हिस्से में रहने वालों का। लेकिन यहाँ के नागरिकों के इसी अधिकार का अपहरण हो गया था। चंदन की हताशा के पीछे भी इसी अनदेखी का दर्द छिपा है, "बहुत गुहार लगाई...लड़ाई लड़ी...लेकिन कहीं से कोई उम्मीद नज़र नहीं आती। सरकारी महकमों के रवैये से हमें कोई आशा रही नहीं। कोर्ट से कितना न्याय मिल पाएगा और कब मिलेगा, यह भी अनिश्चय के गर्भ में है। मीडिया ने तो इस परमाणु विस्फोट का सिर्फ़ महिमामंडन ही किया है। दुर्भाग्य यह है कि हम राष्ट्रप्रेम की बेदी पर बलि का बकरा बना दिए गए हैं। कुछ राष्ट्रभक्त नेताओं ने तो इस इलाक़े को 'शौर्य-स्थल' के रूप में चिन्हित कर स्मारक बनाने की भी अपील की हुई है। उन्हें हमारी नियति नहीं दिख रही। वे तो पोखरण को टूरिस्ट स्पॉट के तौर पर विकसित करने का सुझाव दे रहे हैं।"

बया ने उसे टोका, "चंदन तुम्हें ऐसा नहीं लगता कि तुम एक ऐसी लड़ाई लड़ रहे हो जिसका कोई भविष्य नहीं है?"

"हमारे पास लड़ने के अलावा और विकल्प भी क्या है?" चंदन के स्वर में थकान थी।

"मान लो, कोर्ट ने गाँव वालों के हक़ में निर्णय दे भी दिया तो हासिल क्या होगा? हद से हद कुछ रुपयों का मुआवज़ा। जो मरे उनकी एक सरकारी क़ीमत तय़ हो जाएगी और उनके परिजनों को उनके प्राणों के बदले बख़्शीश मिल जाएगी। फिर? क्या इस न्याय से अनचाही मौतों और असाध्य बीमारियों से आनेवाली संततियों को बचाया जा सकेगा?"

बया का प्रश्न हथौड़े की मानिंद 'ठक्क' से बजा और चंदन के दिलो-दिमाग़ की सारी चूलें हिल गईं। दीप ने चौंककर बया को देखा। बया की चिन्ता जायज़ थी, लेकिन दूसरा उपाय क्या है? जिन लोगों के सामने चलती-फिरती ज़िन्दगियों के लाले पड़े हों, वे ऐसे आदर्शवादी विमर्श का क्या करेंगे!

"बया, तुम्हें नहीं लगता कि पीड़ितों को जान-माल के नुक़सान के लिए फौरी मदद मिलनी ही चाहिए?" दीप ने दलील दी।

“मेरा यह आशय नहीं है, दीप। कोई भी आर्थिक मदद तात्कालिक राहत है और वो मिलनी ही चाहिए। लेकिन ये मदद रेडिएशन के ख़तरे से बचाव का विकल्प नहीं है। रेडिएशन के बारे में जो शोध और तथ्य चंदन ने जुटाए हैं, डॉ. सुजन सिंह और डॉ. आर.के. शर्मा के अध्ययनों से जो परिणाम निकलते हैं, उससे तो स्पष्ट है कि इस रेडिएशन का असर पीढ़ियों तक चलने वाला है। सोचो दीप, ये ख़तरा कितना बड़ा है? कितना अमानवीय?”

“हाँ मैम, हिरोशिमा और नागासाकी में हुए बम विस्फोट का असर आज भी बरकरार है। विकलांगता, आनुवंशिक बीमारियों के प्रभाव से वहाँ आज भी लोग पीड़ित हैं। कई पीढ़ियों पर रेडिएशन का असर बरकरार है। बमों के धमाकों की अनुगूँज उनकी स्मृति में आज भी ज़िन्दा है। रेडिएशन का अंजाम उनसे बेहतर कौन जानता है? शायद इसी वजह से वे बम बनाने की होड़ में कभी शामिल नहीं हुए।” चंदन अपनी जानकारियाँ साझा करते हुए अक्सर अतिरिक्त उत्तेजना से भर जाता है, “जापानी हमारी सरकारों की तरह नहीं हैं, जो अपने नागरिकों को उनके हाल पर छोड़कर, ज़िम्मेदारियों से पल्ला झाड़ लें। वहाँ की सरकार और वहाँ का प्रशासन संवेदनशील है। उन्हें अपने नागरिकों की फ़िक्र है। वहाँ अनेक कल्याणकारी योजनाएँ चलाई जा रही हैं, जागरूकता कार्यक्रम चलाए जा रहे हैं। इन स्वास्थ्य और शोध कार्यक्रमों से ऐसे रेडिएशन के ख़तरों को न्यूनतम स्तर पर लाने में उन्हें कामयाबी मिली है।”

चंदन इस समस्या को लेकर बेहद संवेदनशील है। वह यहाँ आए तमाम वैज्ञानिकों और विशेषज्ञों से मिलता है। उनके विचारों से अवगत होता है। उसे बस यही अफ़सोस है कि विभिन्न शोधों और दुनिया के अनुभवों के बावजूद अपने देश की सरकारों ने हमेशा तथ्य और वैज्ञानिक सुझावों को नज़रअन्दाज़ किया है। उसने इस मसले को लेकर आसपास के गाँवों के ग्रामीणों को एकजुट किया है। विभिन्न मंचों पर उनकी बात उठाई है। लेकिन सरकारी स्तर पर जारी उपेक्षा से वह निराश है। वह अपनी नाराज़गी कभी छुपाता नहीं है, “बया मैम, अपने नागरिकों के प्रति ये ग़ैरज़िम्मेदाराना व्यवहार जान-बूझकर किया गया अन्याय है। हम इसी अन्याय के प्रतिकार की लड़ाई लड़ रहे हैं। हमारा संघर्ष एक गाँव के कुछ लोगों के लिए न्याय माँगने से शुरू हुआ था, लेकिन जैसे-जैसे हमें इसकी भयावहता का पता चला, हमारे संघर्ष का दायरा बढ़ता गया।”

एक रोमांच और रोमान से शुरू हुई बया और दीप की इस यात्रा में अचानक

मिला चंदन उनकी ज़िन्दगी का नज़रिया बदल देने वाला गाइड निकला। पोखरण के क्रूर यथार्थ और उससे जुड़े अनपेक्षित अनुभवों से साक्षात्कार ने संगीत के इन शोधार्थियों का सुर बदल दिया था। आज चंदन से विदा लेते हुए बया और दीप उसके प्रति आभार से भरे थे।

रज्जो ने बया से गले मिलकर भरे मन से गुज़ारिश की, "दीदी, म्हारे राजू की सलामती के लिए बाबा विश्वनाथ से प्रार्थना करना। हम भी उनके दरबार में मत्था टेकने आएँगे।"

रज्जो के स्वर में इतनी पीड़ा थी कि बया का मन विचलित हो गया। भावावेग में रज्जो को अँकवारी में भर लिया। दोनों भगिनी-भाव से भीगती रहीं। स्त्री का स्त्री से ये मौन संवाद आदि, अनंत, अजस्त्र है। यह करुणापूरित हृदयों का संवाद था। वे जब एक-दूसरे से अलग हुईं तो उनकी आँखों में थोड़ा जल और ज़्यादा प्रेम था।

अनुकथा

अपने अन्दर एक अनकही कहानी को समेटे
रहने से बड़ी कोई पीड़ा नहीं है।

—माया एंजेलो

卐

वह जल बया की आँखों में अब भी अटका हुआ था।

बया उस पीड़ा-प्रान्तर से लौट ज़रूर आई थी, लेकिन उसका मन वहीं छूट गया था। वह उसी धूसर दयार में भटक रही थी। उसे लग रहा था कि यह एक यात्रा भर नहीं थी, जहाँ से लौटा यात्री कुछ अनुभवों की पूँजी लेकर लौटता है, और उम्र भर उनकी स्मृतियों को खर्चता रहता है। यह यात्रा तो जैसे उसके कायान्तरण की यात्रा थी। इस यात्रा के दौरान भले ही वह एक द्रष्टा थी, लेकिन मन के गुल्लक में अनगिन दुःख सिक्कों की तरह जमा होते रहे थे। निरीह बेबसियाँ चेतना पर निरन्तर दस्तक दे रही थीं। जिजीविषा से भरी आँखें अब भी पीछा कर रही थीं। इस बीच वह मज़बूत दिखने की लाख कोशिश के बावजूद भीतर से क़तरा-क़तरा मोम-सी गलती रही है। आँसुओं के सैलाब मन के कछार में उमड़ते रहे हैं और धप्प-धप्प कटते रहे हैं सब्र के कूल-किनारे। आज वो सारी बन्दिशें भरभराकर टूट गई थीं। अरुंधती के पास आकर उसे महसूस हुआ कि यही वह वटवृक्ष है, जिसके साये में बैठकर उस यातना-यात्रा की थकान से राहत मिल सकती है। यही वह कन्धा था, जिससे टिककर वह रो सकती थी। सीने में अटकी वह रुलाई आँखों में आ-आकर लौटती रही है। यह रुलाई नहीं थी, उसकी आत्मा का प्रक्षालन था।

अरुंधती ने अपने कन्धे पर टिके बया के सर को स्नेह से सहलाया। उसके बालों में उँगलियाँ फिराईं और उसका चेहरा ऊपर उठाया। उसकी सजल आँखों में उदासी घर किए बैठी थी। अरुंधती का कलेजा कटकर रह गया। ममता-सी उमड़ आई। पता नहीं क्यों, इस लड़की के लिए उसके मन में हमेशा से एक अनकहा वात्सल्य रहा है! अपनी स्निग्ध मुस्कराहट से उसका मनोबल बढ़ाना चाहा, "बया, करुणा हमारे मन को उदार बनाती है। दुनिया को मानवीय बनाने का स्रोत है करुणा। इस करुणा को क्रिएटिव बनाकर ही कोई बड़ा अर्थ दिया जा सकता है।"

"दी, मैं जिन अनुभवों से होकर गुज़री हूँ, उन्होंने मेरे मन को झकझोरकर रख

दिया है। जिस क्रूर सचाई से रू-ब-रू हुई हूँ, उसकी तो कभी कल्पना भी नहीं की थी। ऐसी बेबसी और मायूसी कि सरकार और सिस्टम पर से मेरा विश्वास उठ गया है।" बया का चेहरा रुआँसा हो गया था।

अपने भ्रम के टूटने और कोमल मन के आहत होने से असहज थी बया। उस जैसी संवेदनशील लड़की और भावप्रवण कलाकार की यह बेचैनी स्वाभाविक थी। अरुंधती थोड़ी देर तक चुपचाप बया को देखती रही। उसकी मन:स्थिति को भाँपने की कोशिश में, उसकी आँखों की राह उसका मौन पढ़ती रही। इस वक़्त बया को संबल की ज़रूरत थी। उसे सँभालने की ज़रूरत थी। उसे उन भयावह स्मृतियों से बाहर आने में समय लगेगा, लेकिन उसके मन को थामे रहना ज़रूरी था। उसके भटकाव को ठहराव की ज़रूरत थी। वह जिन अनुभवों को लेकर लौटी है, उसके साथ उसे रचनात्मक संगति बैठाने की ज़रूरत थी।

"बया, राजकुमार सिद्धार्थ भी बुद्ध बनने से पहले मनुष्य के दु:ख, संताप और संत्रास को देखकर आहत हुए थे। उनसे मनुष्यों का ये दु:ख, दुखों की मर्मांतक परिणति देखी नहीं गई थी। इसकी वजह उनके अन्तस में निहित करुणा थी। उनके कायान्तरण की वजह यह करुणा ही थी। करुणा ने ही उन्हें उदार, मानवीय और परकातर बनाया। तुम्हारा यह कायान्तरण भी, क्या उसी करुणा से सम्भव नहीं हुआ है?"

बया के चेहरे पर उलझन के-से भाव आए। आँखें सिकुड़ीं और पेशानी पर बल पड़ गए। अरुंधती उसकी मन:स्थिति भाँप गई, "बया, हम कलाकारों की तो पूँजी ही है करुणा। तुम जिस भावना से इतनी विह्वल हो वह तुम्हारे कलाकार मन में व्याप्त वही करुणा है। यह करुणा प्राणिमात्र के मंगल का निमित्त है। भवभूति कहते हैं, सभी रसों का आधार है करुणा। 'एको रस: करुण एव'। तुम्हें अपने अन्दर की इस करुणा का उपयोग मनुष्यता के मंगल के लिए करना है, तो अपनी कला को साधो। हाँ, इस साधना में कलाकार की यात्रा इकहरी नहीं होती। उसे बाहर से भीतर और भीतर से बाहर की दोतरफ़ा यात्रा करनी होती है। तुमने अभी बाहर से भीतर की यात्रा तय की है। भीतर से बाहर की तुम्हारी यात्रा शेष है।" अपनी लम्बी तक़रीर को समेटते हुए अरुंधती ने ये शेर पढ़ा—

गो आबले हैं पाँव में फिर भी ऐ रहरवो,
मंज़िल की जुस्तजू है, तो जारी रहे सफ़र।

बया के होंठों पर हल्की-सी स्मिति उभरी और उसके मन में व्याप्त द्वन्द्व छँटता-सा जान पड़ा। अरुंधती के कन्धे पर अपनी ठुड्डी टिकाए हुए बोली, "दी, आप सही कह रही हैं। शायद तभी पूरी होती है कोई भी यात्रा।"

"अब तुम अपना शोध जल्द पूरा करो, ताकि मैं तुमसे मुक्त होऊँ।" अरुंधती हँसी।

"मुक्ति और मुझसे? वो तो कभी होनेवाली नहीं।" बया इतराई।

"दीप से बोलकर तुमसे अपना पीछा छुड़वाती हूँ।"

"अच्छा लड़का है।" बया की मुस्कान में शोखी थी।

"ओहो! तो कहाँ तक पहुँची बात?"

"नहीं दी, ऐसा कुछ नहीं है। उसके मन में क्या है, मुझे नहीं पता।"

"तेरे मन में क्या है, वो तो स्पष्ट है न? तो फिर तू ही बोल दे उससे दिल की बात। कहीं ऐसा न हो कि इज़हार में देरी हो जाए।" अरु के स्वर में कुछ खो जाने का मलाल था, शायद कुछ छूट जाने की कचोट थी।

बया ने अरुंधती की हथेली कसकर भींच ली। दोनों अनुराग की ऊष्मा को चुपचाप महसूस करती रहीं।

卐

नाथद्वारा के श्रीनाथ मन्दिर और उसकी ड्योढ़ी पर परवान चढ़ी पखावज की थाप बया के मन-प्राण नहीं बाँध पा रही थी। बेहद श्रम से जुटाई गई जानकारियाँ, पखावज मर्मज्ञों के साक्षात्कार, दुर्लभ प्रमाण और सन्दर्भ-सामग्री बेमानी लग रही थी। कई दिनों से अपने आप को सहेजने, ध्यान केन्द्रित करने और संकल्प के साथ शोध-कार्य में स्वयं को रमाने की उसकी सारी कोशिश नाकाम हो चुकी थी। इस बीच दीप को अपने शोध के सिलसिले में दिल्ली जाना पड़ गया था। कब तक लौटेगा, कुछ तय नहीं। वह नहीं है, तो बया को उसकी अनुपस्थिति कहीं ज़्यादा खल रही है। उसके साथ की आदत जो पड़ गई है। अजीब बात है कि दोनों की आदतों में बहुत विषमता के बावजूद दीप का संग-साथ उसे भाता है। वह ख़ूब बोलती है, वाचाल है, लेकिन दीप शान्तचित्त, धीर-गम्भीर है। वह जन्मना पहाड़ी है और उसका स्वभाव भी पहाड़ जैसा धीरोदात्त और अकुंठ है। मनुष्य की प्रकृति पर उसके परिवेश का कितना असर पड़ता है नहीं मालूम,

लेकिन दीप पर तो जैसे शत-प्रतिशत पड़ा है। वह एक अच्छा दोस्त, एक ज़िम्मेदार सहयोगी और केयरिंग इनसान है। उसकी सबसे अच्छी बात ये है कि वह दूसरे को स्पेस देना जानता है। इतने दिन साथ रहते हुए उसके स्वभाव को देखना-समझना आसान हुआ है और अब जबकि वह नहीं है, तो उसकी याद शिद्दत से आ रही है। वह होता तो उसके सहयोग से अपने शोध को गति दे पाती। शायद अपने मन को भी साध पाती।

जाते चैत के ये तपते दिन मनहूस उदासियों से मन को घेरे हुए थे। चारों ओर ख़ालीपन था और ऐसे अनमने मौसम में अनमनी-सी बया लाइब्रेरी में आ बैठी थी। के. वासुदेव की पुस्तक 'संगीत शास्त्र' लेकर बड़ी देर तक उलटती-पुलटती रही। क्या देखना था, क्या ढूँढ़ रही थी, कुछ ध्यान नहीं। उसका ध्यान तो जैसे पोखरण की मरीचिकाओं में ही भटक रहा था। चंदन, रज्जो और उनके मासूम बेटे राजू की छवियाँ रह-रहकर आ खड़ी होतीं। बेडौल सिरों वाली कोमल बिश्नोई, शरीफा जान, कैंसर से जूझता राजन बिश्नोई, ऐंठी हड्डियोंवाली आयशा, तिल-तिल मौत का इन्तज़ार करती नैनू के चेहरे स्मृति-पट से उतरते ही नहीं थे।

अचानक कुछ ख़याल आया और वह पत्र-पत्रिकाओं के सेक्शन की ओर बढ़ गई। पुराने अख़बारों की शेल्फ़ में रखी फ़ाइलों को देखने लगी। मई 1998 की फ़ाइल शेल्फ़ से बाहर निकालकर स्टडी टेबल पर बैठ गई। 12 मई के पहले पन्ने पर बैनर हेडिंग के साथ पोखरण में परमाणु विस्फोट की ख़बर छपी थी। विस्तार से छपे मुख्य समाचार के बीच में प्रधानमंत्री की तस्वीर भी लगी थी। तस्वीर के नीचे लिखा था—आनन-फ़ानन बुलाई गई प्रेस वार्ता में प्रधानमंत्री ने बताया कि "आज दोपहर तीन बजकर पैंतालीस मिनट पर भारत ने पोखरण में तीन भूमिगत परमाणु परीक्षण किए। मैं वैज्ञानिकों और इंजीनियरों को इन कामयाब परीक्षणों के लिए बधाई देता हूँ।"

उस तस्वीर को ग़ौर से देखने पर साफ़ लग रहा था कि यह घोषणा करते हुए प्रधानमंत्री का चेहरा कैमरे की फ़्लैश लाइट से कहीं ज़्यादा विजयोन्मत्त उल्लास से दमक रहा है। बया को वो दिन याद आ गया, जब इस ख़बर से वह स्वयं भी गर्व से भरी हुई थी। उस वक़्त मन किस क़दर देशभक्ति के ज़ज़्बे से भरा हुआ था। सारे जहाँ से अच्छा हिन्दोस्तां हमारा!! अपने उस जज़्बाती उत्साह की याद आते ही उसकी हँसी छूट गई। उफ़ कितना बड़ा फ़रेब है ये कामयाबी। सभ्यता के माथे पर कलंक हैं ये परमाणु बम!

अख़बार का पहला पन्ना ऊपर से नीचे तक परमाणु परीक्षण से सम्बन्धित तमाम ख़बरों से भरा पड़ा था। मुख्य समाचार के ठीक नीचे पक्ष-प्रतिपक्ष के नेताओं के बयान छपे थे। सत्ता पक्ष के नेताओं के बयानों में देश के परमाणु क्षमता हासिल करने पर ख़ुशी ज़ाहिर की गई थी और इस सफलता के लिए प्रधानमंत्री जी को बधाइयाँ दी गई थीं। प्रतिपक्ष के नेताओं ने इस विस्फोट की कड़ी निन्दा की थी। प्रमुख विपक्षी दल के एक नेता ने कहा था—असली शक्ति संयम में है, न कि शक्ति-प्रदर्शन में। यह सरकार युद्ध उन्माद पैदा कर रही है। इस विस्फोट को सरकार का अहमकाना क़दम बताते हुए उन्होंने इस परमाणु परीक्षण को दुनिया में भारत की शान्तिप्रिय लोकतांत्रिक छवि को धक्का पहुँचाने वाला कृत्य करार दिया था। एक अन्य नेता का बयान था—यह साम्प्रदायिक बम है। इस नेता ने तो अतिउत्साह में इसे 'हिन्दू बम' की संज्ञा दे डाली थी। वामपंथी दलों ने इस परीक्षण को भारत जैसे ग़रीब मुल्क के लिए ग़ैरज़रूरी बताया था। इसके नेताओं ने सरकार के इस कृत्य को उन्मादी राष्ट्रवाद क़रार दिया था।

इसके ठीक अगले दिन यानी 13 मई के समाचार-पत्रों में भारत के इस परीक्षण की दुनिया-भर में जमकर भर्त्सना की गई थी। इन भर्त्सनाओं का आलम ये था कि पूरी दुनिया सदाकत की मूर्ति है और एक अकेला भारत ही विलेन है, जिसकी ओर सभी की भौंहें तनी हुई थीं। संयुक्त राष्ट्र सुरक्षा परिषद समेत अमरीका, ब्रिटेन, जापान, कनाडा ने कठोर प्रतिक्रियाएँ व्यक्त की थीं। भारत की इस हिमाकत की सारी विदेशी एजेंसियों ने ख़ूब लानत-मलामत की थी। अमरीका इस परीक्षण से बुरी तरह चिढ़ा हुआ था। उसकी ख़ुफ़िया एजेंसी सीआईए और सेटेलाइट की आसमानी जासूसी विफल हो जाने से उसके सर्वव्यापी-महाबली होने की क्षमता पर सवाल उठ रहे थे। इस लिहाज़ से उसकी नाराज़गी ज़्यादा तीखी और गम्भीर थी—उसने भारत पर आर्थिक प्रतिबन्ध लगाने की धमकी दे डाली थी।

पाकिस्तान और चीन की प्रतिक्रियाएँ अत्यन्त कठोर और उग्र थीं। चीन के विदेश मंत्री ने अपने बयान में कहा था—"हम भारत के परमाणु परीक्षणों की कड़ी निन्दा करते हैं। यह परीक्षण दक्षिण एशिया में शान्ति और स्थिरता पर प्रतिकूल असर डालेगा।"

पाकिस्तान इस विस्फोट के बहाने भारत के ख़िलाफ़ दुनिया को भड़काने में जुटा था। उसके विदेश मंत्रालय के प्रवक्ता ने अपने बयान में कहा था—"भारत दक्षिण एशिया में हथियारों की होड़ को बढ़ावा दे रहा है। भारतीय नेतृत्व अनियंत्रित

रास्ते पर चल रहा है।" पाकिस्तान के प्रधानमंत्री ने प्रतिक्रिया व्यक्त करते हुए क़सम खाई थी, "पाकिस्तान भारत को करारा जवाब देगा!"

इन ख़बरों को पढ़ते हुए बया को ग्लानि हो रही थी। उसे आश्चर्य हो रहा था कि किसी देश ने भी इस होड़ को ख़त्म करने की पहल नहीं की थी। किसी ने भी दुनिया से ऐसे बमों के निर्मूलन की बात नहीं की थी। वह समझ नहीं पा रही थी कि दुनिया के तमाम देशों की इन निन्दाओं, भर्त्सनाओं का फलाफल क्या होगा? आर्थिक प्रतिबन्धों से किसकी मुश्किलें बढ़ेंगी?

अख़बार के पन्ने पलटते हुए बया 29 मई को छपी ख़बर देखकर चौंकी। इस ख़बर की हेड लाइन थी—पाकिस्तान ने भी किया चगाई में परमाणु परीक्षण। भारत से हिसाब बराबर किया।

ख़बर विस्तार से छपी थी—पाकिस्तान ने बलोचिस्तान प्रान्त के चगाई ज़िले में कोहे पहाड़ियों के बीच कल तीन बजकर सोलह मिनट पर तीन परमाणु विस्फोट किए। माना जा रहा है कि ये परमाणु विस्फोट भारत के विस्फोटों के जवाब में किए गए हैं। इन कामयाब परीक्षणों के लिए पाकिस्तान के प्रधानमंत्री ने अपने वैज्ञानिकों और सेना के अफ़सरों को बधाई दी है। अपने आक्रामक तेवर में पाकिस्तान के प्रधानमंत्री ने ऐलान किया—हमने भारत के साथ हिसाब बराबर कर लिया है। पाकिस्तान के विदेश मंत्री ने अपने देश के परमाणु परीक्षणों के औचित्य की हिमायत करते हुए दलील दी थी—भारत के आक्रामक रवैये ने हमें ये परीक्षण करने के लिए मजबूर किया है।

बया समझ नहीं पाई कि महज़ दो सप्ताह के भीतर ही पाकिस्तान ने परीक्षण कैसे कर लिया? इसका मतलब यह कि उसकी तैयारी पहले से चल रही थी। यह धमाका महज़ वक़्त की बात थी। भारत के पहले धमाका करने से पाकिस्तान को बढ़त मिल गई थी। भारत पर इल्जाम लगाने के लिए उसे ओट मिल गई थी। दुनिया के तमाम बड़े देशों ने एक बार फिर पाकिस्तान के इन परमाणु परीक्षणों की भी निन्दा की थी। अमरीका ने पाकिस्तान पर भी आर्थिक प्रतिबन्ध लगाने की घोषणा कर दी थी।

परमाणु बमों की ये खुली होड़ थी और यह कहने का कोई मतलब नहीं रह गया था कि ये स्पर्धा किसने शुरू की? तो पाकिस्तान ने भारत को करारा जवाब दे दिया था? सारी ख़बरें उदास करने वाली थीं। इन ख़बरों की गिरफ़्त में जकड़ी बया काफ़ी देर तक आँखें मूँदे बैठी रही। थोड़ी थिर हुई तो भारी मन से अख़बार

की फ़ाइल बन्द कर उठी। तभी अचानक पहले पेज के हाशिये पर छपी एक सिंगल कॉलम ख़बर देखकर चौंकी। पढ़ने की उत्सुकता जागी। एक ही साँस में वह ख़बर पढ़ गई—एटमी धमाके के ख़िलाफ़ लोग उतरे सड़क पर, किया ग़ुस्से का मुज़ाहिरा। पाकिस्तान के बलोचिस्तान प्रान्त की चगाई पहाड़ियों में हुए परमाणु विस्फोट के बाद चगाई ज़िले में विरोध-प्रदर्शन शुरू हो गए हैं। प्रदर्शनकारियों का कहना है कि इस एटमी धमाके से पैदा हुए रेडिएशन की वजह से लोगों के जानोमाल पर बन आई है। चगाई इलाक़े के शहरियों में कैंसर जैसी बीमारियों के आम होने का ख़तरा बढ़ा है। अवाम ख़ौफ़ में है और आनेवाली नस्लों के नुक़सानात को लेकर भारी ग़ुस्से में है। ऐसे ही एक प्रदर्शन का नेतृत्व कर रहे मानवाधिकार कार्यकर्ता शकील बलोच ने बताया कि चगाई ज़िले की पूरी आबादी पर रेडिएशन का ज़बरदस्त ख़तरा बढ़ा है। हम पाकिस्तानी हुकूमत से माँग करते हैं कि इस एटमी धमाके के बाद इलाक़े में होने वाले रेडिएशन से बचाव के लिए फौरी एहतियाती क़दम उठाए जाएँ। हम खित्ते में बढ़ रही न्यूक्लियर वेपंस की होड़ की पुरज़ोर मज़म्मत करते हैं। हम दुनिया से गुजारिश करते हैं कि इनसानियत को बचाने के लिए न्यूक्लियर वेपंस को ख़त्म किया जाए, ताकि ये दुनिया बेख़ौफ़ जीने के क़ाबिल रह सके।

बया को ताज़्जुब हुआ कि अख़बार ने इस ख़बर को बहुत महत्त्व नहीं दिया था। सम्भवत: इसी वजह से शकील बलोच और उनके इस प्रदर्शन के बाबत विस्तारपूर्वक कोई जानकारी नहीं छपी थी। लेकिन बया के लिए यह समझना मुश्किल न था कि जो तकलीफ़ें वह पोखरण में देखकर आई है, उससे जुदा नहीं होगी चगाई की कहानी। अब तक न जाने कितने लोग इस रेडिएशन की भेंट चढ़ चुके होंगे! अब क्या है वहाँ का सूरतेहाल? बया के लिए राहत की बात ये थी कि इस परमाणु विस्फोट को लेकर भारत-पाकिस्तान के बीच चाहे जितना भी जंगी जुनून हो, वहाँ भी लोग हैं, जिन्हें पाकिस्तानी हुकूमत का ये कारनामा नागवार गुज़रा था। वे भी इस विनाशकारी कृत्य के विरुद्ध हैं। शकील बलोच भी चगाई में चंदन की तरह ही अपनों के लिए लड़ रहे हैं।

शकील बलोच! ये नाम बया के ज़ेहन में सारी राह गूँजता रहा। उस शाम लाइब्रेरी से लौटते हुए सड़क किनारे टह-टह लाल गुलमोहर के फूल आँखों को सुकून दे रहे थे।

卐

बया के अन्दर आए बदलाव पर अरुंधती कई दिनों तक सोचती-विचारती रही। बया के प्रत्यक्ष अनुभव और उद्वेलन के समानान्तर स्वयं उसके अन्दर भी एक गहरी कसक उठती-चुभती महसूस हो रही थी। वो क्या है, जिसके तार उन दोनों को समान रूप से जोड़ रहे हैं? परमाणु बम! हाँ, ये बम ही तो है, जिसके धमाके से अरुंधती ने अपने जिस्म के परखच्चे उड़ते महसूस किए थे। उसकी वह सारी चिन्ता...बेचैनी...बेख़ुदी क्या बया की इसी बेचैनी से नहीं जुड़ती! शायद हाँ, शायद नहीं। ठीक-ठीक तय नहीं कर पा रही अरुंधती, लेकिन कुछ तो है, जिसकी वजह से बया के कायाकल्प में ख़ुद को शामिल पा रही है। सहसा उसके ज़ेहन में अहमद आदिल का शे'र शोर मचाने लगता है—

उलझन में हस्त-ओ-बूद की यूँ मुब्तला हूँ मैं,
ख़ुद अपना अक्स हूँ कि तिरा आईना हूँ मैं।

इस परमाणु विस्फोट से अरुंधती की नाराज़गी शायद बहुत व्यक्तिगत थी, निहायत इकहरी। प्रकारान्तर से यह नाराज़गी कल्लू से थी। इसकी बड़ी वजह उसका वह भोला विश्वास था, जो उसने कल्लू से बाँध रखा था। लेकिन अब लगने लगा है, शायद उससे ये नाराज़गी बहुत कुछ भावनात्मक थी। बया की नाराज़गी के सामने तो उसकी तकलीफ़ बहुत छोटी है। निहायत बौनी। उसे अपने बौनेपन पर शर्मिंदगी महसूस हुई।

ये जेठ की उबासियों भरे दिन थे। पूरी दोपहरिया गर्म हवाएँ चलतीं, ऐसे में लोग घरों से बाहर न निकलते। कैंपस वीरान हो चुका था। सड़कें सूनी रहतीं। यूनिवर्सिटी में छुट्टियाँ थीं और अधिकांश हॉस्टल ख़ाली हो चुके थे। दीप भी इन गर्मियों में अपने घर जाकर अपना शोध लिखना चाहता था। उसने बया को भी समझाया था कि वह अपने संगीत और शोध पर फोकस करे। दीप की नसीहत पर बया भड़क गई थी, "दीप, मुझ पर हुक्म चलाने की गुस्ताख़ी मत करो।"

दीप के लिए बया का ये रुख़ अप्रत्याशित था। उसने उस वक़्त बया से कुछ न कहा था। लेकिन उसी शाम वह अरुंधती के पास आया था। पूरा वाक़या सुनकर अरुंधती परेशान हो गई थी। ये लड़की अचानक इतनी आक्रामक क्यों हो गई?

अरुंधती ने दीप को समझाया था, "तुम जानते हो बया जज़्बाती लड़की है। उसके दिल-दिमाग़ पर पड़े असर से बाहर निकलने में उसे समय लगेगा। हमें उसे थोड़ा टाइम देना चाहिए।"

दीप ने कोई प्रतिक्रिया ज़ाहिर नहीं की थी। परन्तु उसके चेहरे के भाव से साफ़ था कि उसका मन बुझा हुआ है। उसे इस क़दर हताश देख अरुंधती ने पूछा था, "बाय द वे, तुम बया के लिए इतने परेशान क्यों हो?"

अरुंधती को वजह का अन्दाज़ा न हो ऐसा नहीं था, लेकिन सुनना दीप के मुँह से चाहती थी। दीप यकबयक उठ खड़ा हुआ था मानो करंट लगा हो। जब तक अरुंधती कुछ समझती, दीप चलने को उद्धत दिखा था तो उसने टोका था, "जो तुम्हारे दिल में है, वो बया से कह क्यों नहीं देते?"

दीप निमिष-भर ठिठका था, फिर बगूले की मानिंद कमरे से बाहर निकल गया था। अरुंधती अवाक् उसे जाते देखती रह गई थी। पहली बार यह लड़का इतना व्यग्र...भीतर से इतना भरा हुआ दिखा था। यही चूक तो उन दोनों से भी हुई थी। वह न कभी अपने दिल की बात कल्लू से कह पाई थी, और न कभी कल्लू अपना मन उसके सामने खोल पाया। दोनों के बीच जो अनकहा रह गया था, उसे कह पाने का शायद किसी के पास साहस नहीं था। वे मिलते, ढेरों बातें करते। उन बातों में दुनिया होती, दीन होता। इनसान होता, इनसानियत होती। कल्लू की फ़िक्र में तो पूरी कायनात ही होती। कल्लू की शख़्सियत सूफ़ियाना थी, आँखें ख़्वाबीदा...रूह रौशन। अरुंधती जब भी उससे मुख़ातिब होती, ख़ुद को किसी 'ट्रांस' में पाती। भूल जाती कि उसके सामने बैठा शख़्स उसका कामना-पुरुष है।

वह जानती थी कल्लू के मन में उसके लिए कोमल भाव रहे हैं, उसका चेहरा चाहे कुछ न कह पाता हो, उसने कल्लू की आँखों में हमेशा अपना अक्स पाया। शायद वह अम्मा-बाबा के विश्वास को खंडित नहीं करना चाहता था। अब्बू के वात्सल्य की अवहेलना नहीं कर सकता था। तब यह सब चाहे भावुकता रही हो, अतिरेक रहा हो, बेमानी रहा हो, लेकिन वह समय ऐसा ही था। कल्लू के लिए अब्बू और बाबा से बाहर जाकर कुछ सोचना अकल्पनीय था। निजी ख़ुशी कभी उसका प्राप्य नहीं रहा। अगर कल्लू अपने जज़्बात नहीं जता पाया, तो वह भी कहाँ कह पाई हाले-दिल? जोखिम तो वह भी नहीं उठा पाई? लड़की होने का संकोच... परिवेश का दबाव...अम्मा-बाबा का मान-सम्मान? समाज की मर्यादा? क्या था, जो उसे रोकता रहा? आख़िर, वक़्त मुट्ठी में बन्द रेत-सा फिसलता चला गया। जो

अनकहा रहा, फिर उसे कहने का न साहस हुआ, न कभी वक़्त आया। क्या यही ग़लती दीप और बया भी कर रहे हैं? अभी-अभी दीप को ये चेतावनी उसने क्या इसीलिए दी है? एक उच्छ्वास के साथ सर को झटका दिया और वहीं सोफ़े पर आँखें मूँदकर निढाल हो गई। बया भी अपने घर इलाहाबाद जा चुकी थी। जाते हुए उसने कहा था, "अपना शोध लिखकर लौटूँगी।"

पोखरण-प्रकरण के बाद बया अपने शोध-कार्य पर केन्द्रित नहीं हो पा रही थी। हरदम बेचैन रहती और कुछ न कर पाने की बेबसी से स्वयं को असहाय पाती। अरुंधती को लगा था, घर जाकर शायद उसका मन फिरे...उद्विग्नता कम हो और इस तरह उसके अन्दर अपना शोध पूरा करने की इच्छा जागे। यही सोचकर उसने बया को 'विश' किया था, "गॉड ब्लेस यू।"

फ़ोन की घंटी से तंद्रा टूटी।

आँखें खोलकर घनघनाते फ़ोन को घूरती रही। अतीत की स्मृतियों में दूर तलक निकल चुकी अरुंधती को यह व्यवधान नागवार गुज़रा। दम साधे फ़ोन की घंटी के थमने की प्रतीक्षा करती रही। बाहर से खेलकर लौटा राजन लगातार बजती फ़ोन की घंटी सुनकर दौड़ा और फ़ोन उठाकर उसके पास ले आया। राजन के सामने वह कोई बहाना नहीं कर सकी। अनमनेपन से रिसीवर उठाया, "हैलो!"

उधर से कहा गया, "अरुंधती मैडम, डीएम भदोही आप से बात करेंगे।"

अरुंधती सजग हुई। राजन के गाल को प्यार से थपथपाया। दूसरी ओर से डीएम भदोही के बोलने की प्रतीक्षा करने लगी।

"मैडम, नमस्कार! मैं नीरज बोल रहा हूँ। याद है आपको?" नीरज ने विनम्रता से अपनी याद दिलाई।

"नीरज, आपको कैसे भूल सकती हूँ? कहिए कैसे याद किया?"

"मैडम, आपको याद होगा, मैंने ज़िला स्थापना दिवस पर आपकी शिरकत का आग्रह किया था?"

"हाँ नीरज जी, याद है, बिलकुल याद है। कहिए, मेरे योग्य सेवा?"

"मैडम, स्थापना दिवस पर भदोही प्रशासन ने दो दिवसीय समारोह आयोजित करने का कार्यक्रम बनाया है। पहले दिन शाम को कवि-सम्मेलन और मुशायरा होगा और दूसरे दिन संगीत समारोह। संगीत समारोह की अध्यक्षता करने के लिए आपकी अनुमति चाहिए, मैडम।" नीरज के अनुरोध में भरोसे जैसा कुछ था।

"नीरज, बनारस में एक से एक दिग्गज संगीतज्ञ हैं। उनमें से किसी से अध्यक्षता क्यों नहीं कराते?" अरुंधती के स्वर में सहज संकोच था।

"मैडम, हमारे कार्यक्रम का थीम महिला सशक्तीकरण है। कवि-सम्मेलन-मुशायरे की अध्यक्षता भी उर्दू की मशहूर शायरा फ़हमीदा रियाज़ करेंगी।" नीरज ने सफ़ाई दी।

"फ़हमीदा रियाज़? वो तो पाकिस्तान की शायरा हैं न?" थोड़ी हिचक से पूछा।

"जी मैडम, वही।"

फ़हमीदा रियाज़ अरुंधती की पसन्दीदा शायरा हैं। अपनी बेबाक शायरी और बेधड़क आवाज़ के लिए उन्होंने कितनी ही तकलीफ़ें उठाई हैं। उनके इसी बेबाकीपन से नाराज़ होकर पाकिस्तान के राष्ट्रपति ज़िया-उल हक़ ने उन पर राष्ट्रद्रोह का आरोप लगाकर जेल में डाल दिया था। जेल से जमानत पर छूटने के बाद वह एक मुशायरे में शिरकत के बहाने भारत आईं, तो पाकिस्तान वापस नहीं गईं। सात साल यहीं रहीं। अमृता प्रीतम ने प्रधानमंत्री इंदिरा गांधी से कहकर उन्हें भारत में राजनीतिक शरण दिलवाई थी। अरुंधती को लगता है, सारी औरतें एक कायनात हैं, दुःख जैसे उन्हें आपस में जोड़ता है। फ़हमीदा से मिलने का ये अवसर वह नहीं छोड़ सकती थी। वैसे भी इनकार सम्भव न था। नीरज का बड़ा एहसान था। उसका यह आग्रह और फ़हमीदा रियाज़ से मिलने की चाहत के सदक़े उसने फ़ौरन सहमति दे दी।

एक ज़माना हो गया सार्वजनिक मंचों पर प्रदर्शन दिए हुए। संगीत समारोहों के आमंत्रण आते रहते हैं, लेकिन वह मना कर देती है। जब से उस पर शोध कराने की ज़िम्मेदारी बढ़ी है, नई पीढ़ी के साथ जुड़कर उन्हें संगीत के क्षेत्र में मौलिक शोध के लिए प्रेरित करने में उसका मन ज़्यादा लगता है। निश्चित ही इसके लिए उसे अतिरिक्त श्रम करना पड़ता है, लेकिन यह सब उसे सन्तोष देता है। सार्वजनिक मंचों से बढ़ती उसकी दूरी पर कई साथियों ने टोका भी है, "इतनी अच्छी कमाई के अवसर क्यों छोड़ती हैं?"

"विश्वविद्यालय से इतना वेतन इसी अध्यापन और शोध-कार्य के लिए मिलता है।" उसकी दो टूक से साथियों को निराशा होती है। अब तो ख़ैर कोई टोकता भी नहीं।

अरसे बाद किसी सार्वजनिक प्रदर्शन की सोचकर पखावज की पारंगत कलाकार, अरुंधती की घबराहट उस विद्यार्थी जैसी हो रही थी, जो पहली बार किसी परीक्षा में शामिल होने वाली हो।

बिलकुल ऐसी ही हालत उस वक़्त भी हुई थी, जब उसे पहली बार पखावज के

एकलवादन का अवसर मिला था। बाबा के जीवनकाल में ये सम्भव नहीं हो पाया था और अब जब ये अवसर आया था, तो उनकी स्मृति बड़ी देर तक आन्दोलित करती रही थी। उस दिन अम्मा ने उसकी जमकर हौसलाअफ़ज़ाई की थी, "बाबा तो हमेशा तुम्हारे साथ हैं। तुम्हारे अन्दर उनका ही तो अंश है।"

उमड़ती भावनाओं से जूझती अरुंधती अम्मा के बारे में सोचती रही थी—बाबा के बाद तो अम्मा बिलकुल बाबा जैसी ही हो गई हैं।

उस रात उसने कल्लू को पत्र लिखा था—

श्रीमान साइंटिस्ट महोदय,

आपको सूचित करते हुए अपार हर्ष हो रहा है कि 'अखिल भारतीय सुर संगीत सम्मेलन' में अरुंधती देवी पखावजी को 'एकल महिला पखावजवादन' के लिए आमंत्रित किया गया है। इस ऐतिहासिक अवसर का साक्षी बनने के लिए आपकी उपस्थिति की अपेक्षा है। कार्यक्रम का विस्तृत विवरण पत्र के साथ संलग्न है। धन्यवाद।

प्रतीक्षा में,
अरुंधती

卐

अरुंधती को कल्लू के आगमन की प्रतीक्षा अन्तिम क्षणों तक बनी रही थी। कोई आस थी, जो टूटती न थी। सम्मेलन में संगीत के एक से एक दिग्गज, गुणीजन उपस्थित थे। ज़ाहिरन, आज की यह प्रस्तुति बड़ी परीक्षा थी। यह बाबा के विश्वास पर खरा उतरने का अवसर था। उसे स्वयं को योग्य ही नहीं साबित करना था, बल्कि ये भ्रम भी तोड़ना था कि कोई महिला एकल पखावजवादन नहीं कर सकती। इस प्रस्तुति पर बाबा की दी गई शिक्षा दाँव पर थी। इस ऐतिहासिक अवसर पर कल्लू ने उपस्थित रहने का वादा किया था। उसे उम्मीद थी कि कल्लू ज़रूर आएगा।

वह ऐन वक़्त पर मंच को प्रणाम कर मंच पर आसीन हुई थी। संगत के वादकों से दुआ-सलाम के बाद एक नज़र सामने बैठी विशाल उपस्थिति पर डाली

थी। स्वागत के लिए बजी तालियों की गड़गड़ाहट में उसका दिल तेज़ी से धड़का था। हॉल के एक छोर से दूसरे छोर तक नज़र डाली, कल्लू कहीं नहीं था। कोई चमत्कार हो और कल्लू नमूदार हो जाए, इस कामना के साथ वह दूर तलक ताकती रही थी। उद्घोषक ने उसका परिचय देने के बाद मंच उसे सौंपते हुए कार्यक्रम शुरू करने का अनुरोध किया था। इसके साथ ही एक बार फिर तालियाँ बज उठी थीं। उसे अहसास हुआ था कि ये तालियाँ एक महिला के एकल पखावजवादन के स्वागत में और हौसलाअफ़ज़ाई में बज रही हैं। उसने स्वयं को सँभाला था। संयत किया था। और बैठकर एक पल को आँखें मूँदे बाबा की स्मृति को प्रणाम निवेदित किया था। आँखें खोलकर जब सामने देखा तो उसने ख़ुद को आत्मविश्वास से भरी हुई पाया था।

शुरुआत गणेश स्तुति से की थी। बारह मात्रा की इस बन्दिश के समाप्त होते ही हॉल तालियों से गूँज गया था। प्रत्युत्तर में उसने उपस्थिति को विनम्र प्रणाम किया था। अगली बार उसने जैसे ही तीन ताल सोलह मात्रा बजाया हॉल फिर करतल ध्वनि से गूँज गया। और जब झपताल बजाना आरम्भ किया, तो सामने बैठे गुणीजन अपनी सीटों से उछल पड़े। संगीत रसिकों के उत्साहवर्द्धन से अब तक उसका आत्मविश्वास क़ायम हो चुका था। संयम के साथ बजाते हुए उसने अपनी प्रस्तुति का समापन शिव तांडव से किया था। शिव तांडव बजाना आसान नहीं होता। आमतौर पर शिव तांडव पुरुष पखावजवादक बजाते रहे हैं। महिला पखावजवादक के इस कामयाब प्रदर्शन से तो हॉल में रोमांच ही फैल गया। दर्शकों ने अपनी सीटों से उठकर देर तक तालियाँ बजाते हुए उसके प्रति सम्मान जताया। यह उसके एकल वादन की जन-स्वीकृति थी। उसने कृतज्ञ भाव से उपस्थित जनसमूह को निहारा था। ख़ुशी से उमड़ रही आँखों को बड़ी मुश्किल हो रही थी। समारोह में उपस्थित कितने ही श्रेष्ठ संगीत गुरु हाथ उठाकर उसका अभिवादन कर रहे थे। उसे लग रहा था कि इन संगीत दिग्गजों की तालियों में एक ताली बाबा की भी है। इन उठे हाथों में एक जोड़ी हाथ बाबा के आशीर्वाद के भी हैं। उस वक़्त वह ख़ुद को नहीं रोक पाई थी। आँखों में ठहरे आँसू पलकों पर झिलमिला आए थे। अरुंधती उस शाम देश की पहली एकल महिला पखावजवादक बन गई थी। उसने बाबा का सपना पूरा कर दिया था। इस सपने का साक्षी कल्लू को होना था, लेकिन वह नहीं हुआ था। भारी मन लिए वह मंच से नेपथ्य में चली गई थी।

उस संगीत सम्मेलन की गहमागहमी में भी कल्लू का चेहरा, कल्लू का वादा

और उसकी स्मृति उसे घेरे रही। फ़ोन पर अम्मा को अपनी कामयाबी की सूचना देते हुए उसने बेहद मायूसी से अम्मा को बताया था, "बहुत इन्तज़ार किया, पर कल्लू नहीं आया।"

"अरु, तुमका पता है, कल्लू अइसन ना कर सकत हैं। जरूर कौनो दिक्कत रही होय, तभी ना आए हैं।" अम्मा ने कल्लू का बचाव किया था।

अम्मा को तो कल्लू में कभी कोई कमी दिखती ही नहीं। वह बचपन की अरुंधती हो गई थी। भुनभुनाते हुए बोली थी, "अम्मा, तुम्हारे कल्लू बड़े आदमी हैं, लेकिन एक चिट्ठी तो लिख सकते थे...ख़बर तो कर सकते थे?"

तब अम्मा इधर-उधर की बातें करने लगी थीं। उसने भी हाँ-हूँ में जवाब देकर फ़ोन काट दिया था।

उस रात उसने अपनी डायरी में लिखा था—मैं बाबा की इच्छा पूरी कर पाई, यह मेरा सौभाग्य है। इस अवसर के साक्षी सैकड़ों गुणीजन रहे। सबने देखा, सराहा। लेकिन एक वह नहीं रहा, जिसके साक्षी होने की प्रतीक्षा करती रही मैं।

काश! कल्लू, तुम होते!

卐

बया लौट आई थी। उसे दारवाज़े पर खड़ा देखकर राजन किलक पड़ा। अरुंधती के बेडरूम में जाकर बया के आने की सूचना दी, "माँ...माँ...बया आंटी आई हैं।"

अरुंधती चौंक गई। बया के आगमन की यह सूचना अप्रत्याशित थी। उत्सुकता से भरी वह लपककर ड्राइंगरूम में आई। सामने बया को पाकर वह अपना आश्चर्य दबा न पाई, "बया, सब ठीक तो है?"

जवाब देने के बजाय बया मंद-मंद मुस्कराती रही। अपना एयर बैग कोने में रखकर सोफ़े पर बैठ गई। अरुंधती भी उसके जवाब की प्रतीक्षा करती हुई सोफ़े के दूसरे छोर पर बैठ गई।

"मन नहीं लगा।"

"क्यों, ऐसा क्या हुआ? तुम तो अपना मन बदलने के लिए ही यहाँ से गई थी?"

"हाँ, लेकिन वो क्या है कि वहाँ काम का माहौल नहीं था। ऊपर से माँ का शादी के लिए दबाव। बचने का रास्ता यही था कि वापस चलूँ।" बया मुस्कराई।

ठीक इसी वक़्त गुनी पानी भरे गिलास की ट्रे लिए दाख़िल हुई। ट्रे टेबल पर रखकर बोली, "माँ ठीक तो कहत रहिन। बुढ़ात जात हौ, बिआह कब करबो?"

बया अब गुनी से तुर्की-ब-तुर्की छेड़छाड़ नहीं करती।

"गुनी, तुम सही कह रही हो। पर बिआह करना है, तो किसी ऐरे-गैरे से तो नहीं कर सकते न?"

"बेचारू दीप तो ऐरा-गैरा ना हैं। मुदा तुमार खयालो बहुत रखत हैं।" गुनी ने मज़ाक़ में ही सही अपने मन की बात कह दी थी।

एक तरह से गुनी ने बया की नाजुक नस छेड़ दी थी। उसके चेहरे का रंग देखते बन रहा था। वह न तो गुनी की बात का प्रतिवाद कर रही थी, न ही स्वीकार कर रही थी। उसकी मन:स्थिति से लग रहा था जैसे किसी निर्णय पर न पहुँच पाने की उलझन में हो। अरुंधती ने भी बया के मन की थाह लेने की कोशिश की, "गुनी कह तो सही रही है। मुझे लगता है, दीप तुम्हारी बहुत फ़िक्र करता है। तुम्हारे जाने के बाद वह आया था। तुम्हारी नाराज़गी से बहुत परेशान दिख रहा था।"

"दी, मैंने सचमुच उसके साथ ज़्यादती की थी। कुछ ज़्यादा ही एग्रेसिव हो गई थी। बाद में रियलाइज हुआ। उसे सॉरी बोलने के लिए मैंने उसके हॉस्टल फ़ोन किया था। पता चला तब तक वह अपने घर पहाड़ चला गया था। फिर उससे कोई सम्पर्क नहीं हो पाया। तब से मैं अजीब गिल्ट में हूँ।"

बया ने अपने मन की गिरह खोल दी थी। यह ऐसी आत्मविस्मृति थी जैसे किसी के लिए अनुराग जागता हो, किसी के प्रति मन समर्पित हो जाना चाहता हो। अरुंधती ने सही अवसर देखकर पूछा, "तुम आख़िर दीप के लिए इतना परेशान क्यों हो? बात आई-गई हो गई।"

"नहीं दी, वह वाक़ई बहुत केयरिंग है। मैंने उसे समझने में ग़लती की। दीप एक अच्छा दोस्त है।" बया ने सफ़ाई दी।

"सिर्फ़ दोस्त या उससे आगे भी कुछ?"

"दी...!" बया ने कोई प्रतिवाद नहीं किया।

"मैं जानती हूँ बया, दिल की बात कह पाना आसान नहीं होता। लेकिन किसी को हमेशा के लिए खो देने से तो बेहतर है, स्वयं पहल करना। तुम्हें अपने दिल की बात दीप को बतानी चाहिए।" अरुंधती ने बग़ैर लाग-लपेट समझाया।

बया ठंडी साँस लेकर सीलिंग ताकने लगी थी।

दिलों की दास्तान के बीच उलझ गए इस वक़्त को सुलझाने की गरज से

अरुंधती ने बया को भदोही से आए आमंत्रण की जानकारी दी, और यह भी बताया कि वहाँ जाने का ज़बर्दस्त आकर्षण यह है कि उस समारोह में शामिल होने के लिए पाकिस्तान से फ़हमीदा रियाज़ आ रही हैं। इस सूचना से एकबारगी बया के चेहरे की रंगत बदल गई। अभी-अभी जो वह दिल और दीप के द्वन्द्व से गुज़र रही थी, बेतरह चिहुँक पड़ी मानो जज़्बात की आँधी से बाहर खींच ली गई हो। अपनी ख़ुशी का इज़हार करते हुए उसने अरुंधती के साथ भदोही चलने की इच्छा व्यक्त की। उसकी मन:स्थिति को लक्ष्य कर अरुंधती ने पूछा, "यह जानने के बावजूद कि फ़हमीदा रियाज़ पाकिस्तानी हैं, तुम क्यों उनसे मिलने को उत्सुक हो?"

अरुंधती के इस प्रश्न का निहितार्थ समझते बया को देर न लगी। बोली, "दी, राष्ट्रवाद के भ्रमजाल से बाहर निकल आई हूँ। हमें भी पता है, जन्नत की हक़ीक़त।"

यह वही लड़की है, जिसने एक दिन मल्लिका-ए-तरन्नुम नूरजहाँ को 'खाया हिन्दुस्तान का, गाया पाकिस्तान का' कहकर अपनी भड़ास निकाली थी। उस वक़्त इसे समझाने का कोई असर नहीं हुआ था। उस मुद्दे को छेड़ने का अब कोई मतलब नहीं था। पूछा, "फ़हमीदा से मिलने की कोई ख़ास वजह?"

"आपको पता है, जिस साल भारत ने पोखरण में विस्फोट किया था उसी साल पाकिस्तान ने भी बलोचिस्तान प्रान्त के चगाई की पहाड़ियों में परमाणु विस्फोट किया था।" बया ने सन्दर्भ याद दिलाया।

"तो?" अरुंधती ने पूछा।

"उसी चगाई के एक एक्टिविस्ट हैं शकील बलोच। वह भी पाकिस्तान में परमाणु विस्फोट के ख़िलाफ़ आवाज़ उठाते रहे हैं। सम्भव है, फ़हमीदा मैडम उन्हें जानती हों। हो सकता है, उनके ज़रिये शकील के बारे में विस्तार से जानने को मिले। उनकी अब तक की गतिविधि का अन्दाज़ा हो सके। क्या पता, उनके ज़रिये शकील बलोच से सम्पर्क हो पाए।" बया ने अपना पूरा मक़सद समझा दिया।

"ओहो, तो ये बात है?" अरुंधती ने राज़दाराना अन्दाज़ में पूछा, "वैसे प्लान क्या है तुम्हारा?"

"दी, शकील बलोच पाकिस्तान में परमाणु परीक्षण के ख़िलाफ़ आवाज़ उठा रहे हैं। मुझे लगता है, इस पार हो या उस पार, ऐसी आवाज़ों को एकजुट होना चाहिए। सभी एक साथ मिलकर विरोध करें, तो विश्व जनमत बन सकता है। फिर भारत और पाकिस्तान के बीच तो हमेशा युद्ध का ख़तरा बना रहता है। पहले भारत ने इसी ख़तरे की दुहाई देकर परमाणु परीक्षण किया और फिर वही काम

पाकिस्तान ने किया।" बया गम्भीर थी। पोखरण से लौटने के बाद अब वह वही बया नहीं रह गई थी। उसकी किसी बात को यूँ ही टाल देना सम्भव नहीं था। बया की बातों में तर्क और भावना का मिला-जुला पुट था। वह कह रही थी, "दी, बम कोई भी चलाए, हिन्दुस्तान या पाकिस्तान, नुक़सान तो आम इनसानों का ही होगा न? ऐसे आत्मघाती कृत्यों के ख़िलाफ़ दोनों मुल्कों के लोगों को मिलकर आवाज़ तो उठानी ही होगी!"

अरुंधती ने आश्चर्य जताया, "बया, मैं बता नहीं सकती कि तुम्हारे इस कायान्तरण से मैं कितनी ख़ुश हूँ। तुम्हारा ये बदलाव मेरी कल्पना से भी परे है।"

"दी, एक बार आपने बुद्ध का ज़िक्र करते हुए उनके कायान्तरण का मूल 'करुणा' बताया था और भवभूति का उल्लेख करते हुए कहा था, 'एको रस: करुण एव'। शायद मेरा कायान्तरण भी कुछ ऐसा ही है।" बया के होंठों पर तिरती मंद मुस्कराहट ऐसी कि फ़िदा हो गई अरुंधती।

卐

फ़हमीदा रियाज़ सरकारी गेस्ट हाउस के एक रूम में बेड पर गाव तकिए के सहारे अधलेटी थीं। उन्हें देखकर लग रहा था जैसे कोई ब्याहता बेटी अपने मायके आई हो। दप-दप करता मुखड़ा, खुले आवारा बाल, सफ़ेद सलवार-सूट और उस पर लाल छींटों वाला दुपट्टा। इस उम्र में भी उनकी ख़ूबसूरती से देखने वालों की आँखें चौंधिया जाएँ। लेकिन उनकी शख़्सियत का दूसरा पहलू यह था कि चश्मे के पीछे से झाँकती आँखों में सिमटा तूफ़ान, उनके बाग़ी तेवर और मिज़ाज की तस्दीक़ कर रहा था। शक्लो-सूरत, अदब, अन्दाज़, खुलूस, मुहब्बत में भी अजनबीयत न थी। वह इस वक़्त किसी सूरत गैरमुल्की नहीं लग रही थीं।

वह अरुंधती से इस गर्मजोशी से मिलीं जैसे दो बिछड़ी बहनें मिली हों। दोनों की इस मुलाक़ात से एक बात स्पष्ट थी कि वे एक-दूसरे की शख़्सियत से वाक़िफ़ हैं। फ़हमीदा रियाज़ की धज जादुई थी। बया तो उन्हें मंत्रमुग्ध देखती रह गई थी। फ़हमीदा रियाज़ यह जानकर कि बया ख़ासतौर पर उनसे मिलने आई है, उन्होंने आगे बढ़कर बया को प्यार से अँकवारी में भर लिया। बया उनके सीने से लगी कैसी तो गरमाहट महसूस करती रही थी। मौसी, बुआ, बड़ी बहन जैसी ही तो थीं वह।

उसके माथे का एक बोसा लेते हुए फ़हमीदा ने कहा था, "बया,...बहुत ख़ूबसूरत नाम है तुम्हारा। काश! यह दुनिया सिर्फ़ बयाओं की होती।"

बया ने अरुंधती को हैरानी से देखा। अरुंधती भी उसकी ओर देखकर मुस्करा रही थी। दो मुल्कों की, दो औरतें एक ही तरह कैसे सोच सकती हैं? लेकिन सोच तो रही थीं। बया की हैरानी को फ़हमीदा ने भाँप लिया था, "ऐ लड़की, क्यों हँस रही हो?"

"आप जो कह रही हैं, वही अरुंधती दी भी कहती हैं। सोच रही थी, आप दोनों एक-सा ही कैसे सोच सकती हैं?" बया ने हँसी का राज नुमायाँ किया था।

फ़हमीदा रियाज़ ने मुस्कराते हुए कहा, "बया, हमारी एक शायरा हैं अदा ज़ाफ़री। उन्होंने कुछ यूँ फ़रमाया है—

जो मेरी पलकों से थम न पाए वो शबनमी मेहरबाँ उजाले,
तुम्हारी आँखों में आ गए तो तमाम रस्ते निखर गए हैं।

बया लाजवाब हो गई। इन बड़े लोगों के अदब और अन्दाज़ पर कौन न फ़िदा हो जाए? फ़हमीदा अपनी सादगी, बेतकल्लुफ़ी और दानिशमंदी से किसी को भी अपना मुरीद कर सकती हैं। इस अज़ीम शायरा से पाकिस्तान और हिन्दुस्तान, दोनों मुल्कों की सियासत के बारे में जानना दिलचस्प था। अपने मुल्क के तानाशाह जनरल ज़िया उल हक़ के ख़िलाफ़ लिखने के कारण उन पर वतन से ग़द्दारी का केस चलाकर उन्हें और उनके हसबैंड को जेल में डाल दिया गया था। यह सब बताते हुए उनके चेहरे पर न कोई शिकन थी, न अफ़सोस। ज़मानत मिलने के बाद उन्होंने किस चालाकी से भारत में आकर शरण ली थी और सात साल तक दिल्ली में रहकर वनवास काटा था, यह भी वह किसी दिलचस्प क़िस्से की तरह बता गई थीं। भारत का ज़िक्र करते हुए तो उन्होंने जैसे अपना दिल ही खोलकर रख दिया था, "मैं भारत की मुहब्बत और खुलूस की मारी हूँ। मैं जानती हूँ, न इस पार के लोग दुश्मन हैं, न उस पार के। सियासत ने हमें बाँटा है और वही हमें बाँट रही है। जिन दिनों मैं भारत में रह रही थी, उन दिनों मैंने एक नज़्म लिखी थी, 'दिल्ली तिरी छाँव में...' उसकी चंद लाइनें सुनो—

दिल्ली! तिरी छाँव बड़ी क़हरी,
मेरी पूरी काया पिघल रही,
मुझे गले लगाकर गली-गली

धीरे से कहे, "तू कौन है री?
मैं कौन हूँ माँ तिरी जाई हूँ,
पर भेस नए से आई हूँ
मैं रमती पहुँची अपनों तक
पर प्रीत पराई लाई हूँ।"

बया और अरुंधती दोनों फ़हमीदा को सुनते हुए उनके अल्फ़ाज़, तलफ़्फ़ुज़ और अदायगी में इस क़दर गुम थीं, कि उन्होंने ही चुटकी बजाकर दोनों का ध्यान खींचा, "हैलो, बाक़ी नज़्म महफ़िले मुशायरा में।"

वाक़ई वे किसी तिलिस्म से बाहर खींच ली गई थीं।

अपनी डायरी एक किनारे रखकर, फ़हमीदा ने पुरइत्मीनान हो बया से पूछा, "अब बताइए, आप ख़ासतौर पर मुझसे क्यों मिलना चाहती थीं?"

बया को लगा, अपनी नज़्म सुनाते-सुनाते शायद फ़हमीदा रियाज़ को एकाएक याद आ गया था कि बया 'ख़ासतौर' पर उनसे मिलने आई है। उनके अन्दाज़ से ज़ाहिर हो रहा था कि वह या तो बया को शेरो-शायरी का शौक़ीन समझ रही थीं या अपना फ़ैन। संगीत की छात्रा होने के नाते बया को शायरी पसन्द है। लेकिन फ़हमीदा रियाज़ से मिलने की वजह तो फ़िलहाल यह नहीं थी। बिना समय गँवाए उसने पोखरण का अपना अनुभव सिलसिलेवार कह सुनाया और फिर फ़हमीदा रियाज़ से 'ख़ासतौर' पर मिलने आने का अपना मक़सद भी बता दिया, "पाकिस्तान में ह्यूमन राइट एक्टिविस्ट शकील बलोच हैं। मेरी जानकारी में वह चगाई में हुए परमाणु धमाके के ख़िलाफ़ आवाज़ उठा रहे हैं?"

बया की बात ध्यान से सुनते हुए फ़हमीदा रियाज़ संजीदा हो आई थीं। सम्भवत: उन्हें अहसास हो गया था कि सामने बैठी लड़की किसी संजीदा मक़सद के मुतल्लिक फ़िक्रमंद है। शायद यह भी ह्यूमन राइट की पैरोकार है। उन्होंने बया की आँखों में झाँकते हुए कहा, "शकील बलोच...हाँ, बिलकुल जानती हूँ। उससे मेरा ज़ाती राब्ता है। वह तरक़्क़ीपसन्द, रौशनख़याल नौजवान है। एक्टिविस्ट और इंकलाबी शायर है।"

बया ने कुछ दुर्लभ पा लेने की ख़ुशी में फ़हमीदा रियाज़ के सामने शकील बलोच के बाबत ढेरों जिज्ञासाएँ रख दीं। परमाणु धमाके मामले में वहाँ के सरकारी रवैये और शकील बलोच के काम के बारे में जानना चाहा। एक साथ कई-कई सवाल। हर सवाल का फ़हमीदा रियाज़ ने बिना अगर-मगर के जवाब दिया। वह

जैसे ही अपनी बात पूरी कर रुकीं, अरुंधती ने इसरार किया, "आपा, बया को शकील बलोच से मिलवा दें। कम से कम एक से भले दो तो होंगे।"

फ़हमीदा के चेहरे पर पीड़ा का स्याह रंग छलका मानो नीम उजाले में अचानक साँझ उतर आई हो। उन्होंने जो बताया, उससे उनकी इस पीड़ा की वजह समझ में आ गई, "शकील अभी जेल में है। हमारे मुल्क में कहने को डेमोक्रेसी है, लेकिन फ़ौजी इस्टैब्लिशमेंट की तनकीद (आलोचना) करना जुर्म है। शकील बलोचिस्तान लिबरेशन मूवमेंट से जुड़ा है, लिहाज़ा यह अपने आप में एक और बड़ा जुर्म है। ऐसे ही जुर्मों के आरोप में वह अभी स्यालकोट जेल में बन्द है। 'ह्यूमन राइट एसोसिएशन' और 'सिविल सोसाइटी' के लोग उनकी रिहाई की माँग कर रहे हैं। देखो, कब तक हुक्कामों के कान पर जूँ रेंगती है।"

यह सब बताते हुए फ़हमीदा रियाज़ की आवाज़ में रंजोमलाल था। किसी के लिए भी अपने मुल्क की स्याह तस्वीर बयाँ करना वाक़ई मुश्किल होता है। शायद वह इस वक़्त इसी कशमकश से गुज़र रही थीं। लेकिन उनकी ईमानदारी का तक़ाज़ा था कि वह यह सच छुपा नहीं सकती थीं। यही ईमानदारी उनकी दुश्मन भी थी और ताक़त भी। वह अपनी बात कहकर चुप हो गई थीं। कमरे में एक भारी चुप्पी खिंच गई थी। अरुंधती उन्हें आराम करने की सलाह देकर उठ खड़ी हुई, "आपा, हम शाम को मिलते हैं।"

फ़हमीदा रियाज़ को समझते देर न लगी कि अरुंधती ने उनकी मन:स्थिति को भाँप लिया है। एक फीकी मुस्कान बिखेरती बोल पड़ीं, "अरुंधती, आप पाकिस्तान तशरीफ़ लाएँ। साथ में इस प्यारी लड़की को भी ज़रूर लाइएगा।"

"आपा, मैं आऊँगी शकील बलोच से मिलने।" बया चहकी।

"भई, हमने क्या गुनाह किया है, जो आपको हमसे मिलने की तमन्ना नहीं?" फ़हमीदा रियाज़ ने इस मासूमाना अन्दाज़ में शिकवा किया कि कोई भी अपनी हँसी नहीं रोक पाया।

卐

महीने-भर बाद, अचानक एक दिन पाकिस्तान से बया के नाम शकील बलोच का ख़त आया। यह ख़त न उर्दू में था, न हिन्दी में। शकील को हिन्दी नहीं आती

और यह समझना मुश्किल नहीं था कि उन्होंने यही सोचकर कि बया को उर्दू नहीं आती होगी, ख़त रोमन में लिखा था।

मोहतरमा बया साहिबा, अस्सलामवलैकुम।

मुअज्जिज शायरा फ़हमीदा रियाज़ साहिबा से आपके मुतल्लिक़ जानकारी मिली और आपका पैग़ाम भी मिला। यह ख़त मैं स्यालकोट की जेल से लिख रहा हूँ, लिहाज़ा बहुत कुछ डिटेल में लिख पाना मुमकिन न होगा। यह ख़त भी आप तक ख़ुफ़िया तरीक़े से पहुँचाने की कोशिश कर रहा हूँ। मेरा यह ख़त इंशाअल्ला देर-सवेर आपको मिल ज़रूर जाएगा। यह जानकर बेहद ख़ुशी हुई कि भारत में भी एटमी धमाके और उससे अवाम को हो रहे नुक़सान को लेकर आवाज़ बुलंद की जा रही है। हमारी फ़िक्र यकसाँ है। भारत में जम्हूरियत है, इसलिए वहाँ मुख़ालिफ़त की आवाजें दबाना आसान नहीं होता। लेकिन पाकिस्तान में हालात मुख़्तलिफ़ हैं। सिस्टम की मुख़ालिफ़त करने वालों को ज़्यादा मुश्किल पेश आती है। यहाँ जम्हूरियत दिखावे के लिए है। असलियत यह है कि हर इदारे पर फ़ौज का शिकंजा है। हुकूमत करने वाली सियासी जमातें भी उनके इशारे के बग़ैर एक क़दम नहीं बढ़ा सकतीं। ऐसी तमाम दुश्वारियों के बीच भी इनसानी हुक़ूक़ की हमारी जंग जारी है। मेरा यक़ीन है, कि अगर हमारी इस जंग को दोनों ओर की अमनपसन्द जमातों का साथ मिल जाए, तो हम अपने खित्ते के जंगी जुनून और एटमी होड़ को हमेशा के लिए ख़त्म करने में कामयाब होंगे। एक बेहतर मुस्तक़बिल के लिए दोनों मुल्कों की अमनपसन्द अवाम को जोड़ने और जगाने की हमारी जद्दोजहद में यह नेक ख़्वाहिश भी शामिल है कि हम होंगे कामयाब एक दिन!

जेल से रिहाई के बाद हम मिल पाएँ मुमकिन है। जंग जारी रहे। इंकलाब ज़िन्दाबाद!

दोस्त,

शकील बलोच

स्यालकोट जेल, पाकिस्तान

दोस्त...कॉमरेड...इंकलाब...बया के दिमाग़ में ये शब्द गूँजने लगे। उसे महसूस हुआ जैसे वह ऐसी जमात का हिस्सा हो गई है, जो एक बेहतर दुनिया के लिए संघर्षरत है। शकील बलोच के इस ख़त से उसे बहुत बल मिला। वह भी तो यही

चाहती है कि बारूद के ढेर पर बैठी इस दुनिया को बचाया जाए। उसे प्रोफ़ेसर जैकब का वो इंटरव्यू याद आया, जिसमें उन्होंने भारत और पाकिस्तान की एटमी होड़ पर चिन्ता जताते हुए कहा था कि दोनों मुल्कों की जनता को एक-दूसरे के क़रीब लाने की कोशिश होनी चाहिए। आपसी समझ और विश्वास बढ़ने से उनके मुल्कों के सियासतदानों को समझ आएगा कि जंग और एटम बम किसी समस्या का हल नहीं हैं। फिर अवाम की आकांक्षाओं से परे जाकर सोचना किसी भी मुल्क की सियासत गवारा नहीं करेगी।

प्रो. जैकब के इस विचार से बया बहुत प्रभावित रही है। इसी सन्दर्भ में उसे बार-बार अरु दी की वह बात भी याद आती रही है, जब उन्होंने कहा था कि सियासतें कब तक तय करेंगी कि कौन हमारा दोस्त है और कौन दुश्मन? बया ने तभी से मन बना लिया था कि अपनी मुहिम के लिए दोनों मुल्कों में ऐसे सक्रिय लोगों से राब्ता क़ायम करने की कोशिश की जाए। 'जहाँ चाह, वहाँ राह' की तर्ज़ पर शकील बलोच के बारे में छपी ख़बर से उसे अँधेरे में एक कंदील नज़र आई थी। शकील बलोच तक पहुँचना उसी मंशा से की गई पहल थी। उसने मन-ही-मन दुआ की, कि शकील बलोच जल्द से जल्द रिहा हों, ताकि उनके मक़सद को गति मिले और हम साथ मिलकर, इस संघर्ष को साझा कर सकें।

शकील बलोच के ख़त से एक बात साफ़ थी कि उनसे लगातार सम्पर्क बनाए रखना सम्भव नहीं है और हाल-फ़िलहाल वह पाकिस्तान सरकार की कड़ी निगरानी में हैं। सोचते-सोचते बया को उदासी ने घेर लिया। पता नहीं क्यों, अचानक उसे महसूस हुआ जैसे वह निहायत अकेली हो गई है...युद्धक्षेत्र में बिछी लाशों के बीच कोई पिशाच अट्टहास कर रहा है...और वह इस सदमे से सकते में पड़ी निर्वाक् हो गई है! अकेली...आज तक तो कभी ऐसा महसूस नहीं हुआ, फिर... फिर यह अहसास अचानक? नहीं, अचानक कुछ नहीं होता। बहुत कुछ अन्दर ही अन्दर चलता रहता है, जैसे नदी की सतह पर चट्टानों का रेत बनते जाना या कि बादलों के भीतर बूँदों का बनते रहना। तो उसके अन्दर भी बन रहा था यह वैक्यूम? ख़ालीपन? निर्वात? इस निर्वात के बीच एकाएक तेज़ बवंडर की तरह उठी दीप की स्मृति और उसके मन के सारे तार झनझना उठे। इस ठंडे अकेलेपन और मनहूस उदासी के बीच यूँ दीप का याद आना अनायास नहीं था। दीप उसके साथ था और अब भी उसका साथ होना आवश्यक है। उसने तय किया कि वह कल ही दीप को फ़ोन करेगी और उससे अपनी बेरुख़ी के लिए क्षमा माँगेगी।

उससे आग्रह करेगी कि वह जल्द से जल्द वापस आए, क्योंकि उसे उसकी सख़्त ज़रूरत है। मन के भीतरी और बाहरी अकेलेपन से लड़ते हुए वह इस वक़्त दीप को बड़ी शिद्दत से याद कर रही थी।

बया की नींद पर दीप की छवि हावी रही। उसकी आवाज़ बया को छूकर गुज़रती और वह इस आवाज़ को पकड़ने की कोशिश में भटकती रही। आवाज़ जिस वादी से आ रही थी, वह अदेखी थी, फिर भी उस आवाज़ के पीछे भागते हुए उसे डर नहीं लग रहा था। इस आवाज़ में कशिश थी, सम्मोहन था, जादू था। देर तक, दूर तक भागती रही थी वह। अपनी सुध-बुध खो देने जैसा तिलिस्म तारी था उस पर। आख़िर थककर एक चट्टान पर बैठ गई थी। सामने बुरांस के फूल और उसके पार्श्व में उतरते झरने को अपलक निहारने लगी थी। धीरे-धीरे थकान तिरोहित हो रही थी। सहसा तभी किसी ने उसकी आँखें अपनी चौड़ी हथेलियों से मूँद लीं। पीछे खड़े शख़्स की हथेलियों का स्पर्श निहायत मुलायम था। उन हथेलियों ने उसकी आँखों पर अतिरिक्त दबाव नहीं डाला था। ज़ाहिरन, यह एक नर्म छुअन थी, जिससे कोई इस तरह अपनी उपस्थिति जताना चाहता था। जब तक वह कुछ समझ पाती, कानों के बेहद क़रीब वो कोई फुसफुसाया था, "मैडम, हम पहाड़ी जन्मना संगीतप्रेमी होते हैं। हमारे पहाड़ के चप्पे-चप्पे में झरने गुनगुनाते हैं, दरख़्त गाते हैं और प्रकृति लय, गति और धुन सिखाती है। पहाड़ का जीवन चाहे पहाड़ जैसा हो, पर दिल सोते के पानी-सा निर्मल होता है।"

ऐसी बातें दीप अक्सर किया करता था। तब कभी उसकी बातों पर क्यों नहीं ग़ौर कर पाई थी? दीप, तब मैं वाक़ई नहीं समझ पाई थी तुम्हारे संकेत। नहीं जान पाई थी तुम्हारे मन का अनुराग। मेरा मन नहीं पढ़ पाया था, तुम्हारे मौन की भाषा। तुम कभी कह नहीं पाए, मैं कभी सुन नहीं पाई। अरु दी ने सही कहा था, 'किसी को हमेशा के लिए खो देने से तो बेहतर है, स्वयं पहल करना।'

अगली सुबह बया ने दीप को फ़ोन लगाया। यह एक प्राइवेट टेलीफ़ोन बूथ का नम्बर था, जिसे दीप का चचेरा भाई भुवन चलाता था। दीप इसी नम्बर पर अपनी माँ से बात करता था। स्मृति में कहीं पड़ा यह नम्बर थोड़ी मशक़्क़त के बाद याद आ गया था। नम्बर सही था। दीप के भाई भुवन ने फ़ोन उठाया। थोड़ी प्रतीक्षा करने को कहकर उसने किसी को दीप को बुलाने के लिए भेजा था। पाँच मिनट

बाद उधर से दीप की आवाज़ आई, "हैलो बया, कैसी हो?"

क्या जवाब दे वह? मन भीग गया। रुआँसी हो आई थी। बिना किसी औपचारिकता के छूटते ही पूछा, "दीप, कब आ रहे हो?"

दीप की ओर से कोई जवाब नहीं आया। बया ने बेसब्री से कहा, "हेलो... हेलो...दीप...क्या हुआ? बोल क्यों नहीं रहे? बोलो प्लीज़।"

"बया, तुम्हें पता ही है कि मेरे पापा फ़ौज में हैं। अभी वह कश्मीर में कारगिल के मोर्चे पर तैनात हैं। उधर युद्ध के आसार हैं। माँ ने जब से यह ख़बर सुनी है बहुत परेशान है। फ़िलहाल, अभी मेरा आ पाना सम्भव नहीं लगता।" दीप का जवाब सुनकर बया को साँप सूँघ गया।

कारगिल...युद्ध...पिता...दीप...उसके हाथ-पाँव सुन्न होने लगे। आँखों के आगे अँधेरा छा गया। ज़बान को लकवा मार गया था।

दूसरी ओर से दीप आवाज़ दे रहा था, "हैलो...हैलो...बया...क्या हुआ...?"

"टेक केयर, दीप।" बड़ी मुश्किल से बोल पाई थी बया। दीप की ओर से लाइन में खरखराहट की आवाज़ आने लगी थी, फिर शायद लाइन कट गई थी।

दीप ने शुरुआती दिनों में ही औपचारिक परिचय के क्रम में अपने पापा के बारे में बताया था, "बया, तुम्हें जानकर हैरानी होगी कि मेरे पापा फ़ौजी होने के बावजूद ज़बरदस्त संगीतप्रेमी हैं। उन्हें गाने का शौक़ है। शुरू में उन्होंने किसी स्थानीय गुरु से तालीम भी ली थी। लेकिन तब घर के हालात ऐसे नहीं थे कि वह गायकी की विधिवत् शिक्षा ले पाते। उनका यह शौक़ शौक़ ही रह गया। मजबूरन उन्हें फ़ौज की नौकरी ज्वाइन करनी पड़ी। हमारे पहाड़ों के ज़्यादातर घरों से लोग फ़ौज में हैं। शायद इसलिए भी पापा को फ़ौज में भर्ती होना आसान लगा होगा। पापा को हमेशा यह मलाल रहा कि वह जो बनना चाहते थे, नहीं बन पाए। अब वह मुझे संगीत की तालीम दिलाकर अपना सपना पूरा कर रहे हैं।"

पब्लिक टेलीफ़ोन बूथ से वह बोझिल मन लौटी। इस दौरान लगातार एक ही सवाल मथता रहा—युद्ध!

बया को अपने हर भावनात्मक क्षण में अरुंधती के कन्धे का सहारा एकमात्र ठौर नज़र आता रहा है। इस वक़्त भी दीप की सघन स्मृति और आसन्न युद्ध की आशंका में घिरे उसके मन को अरुंधती के सान्निध्य की दरकार थी।

जिस वक़्त बया ने अरुंधती के दरवाज़े पर खड़े होकर कॉलबेल बजाई, उसके जज़्बात घुमड़ रहे थे और दिल तेज़-तेज़ धड़क रहा था। दरवाज़ा राजन ने खोला, जिसका मतलब था, उसकी माँ गुनी घर में नहीं है। अरु दी की भी कोई सुगबुग न पाकर उसे लगा, शायद वह भी नहीं हैं। पूछा, "राजन, अरु दी नहीं हैं क्या?"

"माँ अपने कमरे में हैं।" अरुंधती के कमरे की ओर इशारा कर राजन अपने कमरे में चला गया।

दबे पाँव अरुंधती के कमरे के दरवाज़े पर ठिठककर उसने अपनी उपस्थिति जताई, "दी, मैं हूँ बया।"

"अन्दर आओ, बया।"

स्टडी टेबल पर बैठी अरुंधती कुछ लिख रही थी। बया के कमरे में दाख़िल होते ही उसने काग़ज़-क़लम समेटकर एक ओर रखे और बया को बैठने का इशारा करते हुए कहा,

"आओ बया, आओ!"

"सॉरी दी, डिस्टर्ब किया।" बया संकोच से बोली।

"बया, तुम कब से इतनी औपचारिक होने लगी?" अरुंधती मुस्करा रही थी।

यही वह स्नेहिल मुस्कान है, जिसमें बँध जाती रही है बया। उनके नेह पर न्योछावर होते हुए पूछा, "दी, क्या बहुत व्यस्त हैं आप?"

"नहीं रे, मेरा काम पूरा हो गया है। तुम्हें याद होगा, तुमने जो नाथद्वारा घराने की वो दुर्लभ, जर्जर पुस्तक लाकर दी थी, उसी का पुनर्लेखन कर रही थी। मेहनत तो बहुत करनी पड़ी, लेकिन बया, काम हो गया। आज उसी पुस्तक की भूमिका लिख रही थी। कल तक प्रकाशक को पांडुलिपि भेजनी है।"

अरुंधती की इस सूचना से बया को शर्मिंदगी-सी हुई। एक वह है कि पोखरण से लौटने के बाद भी अपना शोध पूरा नहीं कर पा रही और एक अरु दी हैं, जो स्वयं उसकी शोध गाइड हैं, आज भी अपना प्रोजेक्ट समय पर पूरा करने के लिए प्राणपण से जुटी हैं। उसके चेहरे पर झेंप के भाव आए। वह कुछ बोलती, उससे पहले ही अरुंधती ने टोका, "तुम्हारा चेहरा इतना उतरा क्यों है? रात में सोई नहीं क्या?"

मन भाँप लेती हैं अरु दी। माँ भी उसका मन भाँप जाती है। तो क्या माँ होना एक भाव है? मातृबोध के लिए अपनी जाई संतान का होना ही ज़रूरी नहीं? लगता तो ऐसा ही है, अगर ये न होता तो कृष्ण की माँ यशोदा कैसे होतीं? हर ताप-संताप के कठिन समय में यही छाँव उसे सबसे ज़्यादा सुकूनदेह क्यों लगती

है? यह जुड़ाव अनायास तो क़तई नहीं। कोई तार तो था जो खींच लाया था उसे अरुंधती के पास!

बया के नाना चटर्जी मोशाय और अरुंधती के पिता पंडित रामरतन पखावजी एक-दूसरे के परिचित थे। प्रयाग संगीत समिति के संगीत आयोजनों में पंडित जी का आना-जाना रहता था। चटर्जी मोशाय भी अक्सर वहाँ आते थे। उनके साथ उनकी बेटी मोनीषा भी होती थी। पंडित जी से उनकी मुलाक़ात वहीं हुई थी। कालान्तर में यह परिचय मित्रता में बदल गया था। मोनीषा अक्सर इस बात का ज़िक्र करती रहती थी।

बया को अपनी माँ मोनीषा से मिली यह जानकारी ही अरु दी तक उसके पहुँचने का ज़रिया बनी थी। अरु दी ने सहज आत्मीयता के साथ उसका शोध गाइड बनना स्वीकार कर लिया था। उस दिन के बाद तो जैसे बया की माँ मोनीषा ने भी उसे इस माँ के हवाले कर दिया था। यह शोध गाइड भी बया के प्रति स्नेहवत्सल हो आई थी। स्नेह की इस प्रगाढ़ता में वह कब शिष्या से सखी हो गई थी, पता ही न चला।

बया के मन में जो बादल घुमड़ रहे थे, उन्हें थामते हुए बोली, "दी, आज मैंने दीप को फ़ोन किया था। उससे मेरी बात हुई। कह रहा था, अभी नहीं आ सकता। उसके पापा की तैनाती कारगिल में है। वहाँ युद्ध के हालात हैं। उसकी माँ ने जब से ये ख़बर सुनी है, बहुत परेशान हैं। उन्हें इस हालत में अकेला छोड़कर आना उसके लिए सम्भव नहीं है।"

अरुंधती के लिए ये दोनों सूचनाएँ अप्रत्याशित थीं—बया का दीप को फ़ोन करना और कारगिल में युद्ध के आसार। युद्ध के आसार जैसी कोई ख़बर अभी तक समाचारों में नहीं थी, लेकिन एक सैनिक परिवार से ये ख़बर आ रही है, तो सन्देह का कोई कारण नहीं था। बया ने स्वयं दीप को फ़ोन किया, इसका मतलब है कि बर्फ़ पिघल रही है। बया के चेहरे पर आँखें टिकाए हुए पूछा, "क्यों किया दीप को फ़ोन?"

"उसका हाल जानने के लिए।" बया के स्वर में हल्की-सी हिचक थी।

"उसका हाल जानने के लिए या अपना हाल बताने के लिए?" अरुंधती मुस्कराई।

"उसे बहुत मिस कर रही थी, दी।" बया संकोच तोड़कर बोली।

अरुंधती उठी और शाबासी देने के अन्दाज़ में कहा, "इस बात पर तो चाय बनती है, बया...मैं बनाती हूँ।"

"दी, मैं बनाती हूँ।" बया ने बरजा।

अरुंधती नहीं रुकी। किचन में चूल्हे पर चाय का पानी चढ़ाया। बया उसके निकट आकर बोली, "दी, एक ख़बर और है।"

अरुंधती ने बया को सवालिया निगाह से देखा।

"पाकिस्तान से शकील बलोच का ख़त आया है।"

"अच्छा, तो तुम्हारी तलाश पूरी हुई। क्या लिखा है शकील ने?"

"दी, वह जेल में है और उस पर सख़्त निगरानी है। बड़ी मुश्किल से उसने यह ख़त भेजा है।" बया ने सहानुभूति जताई।

"क्या लिखा है शकील ने?" अरुंधती ने उत्सुकता से पूछा।

"उसने लिखा है, दोनों मुल्कों की अमनपसन्द अवाम को एकजुट करने की ज़रूरत है। उसने भी दुनिया में बढ़ती एटमी होड़ पर अपनी चिन्ता व्यक्त की है। और इसके ख़िलाफ़ मुहिम तेज़ करने की बात कही है।" बया ने शकील के ख़त का लब्बोलुआब बताया।

अरुंधती ने चाय छानकर कप बया की ओर बढ़ाया, "शकील से तुम्हारा ये सम्पर्क महज़ संयोग नहीं है, बया। दो मुल्कों की बदक़िस्मती के ख़िलाफ़ साझी लड़ाई की पहल है। ऐसे समय में युद्ध के आसार की ख़बर बहुत चिन्ताजनक है। मुझे तो डर है कि युद्ध के पिपासु एटमी हथियार ना निकाल लें। अगर ऐसा हुआ तो दोनों मुल्क तबाह हो जाएँगे।"

बया ड्राइंगरूम में आ गई। चाय का एक घूँट भरकर सामने रखा टेलीविज़न ऑन कर दिया। स्क्रीन पर विको वज्रदंती टूथपेस्ट और हल्दी-चंदन के गुणों से भरे क्रीम के विज्ञापन के नीचे स्क्रॉल में एक लाइन रेंग रही थी—कारगिल की चोटियों पर पाकिस्तानी घुसपैठियों का जमावड़ा। सेना स्थिति पर नज़र रख रही है।

बया ने अरुंधती को देखा। अरुंधती ने उस ख़बर के हवाले से आशंका व्यक्त की, "बया, दुआ करो कि युद्ध की नौबत न आए।"

卐

कारगिल में युद्ध शुरू हो गया था।

हर दिन अख़बारों में युद्ध के समाचार आने लगे थे। न्यूज़ चैनलों पर कारगिल युद्ध से जुड़ी ख़बरों की बाढ़ आ चुकी थी। टी.वी. पर सेना के पूर्व जनरलों और

रक्षा विशेषज्ञों के ज़रिये ये बताने की कोशिश हो रही थी कि इस युद्ध की नौबत क्यों आई और ये किस अंजाम तक पहुँचेगा? ज़्यादातर लोगों की राय थी कि सर्दियों में कारगिल की पहाड़ियों से सेना वापस बुला ली जाती है, जिसका पाकिस्तान ने फ़ायदा उठाने की साजिश की है। उसने इन ख़ाली पहाड़ियों पर क़ब्ज़े की नीयत से सादे वेश में अपने सैनिक भेजे हैं। उधर पाकिस्तान इस आरोप से इनकार कर रहा था कि ये उसके सैनिक हैं। उसका कहना था कि वे घुसपैठिये लड़ाके हैं, उनसे पाकिस्तान का कोई लेना-देना नहीं है।

भारतीय फ़ौज को इस घुसपैठ की ख़बर तब मिली, जब उस इलाक़े के एक चरवाहे तोषी नामंग्याल की भेड़ें लापता हो गईं और वह उन्हें खोजते हुए कारगिल की चोटियों की तरफ़ निकल गया था। उसे इन चोटियों पर कुछ लोगों की मौजूदगी दिखी थी। उसने नीचे आकर बेस पर तैनात एक भारतीय जवान को यह ख़बर दी। एकबारगी तो उस जवान को इस ख़बर पर विश्वास नहीं हुआ,पर तोषी नामंग्याल के ज़ोर देने पर जवान ने अपने अफ़सरों को घुसपैठ की जानकारी दी। इस सूचना के तुरन्त बाद एक भारतीय हेलिकॉप्टर ने उन पहाड़ियों का जायज़ा लिया। यह सुनिश्चित हो जाने के बाद कि कारगिल की कई चोटियों पर पाकिस्तानी घुसपैठियों ने क़ब्ज़ा कर लिया है, भारत ने अपनी फ़ौजी कार्रवाई शुरू कर दी। जवाब में ऊँची चोटियों पर बैठे पाकिस्तानी लड़ाकों ने भी हमले शुरू कर दिए। उनके पास आधुनिक हथियार थे। वे ऊँचाई पर थे, जिससे भारतीय जवानों को उनसे मुक़ाबला करने में मुश्किल हो रही थी। बिगड़ते हालात को देखकर भारत ने हवाई हमले शुरू कर दिए। घुसपैठियों को कवर देने के लिए उस पार की पहाड़ियों से मिसाइलें दागी जाने लगीं। जवाबी हमले तेज़ करते हुए भारत ने कारगिल की पहाड़ियों में बोफोर्स तोपें पहुँचा दीं। ये तोपें उस पार पाकिस्तानी सैनिकों की चौकियों पर गोले बरसाने लगीं। लिहाज़ा पाकिस्तान की चौकियों पर कहर टूट पड़ा। इस युद्ध को कवर करने के लिए कई न्यूज़ चैनल भी कारगिल जा पहुँचे थे। कारगिल से युद्ध की लाइव ख़बरें आने लगी थीं। घरों में बैठे लोग अपने-अपने टेलीविज़न पर युद्ध होता हुआ देख रहे थे।

गरमागरम, रक्तरंजित इन ख़बरों के बीच विपक्ष सरकार पर लगातार हमलावर था। वह सरकार की रक्षा नीतियों पर सवाल उठा रहा था, "ये सरकार की नाकामी है। आश्चर्य कि इतनी बड़ी घुसपैठ की सूचना न हमारी ख़ुफ़िया एजेंसियों को मिली और न भारतीय फ़ौज को भनक लगी। पाकिस्तानी घुसपैठियों ने हमारे इलाक़े पर

क़ब्ज़ा कर लिया और हम हाथ पर हाथ धरे बैठे रहे। यह जितना शर्मनाक है, उतना ही राष्ट्रीय सुरक्षा के प्रति सरकार की लापरवाही का परिणाम भी है।"

एक टी.वी. चैनल पर पैनलिस्टों के साथ हालात का विश्लेषण चल रहा था, तो दूसरे पर विश्व समुदाय की भूमिका और इस युद्ध की परिणतियों का आकलन हो रहा था। किसी चैनल पर ऐसी ही तीखी बहस जारी थी। एक पैनलिस्ट कह रहा था, "प्रधानमंत्री की बस डिप्लोमेसी फेल हो गई। वह बस लेकर लाहौर गए। वहाँ के प्रधानमंत्री के गले मिले और दोनों मुल्कों के बीच सौहार्द क़ायम करने की बातें हुईं। लेकिन उसका नतीजा ये मिला। पाकिस्तान अपनी फ़ितरत से बाज नहीं आया। उसने प्रधानमंत्री की पीठ में ख़ंजर भोंक दिया। यह सरकार का डिप्लोमैटिक फेल्योर है।"

एंकर ने पैनलिस्ट को रोककर कहा, "अभी हम आप से एक ऑडियो शेयर कर रहे हैं। यह भारतीय प्रधानमंत्री की पाकिस्तान के प्रधानमंत्री से हुई फ़ोन पर बातचीत का ऑडियो है। इसमें भारत के प्रधानमंत्री पाकिस्तान के प्रधानमंत्री से अपनी नाराज़गी व्यक्त करते नज़र आ रहे हैं। सुनिए यह ऑडियो! टी.वी. स्क्रीन पर दोनों देशों के प्रधानमंत्रियों की फ़ोटो दिखी और उसी के साथ एक आवाज़ उभरी, "आपने मेरे साथ बहुत बुरा सलूक किया है। एक तरफ़ आप हमसे सौहार्द बनाने के लिए गले मिल रहे थे, दूसरी तरफ़ आपके लोग कारगिल की पहाड़ियों पर क़ब्ज़ा कर रहे थे।"

इस आवाज़ के बाद पाकिस्तान के प्रधानमंत्री की आवाज़ आई, "मुझे बिलकुल पता नहीं है। मैं आर्मी चीफ़ से बात कर आपको फ़ोन करता हूँ।"

दूसरे पैनलिस्ट ने सरकार का बचाव किया, "हमारे प्रधानमंत्री की नाराज़गी जायज़ थी। पाक की इस हरकत से शान्ति प्रयासों को धक्का पहुँचा है। युद्ध अन्तिम विकल्प होता है। दोनों मुल्क न्यूक्लियर स्टेट हैं। इसलिए पहले सरकार ने बैकडोर चैनल से कूटनीति के ज़रिये बातचीत का तरीक़ा अपनाया, परन्तु जब बातचीत से हल न निकला तो फ़ौज उतारनी पड़ी।"

एंकर ने बहस को फिर रोककर कहा, "भारत के प्रधानमंत्री की पाकिस्तान के प्रधानमंत्री से हुई बातचीत के समय मशहूर अभिनेता दिलीप कुमार साहब भी वहाँ मौजूद थे। उन्होंने क्या कहा, ये भी सुनना ज़रूरी है। एक और ऑडियो सुनिए!"

स्क्रीन पर अभिनेता दिलीप कुमार की एक दिलकश तस्वीर उभरी और इसके साथ ही जैसे गहरे कुएँ से उठती उनकी आवाज़ गूँजी। यह ख़ास दिलीप कुमार

की वो आवाज़ थी, जिसे देश-दुनिया के लोग आँख मूँदकर पहचान लेते हैं। वह कह रहे थे, "मियाँ साहब, हमें आपसे ऐसी उम्मीद न थी, क्योंकि आपने हमेशा भारत-पाकिस्तान के बीच अमन की बात की है। मैं आपको बता दूँ कि जब भी भारत और पाकिस्तान के बीच तनाव बढ़ता है, भारतीय मुसलमान बुरी तरह असुरक्षित महसूस करने लगते हैं। और उनके लिए अपने घर से बाहर निकलना भी मुश्किल हो जाता है।"

टीवी पर बहस जारी थी और अरुंधती का मन डूबने लगा था। कल्लू की याद सघन हो उठी थी। अब उसे बेहतर समझ आ रहा था कि कल्लू उर्फ़ कलीमुद्दीन अंसारी को परमाणु परीक्षण का निर्णय लेते वक़्त किस कठिन पीड़ा से गुज़रना पड़ा होगा? बतौर मुसलमान किसी की निष्ठा पर सन्देह किया जाना उसके लिए किसी ज़लालत से कम नहीं। अंसारी चा' इस देश की मिट्टी में जिये और मरे, कल्लू अपने सपनों और ऊँची उड़ानों के साथ इस मुल्क की संतान होकर रहा, फिर भी ऐसे विभेद, सन्देह और संकटों से उसके गुज़रने की कल्पना से सिहर गई वह।

टीवी स्क्रीन पर एंकर पैनलिस्टों से पूछ रहा था, "दोनों मुल्क न्यूक्लियर पावर हैं। क्या यह युद्ध एटमी हमले का कारण बन सकता है?"

इस प्रश्न के साथ ही टी.वी. स्क्रीन पर सन्नाटा छा गया। युद्ध और सामरिक विशेषज्ञों को साँप सूँघ गया था। एंकर एक रिटायर जनरल से मुख़ातिब हुआ, "जनरल साहब, इस बाबत आपकी क्या राय है?"

जनरल साहब ने गला साफ़ किया, पहलू बदला और बोले, "जनाब, सारे ऑप्शन खुले हुए हैं, बस ये इस बात पर निर्भर करता है कि दुश्मन इस जंग को किस हद तक ले जाता है।"

एंकर के पूछने से पहले ही एक रक्षा विशेषज्ञ बोल पड़े, "देखिए, भारत तो न्यूक्लियर वेपन पहले इस्तेमाल नहीं करने को लेकर प्रतिबद्ध है। देखना ये होगा, कि पाकिस्तान क्या रवैया अपनाता है?"

पाकिस्तान में रहे पूर्व राजदूत सलमान सिद्दीक़ी की राय थी, "पाकिस्तान पर भरोसा नहीं किया जा सकता। वह अपनी दहशतगर्द तंजीमों के दबाव में किसी भी हद तक जा सकता है। हम एटमी जंग की सम्भावना से इनकार नहीं कर सकते।"

एटमी जंग! अरुंधती ने टी.वी. ऑफ़ कर दिया। कमरे में नीम ख़ामोशी छा गई। गुनी कहाँ गई? राजन कहाँ है? बया क्यों नहीं आई? उसे लगा कि वह

निहायत अकेली है। इस पूरे ब्रह्मांड में बिलकुल अकेली! ऐसे ब्रह्मांड का वह क्या करेगी? कल्लू क्या तुम भी अकेले हो? तुम बताओ, इस निर्जन ब्रह्मांड का तुम क्या करोगे?

"मैम, हमारा राजू नहीं रहा।" आँसुओं से नम यह चंदन की आवाज़ थी।

बया जब अरुंधती के पास बैठी थी, तभी चंदन का फ़ोन आया। यह फ़ोन नम्बर बया ने खेतोलाई से चलते वक़्त चंदन को दिया था, ताकि वह वक़्त-ज़रूरत सम्पर्क में रहे। चंदन ने सम्पर्क किया भी तो इस हृदयविदारक सूचना के साथ। बया को अपने कानों पर यक़ीन नहीं हो रहा था। इस सूचना ने उसकी चेतना को झकझोर कर रख दिया था। सनाके में डूबी बया ने किसी तरह ख़ुद को सँभालकर यक़ीन दिलाया। चंदन ख़ुद अपने बेटे की मौत के बारे में बता रहा था, यक़ीन न करने का कोई कारण नहीं है। उसकी आत्मा कलप गई। राजू का मासूम चेहरा... उसकी प्यारी हरकतें और उसे 'बुआ' कहकर पुकारना कलेजा चाक कर गया। अपनी माँ की ओट में खड़ा राजू, जिस तरह टुकुर-टुकुर ताकता था और पकड़ने बढ़ो तो शरमाकर अपनी माँ से चिपक जाता था, वह सब एक-एक कर स्मृति-पटल पर घूम गए। बड़ी कठिनाई से पूछ पाई, "चंदन, कब...कैसे...क्या हुआ था राजू को?"

"राजू की तबीयत अचानक बिगड़ी। हम जब तक उसे लेकर अस्पताल पहुँचते, उसकी साँसें रास्ते में टूट गईं।" चंदन की आवाज़ लरज रही थी।

"ऐसा कैसे हो सकता है...यूँ अचानक?" बया को कुछ समझ नहीं आ रहा था।

जिस ख़बर पर यक़ीन न आए, उसके बाबत ऐसे ही फ़िज़ूल सवाल होते हैं। बया जानती है कि राजू की बीमारी असामान्य थी। उसका जीवन इलाज के भरोसे चल रहा था। उस इलाज की सीमा थी। शायद वह सीमा ख़त्म हो गई थी। चंदन कह रहा था, "सब कुछ अचानक ही हुआ। हम सब हैरान हैं। रज्जो का तो रो-रो कर बुरा हाल है।"

"चंदन, हिम्मत से काम लो, भाई। रज्जो को भी सँभालो! अभी उसको तुम्हारी बहुत ज़रूरत है।" यह कहते हुए बया को महसूस हो रहा था कि चंदन और रज्जो के दुःख के सामने उसके ये शब्द कितने खोखले हैं, निहायत बेमानी। कोई भी लफ़्फ़ाजी उनके दर्द की दवा नहीं हो सकती। वे जो खो चुके हैं, उसकी भरपाई शब्दों से नहीं हो सकती थी। उसे पता है, राजू मरा नहीं, उसे हमारी संगदिली ने

मारा है। हमारे आदिम लालच ने लील लिया उसे। वो बच्चा, जिसे उसके जीने लायक बेहतर दुनिया मिलनी चाहिए थी, वह हमारे युद्ध-उन्माद की भेंट चढ़ गया! चंदन से और ज़्यादा बात कर पाना सम्भव न हुआ। आर्द्र स्वर में बस इतना कह पाई, "चंदन, दीप अपने गाँव गया है। उसके पापा कारगिल में युद्ध लड़ रहे हैं। उसके लौटते ही हम आएँगे।"

फ़ोन कट गया था, शायद लाइन डिस्टर्ब थी। बया सोफ़े पर निढाल हो गई। राजू की मृत्यु की ख़बर से बया को आघात पहुँचा था। वह राजू की माँ रज्जो के बारे में सोच-सोचकर हलकान हो रही थी। अरुंधती की इच्छा हुई कि बया से पूरी बात विस्तार से जाने। लेकिन इस वक़्त उसे कुरेदना, उसके अन्दर उमड़ रहे बादलों को कुरेदने जैसा होता। वह इस लड़की के मनोभाव न समझ पाए, ऐसा नहीं हो सकता। बया जिस रास्ते पर चल पड़ी है, उसके लिए अब संगीत की शास्त्रीयता, शोध का महत्त्व और पखावज की प्रवीणता सब बेमानी हो गए हैं। वह अपनी सार्थकता परकातरता में पा रही थी। एक बड़े उद्‌देश्य को समर्पित वह देश-दुनिया के वैसे समूहों से जुड़ती जा रही थी, जो एटमी हथियारों की होड़ से चिन्तित हैं। परमाणु हथियार नि:शस्त्रीकरण के लिए आवाज़ बुलंद कर रहे हैं।

वह बया के सामान्य होने का इन्तज़ार करने लगी।

बया का दीप से सम्पर्क नहीं हो पा रहा था। कई दिनों से कम्युनिकेशन की समस्या बनी हुई थी। पहाड़ों में टेलीफ़ोन वैसे भी बहुत कम काम करता है। फिर युद्ध की वजह से भी आजकल टेलीफ़ोन सेवा बाधित रहती है। यह बहुत कठिन समय था। उधर कारगिल से लगातार भयावह ख़बरें आ रही थीं। लाइव विज़ुअल दिखाए जा रहे थे। फ़ौज के जवान शहीद हो रहे थे। उनकी लाशें ताबूतों में भरकर उनके घरों को भेजी जा रही थीं। सैनिकों के घरों से आती रोने-बिलखने की आवाज़ें दिलों को दहला रही थीं। सैकड़ों सैनिकों की पत्नियाँ विधवा हो गई थीं। बच्चे अनाथ हो गए थे। देश पहली बार देख रहा था, सैनिकों की विधवाओं की चूड़ियाँ टूटते हुए। दुधमुँहे बच्चों की आँखों में सवाल सुलग रहे थे—"क्यों मरा मेरा बाप?"

जिन सवालों के जवाब नहीं होते, उनके लिए जज़्बात उभारे जाते हैं। देशप्रेम, देश के दुश्मन और उनसे बदले की भावना को उकसाया जाता है। महात्मा गांधी कहते थे, 'आँख के बदले में आँख पूरे विश्व को अन्धा बना देगी।' क्या विडंबना है, कि गांधी के देश में ही आँख के बदले आँख का विमर्श जारी है। यह इस युग

का क्रूर सच है कि देश ने कभी युद्ध के सिर्फ़ क़िस्से सुने थे, अब उसी युद्ध को वह अपनी आँखों के सामने होते हुए देख रहा था। सैनिकों के ताबूतों और उनके परिजनों की चीख़ो-पुकार, आँसुओं के सैलाब लोगों की संवेदना को झकझोर रहे थे। एक-एक मौत मनुष्यता की स्मृति में कील की मानिंद ठुक रही थी। कुछ बेजान पहाड़ियों को हथियाने और उन्हें मुक्त कराने के लिए जीवित इनसानों की बलि दी जा रही थी। दोनों मुल्क एक-दूसरे को निबटाने में लगे थे। इसी उन्माद में कुछ युद्ध विशेषज्ञ कह रहे थे, "दोनों देश न्यूक्लियर पावर हैं। हालात नहीं सँभले तो न्यूक्लियर वार से इनकार नहीं किया जा सकता।"

पाकिस्तान के सियासतदाँ कह रहे थे, "हमने न्यूक्लियर बम शबेबरात में फोड़ने के लिए नहीं बनाए।"

अजीब था कि दो मुल्कों ने अपने हाथों में तीलियाँ ले रखी थीं और बस, एक झपकी-भर की देर थी। मानो दुनिया बारूद के फटने का इन्तज़ार कर रही थी। बया का हर दिन अपने आप से लड़ते हुए गुज़र रहा था।

यह मई का अन्तिम हफ़्ता गुज़र रहा था। बया का इरादा था कि परमाणु परीक्षण की बरसी पर ग्यारह मई को पोखरण में एक 'जनजागरण आन्दोलन' की शुरुआत की जाए, ताकि देश-दुनिया का ध्यान वहाँ के हतभागे ग्रामीणों की ओर खींचा जा सके। लेकिन कारगिल युद्ध ने सारी योजना पर पानी फेर दिया था। युद्ध ख़त्म होने के बजाय और भीषण होता जा रहा था। अरुंधती के ड्राइंगरूम में बैठी युद्ध की लाइव ख़बरें देख रही बया का ध्यान तब टूटा, जब टेलीफ़ोन की घंटी बजी। हाथ बढ़ाकर फ़ोन उठाया। दूसरी ओर से आती आवाज़ सुनकर बया की चीख़ निकलते-निकलते बची।

दीप बोल रहा था, "बया, पापा घायल हैं...कई गोलियाँ लगी हैं। उन्हें बेस हॉस्पिटल जम्मू में भर्ती किया गया है। माँ का बुरा हाल है। पापा के लिए प्रार्थना करो, बया। उनको हम सबकी शुभकामनाओं की बहुत ज़रूरत है।"

दीप की बेचारगी पर बया का कलेजा फट पड़ा, "दीप, धीरज से काम लो। माँ का ख़याल रखो। पापा को कुछ नहीं होगा। हम प्रार्थना करेंगे। हमारे हाथ में बस यही है, दीप। मैं अभी बाबा विश्वनाथ के दरबार में मत्था टेकने जा रही हूँ। बाबा सब ठीक करेंगे।"

इस ख़बर से अरुंधती के चेहरे पर भी चिन्ता की लकीरें गहरी हो गई थीं।

युद्ध समाप्त हो गया था। देश में बहसें शुरू हो गई थीं। अख़बारों में बड़े-बड़े लेख लिखे जा रहे थे। विशेषज्ञों, नेताओं और देशी-विदेशी पत्रकारों द्वारा समीक्षा की जा रही थी। अख़बारों और टी.वी. चैनलों पर युद्ध और शहादतों की कही-अनकही कहानियाँ बयाँ की जा रही थीं। 'शहीदों की चिताओं पर लगेंगे हर बरस मेले, वतन पर मरनेवालों का यही बाक़ी निशां होगा' टाइप जोशोजुनून से ओतप्रोत बयान आ रहे थे। जिनके बेटे लड़ते हुए क़ुर्बान हो गए थे, उन माताओं-पिताओं के इंटरव्यू छापने, दिखाने की होड़ लगी थी। इसके ज़रिये इन निरीह माता-पिता के बच्चों की मृत्यु को उनके शौर्य और देश पर मर मिटने की उनकी भावना को महिमामंडित किया जा रहा था। यह सारा उपक्रम युद्ध को जायज़ ठहराने की कोशिश थी। इन कहानियों में युद्ध न हो, हथियारों की होड़ न हो, विध्वंस के उपकरण न हों, इस आशय का कोई ज़िक्र न था। दुनिया में शान्ति हो, मनुष्यता हो और नवनिर्माण हो, इस तरह का कोई विमर्श कहीं नहीं था।

टेलीविज़न चैनलों के इन तमाशाई कार्यक्रमों के बीच पत्रकारिता विभाग में 'भारत-पाक युद्ध और न्यूक्लियर बम' विषयक सेमिनार के आयोजन की सूचना से बया की उत्सुकता बढ़ गई थी। इस सेमिनार में देश के कई वरिष्ठ पत्रकार, वैश्विक मामलों के जानकार और पत्रकारिता विभाग के फ़ैकल्टी मेंबर अपने विचार रखने वाले थे। बया भी जानना चाहती थी कि अभी-अभी युद्ध से उबरे देश में इस युद्ध के निहितार्थों को कैसे व्याख्यायित किया जा रहा है! वह इस जिज्ञासा से भरी थी कि इस युद्ध से किसे, क्या हासिल हुआ?

बया जिस वक़्त आयोजन स्थल पर पहुँची, हॉल के बाहर छात्रों का हुजूम उमड़ा पड़ा था। भीड़ को देखकर उसे रोमांच हो आया कि छात्रों के एक बड़े वर्ग में इस मुद्दे को लेकर जिज्ञासा है। लेकिन साथ ही यह ख़याल भी कौंधा, कहीं ये वही अभिजात युवा तो नहीं हैं, जिनके लिए हर ऐसा इवेन्ट एक बौद्धिक विलास का अवसर होता है? बया सिर झटककर हॉल की ओर बढ़ गई। देखते-देखते हॉल खचाखच भर गया था।

मंच पर अतिथि वक्ताओं के स्थान ग्रहण करने और स्वागत, फूल-मालाओं की औपचारिकता के बाद कार्यक्रम की शुरुआत करते हुए संचालक ने विषय प्रवेश के लिए पत्रकारिता विभाग के हेड प्रो.रवीन्द्र त्रिपाठी को आमंत्रित

किया। अधेड़वय के प्रो.रवीन्द्र त्रिपाठी ने अपना चश्मा दुरुस्त किया और साथ लाया पर्चा पढ़ना शुरू किया, "मित्रो, जैसा कि आप सभी जानते हैं, अमरीका ने 16 जुलाई, 1945 को सबसे पहले न्यूक्लियर टेस्ट किया और ठीक अगले महीने यानी 16 अगस्त, 1945 में जापान के शहर हिरोशिमा और नागासाकी पर एटम बम गिराकर मानव सभ्यता के बेहद क्रूर और अक्षम्य कृत्य को अंजाम दिया। यह नरसंहार दुनिया के लिए चेतावनी होनी चाहिए थी कि हम ऐसे घातक बमों से तौबा करें। लेकिन हुआ उलटा। दुनिया के देशों में न्यूक्लियर टेस्ट की होड़ लग गई। समृद्ध देशों ने इसे अपनी हैसियत जताने का ज़रिया बना लिया। दुर्भाग्य से दक्षिण एशिया के ग़रीब देश भी इस होड़ में शामिल हो गए। अपनी सुरक्षा के नाम पर हमने भी न्यूक्लियर टेस्ट कर डाला। इसके जवाब में हमारे पड़ोसी देश पाकिस्तान ने भी 29 मई, 1998 को न्यूक्लियर टेस्ट कर हिसाब बराबर कर दिया।

"दोनों देशों के सामने ग़रीबी मुँह बाये खड़ी है। बुनियादी समस्याएँ दिनोदिन विकराल होती जा रही हैं। आर्थिक स्थिति चरमरा गई है। ऐसे में भारत और पाकिस्तान के बीच लगातार युद्ध के हालात बने रहते हैं। दोनों देशों के बीच अभी-अभी कारगिल युद्ध लड़ा गया। इस युद्ध के दौरान न्यूक्लियर हमले की आशंका लगातार ख़ौफ़ बनकर मँडराती रही। शुक्र है, यह न्यूक्लियर हमला टल गया। अब प्रश्न उठता है कि भारत और पाकिस्तान के बीच हुए इस युद्ध के सबक़ क्या हैं? ये और ऐसे ही दूसरे प्रश्नों पर मंथन करने के लिए पत्रकारिता विभाग ने आज यह आयोजन किया है। आप सभी की उत्साहपूर्ण उपस्थिति इस बात की आश्वस्ति है कि हमने जिस मुद्दे पर यह सेमिनार आयोजित किया है, उसके प्रति हमारा युवा वर्ग कहीं ज़्यादा सजग और संवेदनशील है। तो ज़्यादा समय न लेते हुए, आइए, हम विषय के विशेषज्ञों को सुनें और वस्तुस्थिति को जानने की कोशिश करें।"

संचालक ने तुरन्त माइक सँभाला और अगले वक्ता को आमंत्रित किया। ये थे वरिष्ठ पत्रकार और मानवाधिकारों के मुखर पैरोकार प्रखर प्रसून। प्रखर के डायस तक आने के दौरान तालियों का नाद अनवरत जारी रहा। ज़ाहिरन, यह प्रखर प्रसून के प्रति सम्मान का प्रदर्शन था और वह मक़बूलियत थी, जिसके लिए वह जाने जाते थे। एक बेबाक और ज़िम्मेदार पत्रकार के रूप में उनकी अन्तर्राष्ट्रीय प्रतिष्ठा है। उनकी रिपोर्टों ने देश की सरकारों को कठघरे में खड़ा किया है। प्रखर कई पुरस्कारों से सम्मानित किए जा चुके हैं। इस वरिष्ठ पत्रकार से भारत-पाक युद्ध,

उसके हासिल-जमा और न्यूक्लियर पावर डिप्लोमेसी के बारे में जानना बया की दिलचस्पी का बायस था।

प्रखर ने बग़ैर लम्बी-चौड़ी भूमिका के सीधे अपनी बात शुरू की, "माननीय अध्यक्ष महोदय, मंच पर उपस्थित विद्वान वक्तागण और सभागार में उपस्थित नौजवान दोस्तो! आज के विषय पर आने से पहले एक बात स्पष्ट कर देना चाहूँगा कि निजी तौर पर मैं किसी भी युद्ध का पक्षधर नहीं हूँ। मेरा मानना है, हर युद्ध आदिम हिंसा है। और हर हिंसा आदिम युद्ध। देश अभी-अभी जिस युद्ध से होकर गुज़रा है, उसी आदिम हिंसा की उपज है। इस लिहाज से आज का विषय जितना सामयिक है, उतना ही संवेदनशील भी है। भारत और पाकिस्तान के भविष्य की दिशा को समझने के लिए भी यह मुद्दा विचारणीय है। कारगिल युद्ध से जो तथ्य सामने आए हैं, उनके आलोक में युद्ध और उसके निहितार्थ को समझना ज़रूरी है।

"प्रश्न यह है कि भारत और पाकिस्तान के सम्बन्धों के बीच बार-बार आ रहे अवरोध की मूल वजह क्या है? उत्तर तलाशने के लिए इस तथ्य को ध्यान में रखना ज़रूरी है कि भारत और पाकिस्तान के विभाजन के पूर्व क्या कोई बाहरी दुश्मन था, जिसके ख़िलाफ़ भारत को युद्ध लड़ना पड़ा हो? यहाँ बाहरी आक्रमणकारियों की बात नहीं हो रही है। भारत-चीन के बीच हुए एकमात्र युद्ध के कार्य-कारण वे नहीं थे, जो भारत-पाकिस्तान के बीच रहे हैं। देश का विभाजन दो राष्ट्र के जिस सिद्धान्त पर हुआ, उसे तर्कसंगत बनाए रखने के लिए हुक्मरानों ने अपने-अपने दुश्मन क्रिएट किए। ज़ाहिर है, ये दुश्मन भारत और पाकिस्तान हैं। कारगिल युद्ध क्यों हुआ, ये सभी जानते हैं। उसके विस्तार में नहीं जाऊँगा।

"देखने वाली बात ये है कि दोनों देश न्यूक्लियर पावर हैं, बावजूद इसके कारगिल में परम्परागत युद्ध लड़ा गया। वजह? पाकिस्तान जानता था कि भारत न्यूक्लियर वेपन इस्तेमाल नहीं कर सकता, क्योंकि पाकिस्तान के पास भी न्यूक्लियर वेपन है। अगर भारत ने ये गुस्ताख़ी की तो विश्व समुदाय उसके ख़िलाफ़ खड़ा हो जाएगा, जो पाकिस्तान के पक्ष में जाता। यह तथ्य भारत भी जानता था। इसका अर्थ ये है कि भारत की सुरक्षा मज़बूत नहीं हुई। हमारा न्यूक्लियर वेपन धरा का धरा रह गया और हमें फिर परम्परागत युद्ध ही लड़ना पड़ा। यह भी ग़ौर करने की ज़रूरत है कि भारत की न्यूक्लियर पावर बनकर दक्षिण एशिया क्षेत्र में शक्ति सन्तुलन क़ायम रख पाने की मंशा भी बेकार हुई। चीन सन् 1960 में ही न्यूक्लियर टेस्ट कर चुका था और वह वीटो पावर हासिल कर चुका था। भारत वीटो पावर के लिए आज भी गुहार लगा

रहा है। भारत के न्यूक्लियर टेस्ट के तुरन्त बाद 29 मई, 1998 में चगाई ज़िले की पहाड़ियों में पाकिस्तान ने न्यूक्लियर टेस्ट कर हमारी यह दावेदारी भी ख़त्म कर दी।

"पहले न्यूक्लियर टेस्ट के बाद भारत पर आर्थिक प्रतिबन्ध लगा था और अब एक बार फिर देश आर्थिक प्रतिबन्ध की मार झेल रहा है। यह किसी भी नॉर्मल मुल्क के लिए शर्मनाक स्थिति होती है। आर्थिक प्रतिबन्ध ने भारत जैसे ग़रीब मुल्क की कमर तोड़कर रख दी है। हमारी विकास योजनाएँ ठप पड़ गई हैं। मैं आप सभी का ध्यान इस तथ्य की ओर खींचना चाहूँगा कि हमारा पहला न्यूक्लियर टेस्ट हो या दूसरा, इन्हें लेकर हमने कभी राष्ट्रव्यापी बहस नहीं की। ऐसा लगता है जैसे हमने बैठे ठाले इसे 'बस यूँ ही' कर दिया। यह एक ज़िम्मेदार मुल्क का रवैया नहीं है। इसका नतीजा है कि आर्थिक प्रतिबन्धों से हमारा विदेशी निवेश निगेटिव में चला गया है। विदेशी मुद्रा बाहर जा रही है। विश्व समुदाय हमें तरजीही मुल्क का दर्जा देने से पीछे हट रहे हैं। इसका दूरगामी प्रभाव शिक्षा, स्वास्थ्य और बुनियादी ढाँचे पर पड़ेगा। कहने का मतलब यह कि हमारा न्यूक्लियर पावर होना हर तरह से घाटे का सौदा रहा है। इस युद्ध से हमारे हाथ आया तो कुछ नहीं, जान-माल के साथ हमारी छवि को भी गम्भीर नुक़सान पहुँचा है। कारगिल युद्ध ने हमारे कई भ्रम तोड़ दिए हैं। सबसे अहम और ज़रूरी बात यह कि हमारा न्यूक्लियर पावर होना किसी काम नहीं आया। बल्कि यह आत्मघाती साबित हुआ।"

प्रखर की इस तकरीर के ख़त्म होते ही हॉल तालियों से गूँज गया। उनकी दलीलों से नौजवान प्रभावित नज़र आए। तालियों की गूँज के बीच ही संचालक ने अगले वक्ता को आमंत्रित किया। ये थे रणदीप सिंह राजपूत, रिटायर्ड मेजर जनरल, सामरिक विशेषज्ञ। उन्होंने औपचारिक सम्बोधन के बाद अपनी बात कारगिल युद्ध, भारतीय फ़ौज की बहादुरी और क़ुर्बानियों पर केन्द्रित करते हुए इस बात की हिमायत की कि न्यूक्लियर वेपन आपके पास है और उसके प्रयोग की नौबत नहीं आई, तो इसका मतलब यह नहीं कि वह बेकार हो गया। यह ताक़त आपके पास थी, इसीलिए पाकिस्तान अपने न्यूक्लियर वेपन इस्तेमाल करने से परहेज करता रहा। वरना एक 'रोग' स्टेट का क्या भरोसा कि वह न्यूक्लियर वेपन का इस्तेमाल नहीं करता? अब प्रश्न यह है कि अगर परम्परागत युद्ध के ज़रिये हम पाकिस्तान को घुटनों के बल लाने में कामयाब हो गए तो न्यूक्लियर वेपन बेमानी कैसे हो गया? अगर आपके पास न्यूक्लियर वेपन है, तो क्या उसका इस्तेमाल अनिवार्य है? युद्ध के दौरान सेनाएँ कौन-सा वेपन कब और क्यों इस्तेमाल करेंगी, ये उनकी रणनीति

का हिस्सा होता है। इसलिए माफ़ कीजिए, ये कहना सही नहीं कि न्यूक्लियर वेपन बेमानी हो गया। सेनाओं के शक्ति सन्तुलन के लिए हर तैयारी ज़रूरी होती है, न कि युद्ध में हर वेपन का इस्तेमाल ज़रूरी होता है। एक बात स्पष्ट कर दूँ, सेना सरहद की हिफ़ाज़त और युद्ध लड़ने के लिए ही होती है, अगर युद्ध परम्परागत ही लड़ा गया तो भी मुश्किल क्या है? हाँ, मैं भी मानता हूँ कि ग़रीबी, भूख और बुनियादी समस्याएँ हमारे सामने हैं और हमें उन्हें प्राथमिकता से हल करना चाहिए। लेकिन क्या हमारे पास इस प्रश्न का उत्तर है कि जब देश ही न होगा तो क्या होगा? जिस देश में शान्ति होती है, उसी देश में विकास की गति तेज़ होती है। शान्ति बहाली सिर्फ़ आप्त वचनों से नहीं, बल्कि दुश्मन में भय पैदा करके होती है। हमारे यहाँ कहा गया है—शठे शाठ्यम समाचरेत्। आर्थिक प्रगति के लिए बाहर और भीतर दोनों तरफ़ शान्ति आवश्यक होती है। हमें दोनों मोर्चों पर मुस्तैदी से लड़ने की ज़रूरत है। जय हिन्द! भारत माता की जय!!"

मेजर जनरल राजपूत का वक्तव्य समाप्त होते ही हॉल फिर ज़ोरदार तालियों से गूँज गया। बया हक्की-बक्की-सी हॉल के इस छोर से उस छोर तक देखने लगी। ये कैसे युवा हैं, जो हर बात पर तालियाँ बजाते हैं!

संचालक ने पैनल के अगले सदस्य का परिचय देना आरम्भ किया, "हमारे साथ हैं जेएनयू के सेंटर फॉर इंटरनेशनल पॉलिटिक्स आर्गनाइज़ेशन एंड डिसआर्मामेंट, स्कूल ऑफ़ इंटरनेशनल स्टडीज़ के डॉ. शान्ति प्रकाश वाजपेयी। डॉ. वाजपेयी इस पूरे मामले को इंटरनेशनल परिप्रेक्ष्य में बहुत सूक्ष्मता से देखने-समझने की कोशिश करते रहे हैं। भारत के सन्दर्भ में उनसे जानना बेहद दिलचस्प होगा कि इस युद्ध और न्यूक्लियर पावर के रूप में भारत की पोजिशन क्या है?"

टी शर्ट और जींस में डॉ. वाजपेयी परम्परागत प्रोफ़ेसरों वाली छवि से नितान्त अलग थे। उन्होंने अपनी बात बग़ैर किसी औपचारिकता के शुरू की, "साथियो, भारत-पाक युद्ध के कार्य-कारण की ओर जाने से पहले यह जानना ज़रूरी है कि परमाणु परीक्षण न तो भारत की सुरक्षा की ज़रूरत थी न इसके लिए पाकिस्तान की ओर से कोई चुनौती थी। दरअसल, परमाणु परीक्षण सत्तारूढ़ दल की बहुत पुरानी माँग रही है। इस दल ने अपने एजेंडे में साफ़ कहा था कि भारत की परमाणु नीति की समीक्षा की जाएगी। इसका स्पष्ट अर्थ है कि परमाणु परीक्षण इस दल की कार्य-सूची में शामिल रहा है। इसके चुनावी घोषणापत्र में भी इसकी घोषणा की गई थी। इस पार्टी का सपना रहा है 'न्यूक्लियर इंडिया' बनने का। चीन के 1964

में परमाणु परीक्षण के साथ ही इस पार्टी ने उसे ख़तरनाक दुश्मन मानकर भारत को परमाणु-सम्पन्न देश बनाने का सपना पाल लिया था, जिसका इज़हार इसने हर अवसर पर किया। जैसे ही इसकी सरकार बनी, इसने यह कर दिखाया। दिलचस्प तथ्य यह है कि इस दल पर विपक्ष लगातार आरोप लगाता रहा है कि इसने कभी राष्ट्रीय आन्दोलन में हिस्सा नहीं लिया। इस आरोप से मुक्ति के लिए इस दल की कोशिश रही है कि उसे देशभक्त राजनीतिक दल माना जाए। इस परिप्रेक्ष्य में देखा जाए तो यह परमाणु परीक्षण, सुरक्षा कारणों से नहीं, बल्कि ख़ुद को देशभक्त मनवाने की इस दल की मंशा का परिणाम है। इस पार्टी की प्राथमिकता जनकल्याण नहीं, जनसमर्थन बढ़ाना है। वस्तुस्थिति यह है कि विभिन्न मोर्चों पर असफल इस सरकार ने मूल समस्याओं से ध्यान हटाने के लिए यह परमाणु परीक्षण किया है। अपनी इस बात की पुष्टि के लिए मैं प्रधानमंत्री के उस इंटरव्यू का उल्लेख करना चाहूँगा, जिसे उन्होंने एक साप्ताहिक को दिया था। उस इंटरव्यू में उन्होंने कहा था, भारत के पास एक बहुत बड़ा बम है और वह परमाणु शक्ति सम्पन्न सुपर पावर हो गया है। प्रधानमंत्री के मुख्य सचिव का कहना है कि भारत सीटीबीटी पर हस्ताक्षर करे तो किस हैसियत से करे, वह सुपर पावर है या नहीं है? भारत पाँच परमाणु शक्ति सम्पन्न देशों के क्लब का छठा देश मान लिया जाए तो सीटीबीटी (कंप्रेहेंसिव न्यूक्लियर टेस्ट बैन ट्रीटी) और एनपीटी (नॉन प्रोलिफेरेशन ट्रीटी) दोनों पर हस्ताक्षर करने के बारे में सोचा जा सकता है।

"यहीं पर यह प्रश्न उठता है कि आपने परमाणु परीक्षण अपनी सुरक्षा के लिए किया या महाबलियों के क्लब का मेंबर बनने के लिए? मुख्य चिन्ता क्या है—अपनी सुरक्षा या सुपर पावर बनने की चाहत? सच तो यह है कि यह सरकार अपनी नीतियों और कार्यक्रमों को लेकर कन्फ्यूज़्ड है। जिस देश की नब्बे फ़ीसदी जनता के पास पीने का पानी न हो, किसान ग़रीबी और क़र्ज़ से तंग आकर आत्महत्या कर रहे हों, गाँवों में महिलाओं के लिए शौचालय तक न हो, चालीस प्रतिशत गाँवों में आने-जाने के लिए पक्के रास्ते न हों...जहाँ करोड़ों लोग बेरोज़गार हों, वह देश एटम बम बनाकर क्या सन्देश देना चाहता है? अपनी असफलता और ग़रीबी छुपाने के लिए युद्धोन्माद? हमारे सेंटर के शोध से यह निष्कर्ष निकलता है कि भारत का यह परमाणु परीक्षण राजनीतिक महत्त्वाकांक्षा और सरकार की विफलता को छुपाने के लिए किया गया आत्मघाती क़दम है, जिसने दक्षिण एशिया में न्यूक्लियर हथियारों की होड़ को बढ़ावा दिया है...।"

ऐन इसी वक़्त हॉल में बैठे श्रोताओं में से एक युवा ने खड़े होकर हस्तक्षेप किया, "प्रोफ़ेसर साहब, यह आपका और आपके सेंटर का इकतरफ़ा निष्कर्ष है। भारत 1974 में परमाणु परीक्षण कर चुका था। यदि वह परीक्षण तब सही था, तो अब ग़लत कैसे हो गया? उस वक़्त और उसके बाद भी परमाणु नीति और कार्यक्रमों की दिशा निर्दिष्ट नहीं थी यानी तब भी परमाणु परीक्षण का विकल्प खुला रखा गया था। सच तो यह है कि इससे पहले की सरकारों ने भी परीक्षण की कोशिश की थी, लेकिन किसी न किसी कारणवश परीक्षण टल गए। यह परीक्षण अगर मौजूदा सरकार कर सकी तो क्रेडिट उसे क्यों नहीं दिया जाना चाहिए? रही बात, हथियारों की होड़ की, तो पाकिस्तान ने जो महज़ तेरह दिन में अपना परमाणु परीक्षण कर लिया, वो क्या बग़ैर उसकी पूर्व तैयारी के सम्भव था? क्या चीन के साथ सीमाओं पर हमारे विवाद से हमें ख़तरा नहीं बना रहता है? उसने तो 1964 में ही परमाणु परीक्षण कर दक्षिण एशिया में ये प्रतिस्पर्धा पैदा कर दी थी। महोदय, कोई देश अमीर हो या ग़रीब उसे अपनी सीमाओं की सुरक्षा और सम्प्रभुता के प्रति सतर्कता बरतनी ही पड़ती है। मेरी आपत्ति ये है कि हमें किसी भी निष्कर्ष पर पहुँचने से पहले, अपने पूर्वग्रह से मुक्त होना होगा।"

इस युवक के अचानक हस्तक्षेप से हॉल में अफ़रा-तफ़री मच गई थी। आयोजकों ने उस युवक को जबरन चुप कराने की कोशिश की, तो कुछ अन्य छात्र खड़े होकर उस युवक के पक्ष में शोर मचाने लगे।

बया ने हॉल से बाहर निकल जाना ही उचित समझा।

卐

'विज्ञान भवन' के भीतर-बाहर ज़बरदस्त सुरक्षा-व्यवस्था थी। सुरक्षाकर्मियों ने सारे प्रवेश-द्वारों पर कड़ी निगरानी रखी थी। परिसर में चप्पे-चप्पे पर जवान तैनात थे। हॉल में भी सुरक्षा के सख़्त इन्तज़ाम थे। देश-विदेश के प्रेस प्रतिनिधियों ने अपनी-अपनी जगहें ले ली थीं। हॉल चुने हुए अतिथियों से भर चुका था। प्रतीक्षा थी तो प्रधानमंत्री जी की। निर्धारित समय पर प्रधानमंत्री जी का आगमन हुआ। उनके साथ थे प्रधानमंत्री के विज्ञान सलाहकार, न्यूक्लियर साइंटिस्ट डॉ.

कलीमुद्दीन अंसारी। प्रधानमंत्री जी के आगे-पीछे कमांडो का घेरा था। यह पूरा दृश्य माहौल में सनसनी पैदा कर रहा था। प्रधानमंत्री और डॉ. कलीमुद्दीन अंसारी के मंच पर आसीन होते ही एक महिला संचालक ने डायस पर आकर माइक सँभाला। प्रधानमंत्री के औपचारिक स्वागत के बाद एंकर ने डॉ. अंसारी की आत्मकथा—'क्षिति, जल, पावक, गगन, समीरा' के लोकार्पण के लिए प्रधानमंत्री जी से निवेदन किया। इस घोषणा के साथ ही सफ़ेद साड़ियों में दो युवतियाँ मंच के पार्श्व से नमूदार हुईं। एक युवती के हाथ में एक ट्रे थी, जिसमें आत्मकथा की दो प्रतियाँ लाल काग़ज़ से रैप कर रखी हुई थीं। प्रधानमंत्री और डॉ. अंसारी अपनी सीटों से खड़े हुए। दूसरी युवती ने बेहद विनम्रता से पुस्तक की एक प्रति प्रधानमंत्री जी को दी और दूसरी प्रति डॉ. अंसारी को। हॉल में बैठे लोग उठकर अपनी जगहों पर खड़े हो गए थे।

प्रधानमंत्री जी ने पुस्तक के रैपर को खोला और उसके आवरण को दर्शकों की ओर दिखाते हुए लोकार्पण सम्पन्न किया। प्रेस के कैमरे चमकते रहे और प्रधानमंत्री जी मुस्कराते हुए पुस्तक के लोकार्पण की मुद्रा में खड़े रहे। डॉ. अंसारी भी अपनी आत्मकथा की प्रति दर्शकों की तरफ़ लहरा रहे थे। उनके चेहरे पर अद्‌भुत चमक थी। आत्म-सन्तोष का भाव छलक रहा था।

डॉ. अंसारी की आत्मकथा के लोकार्पण के तुरन्त बाद प्रधानमंत्री जी डायस पर आए और हॉल में उपस्थित लोगों को सम्बोधित किया, "मित्रो, मेरे लिए यह सौभाग्य की बात है कि देश के महान वैज्ञानिक और भारतमाता के सपूत डॉ. कलीमुद्दीन अंसारी की आत्मकथा को आज देश-दुनिया के सामने प्रस्तुत करने का मुझे अवसर मिला। इस आत्मकथा का शीर्षक 'क्षिति, जल, पावक, गगन, समीरा' डॉ. अंसारी ने बहुत सोच-समझकर रखा है। शीर्षक भारतीय दर्शन के मूल सिद्धान्त का परिचायक है। यही पंचतत्त्व क्षिति, जल, पावक, गगन, समीरा ब्रह्मांड की उत्पत्ति का आधार हैं। कहने की ज़रूरत नहीं कि डॉ. अंसारी ने अपनी आत्मकथा का यह शीर्षक अनायास नहीं रखा। मुझे लगता है, इसके पीछे भारतीय दर्शन और विज्ञान दोनों की प्रेरणा रही होगी। यह किसी भी भारतीय के लिए गर्व का विषय होना चाहिए कि हम भारतीय दर्शन और आधुनिक विज्ञान, दोनों का एक साथ सम्मान करते हैं...अपने जीवन-व्यवहार में हम जितने आधुनिक हैं, उतने ही अपनी परम्परा से जुड़े भारतीय। मैं इस सारगर्भित शीर्षक के लिए डॉ. अंसारी को बधाई देना चाहता हूँ। आत्मकथा लिखना आसान नहीं होता। यह अपने ही जीवन का

शल्य-परीक्षण करने जैसा दुरूह और पीड़ादायक कार्य होता है। दोधारी तलवार पर चलने की कला है यह। एक ईमानदार आत्मकथा वो होती है, जिसमें लिखने वाला अपने जीवन का सत्य लिखता है। अपनी सफलताएँ ही नहीं, अपनी विफलताएँ भी दर्ज करता है। मुझे विश्वास है, डॉ. कलीमुद्दीन अंसारी ने अपने जीवन के स्याह-सफ़ेद सारे सच अपनी आत्मकथा में दर्ज किए होंगे। यह मैं इसलिए कह पा रहा हूँ क्योंकि मैं डॉ. अंसारी की ईमानदारी का क़ायल हूँ। कई ऐसे मौक़े आए हैं, जब डॉ. अंसारी मेरे निर्णय के प्रति भी असहमति जताने में नहीं हिचके हैं। देश को न्यूक्लियर पावर बनाने में अहम भूमिका निभाने वाले डॉ. अंसारी का यह देश सदैव ऋणी रहेगा। उनके लिए राष्ट्र सर्वोपरि रहा है। हमें भारतमाता के ऐसे सपूत पर गर्व है। डॉ. अंसारी की आत्मकथा देश के युवाओं के लिए प्रेरक होगी। इसे हर किसी को पढ़ना चाहिए और डॉ. अंसारी के जीवन से प्रेरणा लेनी चाहिए...।

"देश अभी-अभी एक युद्ध से उबरा है। हमारे कुछ मित्र उस वक़्त हमारी आलोचना करते नहीं थक रहे थे कि हमने पोखरण में बेवजह परमाणु परीक्षण किया। उनका कहना था कि देश के सामने न सुरक्षा सम्बन्धी कोई ज़रूरत थी और न पाकिस्तान की ओर से कोई चुनौती है। लेकिन समय ने उन्हें ग़लत साबित कर दिया है। हमारे सामने देश की सुरक्षा सर्वोपरि रही है। सरहदों की हिफ़ाज़त हमारी सर्वोच्च प्राथमिकता है। ख़तरा बताकर नहीं आता। उससे मुक़ाबले के लिए हमें तैयार रहना पड़ता है। यह हमारी राष्ट्रनीति रही है, और राजनीति भी। डॉ. अंसारी जैसे वैज्ञानिकों पर हमें गर्व है। हमें अपनी ऐसी प्रतिभाओं का सम्मान करना सीखना चाहिए। मैं देश की जनता की ओर से डॉ. अंसारी के योगदान के प्रति आभार प्रकट करता हूँ। डॉ. अंसारी की यह आत्मकथा देशवासियों के लिए पाथेय बने, यही मेरी कामना है। जय हिन्द। भारत माता की जय।"

संचालक ने प्रधानमंत्री जी के प्रति धन्यवाद व्यक्त करने के बाद डॉ. अंसारी को आमंत्रित करते हुए आग्रह किया कि वह अपनी आत्मकथा 'क्षिति, जल, पावक, गगन, समीरा' पर प्रकाश डालें। डॉ. अंसारी ने डायस पर पहुँचकर पहले अपना चश्मा उतारा और अपनी स्वप्नशील आँखें पूरे हॉल में दौड़ाईं। लोगों की तालियों के थमने का इन्तज़ार किया। तालियाँ धीमी पड़ते ही उन्होंने अपना सम्बोधन शुरू किया, "मेरी आत्मकथा के लोकार्पण के लिए प्रधानमंत्री जी ने अपनी तमाम व्यस्तता के बावजूद समय निकाला, यह मेरे लिए सौभाग्य की बात है। इसके लिए मैं उनके प्रति हृदय से आभारी हूँ। कोई भी आत्मकथा एक व्यक्ति के स्याह-सच

का महज़ बयान नहीं होती, बल्कि उसके जिये गए समय का आकलन भी होती है। मेरी आत्मकथा भी उससे अलग नहीं है। यह पुस्तक एक बड़े कालखंड के उस इतिहास पर भी रोशनी डालेगी, जिसमें जीते हुए एक आम आदमी यहाँ तक पहुँचा। इस पुस्तक में मुझसे जुड़ी वो सारी सचाई भी बताने की कोशिश हुई है, जो अब तक चाहे-अनचाहे अनकही रह गई। बतौर एक न्यूक्लियर साइंटिस्ट पूरे देश ने जो प्यार और सम्मान दिया है, वह मेरा सबसे बड़ा प्राप्य है। मेरा सौभाग्य है कि मैं इस देश में पैदा हुआ और अपनी क्षमता-भर अपनी मिट्टी का क़र्ज़ चुकाने की कोशिश कर पाया। मैं ज़्यादा कुछ बोलूँ, इससे बेहतर होगा कि आप यह पुस्तक पढ़ें और तय करें कि मैंने अपनी आपबीती से कितना इंसाफ़ किया है?

"प्रधानमंत्री जी को किसी ज़रूरी मीटिंग के लिए फ़ौरन निकलना है, इसलिए मैं ज़्यादा समय न लेकर इतने शॉर्ट नोटिस पर हुए इस आयोजन में आप सबकी कृपापूर्ण उपस्थिति के लिए हृदय से धन्यवाद देता हूँ और प्रधानमंत्री जी का पुनः आभार व्यक्त करता हूँ।"

डॉ. अंसारी का सम्बोधन समाप्त होते ही प्रधानमंत्री जी उठे और डॉ. अंसारी का अभिवादन कर मंच से प्रस्थान कर गए। प्रधानमंत्री जी के जाते ही पत्रकारों ने डॉ. अंसारी को घेर लिया। सवाल पर सवाल। सवाल और शोर के बीच ये समझना मुश्किल था कि वे जानना क्या चाह रहे हैं? पत्रकारों के इस उतावलेपन पर डॉ. अंसारी धैर्य के साथ मुस्कराते रहे। फिर आयोजकों के हस्तक्षेप के बाद एक-एक कर सवाल पूछे जाने के सुझाव पर पत्रकार शान्त हुए। सुरक्षाकर्मियों के घेरे में खड़े डॉ. अंसारी सवाल पूछे जाने का इन्तज़ार करने लगे।

एक पत्रकार ने पूछा, "डॉ. अंसारी क्या आप मानते हैं कि न्यूक्लियर हथियार देश के लिए ज़रूरी थे?"

"देश के लिए क्या ज़रूरी है और क्या नहीं, ये देश की सरकार तय करती है। वैज्ञानिक नहीं।"

"लेकिन आप ये तो मानेंगे कि भारत जैसे एक ग़रीब देश की प्राथमिकता न्यूक्लियर हथियार नहीं होने चाहिए?"

डॉ. अंसारी हौले से मुस्कराए, "आप जब देश के लिए काम कर रहे होते हैं, तो आपकी व्यक्तिगत राय का कोई मतलब नहीं होता।"

"डॉ. अंसारी, क्या न्यूक्लियर टेस्ट के लिए आप पर कोई दबाव था?"

"इस सवाल का जवाब मेरी आत्मकथा में शामिल है।"

"डॉ. अंसारी, न्यूक्लियर वेपन दुनिया के लिए विनाशकारी है, यह आपसे बेहतर कौन जानता है? ऐसे में इस ख़तरे से दुनिया कैसे बच सकती है?"

डॉ. अंसारी के होंठों पर हमेशा थिरकती रहने वाली मुस्कान ग़ायब हो गई। उनकी आँखें सिकुड़ गईं। पेशानी पर बल पड़ गए। यह सवाल उन्हें हमेशा परेशान करता रहा है। यह अजीब विडंबना थी कि जो इनसान विध्वंसकारी हथियार बनाता है, उसी से पूछा जाए कि इस दुनिया को कैसे बचाया जा सकता है? वह सृजन और विनाश के इष्ट शिव नहीं, जिनके पास एक साथ ये दोनों कलाएँ हों। डॉ. अंसारी पहले पूछे गए सवालों के जवाब जिस गति से दे रहे थे, उसी गति से इस सवाल का जवाब नहीं दे पाए। हॉल में सन्नाटा छाया हुआ था गोया इस सवाल के जवाब पर ही दुनिया का भविष्य टिका हो। डॉ. अंसारी ने आँखों से चश्मा उतारा। इन आँखों में एक बियाबान मँडरा रहा था। उनकी इस मुद्रा को दुनिया-भर के हाई स्पीड कैमरों ने क़ैद किया और उसके सीधे प्रसारण के बीच अपनी-अपनी तरह के मायने निकाले।

डॉ. अंसारी ने जवाब दिया, "ये हथियार सरहदों की सुरक्षा के नाम पर बनाए जाते हैं। सोचिए, अगर सरहदें न हों तो, क्या होगा? ज़ाहिर है, युद्ध नहीं होंगे। युद्ध नहीं होंगे तो हथियार नहीं होंगे। और अगर हथियार नहीं होंगे तो ज़ाहिर है, यह दुनिया युद्ध के भय से मुक्त होगी। हथियारों के उत्पादन और बिक्री का बाज़ार स्वत: समाप्त हो जाएगा।"

एक साथ कई पत्रकारों ने एक ही सवाल दागा, "डॉ. अंसारी, क्या आपको नहीं लगता कि ये एक अव्यावहारिक और असम्भव क़िस्म का सुझाव है?"

"जी, फिर आपके पास कोई बेहतर सुझाव हो तो बताएँ?" सरल मुस्कान के साथ डॉ. अंसारी ने प्रतिप्रश्न किया।

सिर्फ़ सवाल पूछने का आदी मीडिया बगलें झाँक रहा था। डॉ. अंसारी ने फिर अपनी परिचित मुस्कराहट के साथ बोलना शुरू किया, "मुझे हमेशा युवाओं पर भरोसा रहा है। मेरा मानना है, असम्भव लगने वाले मेरे सुझाव को अमली जामा युवा ही पहना सकते हैं। उनके लिए असम्भव कुछ भी नहीं होता। लेट अस सी, व्हाट द फ़्यूचर होल्ड्स।"

इसके साथ ही प्रेस वार्ता समाप्त कर दी गई।

卐

कई दिनों बाद आज बया ने दीप को फ़ोन किया। उससे बात कराने के आग्रह पर बूथ वाले उसके चचेरे भाई भुवन ने बताया, "मैडम, दीप के पिताजी आर्मी हॉस्पिटल दिल्ली में भर्ती हैं। उनको अभी होश नहीं आया है। शायद कोमा में हैं। दीप अपनी माँ के साथ वहीं गया हुआ है।"

सदमे में डूबी बया को कुछ नहीं सूझा। बड़ी मुश्किल से बोल पाई, "भाई, दीप से बोलिएगा मैंने फ़ोन किया था।"

उदास मन फ़ोन काटकर वह टेलीफ़ोन बूथ से गुमसुम बाहर निकल आई। दीप के पिता के बारे में जानकर अन्दर कुछ टूटता-सा महसूस हुआ। दीप से बात न हो पाने की निराशा...उसकी परेशानी में इस वक़्त साथ न होने की कसक... वह जैसे किसी लुटे मुसाफ़िर की तरह लौट रही थी, कुछ बेहद प्रिय...अनमोल खो जाने की कचोट लिए। एक अधूरी यात्रा...एक अजनबी मोड़ से अलग मुड़ जाना...कितना कुछ अनकहा शेष रह गया?

इस बोझिल फ़ज़ां में शकील बलोच का पत्र थोड़ी हरारत लेकर आया। एक अनदेखा देश, एक अनदेखा शख़्स, एक अदृश्य जुड़ाव...मुल्क, मज़हब से परे...दुःख का रिश्ता...दर्द का रिश्ता...पत्र पाकर बया के मन में व्याप्त उदासी छँटती गई। शकील के पत्र के साथ एक नज़्म भी थी। उर्दू में लिखी उस नज़्म को पढ़ पाना सम्भव न था, तो मन मसोसकर रह गई। लेकिन उत्सुकता ऐसी कि उसी वक़्त उसने उर्दू विभाग की शाइस्ता अंजुम को पकड़ा और गुजारिश की कि वह उस नज़्म का हिन्दी में अनुवाद कर दे। उसके उतावलेपन का मज़ा लेती शाइस्ता ने अनुवाद के लिए थोड़ी-सी मोहलत माँगी। इस बीच बया ने पत्र पढ़ा—

मोहतरमा बया,

अरसे बाद यह ख़त आप तक रुख़सत कर पाने का एक मौक़ा मिला, तो सोचा अपनी एक ताज़ा नज़्म आपको नज़्र करूँ। क्यों, मुझे ख़ुद नहीं पता? कई बार ऐसा होता है जैसे हवा अपना रुख़ ख़ुद तय कर लेती है, वैसे ही बाज़ दफ़ा कुछ ख़त ऐसे भी होते हैं, जो अपना पता ख़ुद ढूँढ़ लेते हैं। मुमकिन है, ये ख़त आपको मिल जाए। नज़्म मैं जेल की तारीक कोठरी में जैसे-तैसे लिख पाया हूँ। उम्मीद है, मेरे

जज़्बात की तर्जुमानी आप बेहतर कर पाएँगी। इधर के हालात कभी अच्छे नहीं रहे। अब तो और भी संगीन हैं। फिर भी हम बेहतरी की उम्मीद में मुतवातिर लड़ रहे हैं। ख़्वाबों की तामीर तक जंग जारी रहनी चाहिए।

हमख़याल,

शकील बलोच
स्यालकोट जेल, पाकिस्तान।

रात के सन्नाटे में शकील का ख़याल ज़ेहन में शोर मचाने लगा। उसकी यातना की कल्पना करना आसान न था। जेल की कोठरी में ज़िन्दगी के बेशक़ीमती दिन गुज़ार रहे शकील के बारे में सोचती हुई वह थोड़ा और उदास हो गई। न ज़बान अपनी, न ज़मीन अपनी। एक ग़ैरमुल्की शहरी, जो अपनी अवाम की बेहतरी की जंग लड़ रहा है? कौन है वह?

हमख़याल? हाँ, हमख़याल!

नींद आँखों से दूर थी, चैन दिल से। रात करवट पर करवट बदल रही थी।

"इस पुस्तक पर पहला हक़ तुम्हारा है।" अरुंधती ने 'मृदंग सागर : पुनर्प्रस्तुति' की पहली प्रति बया के हाथों में देते हुए कहा।

श्रीनाथ मन्दिर की पृष्ठभूमि पर दो पखावजों की जुगलबन्दी वाला आवरण पृष्ठ बहुत आकर्षक था। पुस्तक हाथ में लेते हुए ख़ुशी के अतिरेक में बया की आँखें फैल गईं। यह महज़ एक पुस्तक नहीं थी, पूरी परम्परा थी...एक विरासत, जिसमें पीढ़ियों का अनुभव संचित था। सहसा, उसकी रगों में पखावज के बोल गूँजने लगे—किटकिता...गदगिन, धा...किटकिता...गदगिन, धा...किटकिता...गदगिन...धा। आँखों में नाथद्वारा चलचित्र की तरह घूम गया। श्रीनाथजी का मन्दिर...पखावज के गुमनाम वादक और पंडित खेमलाल जी की इस विरासत का अप्रत्याशित मिलना। सब कुछ स्वप्न सरीखा...किसी असम्भव के सम्भव होने जैसा। कुछ सार्थक, कुछ फलप्रद। स्वत:स्फूर्त उत्सुकता के साथ आवरण पलटा। पहले पन्ने पर लिखा था—"बया की पीढ़ी के लिए!" अपना नाम पढ़कर बया एक साथ थोड़ी गुदगुदी, थोड़ा संकोच और थोड़ी झेंप लिए सिर गोतकर पुस्तक की भूमिका पढ़ने लगी।

"आदि ताल-वाद्य पखावज की 'नाथद्वारा परम्परा' पर आधारित मूल पांडुलिपि 'मृदंग सागर' आज लुप्तप्राय: है। अपनी समृद्ध विरासत के प्रति हमारा यह उपेक्षा

भाव, हमारे समय का बड़ा प्रश्न है, और दुर्भाग्यपूर्ण भी। परन्तु जिस तरह जल के स्रोत अतल गहराइयों में होते हैं, उसी तरह जिजीविषा के स्रोत भी आस्था की गहराइयों में निहित होते हैं। बस, उन्हें शोधना होता है। मेरी शोध छात्रा सुश्री बया को उनके शोधकार्य के क्रम में यह दुर्लभ पांडुलिपि किसी चमत्कार की तरह प्राप्त हुई। मैंने तो बस, अपने अनुभव और ज्ञान के आधार पर इस पांडुलिपि की पुनर्प्रस्तुति का एक विनम्र प्रयास किया है। आशा है, यह पुस्तक संगीतप्रेमियों और विशेषतः पखावजवादकों के लिए लाभप्रद होगी। इस पुस्तक को सम्भव बनाने में सुश्री बया का महत्त्वपूर्ण योगदान है। यह पुस्तक उनकी पीढ़ी को सौंपते हुए मुझे अपार प्रसन्नता हो रही है, क्योंकि सृजन का भवितव्य उन्हीं के हाथों में है।

पखावज की नाथद्वारा परम्परा का जनक पंडित रूपराम जी को माना जाता है, जिन्होंने श्रीनाथजी मन्दिर में सन् 1803 में श्री 108 बड़े गिरधारी महाराज जी के अधीन सेवा शुरू की थी। पंडित रूपराम जी के योग्य वंशजों ने नाथद्वारा परम्परा को आगे बढ़ाया। इस घराने के पंडित खेमलाल जी ने अपने पूर्वजों के संचित अनुभवों पर आधारित पांडुलिपि 'मृदंग सागर' लिखनी आरम्भ की। परन्तु उनकी असामयिक मृत्यु से पांडुलिपि अधूरी रह गई। बाद में इसे पंडित खेमलाल जी के भतीजे घनश्यामदास जी ने पूरा किया। दुर्भाग्य से इस घराने का कोई वारिस न होने से यह पुस्तक काल-कवलित हो गई। पखावज की इस समृद्ध परम्परा को अनेक गुणीजन आगे बढ़ा रहे हैं। परन्तु उस परम्परा की मौलिक जानकारियों वाली यह पुस्तक एक बहुमूल्य दस्तावेज़ है। संयोगवश हमें मिली यह लुप्तप्राय: पांडुलिपि अत्यन्त दयनीय स्थिति में थी। इसकी लिखावट धूमिल हो चुकी थी। अनेक पंक्तियों के अक्षर उड़ चुके थे, जिन्हें समझना सामान्य संगीत रसिक के लिए दुरूह था। एक प्राचीन और समृद्ध संगीत घराने की यह परम्परा हमारी सांस्कृतिक धरोहर है। इससे नई पीढ़ी का परिचय होना चाहिए। इसी उद्देश्य से इस दस्तावेज़ को परिमार्जित कर प्रकाश में लाने का विनम्र प्रयास किया गया है। पुस्तक में यदि कोई त्रुटि रह गई हो तो संगीत के प्रकांड विद्वानों और संगीत मर्मज्ञों से अग्रिम क्षमा चाहती हूँ।"

भूमिका पढ़कर बया ने सिर उठाया। अरु दी उसकी प्रतिक्रिया की अपेक्षा में एकटक उसे ही देख रही थीं। वह अपराधिनी-सी स्वयं में सिकुड़ गई। संकोच के साथ बोली, "दी, आपने बेहद श्रम के साथ यह पुस्तक तैयार की है। एक महती जिम्मेदारी का निर्वाह किया है आपने। पखावज की विदुषी होते हुए भी आपकी यह विनम्रता क़ायल करती है।"

"बया, हम जो कर सकते हैं, वह करना हमारा दायित्व है। मैं यही कर सकती थी, मैंने यही किया। इस पुस्तक का सृजन तुम्हारे योगदान के बिना सम्भव न था। नाथद्वारा से तुमको पखावज की पांडुलिपि मिली, तो पोखरण का सच भी मिला। तुमने अपना काम किया, मैंने अपना। इसमें शर्मिंदा होनेवाली कोई बात नहीं है।" अरुंधती ने बया को उत्साहित किया।

बया की आँखों में अरुंधती की उदारता के प्रति कृतज्ञता का भाव था। विनाश और सृजन के इस अद्‌भुत संयोग पर वह चकित थी।

इति कथा

एक कहानी का आरम्भ या अन्त नहीं होता है। कोई अपने तरीक़े से अनुभव के उस क्षण को चुनता है, जिसमें से पीछे मुड़कर देखना है या आगे देखना है।

—ग्राहम ग्रीन

卐

'मृदंग सागर : एक पुनर्प्रस्तुति' के लोकार्पण का कार्यक्रम तय हुआ था। खेतोलाई के स्कूल परिसर में आयोजित होने वाले इस कार्यक्रम को लेकर ग्रामीणों में ज़बर्दस्त उत्सुकता थी। आसपास के ग्रामीणों का ताँता लगा हुआ था। अपनी नियति से जूझ रहे इन लोगों के लिए यह आयोजन जैसे उनके अभिशप्त जीवन में उल्लास लेकर आया था। ठहरे हुए जल में जमी काई फटी थी और तरंगें हिलोरें ले रही थीं। चंदन ने इस आयोजन के लिए बहुत मेहनत की थी। खेतोलाई के ग्रामप्रधान ने भी भरपूर सहयोग किया था। डॉ. सुजन सिंह का इलाक़े में अच्छा रसूख था और उनके आह्वान पर ग्रामीणों की यह जुटान इस बात की तस्दीक़ थी कि मानवता के लिए समर्पण का उनका जज़्बा कितना पुरअसर है। अरुंधती के इस आग्रह पर कि इस पुस्तक का लोकार्पण पोखरण रेंज में हो, डॉ. सुजन सिंह ने गहरी रुचि दिखाई थी। उनका मानना था कि इस आयोजन के ज़रिये यहाँ की समस्या की ओर दुनिया का ध्यान खींचा जा सकता है। यह आयोजन डॉ. सुजन सिंह की उसी पहल से आज सम्भव हुआ था।

पोखरण रेलवे स्टेशन पर उन्हें लेने चंदन के साथ डॉ. सुजन सिंह भी आए थे। औपचारिक परिचय के बाद डॉ. सुजन सिंह ने विनम्रता से कहा था, "थार डेज़र्ट में स्वागत है आपका।"

अरुंधती ने हाथ जोड़कर प्रतिसाद दिया था, "डॉ. साहब, जिस धरती पर आप जैसे परदुखकातर लोग हों, वह डेज़र्ट नहीं हो सकती।"

डॉ. सुजन सिंह हँसकर रह गए थे। चंदन ने दीप को साथ न देखकर बया से पूछा था, "वो क्यों नहीं आए?"

बया ने बात टालते हुए कहा था, "चंदन, लम्बी कहानी है। बाद में बताऊँगी।"

चंदन ने भी ज़िद नहीं की थी। वह कार की डिक्की में सामान रखने लगा था तो बया ने दरयाफ़्त किया था, "चंदन, नाथद्वारा से आचार्य जी आ गए?"

"हाँ, वह अपने दो शिष्यों के साथ गाँव पहुँच गए हैं। प्रधान जी उन्हें लेकर गए।" चंदन ने बताया था।

बया के चेहरे पर इत्मीनान का भाव आया था। उसी ने पखावज के साथ संगत के लिए आचार्य राघवेंद्र जी से आग्रह किया था। अरुंधती ने भी उन्हें मानपूर्ण आमंत्रण दिया था। आचार्य राघवेंद्र जी अरुंधती के साथ पखावज पर संगत की बात सुनकर अभिभूत हो गए थे। उन्होंने सहर्ष आमंत्रण स्वीकार कर लिया था।

अरुंधती यहाँ आकर और यहाँ के लोगों से मिलकर उनके दुख, उनकी चिन्ताओं को क़रीब से देख रही थी...उन्हें शिद्दत से महसूस कर रही थी। चंदन और रज्जो से मिलकर तो बया के साथ वह भी बेहद जज़्बाती हो गई थी। रज्जो अपने बेटे राजू को याद कर जब बया के गले से लगकर हिलक-हिलक रोई, तो अरुंधती का कलेजा भी फट गया। रज्जो बया को पकड़कर काफ़ी देर तक सिसकती रही। एक दुखियारी माँ को ढाढ़स बँधाना आसान नहीं होता। फिर भी अरुंधती ने आगे बढ़कर एक कोशिश की, "रज्जो, हम राजू को तो वापस नहीं ला सकते, लेकिन उसकी मृत्यु को भी ज़ाया नहीं जाने दे सकते। हमें उसकी मृत्यु का प्रायश्चित्त करना होगा।"

रज्जो का चेहरा दर्द के दरिया में डूबा था। उसके मौन में हाहाकार था।

चंदन ने दीप के बारे में दुबारा पूछा। पिछली बार बया के साथ परछाईं की तरह लगे रहनेवाले दीप के बग़ैर बया को तसव्वुर करना उसके लिए आसान न था। उसके मन में बया के साथ दीप की छवि चस्पाँ थी। दीप के न आने पर उसने हैरानी व्यक्त की, तो रज्जो ने भी ज़ोर देकर उसके बारे में पूछा। बया ने जब दीप के पिता के बारे में विस्तार से बताया, तो वे सन्न रह गए। चंदन ने ठंडी आह भरते हुए अफ़सोस जताया, "मैम, युद्ध का उन्माद शासकों की शह-मात का खेल होगा। लेकिन इसमें शहीद होने वाला प्यादा तो किसी का पिता और किसी का पुत्र ही होता है।"

यह अपना बेटा गँवा चुके एक पिता की आह थी।

सूरज ढल चुका था और दिन का ताप उतरने लगा था, भीनी-भीनी हवा ने मौसम और माहौल को ख़ुशगवार बना दिया था। स्कूल प्रांगण में ग्रामीणों की इस भीड़ को देखकर अरुंधती सोच रही थी कि वह क्या है, जिसकी वजह से इस क़दर उमड़ते आ रहे हैं लोग! नाउम्मीदी के बीच उम्मीद की कोई किरण? डूबते को तिनके का सहारा? भीतर पल रहा मौत का डर और उससे निजात की तलाश? या निराश मन

के निर्वात में जीवन का उत्सव? सवाल ही सवाल थे और किसी एक नतीजे पर पहुँच पाना सम्भव न था। होने को थोड़ी-थोड़ी ये सारी वजहें हो सकती हैं। वह इस पूरे आयोजन के बारे में सोचती हुई लोगों की जिजीविषा देखकर चकित थी।

तभी डॉ. सुजन सिंह ने अरुंधती को सूचना दी, "मैडम, प्रेस वाले आपसे बात करना चाहते हैं।"

अरुंधती ने बया की ओर देखा। बया ने उनकी मन:स्थिति भाँप कर डॉ. सुजन सिंह से अनुरोध किया, "सर, अरु दी ने कभी प्रेस से बात नहीं की है। आप साथ रहें प्लीज़!"

स्कूल के बरामदे में प्रतीक्षारत प्रेसवालों तक डॉ. सुजन सिंह साथ आए। प्रेसवालों ने अरुंधती और बया को देखते ही दोनों को माइक व कैमरे के घेरे में ले लिया। इतना तामझाम देखकर अरुंधती थोड़ा सकपकाई। बया का हाथ थाम लिया, ताकि संबल बना रहे।

"मैडम, यहाँ खेतोलाई में आपके इस आयोजन का क्या उद्देश्य है?" यह एक उतावले क़िस्म का कमउम्र पत्रकार था।

"पोखरण की धरती पर पखावज का उत्सव।" संक्षिप्त उत्तर दिया अरुंधती ने।

यह पत्रकार कमउमरी के बावजूद कमअक़्ल नहीं था। तपाक से अगला प्रश्न कर बैठा, "मैडम, नाथद्वारा घराने से सम्बन्धित पुस्तक का लोकार्पण नाथद्वारा के बजाय यहाँ पोखरण इलाक़े में क्यों करना चाहती हैं?"

अरुंधती सहज हो चुकी थी। मुस्कराई, "देखिए, यह एक विचित्र संयोग है कि इसी राजस्थान में नाथद्वारा है, जहाँ पखावजवादन की परम्परा समृद्ध हुई। जहाँ सृजन की जड़ें मज़बूत हुईं। उसी राजस्थान के इस पोखरण क्षेत्र में विनाश का सरंजाम किया गया। परमाणु बमों का परीक्षण किया गया। जहाँ से भगवान श्रीनाथजी के मन्दिर में वात्सल्य, शान्ति और भक्ति की रसधार बही, उसी धरती के इस छोर पर ज़िन्दा लोगों को ज़िन्दा-जी मार देने का उपक्रम किया जाना एक भयावह विडंबना है। हम इसी विडंबना को उजागर करने के लिए यहाँ इस पुस्तक का लोकार्पण कर रहे हैं।"

"लेकिन मैडम, इससे आप हासिल क्या करना चाहती हैं?" एक अन्य पत्रकार ने पूछा।

इस प्रश्न का उत्तर अरुंधती के बजाय बया ने दिया, "हम बताना चाहते हैं कि पोखरण विस्फोट का ख़ामियाज़ा यहाँ की ज़िन्दा आबादियों को भुगतना पड़ रहा

है। संततियाँ असाध्य बीमारियों से जूझ रही हैं। नस्लें तबाह हो रही हैं। हम दुनिया को सन्देश देना चाहते हैं कि हमें बम नहीं, सृजन चाहिए।"

"आपको नहीं लगता, यह एक भावुकता भरा क़दम है?" यह प्रश्न जयपुर से छपने वाले एक बड़े अख़बार के स्थानीय पत्रकार ने पूछा था।

"अगर हमारी यह भावुकता दुनिया का ध्यान एक बड़ी समस्या की ओर खींच पाए तो ऐसी भावुकता में हर्ज़ क्या है?" बया ने सवाल के जवाब में सवाल किया। पत्रकार को प्रतिवाद करते न बना।

डॉ. सुजन सिंह ने प्रेसवालों को टोका, "कार्यक्रम में देरी हो रही है। कुछ और पूछना हो तो कार्यक्रम के बाद पूछ लीजिएगा।"

प्रेसवालों ने फिर कोई सवाल नहीं किया।

卐

चंदन ने आगत अतिथियों के स्वागत की औपचारिकता पूरी की। तुरन्त बाद डॉ. सुजन सिंह ने सामने परिसर में उपस्थित जनसमूह को सम्बोधित किया, "भाइयो...बहनो, मेरी बात ध्यान से सुनिए। हमारे इस पोखरण रेंज में हुए परमाणु बमों के धमाके से हमारे आसपास के तमाम गाँव जैसी मुसीबतों का सामना कर रहे हैं, उससे आप सभी लोग परिचित हैं। अब तक किसी सरकार ने यहाँ के ग्रामीणों की माँगों की सुध नहीं ली है। फिर भी हम अपनी आवाज़ उठाते रहे हैं और आगे भी उठाते रहेंगे। हमारी पीड़ा में जो भी शामिल है, जो भी हमारे संघर्ष के साथ है, जो हमारे ज़ख़्मों पर फाहा रखने के लिए आगे आएगा, हम उसका स्वागत करेंगे। इसी भावना से संगीत की दो विदुषियाँ आज हमारी पीड़ा में शामिल होने के लिए बनारस से चलकर यहाँ आई हैं। हम आभारी हैं, बनारस यूनिवर्सिटी में संगीत की प्रोफ़ेसर और पखावज की विख्यात विदुषी अरुंधती जी के और उनकी योग्य शिष्या सुश्री बया के। इनके यहाँ आने और यह कार्यक्रम करने की वजह क्या है, इसके पीछे क्या भावना है और क्या प्रेरणा है, वह सब बताने के लिए मैं अरुंधती जी से अनुरोध करूँगा कि वह हमें अपने विचारों से अवगत कराएँ।"

मंच पर बैठी अरुंधती उठी और ग्रामीणों का अभिवादन करती हुई माइक के सामने आ खड़ी हुई। उपस्थित जनसमूह ने तालियाँ बजाकर उसका स्वागत

किया। इस जनसमूह का भर नज़र जायज़ा लेते हुए अरुंधती को लगा, लोगों के चेहरों पर उत्साह है...चमक है...उत्सुकता है। आह्लाद से भरी अरुंधती एक नए तरह के अनुभव से रू-ब-रू थी। ये शास्त्रीय संगीत के अभ्यस्त श्रोता नहीं थे। यह आकंठ आनन्द में डूबा अभिजात वर्ग नहीं था। ये वे लोग थे, जिनका जीवन-संगीत अभिशप्त था। सहसा, उसके मन में एक प्रश्न उठा, क्या वह इनका जीवन-संगीत लौटा पाएगी? इस उमड़-घुमड़ को दबाए हुए उसने अपनी बात शुरू की, "बेहद कठिन संकट से जूझ रहे आप लोग पूरी दुनिया के सामने एक सवाल हैं कि शासकों की सनक के शिकार हम क्यों हों? जब तक यह सवाल हल नहीं हो जाता, सवाल उठते रहेंगे....उठते रहने चाहिए। मेरी शोध-छात्रा बया ने आप सबकी पीड़ा, परेशानी और आपके साथ हुए छल को बहुत क़रीब से देखा-जाना और समझा है। आपकी पीड़ा ने बया का कायाकल्प कर दिया है। मैं उनकी पीड़ा के साथ हूँ...मैं आपके साथ हूँ।

"अभी प्रेस के लोग मुझसे पूछ रहे थे कि नाथद्वारा घराने से सम्बन्धित पुस्तक का लोकार्पण यहाँ पोखरण रेंज में क्यों हो रहा है? इसकी वजह बताने के लिए मैं आप सबको एक कथा सुनाना चाहूँगी। कथा यह है कि एक बार भगवान शिव ने जब आततायी असुर त्रिपुरासुर का संहार कर दिया, तो उनकी ख़ुशी का ठिकाना न रहा। आप सभी जानते हैं कि भगवान शिव जब प्रसन्न होते हैं तो नृत्य करने लगते हैं। इस बार भी यही हुआ। त्रिपुरासुर के संहार की ख़ुशी में उन्होंने नृत्य करना शुरू कर दिया। लेकिन आनन्द के अतिरेक में शुरू हुआ भगवान शिव का यह नृत्य लय में नहीं था, बल्कि यह एक ऐसा विनाशकारी नृत्य था, जिससे सम्पूर्ण पृथ्वी डाँवाँडोल होकर रसातल में जाती दिखने लगी। यह बहुत विकट और विध्वंसक समय था। आसन्न अनिष्ट की आशंका से भगवान ब्रह्मा भयभीत हो गए। उन्होंने इस पृथ्वी को बचाने के लिए उपाय सोचना शुरू किया। अन्ततः उन्होंने भगवान शिव के हाथों मारे गए त्रिपुरासुर की देह की भस्म लेकर एक वाद्य का सृजन किया। यह वाद्य था मृदंग। भगवान ब्रह्मा ने इस मृदंग को बजाने के लिए भगवान शिव के पुत्र गणेश को प्रेरित किया। गणेश ने जब मृदंग बजाना आरम्भ किया, तो धीरे-धीरे भगवान शिव का विनाशकारी नृत्य मृदंग की ताल पर लय में आने लगा। इस तरह यह पृथ्वी रसातल में जाने से बच गई। यही मृदंग कालान्तर में पखावज के नाम से जाना गया।"

अनवरत बजती तालियों के बीच बया अपनी चेतना में इस मिथक के निहितार्थ

को अनावृत्त होता पा रही थी। इस वक़्त उसके ज़ेहन में शकील बलोच की नज़्म उमड़-घुमड़ रही थी। क्या फ़र्क़ है अरु दी की इस पुरा कथा में और शकील बलोच की उस नज़्म में? कालखंड का? काल भी तो अनवरत है जैसे शिव, प्रकृति, मन, जीवन, विभिन्न रूपों...ध्वनियों और कथाओं में। शकील की नज़्म को वह इतनी बार पढ़ चुकी थी कि एक-एक पंक्ति कंठस्थ हो गई थी।

अरुंधती ने जैसे ही अपनी बात समाप्त की, तालियाँ गूँज उठीं। वह इस जनसमूह के प्रति आभार प्रकट करती हुई मुड़ी और मंच पर बैठे आचार्य राघवेंद्र जी और उनके शिष्यों के साथ बैठ गई। इस बार बया उठी और माइक के सामने आ खड़ी हुई। वह डॉ. सुजन सिंह, चंदन, ग्रामप्रधान और उपस्थित जनसमूह को धन्यवाद देती हुई भावुक हो आई। इसी भाव से भरी वह ग्रामीणों से मुख़ातिब हुई, "जिस तरह आपके पोखरण में, आपसे पूछे बग़ैर परमाणु विस्फोट किया गया और उसके बाद जिस तरह आपकी ज़िन्दगियों में तबाही आई है, ठीक उसी तरह हमारे पड़ोसी मुल्क पाकिस्तान के चगाई ज़िले में भी, वहाँ के लोगों से पूछे बिना परमाणु विस्फोट किए गए थे। वहाँ के लोगों की ज़िन्दगियाँ भी आपकी तरह ही तबाह हो रही हैं। यानी जो अज़ाब आप पर नाज़िल है, वही वहाँ उन हतभागे लोगों पर भी बरपा है। वहाँ के नौजवान शायर और मानवाधिकार कार्यकर्ता शकील बलोच अपने भाई-बहनों के लिए आवाज़ उठा रहे हैं। शकील बलोच दुनिया में चल रही एटमी हथियारों की होड़ के ख़िलाफ़ भी संघर्ष कर रहे हैं। उनके इस संघर्ष में हम भी शामिल हैं। हमारी पीड़ा एक है...हमारी चिन्ताएँ एक हैं और हमारी आवाज़ भी एक है। हम भारत और पाकिस्तान की अवाम एक हैं। लेकिन दुख की बात यह है कि पाकिस्तान सरकार ने शकील बलोच को देशद्रोह के आरोप में वहाँ की स्यालकोट जेल में डाल रखा है। फिर भी शकील बलोच का जज़्बा कम नहीं हुआ है। इसी जज़्बे और जुनून के सदक़े उन्होंने स्यालकोट जेल से हमें अपनी एक नज़्म भेजी है। यह नज़्म एटम बमों के अंजाम से दुनिया को आगाह कराती है और हमारी नियति को बयान करती है। शकील बलोच की वह नज़्म सुनाकर मैं हिन्दुस्तान-पाकिस्तान की साझा आवाज़ से इस कार्यक्रम का आगाज़ करना चाहती हूँ।

पूरे माहौल में दम साधी ख़ामोशी छा गई थी। इस ख़ामोशी के बीच पखावज की एक थाप उठी और उसकी गूँज पर सवार बया की पुरकशिश आवाज़ चहुँदिश फैलती चली गई...दिग-दिगंत...।

卐

अपने घरों में टी.वी. पर समाचार देखते हुए लोगों ने सुना, पाकिस्तान के मानवाधिकार कार्यकर्ता और युवा शायर शकील बलोच स्यालकोट जेल में मारे गए। स्यालकोट जेल अधीक्षक के अनुसार जेल में क़ैदियों के दो गुटों के बीच हुई झड़प के दौरान कुछ क़ैदियों ने शकील बलोच पर जानलेवा हमला कर दिया था। इस हमले में वह गम्भीर रूप से घायल हो गए थे। उन्हें अस्पताल में भर्ती कराया गया था, जहाँ इलाज के दौरान उनकी मृत्यु हो गई। शकील बलोच पाकिस्तान के बलोचिस्तान प्रान्त के चगाई ज़िले में हुए परमाणु परीक्षण से रेडिएशन पीड़ित नागरिकों के लिए आवाज़ उठाने वाले मानवाधिकार कार्यकर्ता थे। वह एटॉमिक हथियारों की होड़ के विरुद्ध भी मुखर थे। उन्हें सरकारविरोधी गतिविधियों के आरोप में गिरफ़्तार किया गया था। शकील बलोच पिछले एक साल से स्यालकोट जेल में बन्द थे। उनकी मृत्यु को किसी गहरे षड्यंत्र के रूप में देखा जा रहा है। दुनिया-भर के मानवाधिकार कार्यकर्ताओं ने शकील बलोच की मृत्यु की अन्तर्राष्ट्रीय जाँच की माँग की है।

यह ख़बर सुनकर डॉ. कलीमुद्दीन अंसारी उदास हो गए। उन्होंने टी.वी. ऑफ़ करने के लिए रिमोट उठाया ही था कि एंकर ने जो अगली ख़बर दी, उसे सुनकर वह चौंक गए। उनका हाथ रुक गया। एंकर बता रही थी, "पोखरण में परमाणु विस्फोट का श्राद्ध मनाया गया।"

पोखरण में परमाणु विस्फोट का श्राद्ध? डॉ. कलीमुद्दीन अंसारी की सारी इंन्द्रियाँ झनझना उठीं। उन्होंने आँखें फाड़कर बेहद सतर्कता से टेलीविज़न स्क्रीन की ओर देखा। एंकर बोल रही थी, "भारत में आज स्वतंत्रता दिवस की पूर्व संध्या पर राजस्थान के पोखरण फ़ायरिंग रेंज के पास ग्रामीणों ने पोखरण परमाणु विस्फोट के विरोध में श्राद्ध दिवस मनाया। परमाणु बमों की होड़ के विरुद्ध आयोजित इस अनोखे कार्यक्रम का आयोजन प्रसिद्ध पखावजवादक अरुंधती और उनकी शोध छात्रा बया के आह्वान पर स्थानीय ग्रामीणों ने किया। पोखरण में परमाणु विस्फोट से उत्पन्न हुई समस्याओं के विरुद्ध संघर्ष कर रहे स्थानीय युवा कार्यकर्ता चंदन का कहना है, कि यह आयोजन एटम बमों के ख़िलाफ़ दुनिया को एकजुट करने की कोशिश है। आइए, देखते हैं उस कार्यक्रम स्थल की झलक।"

डॉ. अंसारी ने टी.वी. स्क्रीन पर आँखें गड़ा दी थीं। स्क्रीन पर एक युवा लड़की

की छवि उभरी। उस लड़की की आँखों में तेज़ चमक थी। नीचे पट्टी में उसका नाम लिखा था—बया। वह लड़की जिसका नाम बया था पूरी रवानी में नज़्म पढ़ रही थी। उसके सामने बैठी ग्रामीणों की अपार भीड़ मुग्ध होकर उसे सुन रही थी :

जंग भले मुल्कों के बीच हो
तबाह होते हैं इनसान
शर्मसार होती है इनसानियत
दुश्मन मुल्क नहीं होते,
अवाम नहीं होती
फिर भी हुई अगर जंग
बमों से बमों के दरमियाँ
तो कुछ नहीं बचेगा, कुछ भी नहीं
धरती के किसी ओर, किसी छोर
न जल, न थल, न हवा-बतास
सब कुछ ख़ाक हो जाएँगे
ये घर, ये गाँव, ये तमाम बस्तियाँ,
ये हसीन नज़ारे, ये ज़िन्दा आबादियाँ
आग की लपटों में घिरी ये धरती
सृष्टि की सबसे बड़ी चिता होगी
धू-धू उठती लपटों में हो जाएँगी भस्म
सभ्यताओं की सारी कहानियाँ
जिस्मों का वजूद, रूहों का तसव्वुर
साँसों की नेमत, रिश्तों की दौलत
नदियाँ, पहाड़, जंगल, आबशार
सबके सब जल जाएँगे इकसार
ज़मीं से अर्श तक धुआँ ही धुआँ
नीम स्याही निगल लेगी सूरज को
अँधेरे के आगोश में ग़र्क होगी धरती
सृष्टि के मरघट में कोई न होगा रोनेवाला
श्मशानी सन्नाटे में अटका हुआ